向左转

XIANGZUO ZHUAN XIANGYOU ZHUAN

向右转

贾国祥 ◎ 著

中国文史出版社

图书在版编目（CIP）数据

向左转，向右转 / 贾国祥著 . —北京：中国文史
出版社，2023.7
（"锐势力"中国当代作家小说集）
ISBN 978-7-5205-4189-3

I. ① 向… II. ① 贾… III. ① 中篇小说—小说集—中
国—当代 IV . ① I247.5

中国国家版本馆 CIP 数据核字（2023）第 132999 号

责任编辑：全秋生

出版发行：中国文史出版社
地　　址：北京市海淀区西八里庄路 69 号　邮编：100142
电　　话：010 － 81136602　81136603　81136606（发行部）
传　　真：010 － 81136655
印　　装：廊坊市海涛印刷有限公司
经　　销：全国新华书店
开　　本：787 毫米 ×1092 毫米　1/16
印　　张：16.25
字　　数：258 千字
版　　次：2024 年 1 月第 1 版
印　　次：2024 年 1 月第 1 次印刷
定　　价：59.80 元

目　录
CONTENTS

此情可待

一

"对面的女孩看过来，看过来看过来……"任贤齐的歌，被刘思远设成了手机铃声。对面是一个女少校，叫姚遥，未婚，还可以叫女孩，正横眉竖目。

刘思远没理会，接电话。姚遥说她不喜欢任贤齐，感觉流里流气，更不喜欢他这首歌。刘思远也不喜欢，但不知为什么却把这首歌设成了铃声。姚遥多次抗议。"你不让设就不设？"刘思远示威似的就是不更改。因此，每次铃声响起，都要遭到姚遥的白眼，他视而不见。

电话是后勤部孙助理打来的，要给刘思远介绍对象，他当即回绝了。

快下班的时候，阴了一下午的天空飘起了雪花，先是零零星星，不久大了起来，一朵一朵密密麻麻，漫天花雨般充盈了整个天地。

姚遥脑袋靠近玻璃窗，一脸兴奋。刘思远也扭头观望。这满城飞雪让他无端地有了一腔闲愁。雪越来越稀罕了，哪像小时候，一到冬天，一场接一场，每一场下得铺天盖地。早晨醒来，听到屋外铲雪的声音，就知道又下雪了。那时还小，可以心安理得赖在热被窝里，不用急着起床。雪光从窗缝中挤进来，照得屋子半明半暗。听着屋外的扫雪声，躺在热热的炕上，那种特别温暖、特别踏实的感觉，至今记忆犹新。

"要是能回到小时候，该多好呀！"刘思远不由得叹了口气。不要说再也回不到无忧无虑的童年，就连故乡的老屋，也物是人非温暖不再。而在这座城市，在这样的风雪夜，同样没有一个温暖的叫家的地方可以让他躲进去。他不由得打了个寒战，双手抱紧了身体。

"思远，你应该去见见，说不准就是你的'灯火阑珊处'呢。"姚遥盯着窗外蝶飞蜂舞的雪花，看那一脸春光，刘思远一直等着她抒情，不料来了这么一句大煞风景的话。这也太蒙太奇了吧！

"不去！"刘思远懒懒地说。"为什么？"姚遥转过头来，盯着刘思远问。"不为什么，就是不想去。"刘思远语气很冷，透着一股冰天雪地的寒气，姚遥不计较，说"去见见吧，没准真的会成"。

"说不去就不去，你烦不烦？"话一出口刘思远就后悔了，他从来没跟姚遥这么说过话，何况她是好心。刘思远等着她的急风暴雨。按她的直脾气，这是必然的。然而没有。她愣了片刻，笑着问："是不是有目标了？"与过去相比，姚遥对他的态度真的变了很多。自知理亏，刘思远换用缓和的语气老实交代："没有。"

"没有就去见！"姚遥斩钉截铁，并替他拨通了孙助理的电话。

放下电话，刘思远说："我这是看在你苦苦哀求的分上才答应去见。"

"是，"姚遥拉腔拖调双手抱拳说，"谢谢老大，在下感激涕零。"一副女江湖的样子，刘思远又咧嘴笑了。

"回家。"姚遥从那片密集的雪花中拔出目光，转身轻盈地走到衣柜前边取便服边说道。一副大功告成的样子。她要换衣服了，刘思远自觉起身，走出办公室。等他再回来，已是人去屋空。走到窗前，他下意识地往楼下瞅了一眼，身着红色羽绒服的姚遥一团火似的，一眨眼消失在雪幕里。

从调进机关第一天起，刘思远就和姚遥面对面办公。弹指间，八年过去了。八年，在日新月异飞速发展的今天，称得上沧海桑田。就说身边的领导同事，转业退休、升迁调离，走马灯似的，只有他俩除了职务和年龄鲜有变化。职务也不能说完全有变化，还是干事；当然，也不能说完全没有变化，当初是副连职，如今是正营职。但这个变化就像一年长一岁一样，也算是自然规律，何况他们所承担的业务始终如一。还有一样没变，就是当初是单身，现在依然是单身。别的不变倒没什么，唯这一样没变，对已过而立的他们就有点火烧眉毛了。

虽是单身，在刘思远看来，姚遥与他自是不同，人家少说有一个加强排的人可供挑选；而他，连个被挑选的资格也没有。一个门庭若市，一个门可罗雀，用相声演员范伟的话说，"都是一个办公室的同事，差别咋就这么大呢？"为解决这一老大难问题，刘思远没少努力，有那么一段时间，差不多每个周末都在相亲。人常说，天涯何处无芳草？可见了那么多，愣是没有碰到一个对眼的。

屡相不中，刘思远就有点心灰意冷了，心里对相亲这种形式越发排斥和抵触。军人与社会的接触面原本就窄，为给他介绍对象，同事们把有限的社会资源挖掘得差不多了，介绍人日渐稀少。他想，这样也好。别人给自己介绍，拒绝吧，人家是一番好意；不拒绝吧，一次次败下阵来，实在是一件很伤自尊的事。未承想，沉寂了一段时间，孙助理又来替他牵线，说对方就想找个当兵的，言下之意，只要是个当兵的，成功的概率就很大。当然，从世俗的角度来说，对方的条件也不咋的，一家私营企业的工人，属于她挑三拣四的概率同样不高。刘思远不是很在乎这些，他更在乎两个人在一起的感觉。可在这个速配时代，靠相亲这种老土的方式找感觉，实在是一件很不靠谱的事。刘思远不想再自欺欺人，就一口回绝了。这不，姚遥又让他把说出去的话收了回来。见见就见见吧，刘思远觉得他不见，好像会让有的人觉得他有什么企图似的。

第一次见到姚遥，是在一个叫柳园的小站。刘思远那一天起起落落的心情用"早穿棉衣午穿纱，晚上抱着火炉吃西瓜"的沙漠气候来形容，是最恰当不过的。

先是一大早起来与执勤点上的战士告别，场面一度失控。刘思远本想忍住眼泪，给大家一个坚强的背影，最终，"马其诺防线"不但失守，反而没出息地和战士们抱头痛哭，让前来送他的中队长很是恼火，一生气把两个战士的送站资格都取消了。"别去了，大庭广众哭得像个娘们似的，还不给军人丢脸！"

到了火车站，中队长连车没下就掉头走了。"兄弟，担待点，"他说，"每年老兵退伍，把人的心都揉碎了。现在最怕送别的场面，所以我不上去了，你自己保重。"他怕，刘思远也怕。万一把持不住，两个大男人在站台上执手相看泪眼，那实在是一件很恐怖的事情。这一次，刘思远很潇洒地朝他挥了挥手，转身，终于把一个坚强的背影留给了他，没有半点儿女情长。

进站购票，他万没想到，此刻，另一场好戏随即紧锣密鼓地上演了。

小站地处戈壁腹地。时值五月，阳光明媚，和煦宜人，到处弥漫着沙枣花若有若无的香气。在这种若有若无的香气里，郁结在刘思远心头的离愁别绪也渐渐淡了，取而代之的是一种前途未卜的茫然和即将踏上新征程的兴奋。回想离开执勤点时惊天动地的哭声，不觉哑然失笑：有那么夸张吗？想想连自己都觉得难为情。

买好火车票，转身准备把找回的三块零钱装进兜里的时候，已经有双枯瘦的双手在迫不及待地等着。这是一双老妇人的手，她头发花白，衣衫破旧，但远非褴褛，五六十岁抑或七十岁？刘思远很难从她那张黝黑的脸上分辨出来。有时，面相与年龄并不完全相符。这一点，刘思远最清楚不过。他没多想，顺手把找回的三块零钱全给了她。

意想不到的是，老妇人收了钱并不走，双手作揖，用可怜兮兮的声音乞求道："行行好，给够一碗饭钱吧。"

"什么？！"刘思远以为自己听错了，禁不住一愣。

"行行好，给够一碗饭钱吧。"老人作揖重复着说。

真是什么人都有。刘思远哭笑不得，他耐住性子好言劝道："大娘，我真没钱了，你再去向别人要吧！"

车站虽小，候车的人并不少，可老妇人就是不转移目标，一个劲地黏着刘思远，不厌其烦作揖乞讨："行行好，给够一碗饭钱吧。"

刘思远兜里除了工资卡，确实再没钱了。离开执勤点时，他留够车费后，把身上的现金带头捐给了一个家里遭变故的战士。不论刘思远怎么解释，她那张黝黑的、皱巴巴的脸波澜不惊，死死地盯着他，嘴里不停地絮絮叨叨："行行好，给够一碗饭钱。"一副吃定他的样子，让刘思远很是恼火，想躲开，不料他走哪儿，老妇人紧追不舍跟到哪里，把他置于一个非常尴尬的境地，真是要多狼狈有多狼狈。没有一个人上来解围，还有人在不远处幸灾乐祸地嘲笑。

小站连台取款机也没有。刘思远也想学老妇人的样子给她作揖，求求她再别缠自己了，可又做不出来。说也说不清，躲也躲不开，只能任老妇人在耳边不厌其烦地絮叨："行行好，给够一碗饭钱吧。"刘思远脸上黑一阵、白一阵、阴一阵、雨一阵，恨不能找个地缝钻进去。

也不能埋怨这位讨钱的老妇人。找别人乞讨，有时非但讨不来一个子儿，甚至还会讨来一顿呵斥，发生推搡的事也是有的。在她的记忆中，只有当兵的不会这么干，而且出手都比较大方。可柳园是个小站，不是每天能碰到穿军装的。这好不容易碰到了，哪能轻易放过？至少在这位老妇人心中，这个当兵的只给她三块钱——还不够一碗饭钱——是无论如何说不过去的。

刘思远觉得自己忍耐到极限了，可军装在身，又不好发作。不得已，他把自己的口袋一个个拉出来让她看。他说："看见了吧，真没钱了。"可老妇人依然不管不顾不依不饶："行行好，给够一碗饭钱。"她怎么就不相信呢？刘思远真是快被逼疯了。

"拿去！够一碗饭钱了吧？"正当刘思远快要崩溃的时候，有个女孩来替他解了围，给了老妇人十块钱，才把她打发走了。

刘思远抬头看女孩，顿觉眼前一亮，刹那间似乎连整个候车室都亮了。他不知道该如何形容她，心里只有一个字——美。他的目光怕烫似的迅速闪开，不敢再看第二眼。在这样一个地老天荒的戈壁小站，竟然还有这样一位璧人，刘思远真怀疑她同《聊斋志异》描述的狐妖鬼怪一样，与自己不是同类。

刘思远不太会跟女孩子搭讪，此刻更觉无地自容，比老妇人黏着他讨钱更让他窘。候车室所有的目光全集中过来了，比刚才围着看热闹的人还多。他窘不是因为有许多人看他们，而是他的狼狈不堪被女孩逮了个正着。他想自己给她的印象肯定是太抠门太没同情心了。一想到这里肠子都悔青了，恨自己没能记住母亲"穷家富路"的教诲，一时冲动，没给自己口袋里多留一点钱。他想解释，可这是能解释清的事吗？出门不多带一分钱，说出来有谁相信？刚才老妇人临了不是都没相信自己吗？想到这里，刘思远惭愧极了，做了亏心事般不敢抬头看她，双眼一个劲地盯着地面。

"找钱还是找地缝呢？"女孩故意逗刘思远。

"我，我，"刘思远张口结舌，不知说什么好，头刚抬起又迅速低下。他觉得女孩真是太耀眼了，让他没法直视。

这时，开始检票了，女孩过去提包，刘思远才发现娇小的她拖着一个硕大的与她极不相称的大皮箱，与他这个大男人手中的小皮箱形成鲜明对照。刘思远像看到了救命稻草似的，冲过去就把皮箱抢到自己手中。女孩也不推让，顺水推舟把皮箱给了他。转眼他变成了一头负重的驴子，又是背囊又是大包小箱。女孩过意不去，要帮他提小皮箱，他死活不肯。

因为是小站，又是慢车，没有座票。等刘思远把行李归放整齐后，已没一个座位可供他坐了，他只好靠着座位站在女孩旁边。女孩并不让座，倒是她对面的一个年轻男孩站起来说："解放军叔叔，你坐这里吧！"

"不了，你坐。"刘思远推辞。"叔叔，你坐吧，我下一站就下车了。"男孩不由分说，把刘思远推在自己的座位上，自己站在他身旁，不看漂亮的女孩，一直用艳羡的目光盯着刘思远的军装看，看得刘思远心里暖暖的。能看出这男孩也是一个喜欢穿军装的人。

男孩一口一个"叔叔"。刘思远心里明白，自己比男孩大不了几岁。他想大概是男孩见军人都这么称呼吧，没太在意。聊了一会后，男孩突然问刘思远多大了。真是哪壶不开提哪壶，刘思远最怕别人问他年龄。刘思远从小就长得老相，在风沙大、紫外线强的大漠哨所待了两年后，显得更黑更老了。别人问他年龄，如实相告吧，别人总觉他在骗他；往大说吧，又确实在骗人，这两个结果都不是自己想要的。

男孩突然这么一问，刘思远一时不知怎么回答，支吾半天又把问题抛给男孩。他说"你看我到底有多大"？话一说出口他就后悔了。

"也就四十多吧！"男孩脱口而出。听口气好像给他面子故意说小了许多似的。看来男孩主动给他让座，不仅仅因为他是个军人，还因为他是个"老人"。

真是担心什么来什么。从余光中刘思远看到女孩强忍着笑，便没好气地随口道："差不多吧，你多大了？"

"二十一。"

"哦，和我儿子同岁。"说完这话，刘思远便懒得再理男孩。

一听刘思远这么说，女孩终于憋不住笑出声来，而且非常夸张，抱着肚子，东倒西歪。笑得男孩莫名其妙，笑得刘思远非常紧张。他怕被女孩揭穿，会让男孩对军人的好感荡然无存。

"哎，你笑什么？"等女孩止了笑，男孩就问，完全一副同龄人问同龄人的口吻。

男孩一问，女孩忍不住又笑得花枝乱颤，边笑边摆手："没什么原因，你别问了。"

笑完了，女孩把头扭过去看窗外，直到那个男孩下车都没转过脸来。但刘思远看到她的双肩时不时耸一耸，知道她还在无声地笑着。真是个爱笑的女孩。不过她笑起来确实挺好看的，眼睛弯成月牙，一脸灿烂。

等男孩下车了，女孩回过头又笑开了，边笑边责怪刘思远："没想到你这人挺小气的！"

"我怎么了？"刘思远明知故问。

"一个小中尉就给人家当长辈，亏你说得出口。"

"是他自己说我有四十多岁。"

"所以说你小心眼。睚眦必报！"女孩说完，又捂着嘴笑开了。

"谢谢你！"刘思远说。

"谢我什么？"

"你知道的。"

"哦，刚才那个呀？类似的糗事其实我也碰到过。"

她说有次上街，有个衣衫褴褛的小男孩向她要钱。那天恰巧带钱不多，她见小男孩可怜，把身上的钱全掏给了他。小男孩拿了钱，高兴得跑了，没想到她身边一下子又围上来三个差不多一般大小的孩子伸手向她要钱，她给他们解释自己没钱了，可没一个人听劝，跟在她身后哭哭啼啼，甚至有个还说你一下给他那么多钱，咋一点不给我们？理直气壮，让她有嘴说不清。她走哪儿，这帮脏兮兮的小男孩就跟到哪儿，让她无地自容，最后拦了辆出租车仓皇逃走。

"你出来应该尽量穿便装。"女孩说。

刘思远不但长得老相，还长得丑，除了军装，别的什么衣服穿在他身上，大家给他的评价千篇一律："穿的什么呀，跟个民工似的！"因此，他格外钟情军装。这话是不能跟别人说的，尤其是一个刚认识的女孩，只能笑一笑蒙过去。从女孩的言谈中，刘思远听出她对自己没有丝毫怀疑。她相信我。这么想的时候，一股莫名的狂喜之情便像风暴般掠过他的心头。

"你到底多大了？"冷不丁她又问。

"干吗？又来了。"刘思远不清楚为什么别人对他的年龄总是这么感兴趣，不管认识的不认识的，都喜欢问他这个。这很重要吗？他真是想不通。

"不干嘛。说实话，到现在我心里有个疑惑，你是不是戴错衔了？"问完，她忍不住又笑了。

　　听了这话，刘思远本来有点恼火，但看到她纯真无邪的笑脸，小小的气恼转瞬间了无踪影。柔顺的短发，白白的脸庞，清澈的双眸，女孩身上的确有种远离尘世烟火的美。尤其是那一头短发，让刘思远按捺不住有种想伸手摸一摸的冲动。

　　"问你话呢，愣什么神？"

　　刘思远像被人窥见了内心，立马变得手足无措。他的样子把女孩又逗笑了。刘思远想，她原本没什么恶意。他不由得把自己的另一段糗事主动爆料给她。他不清楚为什么，也许，潜意识里就是想让她开心，让她再笑一笑。也许是女孩亲切的笑容，也许是萍水相逢不必要太顾虑，这会儿，他没了最初的羞怯和拘谨，完完全全地放松了。平时少话的他，像被疏通渠道的水，欢欢畅畅地聊开了。

　　半年前，他参加部队一文学笔会。会员多，编辑和接待单位领导人少，每次就餐，领导会让负责接待的同志叫一个会员过去，不论谁来叫，都把刘思远生拉硬扯地拽过去。他每次尽力挣脱极力争辩，因为会员中有好几个年龄比他大职务比他高的，还有一个支队副主任，可他的长相让人认定他就是那个年龄最大职务最高的。笔会快结束的时候，领导要求大家把军装换上合影留念，大家才发现刘思远不过是个小中尉，于是大呼上当。以刘思远的长相，大家觉得他至少也该是个中校。于是，后面就有人叫他"假中校"，渐渐地被大家叫开了。

　　没等刘思远讲完，女孩再次笑得东倒西歪花枝乱颤。虽然讲的是自己的糗事，但看到女孩笑得如此开心，刘思远也觉得很开心。该下车了，那一刻，他多么希望火车不要停下来，就这么开下去，一直开下去……这段路，他坐了多少次，从来没觉得如此短暂过，短得让人不知所措。

　　车停了，刘思远起身向女孩道"再见"的时候，心里竟有种强烈不舍的感觉。下了车，看着火车渐行渐远，一种空落落的茫然无措的感觉一下子击中了他的内心，让他一时忘了此行的目的。他突然觉得，一切像梦一样缥缈，似乎不曾发生过。他甚至有种深深的懊悔和自责。女孩叫什么名字，她从哪里来到哪里去，自己一无所知。在火车上，他看到她几次打手机发短信，却没有勇气索要她的号码。他想，也许这一错过，此后就是楚烟湘月两沉沉了。

火车看不见了，站台上刚才还闹哄哄的人群转眼所剩无几，刘思远才拖着皮箱往出站口走。因为发了几篇文章，他被当作人才直接从大漠哨所调到总队宣传处。他要去支队办理相关手续，然后再去总队报到。无法预知的未来，让他很快从这种失落中解脱出来。

人生，有时就是这么不可思议，充满了悬念和巧合。不久后，刘思远不仅见到了女孩，知道她叫姚遥，一转眼还和她共事八年。在后来很长的一段日子，刘思远在心里嘀咕，人生若只如初见，该多好！

二

一进家门，温暖扑面而来。

"老太婆，开饭啰！"爸爸边给女儿递拖鞋、接外套，边对厨房里忙活的妈妈吆喝，声音有种掩饰不住的开心。看着老爸脸上小孩子过年似的开心，姚遥不由鼻子一酸。

"怎么还没开饭？"姚遥边洗手边问。由于下雪路滑，造成严重堵车，她到家的时候，比平时晚了一个多小时。"你要不来，你妈妈是不会让我吃的。"爸爸话音刚落，妈妈嚷开了："你这个老头子，真是恶人先告状，是谁说再等等，再等等？"

听着父母吵来斗去，姚遥不由有些恍惚。曾几何时，爸爸变得像个老顽童了，对自己这么黏？退休前，爸爸是公安干警，一身制服的他是那么威严，让她从小到大都很怕他。退休后的爸爸随着脱掉那身制服，也脱下了那一身凛凛的威严。父母都是没什么特别爱好的人，不像别的老头老太太，扭个秧歌、蹲在马路边上下个棋打个牌什么的，姚遥能想到他们每天待在家里大眼瞪小眼地孤寂。而她自己也非常迷恋家的温馨，只是，随着年龄增大，个人问题迟迟得不到解决，二老又总是在这个问题上喋喋不休，弄得她很是苦恼，下班后急着回家的心情也就渐渐淡了，开始找各种借口待在宿舍里很少回家。今夜的风雪，让她不想再待在清冷的宿舍，便又跑了回来。

姚遥从卫生间出来的时候，饭菜已端上桌了，冒着腾腾热气。在饭桌上，父母比赛似的一个劲地给姚遥夹菜，颇像一对热情好客的主人。突然之间，姚遥觉得她和父母之间有了一些不易觉察的距离。他们问女儿工作、生活，问得躲躲闪闪小心翼翼。姚遥知道他们最想问什么，话题也围着那个问题绕来绕去，就是不敢靠近，不知是商量好了还是怕惹好不容易回趟家的女儿生气。看着父母可怜巴巴的样子，姚遥想自己真是不孝，怎么就不能早一点把自己处理掉，让他们如此煎熬。这么一想，原本大开的胃口不觉间闭合了，口里的饭菜也变得味同嚼蜡。

"周末你让小刘到家里来，我给你们做些好吃的，好好改善改善。"母亲边往姚遥碗里夹菜边说。"他要去相亲，可能来不了。"姚遥随口说道。话一出口她就后悔了，这不是引火烧身吗？果然，母亲的脸色一下子变了。

"这么说，小刘也有对象了？"

"不是才去相嘛，八字还没一撇呢！"姚遥说。对一个急着要把女儿嫁出去的母亲来说，一听别人相亲嫁娶就会着急上火。

"干什么的，跟小刘配吗？"妈妈又急急地问。

"你这个老太婆，不是才去相嘛，遥遥怎么会知道。"可能看姚遥脸色变了，父亲赶忙打圆场。听父亲这么说，姚遥又把自己冒上来的火苗赶快压下去，说道："不知道，我没问。"母亲还不死心："你们俩不是在一个办公室吗？怎么就不知道？"

刘思远无形中成了母亲择婿的一块鸡肋。母亲见过刘思远后也曾劝女儿，"要不和小刘谈算了"。姚遥清楚母亲内心勉强，当时就说："他不合适。从你的角度，他不够有钱有权；从我的角度，他不够帅。"

女儿模样千里挑一，工作也是人见人羡，母亲曾对姚遥择婿抱有很大的期望，只是随着姚遥的婚事迟迟不能解决，那颗一直高高在上的心也就一点一点落了下来，但还没有落到刘思远这个穷小子够得着的地方。所以，听姚遥说不合适，母亲没再说什么。没想到，如今，母亲把刘思远当成了女儿婚姻的"保底工程"，这一听他相亲，就有点急了。

这时，手机响了，姚遥一看是她的大学同学，一个模样一般、在校时默默无闻没想到毕业后成了同学中第一个结婚第一个生子的人。她来电话给姚遥介绍对象，说对方条件不错，姚遥爽快地答应了。不是因为对方的条件不错，而是为了安抚二老。果然，姚遥一放下电话，就发现父母两眼放光，眼睛里的问号长得像钩子："干什么的？多大了？"问题奔涌而出。姚遥摇头。"怎么不问？"母亲责备道。"见了不就知道了。"姚遥说。她怕父母会缠着这个问题问个不休，就说了声"我有点不舒服，早点睡了"。说着起身逃也似的进了卧室，把母亲"是不是感冒了、要不要喝药"的关心关在了门外。

时间还早，哪能睡得着。姚遥想躺在床上看会书，可怎么也看不进去，看了半天都不知道书上说了些啥，索性关灯，把自己放在黑暗中。看女儿这么早真关灯睡了，母亲摸摸索索进来，把手伸到姚遥头上摸了摸，发觉根本不烧，就叹了口气，又蹑手蹑脚出去了。眼前的那一丝光亮，随着母亲轻轻的关门声也随之消失了。在黑暗中，姚遥眼睛睁得大大的，盯着天花板，脑子里一团乱麻。她想，这次见面的人如果能看过眼，她就答应。没必要再挑挑拣拣，就像别人说的，女人到了她这个年龄就真成处理品了。就像母亲曾对她的婚姻抱很大的期望，她的底线又何曾低到如此不堪？一想到这点，她心里就有种说不出的难过和悲哀。

谁也不是一开始就成处理品的。姚遥也曾青春靓丽、炙手可热，也曾爱得昏天地暗。那是她的初恋，只是，没想到这段曾给她最大快乐的感情也给了她最大的伤害。

上大学的时候，宿舍里的几个女孩，找男朋友的唯一标准就一个字：帅。可以没权没钱，什么都没有，但长得一定不能"客气"。"客气"这个词是杨眉发明的。那确是个眉眼如画的女子。她对长得不怎么样的，不说不帅、不英俊、不漂亮、不美丽，一律称之为"太客气"。她们一个个把古天乐、金城武、张东健、布拉德·皮特、汤姆·克鲁斯等帅气的歌星影星的名字挂在嘴边。现在想想，是多么浅薄多么幼稚。那时，他就是一个帅到令她们那帮不谙世事的女生尖叫的男生，在那场"女追男"的激烈角逐中，她最终凭美貌和智慧胜出。那时，她是那么迷恋他，和他在一起，都会心如鹿撞，幸福得让她快要窒息眩晕。毕业后，部队到学校招人，理想照进现实，姚遥如愿以偿，成了橄榄绿方阵的一员，男朋友本来有更好的去处，但为了追随她，也不分南北跟着她把工作找到这座西部城市。没想到，这样一路相恋相伴的恋人，山盟海誓、信誓旦旦非她不娶的恋人，后因工作调动去了沿海的城市，分开不到半年，就因两地分居提出了分手。多年过去了，这件事的后遗症还没有完全消除。她甚至一度对人性都产生了怀疑，变得愤世嫉俗变得张牙舞爪。人前强颜欢笑，但内心却是锥心的痛。有段日子，姚遥感觉顶不住了，就休了假，去外婆那儿小住了一段日子。那是她童年生活过的地方，她希望在那儿能重拾快乐，找到她继续前行的力量。遇到刘思远的那天，正是她返回的日子。那时，她觉得把一切都放下了，烟消云散了，不再纠结，不再怨恨，甚至觉得快乐又回到了内心。不料上班后，熟悉的环境让一切卷土重来。

姚遥做梦也没想到，与那个在火车站萍水相逢的人会成为同事，在同一间办公室办公的同事。真是匪夷所思！刘思远来之前，姚遥一人一间办公室。刘思远的到来，结束了姚遥的特殊待遇。那天处长把他领进她的办公室，看到刘思远那张黑得出奇的脸，她真有种活见鬼的感觉。

刘思远刚调进机关的时候，她的心情依然很糟。也许由于心情，初次相遇时并没觉得他有多丑。可真正与他面对面坐在同一间办公室的时候，她觉得他真是丑得不一般。用她当时的话说："见过丑的，没见过这么丑的。"刮过络腮胡子的脸一片铁青，有个虎牙大得出奇，属典型的青面獠牙。她真担心整天面对他，晚上会做噩梦。

刘思远没来之前，办公室只有她一个人，在这个相对独立的空间，即便是上班，她有时也可以任意宣泄自己的情绪，可他的突然闯入，她不能再随心所欲地悲泣了，让她的忧伤何处安放？她把他看作是一个入侵者，最初的日子里，对他充满敌意和冷漠。

从什么时候从哪件事开始，不再那么反感刘思远了，也不觉得他面目可憎了，姚遥自己也说不清。也许是那个悲伤慢慢淡去的时候。

后来，他回来过一次，还专门约了姚遥，说对不起她，他很后悔。他说刚调过去一时很难适应，想站稳脚跟，想有人罩着，就和一个喜欢他的女孩交往了。因为那个女孩有个能实现他愿望的父亲。那一刻，姚遥想到了刘思远。刘思远的艰难应该远远在他之上，他是作为业务尖子被选调的，而刘思远调进机关的时候，对写材料是个十足的外行。在政治机关材料写不好那是致命的，可刘思远连做人处世的原则都不肯妥协，更别说为了好过一点出卖自己的爱情。

他说等他真正立稳脚跟后才明白自己放弃了什么，选择了什么，那个女孩并不适合他，更重要的是他们之间没有那种血肉相连的爱。可当初慌不择路，就轻易放弃了应该用生命珍惜和呵护的东西，给自己套上了一个摆脱不掉的"紧箍咒"。他说给姚遥带来那么大的伤害，真的很对不起。说着他伸过手来想抓她的手，姚遥怕脏似的躲开了。

他笑容依旧，只是，对自己再没有什么杀伤力了。他手伸过来想抓她的时候，姚遥心里竟生出厌恶的感觉。到那一刻，她才懂得外表只能是一个人的伪装，由此判定一个人，无疑是自掘陷阱。时间终会剥去伪装，让一切水落石出，优劣自现。

那天的见面时间很短，他似乎有很多话需要倾诉，但姚遥不想再跟他待在一起，哪怕是一小会儿。她说服不了自己，便找了个借口起身告辞。他可怜巴巴地说，还可以见到你吗？她没有一点心动，即便曾经死去活来地相爱过，即便悲痛欲绝地伤心过，可那一刻，没有爱更没有了恨，中间的鸿沟，把一切推得山高水远，推得毫不相干。姚遥只说没必要了，然后，转身离开，无悲无喜。

姚遥差不多从记忆中删除他了，没想到，在这个雪落无声的夜里，她又想到了他。她突然发现，自己真的不恨他了，甚至有点感谢。是他，曾带给了自己那么多的甜蜜和快乐，如果没有他，自己的青春该多苍白？只是，有多少欢愉，就会有多少忧伤。这么多年，面对感情，姚遥是多么茫然无措，只有她自己清楚。对姚遥来说，从来没少过追求者，只是她从此不知道，一腔真情，该如何托付？

这个世间，有谁会真心呵护自己，舍不得让自己受一点点伤，有吗？在黑暗里，姚遥问自己的时候，刘思远那张难看的脸清晰地浮现在面前。

三

应该走了。坐了不一会儿刘思远就想走，借口有一千个，就是起不了身。

室内温度适中，冬日午后的阳光从窗外照进来，暖暖地洒在身上，有种说不出的惬意和慵懒。

"你应该把军装穿上。我从小就喜欢穿军装的。我看到穿军装的就兴奋。"

喋喋不休，一脸地迷醉，唾沫星子在光柱里乱飞。刘思远不由得把自己的杯子向旁边移了移，不知是否移出了其势力范围，便打定主意不再去碰它。咖啡于他，除了价格，远远不及一杯白开水。

按刘思远的本意，喝咖啡还不如去吃麻辣烫，便宜又实惠。但介绍人指定在咖啡屋见面，说这样有情调。现在人们干什么都讲究情调，在他看来，情调不是讲出来的，也不是谁都能讲出情调的。可是，许多人不懂。于是，大街上有了太多浑然不觉的东施效颦。

介绍人不仅指定在咖啡屋见面，而且在哪一家哪个时间甚至哪一桌见面都指定了。这样也好，男女双方准时赴约就行，用不着像地下党接头似的，男的拿份报纸，女的拿本杂志。

见面时间定在周六午后三点。聊两个来小时判断对方是否合自己的口味足矣！如果彼此没感觉，聊完各自回家；有感觉，一起共进晚餐，加深印象。如果觉得可以，周日可乘胜追击。一周或一月后想闪婚也未尝不可。当然，分手也完全用不着等到七年之痒。这就是新时代的恋爱法则。

刘思远准时到达，女方十分钟后才姗姗而至。这也完全符合情调定律。

"我姑姑家旁边就是部队，小时候去她家，经常跑到部队门口，看那里进进出出的军人。那时候我就想，长大了一定要嫁给当兵的……"她还在发表迷恋绿军装的宏论，眼神迷离，刘思远知道和自己无关，因为他没穿军装。虽然在这座大都市里工作多年，刘思远还是一身洗不掉的乡土气。咖啡馆原本与他这个从大山里走出来的人山遥水远，但因为相亲，也渐渐来得多了。慢慢地，他喜欢上了这里的环境。尤其是这家咖啡馆，他来了不止一次，虽在市中心，却又藏在一条胡同深处，闹中取静。烟色隐形花纹的墙纸、米色的布艺沙发、造型别致的方桌，在这个寒冷的冬季，总给人一派暖洋洋的温馨。这种温馨，总让人坐下就不想起来。

明知道没有哪个女的会踩着点来，但每次相亲，刘思远都会准时赴约。一是职业习惯，一是有充裕的时间给自己点一杯廉价咖啡。现在的女孩，张口蓝山闭口卡布其诺，都是些价格不菲的牌子。据说产自加勒比海牙买加岛的蓝山咖啡豆价格昂贵不说，而且产量极低，每年能进入中国市场的份额少而又少，能到达这座西部城市的，更是微乎其微。

刘思远每次来，都会为自己要一杯雀巢速溶咖啡。可刘思远觉得与所谓的名牌相比也不差什么，就像他永远抽不出好烟与次烟的区别一样。他也曾打肿脸充胖子，随大流要过价格昂贵的咖啡，那之前，他不曾喝过，不懂得要加糖要小口品，像喝水一样一口下去，一股烧煳了的中药味，苦得他差点没把舌头吐掉。从那以后，他就对这种叫"咖啡"的东西有点敬而远之。

只不过，随着在咖啡厅相亲的次数越来越多，耳濡目染，也渐渐了解了其中一二。现在，他到了咖啡馆一定是要点杯咖啡的，许多时候，不一定是为了喝，而是为了装点门面。如果你不点或点别的，会让有的女的觉得你不懂情调不懂浪漫，因此，连坐下来和你聊的心情都没有，直接转身走人。这样的事，刘思远碰到过。所以，现在刘思远来，喝与不喝，都会要一杯速溶雀巢。

女子还未张嘴，刘思远就知道他们不可能，没有感觉。嘴一张，更觉没戏。虽然到了火烧眉毛的年龄，但刘思远还是不想太将就。母亲去世之前，隔三岔五不是电话就是信，催促他的终身大事；母亲刚去世后，他备感孤寂。这两个时期，刘思远结婚的愿望非常迫切，也想着将就将就算了，可最终还是没能将就成功，现在，将就的心渐渐淡了。刘思远知道有人在背后议论：就他还挑三拣四。刘思远想，难道谁注定只能让别人挑拣？当然，也不能因有人的议论就削足适履。一辈子那么长，他可不想穿双不合脚的鞋走完。人这一生，有些鞋你不得不穿；有些鞋别人非给你穿，哪怕削足；有些鞋可以不穿，那为什么还要削足呢？这么一想的时候，刘思远便不管飞短流长，挑得理直气壮。

女子的高谈阔论，起初让刘思远很不好意思。他环顾了一下四周，发现来这里消费的大多是情侣，一对对腻歪在一起，没有谁会注意别人说什么。这家咖啡馆，有雅间也有散座，像相亲这样初次见面的男女，不大适宜雅间那样狭小私密的空间，所以大多数人会选择散座。因为没有好感，一坐下来刘思远就想着找借口离开，却迟迟未能付诸行动，除了迷恋这里的环境，就是觉得不太礼貌。因此，他人虽坐在这里，可心猿意马，对女孩子的话，听得有一搭没一搭。小时候老师家长经常教育自己，一心不能二用，可他很难做到，经常是一心二用甚至多用。此刻，刘思远想，要是把这个女子的话转述给姚遥，她一定会笑得直不起腰来。

当年军校毕业，得知要去干部处报到，刘思远很是激动。一毕业就分到干部部门，没想到到了干部处还要进行二次分配，一路向西，最后被分到了最偏远支队的最偏远哨所。然而，仅仅两年，他又沿着当年的路线回来了。刘思远到总队后，先去干部处交接关系，然后找宣传处长报到。寒暄了几句，处长就把他领到了办公室。一走进办公室，刘思远就看到了那个让他"竟夕起相思"的女孩，虽然一身戎装，但他确信是她无疑。他也从她脸上看到了不亚于自己的惊讶，但那惊讶一闪而过，很快变成了冷漠。

　　进去后，处长介绍说："姚遥，我们的美女干事。"然后又指着刘思远说，"这是我们新调来的刘干事，刘思远，写诗的，很有才，以后你们俩就一个办公室。"刘思远觉得奇怪，他不过是发了几篇散文，不知为什么别人介绍的时候，总爱说成写诗的。

　　听了处长的介绍，她瞟了他一眼说："明明像个杀猪的，非要说成写诗的。"声音虽然不高，但语气中的不屑与嘲讽，当场让刘思远无地自容。处长转身出去了，刘思远能想到他忍俊不禁的表情。他想发作却又不知如何开口。那天分别后，她灿烂的笑容一次次浮现在他面前，让他止不住期待着能再见到这个笑容，哪怕一分哪怕一秒，没想到见着了，却是如此冰冷。

　　刘思远把自己安排妥当，屁股还未坐热，处长就把一个大材料交给他，而且交稿的时间催得很紧。这当然有两种解释，一是看一下你到底多有才？一是给你个下马威。总队机关的门槛不低，凡进来的哪一个不是过五关斩六将一路拼杀？而刘思远，就因为发表过几篇破文章轻而易举实现了多少人挤破脑袋都很难实现的梦想，你说，能让人心理平衡吗？

　　调进政治机关的，尤其是调进宣传处、组织处的，谁不是从基层材料高手中精心挑选出来的？哪像刘思远，调进机关前一份材料也没写过，完完全全是个菜鸟。在那个天荒地远的大漠哨所，刘思远也曾想，如果干得好，也许有一天会调进机关，那也得是先进中队然后再到支队，想想都是一件遥不可及的事，哪敢奢望直调总队？当时刘思远写稿投稿，主要是想打发寂寞，潜意识里也想能引起领导的注意。不料，还真引起了总队首长的注意，只是没想到领导注意的结果会是什么，没能未雨绸缪早一点研习公文写作，如今遭遇突发事件，后悔也来不及了。他不可能觍着脸告诉处长自己不会写，不会写你跑到这里干什么来了，你以为这是自由市场？虽然不是自己要来的，但你能给领导这么讲吗？又不是初来部队的新兵。

　　别无选择，只有硬着头皮上。可以想象这份材料他写得有多艰难。分配给他的电脑可能是处里最破的一台，临近报废，刘思远原想从里面找点旧材料参考参考，打开后才发现，外表脏污的它里面却像白纸一样干净。刘思远也想找姚遥求助，可一看到她那张冷若冰霜的脸又把差点出口的话生生地咽了回去。

刘思远眼睛熬成了熊猫眼，材料还是一次次被打了回来，最终未能通过，最后还是由处里的另一名干事重新起草，领导只字未改就通过了。刘思远知道，一切全然不同。他能感觉到，大家看他的眼神变了，而他自己，也自感矮人一截。

　　刘思远是政委偶尔看到他的文章拍板把他调上来的。但大多数人都觉得不会就这么简单。文章，不过是个幌子，是一个理直气壮的借口。有人很快查出端倪——政委和刘思远老家是一个地区的。

　　在大机关混的人，谁的心不似莲藕，少一个心眼都有可能碰得鼻青脸肿。可偏偏刘思远的心太实了，来机关没两天，别人没用什么招数，就查明他确实不认识政委，他家的七大姑八大姨拐弯抹角的亲戚也没有人认识政委的，他甚至连政委是自己的老乡都不知道。知道了也没觉得跟自己有什么关系。他确是因为发了几篇文章调进机关，仅此而已！毕竟是政委拍板调进来的，大家还多少有点顾虑。然而，刘思远调进机关不到一个月，政委高升了，去了更高一级机关。在别人看来，刘思远唯一的靠山也没了。

　　你不是有才吗？怎么一个材料都写不好？机关的参谋干事助理员不像基层带兵的那些人。在基层，军事素质差，有人可以帮带你，即便是吼你，狗血淋头地批评你，也是想让你尽快赶队。在机关，一个萝卜一个坑，每个人都有自己的一摊业务，没有人陪你。你没那个金刚钻就别揽这份瓷器活。别人不用吼你，甚至笑脸相迎，只需要五六次甚至七八次把你费尽九牛二虎之力的材料打回来就够了。与这滋味相比，吼你简直就是小儿科了。

　　刘思远变得敏感而脆弱。别人在一起说笑，他总认为是在嘲笑自己。因为他其貌不扬，却和美女姚遥分在一间办公室办公，有好事者称他俩为"美女与野兽"，还有人很快给刘思远起了个很东洋化的外号——"比茄多耳"，意思是他黑如茄子，只是比茄子多了两个耳朵。同事之间开开玩笑本来没什么，可那时候，一句玩笑都会刺伤他，让他异常难受，可表面上又要装得满不在乎，那真是段苦不堪言的日子。那段日子，他也曾想着打道回府。可每次想回去，他就想起执勤点的那些兄弟，他离开的时候一个个哭得稀里哗啦，嘴里不停地说："排长，去了后好好干，给我们哨所争气。"也想到支队领导拍着他的肩膀说"你给我们支队长脸了，不容易，去了一定好好干"。虽然在支队的时候，领导未必了解他，但在那一刻，支队领导的鼓励是真诚的。

那一刻，他也很激动，从接到调令时他一直很激动，觉得会有个远大的前程在等着自己。毕竟是大机关呀，发展的空间肯定大，大家都这么说，可等自己豪情满怀地来了，却是意想不到的局面。后来，他不止一次想，人往往当初认为最得意的一步，却常常是失败的开始。那段日子，他觉得真是很失败，是彻头彻尾的失败。但是，他回不去了。他果真回去了，支队领导会怎么想，执勤点上的弟兄们会怎么想？回去，也许是另一个艰难的开始。人生没有回头路可走。

在许多的伤害中，也许姚遥给予他的是最尖锐的。他不知道是什么原因让这个女孩前后判若两人。他甚至怀疑她和那女孩的确不是一个人，不过是模样相似而已。

那段日子，刘思远最怕的就是这种身处人群中的孤独。在他看来，这种孤独，远比大漠哨所体验的孤独要可怕十倍。刘思远经常忙里偷闲把目光伸向窗外，越过营院，越过灰蒙蒙的楼群，落到那片辽阔的戈壁。不起风的日子，那里天空蓝得醉人，阳光总是懒懒的，有种遗世而独立的况味。

大漠哨所是总队最偏远支队最偏远的执勤点，是令许多官兵为之色变的地方，但刘思远却对那个地方无比依恋。出生在大西北农村的他，因为家贫，因为长相"客气"，他有着与生俱来的自卑。上军校后，因为说一口许多人听不懂的土得掉渣的方言，遭到不少嘲笑，他越发自卑了。军校毕业后分到大漠哨所，当了两年的中尉排长。在那个与外部世界很少扯上关系的地方，他像是重新回到母体或龟缩到一个坚硬的保护壳中，竟然前所未有地坦然和踏实。纠缠了那么多年的自卑情结，在不觉中与他渐行渐远。在那里，他带领战士确保目标安全的同时，每天抽空看书、写作，倒也自得其乐。为了活跃战士的文化生活，他经常组织大家唱歌、跳舞。有时战士们起哄，齐声高喊："刘排长来一个，来一个刘排长。"他架不住，就来一个，舞跳得像鬼跳神，歌是不会的，他就唱秦腔，还捏着嗓子学女声——

高文举读书一更天，梅英打茶润喉咽。

高文举读书二更天，梅英磨墨膏笔尖。

高文举读书三更天，梅英添油拨灯盏。

刘思远唱得鬼哭狼嚎，终有战士忍受不了，站起来说："排长，不好意思，这不赶紧上床睡觉还添油拨灯盏？让高文举自个儿忍受吧，我可是受不了了。"说着，就夺门而出。刘思远不理会，继续声嘶力竭地唱——

高文举读书四更天，梅花篆字奴教全。

高文举读书到五更，梅英陪他到天明。

……

唱到最后，战士们全都夺门而逃，边逃边哈哈大笑："让这样的张梅英陪一夜，高文举还不疯了？"

"臭小子，你们竟敢变着法儿骂本排长！"每到这个时候，刘思远才止住唱，大笑着追出门去，找战士们算账。在你追我赶中，肆无忌惮的笑声在辽阔的戈壁滩回荡。那时，他是快乐的，不知自卑为何物。

没想到久违了的自卑感，在他调进总队的那天起再一次卷土重来。

四

姚遥走出咖啡馆，看着大街上行色匆匆的路人，一腔悲愤无处宣泄，恨不能随便找个人吵一架。她没想到，介绍给自己的竟是这么一个货色：脑满肠肥。她没走近座位，远远地看一眼就气不打一处来，连过去打个招呼的心情都没有了，转身离开。转身的一刹那，她看到了靠窗坐着的刘思远，一脸的心不在焉。这家伙怎么阴魂不散，没想到在这个地方也能碰到。她当即惊出一身冷汗，迅速闪离。要是被他知道自己也沦落到相亲的地步，一世英名岂不毁了？！

在这座西部城市，繁华区上档次的咖啡屋也就这么一两家，撞上也不足为奇。姚遥出来后，满腔怒火的她当即把电话打给同学："你给我介绍的是什么人呀？"她刚一张口，对方劈头盖脸就来了："你还要找什么人？小姐，你今年多大了你不知道吗？你现在是在别人扒拉剩下的里面挑拣，再挑连这都没有了。人家好歹是个款，有车有房。"

"款你个头！我说过要嫁给款吗？"她对着电话吼道。然后，不等对方回答，果断挂了电话。本想臭骂一顿反倒叫人家一顿数落，是可忍孰不可忍！

姚遥挂了电话，她又不想早早地回家。她能想到父母此刻像热锅上的蚂蚁一般在等着消息，就这么灰头土脸地回去，无疑是自投罗网。当然，她也不想看到他们失望的表情。无处可去，她就在街上瞎溜达，等刘思远出来，想听听他发牢骚，平衡一下自己受伤的心灵。

虽然匆忙一瞥，姚遥还是看清了那个女子长相，刘思远比自己乐观不了多少。她想他肯定要不了多长时间也会落荒而逃，没想到这家伙屁股这么沉。不会是真叫那个丫头俘虏了吧？这么一想，她莫名地有点紧张，立即发短信试探虚实。

接到短信的时候，刘思远正有一耳没一耳听女孩述说她的军人情结。这年头，还有人这么推崇军人，真是难得。只是，她的军人情结似乎不是结婚对象，而是军装。好像只在乎军装，不在乎穿军装的这个人是谁。想想都有点可怕，像刘思远这样热衷于军服的，也不可能无时无刻地穿着，何况，谁能保证穿一辈子军装？他突然想起小时候学过的一个成语故事——买椟还珠。

女孩津津乐道，刘思远不好打断，正当他挖空心思想办法准备找借口闪人的时候，姚遥的短信来了。真是天助我也，刘思远边掏手机边想。

"聊这么久，一见钟情吧？"

"是呀，一见钟情。"刘思远回完短信，站起来说，"不好意思，有事我得先回去了。"

"本来想一起吃晚饭呢，那改天吧！"说着，女孩也站了起来，刘思远这才注意到她长得实在不低，让自己很有压迫感。

结完账，两个人一起出来，刘思远一眼看到马路对面拼命朝自己挥手的姚遥。他装作没看见，准备先送走女孩再说，不料这个迫不及待的家伙主动冲了过来。

"你是从哪里冒出来的？"刘思远明知故问。

"用情够专一的呀，拼命朝你挥手都看不见。这是未来的嫂子吧？"说着，姚遥转向女孩，自来熟地伸出手，"姚遥，刘思远的战友。"

"别吓着人家。"刘思远知道姚遥是故意的，拽着她说，"我们有事先走了，再见！"可这个不长眼的家伙甩开刘思远的手说："我和你没什么事，你快送送人家吧！"刘思远一听肺都要气炸了，想解释，女孩已经生气了，拉下脸转身蹬蹬蹬地走远了。看着那个愤怒的背影，两个人都笑了。笑完后，姚遥问："这就是你所谓的一见钟情？"

刘思远说："怎么样，不错吧？"他想姚遥肯定会说，是呀，很不错，你快去追呀！没想到她却说："你不会是饥不择食了吧？！"刘思远气得快跳起来了，可姚遥依然不管不顾，对他说："你请我吃饭！"说完，也不等他表态，径直进了旁边的一家火锅店。

该谁请谁吃饭？要不是她，自己至于受这两个小时的活罪，还有没有天理？刘思远本不想理会，转身回去，他不是完全生姚遥的气，而是实在没有心情，可最后还是没脾气地跟了进去。他们进去后，在一个靠窗的位置坐了下来。

菜很快端上来了，姚遥没像以往似的很八卦地逮着他问东问西，一副饿极了的样子，低头猛吃。看着她大快朵颐，刘思远刚才所有的不快很快释然。

姚遥光吃还不过瘾，还要来啤酒，喝起来也很生猛，一口一杯。刘思远这才发现，看似吃得欢快的姚遥，其实并不像表面上那么快乐。

"慢点喝，没人跟你抢！"刘思远劝道。

"就一瓶啤酒心疼了？你这抠门的毛病几时能改？"姚遥不但不领情，反而抢白道。

"服务员，再来五瓶。喝死你！"

"切。就几瓶啤酒。"姚遥说着，一杯啤酒又下肚了，一副豪气冲天的样子。

"唉，说说，受什么打击了？不会是因为我吧？"

"刘思远，你脸皮真是越来越厚了。"姚遥说着，一脚从桌下踢过来，踢到刘思远的小腿上，疼得他不由得干号了一声，让许多就餐的人转过头来看他们。看刘思远疼得龇牙咧嘴，姚遥这才幸灾乐祸地笑了。这一笑，刘思远觉得她心里的不快乐走了。他端起杯子说："别发愁，会嫁出去的。来，为我们的美剩女早日嫁出去，干杯！"

"又找打呀？本小姐人见人爱花见花开，会嫁不出去吗？倒是你，虽然困难，但劝你一句，千万别灰心，把自己轻易处理掉。像今天这位，不合适！"

"谁合适，你吗？"

"刘思远，知道吗，你这是典型的癞蛤蟆想吃天鹅肉？"

"不想吃天鹅肉的癞蛤蟆不是好癞蛤蟆！"

姚遥当即把一口水喷在地上。笑过后，两个人轻松了很多。"来，干杯！"刘思远主动端杯。不知不觉，两个人都有点喝多了。出火锅店的时候，姚遥都有点跟跟跄跄。坐上出租车没多久，就睡着了。看她这副样子，刘思远有点后悔，真不该让她喝多了。

"思远，你给我个家算了，我太累了。"走到中途，刘思远听到姚遥嘟囔了一句，虽然声音很小也很含糊，但他听得一清二楚。他的心一下狂跳不已，整个人都僵了。他被这突如其来的情况吓住了。许久，他转过头去看她，发现她依然在酣睡，飞速而过的街灯打在她脸上，一明一灭。他一时糊涂了，不知道那句话真是姚遥说的，还是自己心底的声音。

到了地方，姚遥醒了。把她送回宿舍，刘思远前往自己的宿舍，一时心乱如麻。这一夜，他失眠了。他一直想，那句话是不是姚遥说的，但越想越觉得不可能。如果不是姚遥，那就是自己心里的想法，可自己怎么会有这样的想法？在他看来，自己和姚遥一个在地一个在天，美人如花隔云端，这样想，无疑是自寻烦恼。

刚调进机关的时候，刘思远和姚遥虽面对面办公，却很少说话。扑面而来的沉重，让刘思远没心情搭讪这个曾让自己怦然心动的女孩。姚遥孤傲冷漠，整天面对刘思远却视若无人。那时候，他还没有分不清视若无人与视若无人的不同，把这一切理解为所有的人看不起他。他在心里发狠，终有一天，我会像一枚钉子一样钉在你们眼中。他整天不是盯着电脑，就是埋在一堆材料中，恶补自己的短板，希望能很快拿下业务让人改变对自己的看法。

可看法一旦形成，要改变谈何容易？

刘思远有较强的文字功底，又有基层工作经验，加上勤奋刻苦，在很短时间内，他的材料就上路了。可上路了又怎么样，只是多了一些辛苦，处里本该其他人的材料，却有意无意地甩给他，在不明真相的人眼里，他依然是个样样工作拿不下来的"菜鸟"，他的材料之所以能过关，那也是处里同事领导帮忙修改的结果。

看法未改变多少，刘思远就觉得他的材料还不够过硬，他总是试图把材料写得尽善尽美，让人无可挑剔，可什么是尽善尽美？材料不是一加一等于二，没有标准答案。刘思远想通过完善材料改变别人的看法，就显得有点一意孤行自欺欺人。他非但没有改变别人的看法，反而让"还大学生呢？真不知道那些文章是怎么写出来的""不要说材料，连起码的公文格式都不懂"等言论一度甚嚣尘上。

长期的灰头土脸，让刘思远茫然了，那颗争强好胜的心也渐渐淡了，他甚至连努力的方向都找不到了。有段日子，他一直对自己说，不如归去，不如归去，可就是下不了决心。也许他不会写材料的风吹进了老政委的耳朵，老政委调走时曾对有关人员说，能写出那么好的文章，相信也能写出好的材料，给他时间。这是老政委走后很长时间他才听说的，就这么平平常常的一句话，让他的眼泪差点夺眶而出。为了自己，为了那个偏远支队偏远的执勤点，也为了老政委的信任，他憋了一口气想证明给人看，可又不知道如何去证明。他就像那头掉进陷阱里的牛，找不到发力点，有劲使不出来。

有个周末，刘思远去书店翻书的时候，一句"守得云开见明月"一下跳入了他的眼帘。他觉得这是冥冥之中对自己的一种暗示，大庭广众之下，一颗硕大的泪珠猝不及防地"吧嗒"一声打在书上。他合上书，把它放回了书架，他甚至没有看清这本让他坚守、让他咬牙坚持的书叫什么名字，深吸了一口气，转身低头走出了书店。他边往外走边在心里对自己说："挺住，一定要挺住。"挺住，就意味着一切！

那时候，刘思远真的很自卑，自卑到连坐在对面的姚遥都不敢多看一眼。可他又是那么地想看她，控制不住地想看他。他知道她烦自己，可还是止不住想看她。她的一颦一笑一举一动，在他看来都是那么动人心怀。姚遥的美是动荡的，穿军装英姿飒爽，穿便装妖冶动人。不知什么时候，灵光一闪，就让人目眩神迷了。他不敢正眼看她，就把一双眼睛藏在电脑背后偷偷地看。她只有背过身去，他才敢放心大胆地看她曼妙的背影，可许多时候，她的后背像长了眼睛似的，会突然转过身来，他就像个被当场抓到的小偷，慌乱得无以复加。看他惊慌失措的样子，有时候她不屑一顾，心情好的时候，也会笑出声来，有时想到他被讨钱的老大娘围追堵截的窘样，会笑得弯不起腰来，直笑得他满脸通红像个关公，她才心满意足地从牙缝里挤出两个字："死远。"

相处没多久，她就明目张胆地叫他"死远"，刘思远也暗地里叫她"妖妖"。他觉得她就像一个妖精，但又不是那种坏妖精，是那种可爱的、无邪的妖精，像《聊斋志异》中的小翠。所以，他就叫她"妖妖"。她有种带着巫气直指心灵的聪慧。

刘思远喜欢偷偷地看姚遥，她早有察觉，便越发趾高气扬不可一世，越发把刘思远不放在眼里。但刘思远并不介意。姚遥是他的太虚幻境，是他的镜花水月，是他走不近又逃不脱的命运。虽然办公室许多时候很冷，但刘思远却很留恋。

除了姚遥，刘思远能挺过来的另一个原因是文学。不知是谁说过，现在的文学，是低的，需要你弯下腰，甚至匍匐在地。只有你匍匐在地，你才能够感受到文学的巨大力量。这话他信。那段日子，不论多忙多累，他都会见缝插针读一些书。也不论多晚，他也要写些东西，不为别的，只为给自己找一点精神上的支撑。是文学让他有理由坚信，只要自己不倒下，就没有什么力量能把自己撼动。当然，这一切只能靠地下工作，从他走进机关的第一天起，就有人好心提醒他，别再写什么劳什子诗歌了！当然，没有人制止得了，除了你自己，别人的制止，充其量是一种变相的助长。

五

车上冒出的那句话把刘思远吓着了，也把始作俑者姚遥吓了一跳。真是疯了，怎么会突然冒出那么一句。一路上，她虽然闭着眼睛，可并未真的睡去。只是很难受，酒入愁肠愁更愁的难受。

一想到刚才刘思远不放心的表情，她就想笑。他说："你应该回家去，这里没人照顾，真让人不放心。"一脸天要塌下来的样子。看来，他没有听清那句话。真是庆幸！

"回去吧！别婆婆妈妈的！"她一把将站在门口的刘思远推了出去，然后迅速关门。说实话，那会儿，她真是一分钟也不想看到他。

回家去。姚遥也想呀。尤其像今晚，胃里不太舒服的时候，她多么想回到父母身边，回到那个爱意满满的家呀。喝成这个样子，哪像个女孩子？母亲一定会一边嗔怪一边给自己倒一杯蜂蜜水。爸爸也一定会说，孩子够难受了，你就少唠叨两句。一想到这里，她心里更难受了。可她不能回去，这个样子回去，父母就知道事情又泡汤了，该又难受了。过去，公寓只是中午休息的地方；如今，这里成了她的避难所，隔三岔五住在这里。她越来越不知道如何面对父母了。

屋子真静，只有灯管镇流器的嗞嗞声。喝了啤酒，她原想回来后倒头就睡的，没想到，这会儿睡意全无。她又想她在出租车上冒出的那句话。那一刻，那个念头真的冒出来了。她多想在这样的夜晚，再不用这样狼狈地逃到这个死寂的、需要自己摸索着开灯的公寓，而是回到一个多晚都为自己亮着灯的温馨的家，真的不需要多大多华丽，有一个心疼自己牵挂自己的人就行，而这个人，也不一定要多英俊多有钱，就像刘思远这样的也行，只要有爱。

这时，妈妈的电话来了。"女儿，怎么样？"一腔的热切。热切得让姚遥不忍心泼冷水。"说不上，处处再说吧？"她说。"这就对了，感情是处出来的，不处处怎么能知道合不合适，是不是？一起吃晚饭了吗？"妈妈的问题一个接一个，让她无法招架。"妈，我单位有点事，今晚不回去了。"说完，她没容妈妈的问题再追来，就果断挂了电话。

刚放下手机，短信来了。一看是刘思远："怎么样，还难受吗？"姚遥没有回。他的短信也再没来，也许他认为她已睡着了。

关了灯，可还是睡不着。姚遥睁着眼睛，把自己淹没在黑暗中，也淹没在看不见的忧伤里。

不知什么时候睡着的，醒来时已是一屋阳光。

"醒来了没有？胃还难受吗？"姚遥刚伸了个懒腰，刘思远的短信就像长了眼睛似的来了。

"醒来了。不难受了。"

短信刚回过去，电话紧跟着就打进来了："醒来就过来，我做了解酒汤，喝一点胃里会舒服很多。"怕她拒绝似的，没等她表态，刘思远就挂了电话。

去，还是不去？人家一大早辛辛苦苦做了汤，不去，有点说不过去。当她准备去的时候，突然记起昨天晚上冒出的那句话，一时不知如何定夺。去了，怎么面对？想想还是算了。正准备打电话找借口推掉算了，转念一想，一个办公室的同事，早晚都得面对。不去，好像真怎么了似的。最后决定，去。为什么不去？！

姚遥敲开门的时候，刘思远围着围裙，一副居家好男人的范儿，正在往桌子上端早点。刘思远虽然人长得不咋样，可把个单身公寓布置得非常温馨。看着桌上袅袅地冒着热气的早点，姚遥一时恍惚起来：就这样一间小屋，就这样一个围着围裙的男人，足矣！她一下子变得非常虚弱，真想一屁股坐下去再不要起来。

"真是上得了厅堂下得了厨房的好男人呀！怎么就那么多人有眼无珠

呢？"看到这一切，姚遥发自己内心地替刘思远鸣不平。

"是呀，怎么就那么有眼无珠呢？这么好的男人，站在面前都看不到！"

"死远，找死呀！"姚遥不承想一句感慨，竟把自己牵了进去。

坐下来吃饭的时候，姚遥才感到就这么跑过来吃早饭有多冒失，有多欠考虑。这不是办公室，一大早就这么孤男寡女在一起吃早点，太不自在了。要是突然有人来，那真是有嘴说不清了。因此，这个早饭两个人吃得惊慌失措、提心吊胆。囫囵吃了两口，姚遥就逃了出来。走出楼梯口的时候，竟有种劫后余生的感觉。

从刘思远的公寓出来，姚遥无处可去，又回到了自己宿舍。可一走进这个冷清的地方，她又一分钟都不想待。与刘思远的宿舍比起来，自己的宿舍真是清汤寡水。周末，她又不想回到父母那里去，他们一定会刨根问底。还有昨天介绍人说的那句话，一想起来就来气！可供自己选择的，难道真的只有别人挑剩的歪瓜裂枣？想到这里，她又想到了刘思远、杨眉，突然又自信起来。她发现，到了这个年龄段，还没有对象的，一种就是自身情况的确比较糟的；还有一种，就是比较优秀的。像自己、杨眉、刘思远，能说不优秀吗？刘思远，作为结婚对象，在许多人眼里，他没权没钱，没房没车，而且还长得这么"客气"，也许不是最佳人选，但这不能抹杀他的优秀。他对人对生活对工作真诚，足以把一切坚硬融化。他就像一枚琥珀，在岁月的不断检验中，愈发熠熠生辉。

就在这时，她突然灵光一闪，想把刘思远和杨眉撮合撮合。原来怎么就没想到呢？也许就是因为那个"客气"，从外表上看，刘思远不但"客气"，而且是"十分客气"。杨眉走上工作岗位没多长时间，她那个长得"不客气"的帅男友攀上了高枝，就把她给甩了。这么多年，她似乎一直在轰轰烈烈地谈恋爱，但无一修成正果。栽过跟头的她，想必不会再执着于她的"客气"论了吧？

见见她。姚遥在宿舍里转了个圈，下定决心。这样不但可以打发无聊的一天，说不准还能干成一件积阴德的事，何乐而不为？于是，一个电话，就把那个同样无聊的大龄女青年约了出来。

虽然自己的事情依然没有眉目，但这并不影响她对刘思远的关心。其实，她从未真正讨厌过刘思远。虽然他长得"客气"，但为人耿直，谈吐不俗，真正和他熟了以后，才发觉他真的很有才华也很有情趣。有些人就像假山，一见面就把所有的美丽堆砌在你面前，让你能一下子喜欢上他，但这些人往往经不起生活推敲；有的人，就像一口深井，起初并不显山露水，但交往久了，你总能从这口深井里打出甘甜的井水。她觉得，刘思远就像是一口能经得起岁月检验的深井。

姚遥真正从内心与刘思远亲近起来，大概是刘思远母亲去世后。刘思远父亲去世得早，是母亲含辛茹苦一个人把他拉扯大。刘思远常说，他很小就理解父母养家糊口的艰辛，盼着尽快长大，能够出人头地让他们过上好日子。可没等他长大，父亲就走了。每次看到身边的战友休假探家给老爸买烟买酒，心里像针扎一样难受。他希望在母亲身上能有所补偿，所以，每个月他都要把一半的工资寄给母亲，这一点让姚遥很感动，像刘思远这样的，现在真是不多了。刘思远一直希望能在城里安个家，然后把母亲接来，让她安享晚年。刘思远的婚事迟迟得不到解决，是因为他总想能找一个对母亲好的人，这个要求让他把一些原本还不错的对象都错过了。

母亲的去世，对刘思远的打击非常大。他最后悔的一件事，莫过于没能让母亲亲眼看到自己结婚。母亲病危的时候，刘思远接到电话请假回家时，想让姚遥冒充他的女朋友跟他回趟家，安慰安慰老人。当时姚遥觉得太荒唐，一口回绝了。她要是想到老人这次就走了，她一定会去的。

那次刘思远回家，姚遥真的很担心，打手机总不通，短信也不回。姚遥才记起刘思远说过，他们老家没有信号。大概过了一周，姚遥才接到刘思远的电话。刘思远在电话里说了一句"我妈走了"，便哭了起来，声音很悲伤，像个无助的孩子。姚遥的泪水也跟着下来了。她在电话里大喊"刘思远、刘思远"，可刘思远不应，只有哭声。不知是手机没电了还是没信号了，很快哭声也听不到了，只剩忙音。那一刻，姚遥愧疚极了。她不管刘思远能不能收到，接下来，她每天不停地给刘思远发短信，安慰他，希望他振作。

大概半个月后，刘思远回来了。仅仅半个月，他瘦得几乎脱了形，看着都让人心酸。那段日子，刘思远神思恍惚。姚遥每天开导他，到了周末，她就把他叫到家里去，让母亲给他改善伙食。刘思远不想去，她就缠。

机关先前热心为刘思远张罗对象的人都偃旗息鼓了，到后来差不多只剩姚遥一个人剃头挑子一头热——千方百计为刘思远寻找对象。她几乎把自己未婚的同学战友、亲戚朋友全给刘思远介绍过，刘思远不愿意她倒没说什么，凡刘思远觉得还可以的，她不顾对方愿不愿意，想尽办法撮合，说刘思远多么有才华，发表了多少作品，说刘思远人品多好多么善解人意，妙语连珠把刘思远吹得天花乱坠，吹得让对方禁不住生疑："这么好的人，你为什么不嫁给他？"她说："你说什么，我们是同事，一个办公室的。"听她这么说，人家就先笑了："谁说一个办公室的同事就不能谈对象？又不是有血缘关系法律上不允许。"

"可是……可是我们太熟了。"她狡辩道。她的迫切，就像是一个急于把积压货推销出去的商贩。她越是急切，别人越生疑，也许还有点眉目的事，因为她的急切，反而黄了。

姚遥有个大学同学，模样端庄秀丽，性格文静贤淑，是她多年的朋友，有段时间，她一心想把这个朋友和刘思远撮合到一块，无奈落花有情流水无意，见了一面后，不论她把刘思远说得如何天花乱坠，她的同学就是不为所动，最后，她竟然生气了，和同学大吵了一架，再不理人家了，给近十年的友情画了句号。

相对于姚遥的急切，刘思远现在反而气定神闲，一副事不关己的样子。

六

姚遥逃离般仓皇而去，留下刘思远一人，依然沉浸在某种情绪里，不愿自拔。屋里似乎还弥漫着姚遥留下的芬芳，似有若无。看着她喝剩的汤，动过的碗筷，想着在这样一个早晨，在这一间小小的屋里，只有他们两个人共进早餐，一种巨大的幸福让他禁不住浑身战栗。

是怎么和姚遥的关系慢慢缓和并渐渐融洽的，刘思远说不清了。只记得调到机关的第二年春节休假，回到他那个弥漫着牛羊粪味道的小村，还不到一周时间，他又开始对她产生了强烈思念，在吃饭、就寝、串亲、访友的间隙，姚遥那瓷器般光洁的额头就会明月般浮现在他眼前。有天他去看望亲戚，走到故乡山头的时候，回家后因为没有信号处于哑巴状态的手机突然来了短信，拿出来一看，是姚遥："怎么样，家人还好吧？"平平常常的一句问候，带给刘思远的感动和温暖竟如同排山倒海，他激动得如狂风中的树木，浑身颤抖不已，抖得半天连短信都无法回复。

大年三十那天，天气突变，风雪肆虐，为了给姚遥道声祝福，刘思远冒着风雪，爬上家乡的山巅给她编发了一条短信。他在短信中说："走了很远很远的山路，爬到很高很高的山巅，编写很短很短的短信，送上很深很深的思念。"临了，他把"思念"二字改为"祝福"发给了姚遥。然后，就心急如焚地等着她的回复。山上真的很冷，刘思远又跑又跳，可还是无法抵御刺骨的寒冷。姚遥的短信迟迟不来，半小时后刘思远坚持不住了，又给她发，可能是发短信的人太多了，造成信息堵塞，再也发不出去了。没办法，他只好回家，一到家就感冒病倒了。

　　第二天，刘思远浑身依然很难受，但他还是挣扎着起来，又来到昨天的地方，果然一条条祝福的短信奔涌而来，其中有一条是姚遥的，仅四个字："新年快乐！"这就够了，刘思远回复完短信往回走的时候，感觉身上轻松了很多。

　　那次假期未到，刘思远就急急地回来上班了，第一次他觉得休假有些漫长。从那以后，每每听说谁谁在追姚遥或听到她去约会，刘思远都有种提心吊胆的感觉。刘思远也问过自己，他心里是希望姚遥幸福的，也希望她能找到属于自己的幸福，像姚遥这样的女孩，就应该有个心疼她守护她的人。他也替她着急，可她真要去寻觅的时候，他就紧张。最后，他给自己的解释是，怕姚遥再受到伤害。

　　真正和姚遥成为颜色渐深的蓝颜知己，应该是母亲去世之后，刘思远渐渐地把姚遥当成自己最亲近的人。记得母亲葬礼结束后，随着亲戚一一离去，他才意识到那个疼他爱他、含辛茹苦把自己拉扯大的母亲，那个一天福没享的母亲，确确实实永远离他而去了，一种痛彻心扉的悲伤，一种无依无靠的孤单，让他不能自己。那天，他一个人爬到山顶，想排解排解心中的难过。开机看到姚遥一条接一条的短信，他想告诉她一声，母亲走了。可不知为什么，一听见姚遥的声音，他像个失散的孩子见着了母亲，竟然莫名其妙地哭了起来，而且克制不住，最后急忙关了手机。那天，是母亲去世后刘思远哭得最凶的一次，似乎把蓄积了太多的泪水一下子流了出来。那天哭过之后，心情好了许多。也许有同情的成分，那次回到单位，姚遥对他的态度有了很大变化。

　　调到机关大概两年以后，他才听说了姚遥的事。不是姚遥亲口对他说的，她不可能亲口对他说这些，也不是有人专门告诉他的。只是有个地方朋友无意中对他说起一个人，说这个人多么优秀多么英俊，最后被调走了。他以前的对象就是你们单位的，叫姚遥，不过人家调走没多长时间，就把她给甩了。这个朋友最后补充说。

一个"甩"字，让刘思远的心疼了好久。他不知道其中的是非曲直，但他理解了姚遥的尖锐。也许因为偶尔的相助，也许因为别的，总之，他没法对她生恨，即便她曾对他是多么不堪，他都没有恨过她。

在刘思远眼里，姚遥就是一袭锦缎，高贵、华丽，需要细心呵护和珍藏。竟然有人不懂珍惜，辣手摧花，将其撕裂了。锦缎的裂缝，不是粗针大线就能缝合的，它需要一个真正懂得锦绣的人，用细细的绣花针，用与之搭配的各类丝线，用绵密的针脚绣出相配的花。这样，不但能弥合那道伤痕，而且会让这袭锦缎如凤凰涅槃，浴火重生。反之，就是雪上加霜。

转眼几年过去了，姚遥像一株蓓蕾初绽的花树，在一个女人最美的年华里独自摇曳着。她的追求者甚众，也似乎一直在轰轰烈烈地谈着，但最后一个个一段段，都成了流星成了过眼云烟，不知道她到底拒绝什么又在等待着什么。在刘思远看来，曾经的伤害让她有了戒备，让她很难全身心地投入新的感情里，最重要的是，她生命中的织锦手一直没有出现。

七

从落地窗向外望去，整个天空灰蒙蒙的，太阳像个超大的白炽灯泡，散发着白晃晃的光晕。一进入冬天，这座城市的天空永远是一副洗不净的抹布色。有时候，姚遥真担心蓝天白云绿树红花有一天真的只在妈妈讲给孩子的童话中：那时候，天是蓝的，云是白的，树是绿的……

姚遥和杨眉在新时代商厦门口碰头后，就钻进商厦女装部瞎逛。衣服试了一件又一件，从上午十点多一直逛到下午三点多，两个人逛得筋疲力尽，连件内衣也没挑上。面对琳琅满目的服装，她们确定不了自己到底想要什么。就如同面对她们的众多追求者却不知如何取舍、如何抉择，满心惆惶，空着手来到六楼拐角的必胜客，找了个靠窗的位置坐了下来，各自点了一份比萨和奶茶应付了一下，再懒得动弹。

姚遥面前的杨眉，一笔一画精心描绘的五官，透着与岁月对抗的紧张。

在岁月面前，女人是最不敌的，虽苦心保养，但一过三十，脸上还是会透出落花流水春去也的信息。曾经素面朝天额头光洁、不施粉黛同样明媚娇艳的她们，在如水的时光中不知不觉变了容颜。一想到这些，心里更加惶恐不安。不论自己还是杨眉，可供潇洒的时光真的没多少了。

姚遥没忘约杨眉的目的。这次，她没有像以前一样直奔主题。她了解杨眉，她要是简单几句夸奖几句介绍就仓促答应的人，就不会等到现在。她在聊天中很随意地带出刘思远，给杨眉说他们的第一次相遇，说她及同事们曾给予他肆无忌惮的伤害，说刘思远初到机关的艰难。她说，刘思远很长一段时间，都得不到大家的认可。毕竟在一个办公室，他付出了多少我最清楚不过，有时候也难免心生同情。有次劝他要会干工作，不仅干了什么，也要让人知道你干了什么，可他却振振有词："甘地夫人说，世上有两种人，一种人做事，一种人邀功。我要试着做第一种人，因为这种人基本没有竞争对手。"其实，他非常在乎别人对他的看法，哪怕是一个小小的肯定。他不知是自我安慰还是怕我难过，反过来问我看没看过电影《肖申克的救赎》，他说里面有句台词他非常喜欢。"有些鸟儿天生是关不住的，等它羽翼丰满，注定要飞向蓝天。"

像他那样为人处世，我觉得很难有出头之日。未承想，原主任退休，新主任到位后，刘思远久旱逢甘霖般很快漫山遍野、姹紫嫣红。新主任爱才重才，上任一段时间，可能看了太多大路化的材料，刘思远的材料让他眼前一亮，他当即加上批语："此稿不错！"并在部会议上提出表扬。从调进机关以来，刘思远一直活在别人的否定中。一而再再而三地否定，让他内心充满了太多的挫败感，到后来连他自己也开始怀疑自己，甚至连努力的方向都找不到了。所以，对他来说，这不仅仅是一次表扬。他工作越来越出色了，而且连一贯遭人诟病的文学创作，也得到主任的肯定与支持。他的长篇小说出版后，新主任当即给予他重奖。

如今的刘思远，在工作中如鱼得水、游刃有余，从一个被人漠视的对象变成了领导最为赏识的人。当然，也有一部分人确确实实是打心眼开始对刘思远另眼相看，我也是其中之一。他不是那种像钉子一样一下子能楔入内心的人，而是用滴水穿石般的恒定改变他人的看法。

"是不是你爱上他了？"听完姚遥长长地诉说，杨眉从座位上站了起来，逼近姚遥，盯着她的眼睛问道。"什么呀？"姚遥边把杨眉推回去边说，"你胡说八道什么呀？我们是一个办公室的同事，最多也只是蓝颜知己。"

"可这蓝颜色是不是有点太深了？你没看到你刚才的表情，说到他落魄时的爱莫能助和他得意时的眉飞色舞，完完全全是一个恋爱中小女人才有的表情。"

"就别自作聪明自以为是了。我说了我们不是，如果是我会等到今天吗？我说的目的，恰恰是希望你们能接触接触，凭我这么多年对他的了解，我觉得他真的是一位值得托付一生的人。当然，婚姻如鞋，合不合脚要你亲自去试。还有，从世俗的角度看，他也不能算是理想的结婚对象；用你的话说，人长得'太客气'，最重要的是没房，存款也少得可怜。这就要看你看重哪方面，如果是后者，你就用不着见了。"

杨眉不放心地问道："你真舍得呀？"姚遥责怪："又胡说了，没有得，哪来的舍？"杨眉说，"那我就放心了。君子不夺人所爱嘛！我怕是你为了我忍痛割爱。"

"哈哈，"听杨眉这么说，姚遥忍不住笑出声来，"我有这么伟大吗？"

"也是，"杨眉说，"你不可能这么伟大。"说完，两个人又笑开了。

笑完后，姚遥再次问："你到底见还是不见？"杨眉理直气壮地说："见，为啥不见？我倒要看看是何方神圣让我们清高自傲的公主如此折腰。"听杨眉要见，姚遥再次提醒，刘思远没多少银子。"谁说我一见他就要嫁给他？"杨眉反驳道，"当然，这一路跌跌撞撞走过来，我知道什么才是对一个女人最重要的，有职有权，有房有钱重要，但绝不是最重要的，最重要的是有人能像宝一样疼你。宝马轻裘是每个女人的梦想，但梦想终归是梦想，梦想不能当饭吃不能当日子过。"

"这么说，你真的愿见？"姚遥问。

"不会是反悔了吧？"

"择日不如撞日，撞日不如今日。"姚遥看了一下表说，"要么就今天，我们一下午口干舌燥全说了他，应该宰他一顿，让他请咱们吃晚饭。"杨眉附和："是，狠狠地宰他一顿。"

"别太狠了，这家伙比较抠门。"听姚遥这么说，杨眉突然有点想放弃的感觉，"怎么不早说，我最不喜欢小气的男人。"姚遥反驳："不是小气，是节俭。节俭，是一种很好的美德，不是吗？见，还是不见？"

"不会一说请吃饭吓得不敢来吧？"杨眉不放心地问。姚遥没回答她，直接拿出手机打给刘思远。

"死远，我出来吃饭钱没带够。"

"在哪儿？"

"外滩风尚。"

"等着，我马上过来。"

"搞定。"姚遥合上手机，挥了一下拳头说。

"耶！"两个人同时伸掌相击，以示庆贺，中了大奖似的。然后起身收拾，立即兵荒马乱般往"外滩风尚"赶。

刘思远到达的时候，她俩已点完菜。刘思远一入座就道歉："不好意思，让你们久等了。"杨眉看了一眼刘思远笑着说："真是太客气了。"杨眉一说，姚遥跟着忍俊不禁，看她们乐不可支的样子，刘思远马上明白是怎么回事。他也笑着对杨眉说："不好意思，长得客气的男人一般对女士都很客气。如果我没猜错的话，你就是传说中的美女杨眉。既然说到客气，我想也不用作自我介绍了吧？"刘思远这么一说，杨眉和姚遥反而不好意思起来。杨眉斜了一眼姚遥骂道："大嘴巴！"可姚遥怎么也想不起来她什么时候大嘴巴地跟他说过杨眉的事，竟然被他给牢牢记住了。好在，菜已上桌了，姚遥对刘思远说了声："死远，别客气呀！"两位女士便率先举筷，每上一个菜，便风卷残云般扫荡，毫无淑女风范。刘思远盛汤倒水，仆役般把两个好像三天没吃饭似的饕餮之徒照顾得体贴入微。

姚遥跟刘思远熟，她毫不介意可以理解，可杨眉觉得自己的反应也很奇怪，她第一次在一个陌生男人面前如此放松。刘思远在这个花样美男大行其道的时代，的确与"英俊"二字沾不上边，但也并非像姚遥说的那样青面獠牙、望而生畏。他话不多，但并不觉得乏味，反而给人一种踏实和放心的感觉。

饭桌上的气氛很好，想说什么想吃什么都很随意，不必拘泥，不必为刻意说什么动心思，不像有的饭局，满桌的美味佳肴，可你却尝不出什么味来，你甚至连吃了什么都不知道。当然，那不叫吃饭叫应酬。

三个人吃饱喝足了，还舍不得离开，一直天南地北胡吹海侃聊到很晚。

从饭店出来，姚遥和杨眉还黏在一起说着知己话。杨眉对姚遥说："虽然是第一次接触，但我觉得刘思远确实给人一种很放心的感觉。说实话，这种男人在当今社会，已像大熊猫一样成为稀有物种了。从饭桌上我能看出来，他对你鞍前马后、言听计从，这只有一种解释，那就是他死心塌地喜欢你，而你，对他也不是一般的好感。当局者迷，旁观者清。希望你再考虑考虑。说实话，十年前这样的男人我连看都不会看一眼；可今天错过这样的男人，我一定会遗憾。如果你真不愿意，请第一时间告诉我。我想，凭我的美貌与智慧，应该是可以拿下这个男人的吧？"

听了杨眉的话，姚遥也一时不知何去何从。她回过头去找刘思远，看到他正站在路灯下替她们打出租车。有一句宋词突然划过心头："众里寻他千百度，蓦然回首，那人却在灯火阑珊处。"

会是他吗？她一时恍惚起来，心情摇摆不定。

八

火车起动了，刘思远还盯着窗外，舍不得收回目光。

他一直幻想着姚遥会来送他，甚至在火车启动的时候，像电视中常见的镜头一样，追着火车奔跑。现在看来又是他自作多情了，不要说追着火车奔跑，人家压根就没出现。火车驶出城市，直到一片片空旷的田地出现在视野里，他才颓然坐下。

刘思远做梦也没想到，梦寐以求的好事会始料不及地砸在自己头上，看来人生还是有惊喜的。就像一首歌中唱的"这一年总的说来高兴的事儿很多，生活不错，工作不错，心情也不错……"刘思远的春天，似乎在新主任在他的材料上签上"此稿不错"几个字后便徐徐展开。先是抽调他担任汇报片的文字撰稿，接着整理全省抗震救灾英模事迹的任务又落到了他的头上，都是些露脸的活，而且完成得还不错，赞扬话收了一箩筐。这一年，不但连发了几个中、短篇小说，他的军旅长篇也顺利出版了。未承想，这一年快结束的时候，又有一桩好事从天而降。接踵而至的好事，都让他有点应接不暇了。其中，最令他开心的事，莫过于前几天有人对他说，姚遥也喜欢他。姚遥也喜欢他，这听起来太像天方夜谭，虽然说的人言之凿凿，但他依然不敢肯定，但这并不影响他内心的狂喜。

其实，早听说要在解放军艺术学院举办一期文学创作培训班，不料后来就没了声音。要在全军最高的文学艺术殿堂深造，那该是多么令人向往的一件事。刘思远明白，这样一件天大的好事，有多少人挤破脑袋争取，他连想都不敢想，不料好事最后却意外地落在了自己头上。后来他听说，上报的人选里确实没有他，是主任亲自点名让他参加的。

说姚遥喜欢他的话，是杨眉告诉刘思远的。杨眉的原话是："刘思远，其实姚遥爱的人是你！"她说得斩钉截铁，并说是爱的人，但刘思远觉得还是喜欢更贴切些。女孩子都喜欢夸张，尤其是说到感情。以他对姚遥的理解，姚遥爱他还是有点不可信，说喜欢还有那么一点点。就这么一点点喜欢，足以令他欣喜若狂。

接到让他参加培训的通知后，他决定出出血，给自己买一两件稍微上档次一点的便服，周末直接去了商场，没想到在那里碰到了杨眉。杨眉看到他的第一句就是："刘思远，姚遥呢？她没跟你一起出来吗？"姚遥为什么跟他一起出来，这话问得刘思远一头雾水。她听了刘思远的回答，第二句就是："你们俩还没谈呀？！"谈什么呀？她今天的话怎么这么奇怪，刘思远一句也听不懂。

看刘思远茫然的表情，杨眉对刘思远说："我转累了，你能不能请我喝杯饮料？"刘思远知道她一定有什么话要对自己说。"好呀！"他说，"能陪美女坐坐，何乐而不为。"说着，伸出手绅士般做了个请的动作，两个人便来到商场拐角的热饮店。各自点了杯饮料后，杨眉又一次急急地问刘思远，"姚遥真没对你说什么？"

"说什么？我不知道你指的哪方面？"刘思远不解地问。

"看来你这人真是挺笨的，能有哪方面？当然是感情方面呀！"杨眉嗔怪道。

"感情方面？谁跟谁的？"刘思远问，他想可能是什么让杨眉误会了。杨眉没有回答刘思远，而是笑着自语道："看来这丫头还不好意思自己说。"杨眉抿了口饮料接着说，"刘思远，你知道吗？姚遥爱的人是你。"

听了这话，刘思远就像在这个寒冬听到了雷声一样不可置信。姚遥怎么会爱他？他不是没有幻想过，但那毕竟是幻想，真听有人这么说，他觉得这比幻想更幻想。

见刘思远不信，杨眉就说："刘思远，你什么都好，就是不够自信。"

接着，她把姚遥如何想把她介绍给刘思远，她又是如何对姚遥说的，事无巨细，全盘告诉了刘思远。刘思远不知道，还有这么一段故事上演，自己充当男一号却全然不知。

"你用膝盖想想，姚遥是不是爱着你？"杨眉说。别说膝盖，就是用大脑想，刘思远也想不明白。他觉得现在姚遥对他只能是不那么讨厌了而已，他真的不敢奢望更多。

"该说的话我都说了，你自己看着办。我觉得你俩心里都有对方，就是不敢或不愿戳破这层窗户纸。"看刘思远说不出个所以然来，杨眉说道。然后，她站起来准备离开。在转身时又说："刘思远，别再犹豫了，找姚遥表白吧！如果她不答应，你来找我，我答应。"说完，妩媚一笑，朝刘思远挥了挥手，说了声"拜拜"，便飘然而去，把刘思远留在原地，一时如脚踩云端，飘飘忽忽，跟做梦似的，一点也不踏实。

一个人傻乎乎地站了很久，刘思远全然忘了此行的目的，便晕晕乎乎往回走，希望能马上见到姚遥，问问她是不是真的。回到单位后没见到姚遥，又去她的宿舍找，就在他举手敲门的那一刹那，他畏缩了。他知道就这样找去有多冒失，他该怎么问，能问出口吗？想到这里，他没了勇气，便又转身下楼了。刚走到楼下，转身又往回走。他决定不问，就是想见见她，那一刻他特别特别想见到她。然而，上去后敲了许久的门，都没有人应答。原来姚遥不在，他有点释然，又有点灰心丧气。

接下来的时光，刘思远过得像热锅上的蚂蚁，甚是煎熬。他想给姚遥打个电话，这在过去是最平常不过的事，可现在不知怎么了，一次次拿起手机，就是没勇气拨通那串熟悉的号码。好不容易熬到周一，刘思远发现，见到姚遥，他再没有过去那个淡然处之的心境了，心头一片慌乱。不要说和她表白，就是连和她说话，甚至连看她一眼的勇气都没有了。这时他突然发觉，他已把自己的位置固定在两张办公桌的距离，再往前迈一步，都是如此艰难。

直到现在，坐在火车上，刘思远还是无从知道，他在姚遥的心里到底是什么，是战友，是知己，还是像杨眉说的，是爱的人？他不得而知。望着车窗外萧瑟的旷野，他心头一片茫然。他曾幻想，要是姚遥能来送他，他会把自己的心思表达出来，接与不接，都是她的事。可是，姚遥没来，球还在自己手中，临了都没能抛出去。

归来的时候，一定是春暖花开。这么想的时候，他不由得笑了，心头的愁云惨雾也迅速散去。

"这次培训，我不知道它能改变什么，但有一点可以肯定，它让我的夙愿终于如愿以偿了。"他又一次记起了他说给姚遥这句话，心头顿时热乎乎的，恨不能让火车立刻飞起来。

九

姚遥最后答应郭剑，连自己都始料未及。

郭剑，就是那次相亲的"脑满肠肥"。他第二次出现在姚遥面前的时候，她根本没认出来。短短几个月，判若两人。出现在姚遥面前的，不再是一个脑满肠肥的人，而是一个气宇轩昂的成功人士，一个标准的钻石王老五。

其实，像郭剑这样的人，身边不是没有美女，而是太多，有太多美女环绕的他，压根就不想结婚。对他来说，结婚有什么好，还不是往自己脖子上套绳子？那次相亲，他不过是为了应付父母，压根就没想修成什么正果。让他意想不到的是，竟然有人会放他鸽子。何方神圣，竟放他鸽子，这引起了他的好奇心。他把车开到总队门口，在介绍人的指点下，他看到了姚遥。不看不要紧，一看眼睛就拔不出来了。他自认为阅美女无数，但姚遥给他的感觉，与他所接触的美女全然不同。后来他一个人又来过几次，穿军装的姚遥、穿便装的姚遥在他眼里都是那么精彩，于是，他决定向这个放她鸽子的人发起猛烈攻势，追不到手决不罢休。

听介绍人说姚遥嫌他胖，他就整天泡在健身房，从重塑自身形象开始。等减肥成功，就开始展开猛烈攻势。有钱人连追女孩子都追得这样不同凡响这样花样翻新，正面侧面，直线曲线，真是只有你想不到的，没有人家做不到的，连姚遥的父母都很快被他收买，一口一个小郭，满意得不得了。即便这样，姚遥不为所动，她心里已被一个人占得满满的。

等刘思远走了，姚遥才发觉八年的相处，在不知不觉中，这个男人已一点一滴走进了她的内心。他走了后她才发觉，她对他有多依赖。过去都是刘思远把她的办公桌擦得一尘不染，如今，她坚持每天把他的办公桌擦得干干净净。一桌一椅，都是那么亲切。只有分离，她才知道什么是想念。

有天，杨眉打电话问她，刘思远有没有对她说什么？并把她见刘思远的事全盘托出。姚遥一直知道，刘思远是喜欢自己的，这一点她深信不疑，只是她一直不能确定她到底爱不爱他。她不知道刘思远听了杨眉的话为什么还迟迟没有表白，是没有勇气还是爱得不够？好几天，她一直为这个问题纠结。有天她记起刘思远和自己的一段谈话。刘思远问她，你知道世界上最远的距离是什么？姚遥当然知道这是个在网上很火的问题。什么世界上最远的距离，不是天涯海角，而是我站在你面前，你却不知道我爱你。她自然不会接这个茬。看姚遥不说话，刘思远说，"世界上最远的距离，就是两张办公桌的距离"。他后面会说什么，姚遥还是不敢接招。不料刘思远话锋一转，问她："你见没见过一种叫宫粉羊蹄甲的花？"姚遥摇头说："没有，你见过吗？"刘思远说，"我也没见过，只是觉得很像你。"

"刘思远，你说话越来越四六不挨了，你没见过，怎么就觉得像我？"当时她说。

刘思远走后，有天晚上上网，姚遥通过百度搜索"宫粉羊蹄甲"，余光中先生的一篇散文《春来半岛》中这样一段话引起了她的注意："一种宫粉羊蹄甲开的是秀逸皎白的花，其白，艳不可近，纯不可渎；崇基学院的坡堤上颇有几株，每次雨中路过，我总是看到绝望才离开。"看到绝望时才离开，那一刹那，眼泪没来由地喷涌而出。她一下子明白了刘思远的心思，这样的至爱至情，该如何承受如何回报？

她的思念越来越强烈了。这种强烈是之前从未有过的，幸福与痛苦、忧伤与甜蜜杂糅在一起。她既像个情窦初开的少女，又像个步入洞房的新娘，更像个刚刚怀孕的年轻母亲，期盼着刘思远早日归来。然而，还没等到刘思远来，却等来了刘思远的调令。

刘思远要被上级机关调走了。

得知这个消息，姚遥惊呆了。她想不明白，为什么会这样，一切就像宿命，让她无法摆脱。那天，她脑子一片空白，呆呆地坐了一个下午，直到暮色四合，她才起身跌跌撞撞往宿舍走。走出总队不远，当手捧鲜红玫瑰的郭剑出现在她面前时，虚弱的她没再考虑，就接下了这血红的玫瑰。

这一刻，她终于明白，世界上最远的距离，真的只是两张办公桌的距离。刘思远用了八年没有跨越，现在看来，终其一生，也无法抵达。

来 璩

一

来璩是我的儿子。来璩不是我的亲生儿子。这有点儿复杂，三言两语说不明白。

四年多了，渐渐地已让我忘了他不是我儿子的时候，他的父亲来学斌——我的堂弟出现了，这让我再一次清醒，来璩终归不是我的亲生儿子。这让我懊恼，我想不明白，那个小时候尾巴一样跟在我后面的小屁孩，长大后怎么变成这样一个不守信用的东西，我恨不能立刻见到他，左右开弓，如同鲁提辖拳打镇关西，在他脸上开个油酱铺，以解心头之恨。

这么说你肯定一头雾水，可我没法慢条斯理给你娓娓道来。此刻我正在拥挤不堪的硬座车厢里，犹如关在笼中的困兽，焦躁不安，心里像有团火烧似的。火车以每小时一百四十公里的速度疾驰，可我还觉得不够快，恨不能跳下车一路狂奔。"归心似箭"这个用滥了的成语，已表达不了我此刻的急切。

我叫来学武，是个军人。军校毕业不到半年，就调入机关成了政治部门的一名干事，十五年的机关生涯，已把我塑造成了一个四平八稳、谨言慎行的人。用妻子小雅的话说，是一个油缸倒了脚步都不乱的人。

兔子不是不咬人，而是没有被逼急。

从接到小雅电话的那刻起，我就方寸大乱。下午起床后，心情无端地烦闷起来，有一种将要发生什么大事似的惴惴不安。果不其然，坐到办公室没多一会儿，就接到小雅的电话。她在电话里没头没脑地吼："来学武，你这个混蛋，你快回来……"话没说完，就哭了起来。她一哭，我的心就提了起来，在电话里喊："陈小雅，到底发生了什么事，你说清楚，你哭什么呀？"

妻子也不是那种风风火火的人。我和她是经人介绍认识的，初次见面，她并没给我留下什么深刻的印象，但随着接触增多，我越来越感受到她的美好，并给她起了个外号——"玉质女孩"。从长相到性格，她都不是那种光芒四射让人过目不忘的人；她温润如玉。这样的女子，经得起细细端详经得起细水长流。我如获至宝，生怕夜长梦多，便紧锣密鼓和她谈婚论嫁，用急行军的速度把她娶回了家。岁月证明了我当初预判的正确性。我们已走过了七年之痒却依然恩爱如初，这么多年，她受了多少委屈，却一直隐忍着，很少对我说过什么重话。这次一定是发生了什么大事，要不，她不会这样在电话中对我大喊大叫。

"蛋蛋、蛋蛋他爸来了。"妻子止住哭，在电话中抽抽搭搭地说。

"谁？"这么多年，我都忘了，除了自己，来璩还有个爸爸，名副其实的爸爸。听到妻子的话，我一时糊涂了，竟不解地问道。"蛋蛋"是小雅给来璩起的小名。妻子一定是紧张到了极点，平日条理清晰的她，在电话中语无伦次前言不搭后语，反反复复说了两遍，我方才明白，是我那个堂弟，就是来璩的亲爸爸——来学斌来了。他要领走来璩。

"他敢！"听了妻子的话，我的肺快要气炸了，在电话中大声喊道。我能想象到妻子天塌地陷似的恐慌和无助。不过是初秋时分，可浮现在眼前的却是她站在苍茫的风雪中瑟瑟发抖的画面，我甚至听见她冷得牙齿打战，咯咯有声。我感觉自己心都快碎了，恨不能拥她入怀，给她依靠和温暖。可我远在千里之外，只能一个劲儿在电话中给她安慰，劝她别担心，我马上请假回去。

挂断电话，我一片慌乱，心里只有一个念头，回家。马上回家。订购机票，很不凑巧，被告知当天没有飞往西城的航班。没有飞机，就坐火车。我直接冲到主任办公室请假，告诉主任家里有急事需马上回去，具体情况回来我再做详细汇报，没等主任表态，就转身出了他的办公室。能想象到身后主任目瞪口呆的样子，是否愤怒也不得而知。愤怒也罢，目瞪口呆也罢，我已管不了那么多，我必须让自己奔跑起来，绝不能停下，否则会要了我的命。

我以最快的速度跑到宿舍换了套便服，简单拿了点行李，便往营门口跑。跑得不管不顾，火急火燎，好像后面有条疯狗在追似的。还没跑到营门口，就听到有人在车里喊："来干事，这儿。"我跑过去发现是主任的司机。"去哪儿？主任让我送送你。"他说。"去火车站。"我迅速上车，心里头随即一热，但很快又被火苗似的焦灼所代替。

还算幸运。到火车站，正好有辆火车半小时后发往西城，只是连硬座票也没有了。我慌不择车，逃命似的挤了上来。有好多年没坐过硬座了，没想到不是春运高峰，硬座车厢里依然拥挤不堪。久违而又熟悉的气味扑面而来，如同梦魇。火车开动后，前心贴后背的情况有所好转，我腾出手给小雅打电话，想告诉她我已坐上车了，让她别着急，不料手机里传来冷冰冰的提示音："你所拨打的电话已关机。"怎么回事？这一情况和拥挤的车厢，越发让我焦灼不安。我不顾满身的臭汗和周遭难闻的气味，在车厢里挤来挤去。我想挤过去给自己补张卧铺票。心里清楚希望相当渺茫，但我还是固执地往前挤，我依然没办法让自己停下来。我知道自己这样挤来挤去会引起许多人的反感甚至白眼，可我看不到。从接了妻子的电话后，我的目光便是虚无的，看什么东西都视而不见，十足的目中无物、目中无人。

补票处已挤了许多眼巴巴想补卧铺票的人，一个个伸长脖子，像被一双双无形的手向上提着。"没票了，都回去都回去。"补票员对围得密不透风的人很不耐烦地说道。听他这么说，有几个人很听话地走了，我和另外几个人固执地留了下来。回去也是站着，守在这儿，还有点指望，心里还有点期待，不至于心思全集中在那件事上而挠心挠肺。一会儿，列车员撇下我们，拿了个夹子走了。看他走了，又有几个人也走了。剩下几个可能和我一样没有座票的，铁了心坚守着，等待着奇迹发生。半小时后，补票员回来了。他一回来，呼啦一下像突然冒出来似的又围上来了好多人。这么多人，我竟然如愿以偿，而且无人反对。是不是自己太像一个病入膏肓的患者，引起了他们的无限同情？我没心思想这些，我只想找个地方安静下来。

在列车员的引导下，我来到卧铺车厢。原来这是专供列车员休息的车厢。把皮箱放好，看到正好有个座位空着，我便过去靠窗坐了下来，扭头看向窗外，这才发现天空正下着大雨，扯天扯地，心情再次堵了起来，真想跳下车扯开这密密的雨幕。雨水沿着车窗玻璃一道道流下来，我一下想到小雅泪水纵横的脸，心又一次疼了起来。坐了一会儿，列车员过来换票，她看了我一眼问："你是不是病了，要不要紧？"我摇头的同时伸手去接票，才发觉自己的手抖得如同帕金森病患者。列车员没再说什么，走了，我再次把头转向窗外，盯着这心情一样苍茫的雨幕出神。

与纷飞的雪花相比，雨显得过于仓促。人们习惯用"滂沱"指夏雨，用"霏霏"形容秋雨。初秋的雨，还不够"霏霏"，依然是一副张皇失措的样子，但毕竟与夏雨有了不同。夏天的雨是清亮的，视线要远一些，再大的雨，你也只能用"雨帘"来形容。一进入秋天就不一样了，一下雨就云遮雾罩的，透视效果大大降低，雨一大就形成雨幕。看着这样的雨幕，让拥堵的心情很难畅快起来。

我不可能跳下车，更不可能扯开这遮天蔽地的雨幕，也不想转过头，把目光停在车内或落在某一个人的身上。此刻，我的目光除了这下进心里的漫天大雨，无处可逃，只能选择与它对视。盯着盯着，来璩那张可爱的小脸就清晰浮现在眼前。"爸爸说他爱我……"他说过的这句话突兀地跳了出来，一下子击中了我，我的心像猛地被扯了一把，泪水汹涌而出，与车窗泪眼相向，不可遏止。

半年前，因工作调动，我只身来到这座陌生的滨海城市，开启了新的征程。为了证明自己，为了在新的单位立稳脚跟，我每天像上足了发条，偶尔从伏案中抬起头来，一对儿女就会跳在眼前，勾起我挠心挠肺地思念。"六一"前夕，我给他俩写了贺卡，直接寄到女儿来蕾的学校和儿子来璩的幼儿园。我怎么也没想到，一张小小的贺卡，仅仅因为一句落款——"永远爱你的爸爸"，在年仅五岁的来璩心里，会掀起那么大的波澜。

小雅说，那天去接"蛋蛋"，小朋友还排队的时候，她就感觉他与往常不一样，具体怎么不一样，她也说不清楚，就是感觉他有些异样，不像平时那样一看到她就站在队列里显摆，东张西望叽叽喳喳，那天他似乎一直埋着头，不怎么抬头看她。小雅心里还隐隐担心，是不是他在幼儿园受了什么委屈。老师刚说"解散"，来璩就以最快的速度向她跑来，她明显看到来璩眼里汪着泪水，心想着果然被自己猜准了。

"爸爸……"来璐跑过来一把抱住了小雅的大腿，只说了一声"爸爸"就"哇"的一声哭了。"爸爸怎么了？"孩子这样一哭，小雅一下子慌了，把他揽在怀里，边帮他擦眼泪边问道。"爸爸，爸爸说他爱我……"话未说完，来璐又"哇哇"大哭起来了，感觉像受了天大委屈似的，甚至引起许多孩子和家长的围观。"别哭慢慢说，到底怎么回事？"小雅边擦他的泪水，边拍着他的背哄他。这时，来璐举起手，把握得汗津津的贺卡交给小雅。小雅这才明白来璐的泪水所为何来。下午刚起床，老师就把贺卡交给了来璐，他就一直这样像宝贝似的紧紧地握在手中。那个下午，他小小的心灵经历了怎样的波涛汹涌，他又是如何尽力克制着自己的情感和那汪在眼中的泪水？一想起来都让人心疼。

小雅在电话中给我说了这件事后，我有些感动，但更多的是一种担忧。同样的话，我给来蕾也写了。小雅说来蕾也很高兴，一放学回来就喊："妈妈，爸爸给我寄贺卡了。"掏出来给她，然后转身若无其事地找吃的去了。"还是儿子重感情，这个女儿，没心没肺的。"小雅在电话里总结道。可我并不这么看，心里那层隐隐的忧虑又加重了，我没有把自己的忧虑告诉小雅。我一直觉得来璐这孩子心思太过细密，太过敏感了，作为一个男孩子，这不是一件能让人开怀的事，尤其是他的这种身世。他的未来会走向何方？我不敢深想。每次念头冒上来，我就恨不能给自己一拳，嘴里骂自己杞人忧天，自己对自己说，儿子一定会有个非常好的未来。可我知道，内心的担忧，却一直在那儿，从未远离。

现在，再想起这件事，取而代之的是深深愧疚。来璐，我的儿子，我恨不能立刻把你紧紧地搂在怀里，亲着你可爱的小脸蛋，一千遍一万遍大声地告诉你："爸爸爱你，爸爸永远爱你！"直到此刻，我才明白，我过去的行为有多愚蠢，有多可笑。儿子，如果还有机会，我一定会时刻让你知道，爸爸有多爱你！

同大多数中国父亲一样，面对孩子，我一味地威严，不善于拥抱、亲吻，不善于说出自己的爱。虽然与作战部队的军人有区别，但还是自觉不自觉地把一些军事化管理运用到教儿育女当中，威严有余，慈爱不足。一直觉得对待一双儿女，我始终坚持一碗水端平，没有厚此薄彼，远近亲疏，此刻，一连串的往事，纷至沓来，把我拖到更深的愧疚当中。

二

火车在旷野中依然四平八稳、不疾不徐地向前行进。悄然抵临的暮色，已无法让人看清雨是停是下，只是车窗玻璃依然像个正在倾诉的怨妇，泪流满面。有人起身去了餐厅，有人泡起了方便面，可我一点食欲也没有，只是列车员推着小推车经过的时候，要了瓶矿泉水。然后又扭过头，保持先前的姿势，单手托住下巴，像一个思想者，与泪流满面的"怨妇"冷眼相对。

没有什么时候能像现在这样，心里有这样强烈的感激和渴望。我终于明白，让来璩做我的儿子，是老天对我最大的恩惠和厚爱。我真心地祈求上苍，能够继续给我眷顾，我不敢太贪心，奢求生生世世，只要能让我做他这一世的父亲，把他抚养成人，看着他结婚生子，就已足够，我愿意用我的幸福甚至健康做抵押。

很惭愧，我曾一度把来璩的到来看作是天灾，看作是人祸，看作是命运强加予我的惩罚。

说起来璩，得从我的堂弟来学斌乃至我父亲的亲弟弟——来学斌的亲爸来兴旺说起。就像来蕾整整大来璩两岁一样，我和来学斌年龄也差两岁，而且生日都相距很近。来蕾和来璩阳历生日仅仅相差一天，我至今还没有参透，这两岁的相距中，命运有着怎样地安排？我小时候，农村的日子依然拮据。即使清贫，妈妈却一直记着给我过生日，只是与现在的孩子比起来，那生日过得太过蜻蜓点水、太过象征意义了，但依然是我童年乃至整个少年时代里最隆重的节日。从我记事起，妈妈都把我的生日和来学斌的生日捆在一起过，当然，是以我的生日那天为主。只是那一天我所拥有的东西，母亲一定会分一半给来学斌。而且，给来学斌的，只能多不能少。因此，很长一段时间，这也成了我生日里一直耿耿于怀的事情。到了我和小雅这里，给两个孩子过生日，一度成了我们俩比较纠结的日子。

因为相差一天，我就想和母亲一样，把两个孩子的生日放在一起过，过得隆重一点热烈一点。来璩到家的第一个生日，正好赶上来蕾的生日在周末，也考虑到来璩才两岁，不会介意这个，就把生日宴订在了来蕾生日那天。来璩生日那天，因为要上学上班，只在起床后给他道了生日快乐，晚上在家里给他做了长寿面，简单地炒了几个菜，一家人围在一起祝他生日快乐的时候，明确告诉他，等明天姐姐的生日再一起好好庆祝。第二天领他们出去玩的时候，两个孩子都非常开心，没想到晚上到了饭店，生日蜡烛点燃，生日宴开始我们拍着手唱生日歌的时候，我发现来璩的表现有点夸张。我仔细瞅了一眼，来璩的表情让我心里咯噔了一下，那的确不是一个刚满两岁的孩子应有的表情。一眼就能看清他的开心是装出来的，是强颜欢笑，开心背后其实是一种难以言说的落寞和难过，他撑得那么辛苦，让人不忍目睹。我过去把他从儿童椅子上抱下来，紧紧地搂在怀里后，他果然撑不住了，"哇"的一声哭了出来，边哭边口齿不清地说："谢谢爸爸。"毕竟是孩子，哭完后，很快又忘乎所以了。当然，也可能有点不好意思，表现出奇的好，没再像以往一样，什么东西跟姐姐抢。不知小雅怎么看，我们没有就此事沟通过。来璩这孩子心思太重了，让我一下子想起村里人对母亲提醒过的一句话："饭碗里养仇人。"他们这么说也是好心提醒，怕来学斌长大后恩将仇报。母亲听是听，从未往心里去，一如既往地对来学斌好。可我却没有母亲的那份坦然踏实，从此再过生日，我和小雅像约好了似的，哪怕相隔一天，两个孩子的生日都一样过，甚至到后来不仅过阳历生日，连阴历生日也过。只是不再去饭店，不再大张旗鼓，而是把准备集中的隆重分摊在四个日子里。

扯远了，还是说来璩是如何成为我们家一员的。

那次分娩，整个来家窑都感觉到了疼痛，撕心裂肺地哭喊，隔着三十多年的时光，仍犹在耳。那时的农村，没有孕检没有无痛分娩，接生婆代替助产医生，生孩子是到鬼门关走一趟，回不来的比比皆是。来家窑的人说来学斌的母亲是"活生生疼死的"。经过一天一夜的折腾，她生下来学斌后用微弱的声音问了句"男孩女孩"，得知是个"带把的"就安然地闭上了眼睛，放心地离开了人世。从我记事起，来学斌像个没家的孩子，总是赖在我们家，鼻涕下来不是抽动鼻翼一吸就是抬起胳膊用袖子一擦。因此，他的两个袖口总是闪烁着盔甲似的光芒。叔叔很少管他这个儿子，他把更多的时间和精力用在了照顾一些有夫之妇。偶尔管管自己的儿子，不是拳脚便是棍棒。父亲也曾试图帮自己的这个弟弟再讨一个老婆，却因为有个"拖油瓶"，也因为名声不好，一直未能如愿。在我的记忆里，父亲和二叔简直是一对仇人，就是过年，也很少互相登门，平时见了面连招呼也不打。父亲对他的亲侄子来学斌也没有表现出特别疼爱，给予来学斌疼爱的，在我们整个来家窑，也只有我母亲一个人。有时候，叔叔突然与村里某个女人打得火热的时候，儿子来学斌也就会像个小新郎似的，浑身光鲜起来。

让人给自己或儿子做衣服，是二叔走近女人的招数。当然，布料的尺寸或棉花的斤数，要远远多于他们父子做衣服所需要的。

为了一家人的吃穿用度、缝缝补补，母亲已够操劳了，可她还是自觉地把来学斌长期拆洗缝补的任务揽了过来。对母亲的做法，父亲从来都是不置可否。

生了哥哥来学文后，母亲接连生了三个女儿，为再要一个儿子，母亲生我的时候，已四十多岁了。因为高龄和贫困，母亲生下我后一点奶水也没有，我差点饿死。因先天的营养不良和后天的奶水不足，小时候的我非常羸弱。我很少像村里别的男孩子那样，撒开腿四处疯玩。母亲怕我这个宝贝儿子磕着碰着，总是把我圈在家里，偶尔出去，也是在三个姐姐的层层保护当中。哥哥在我不到一岁的时候，就当兵走了。所以，小时候我很少能够出去，一起玩的小伙伴也是少之又少，经常陪在我身边的，永远是"鼻涕虫"来学斌。那时候我对来学斌真是离不得见不得，我的三个姐姐也一点不喜欢他。来学斌的眼睛有点像狼的眼睛，永远藏着一种饥饿得近乎贪婪的光。有他在，我们吃什么，永远少不了他那一份。偶尔亲戚拿来什么好吃的，即便三个姐姐一点没有，但我和他是少不了的。来学斌吃东西太快了，往往是你第一口还没咽下去，他已经吃完了边舔手指头边一个劲地盯着你的，那可怜巴巴的眼神真让人受不了。母亲往往于心不忍，走过来连哄带骗又把我的分一半给他。有几次我气疯了，甩掉手里的东西躺在地上打滚，又哭又闹，结果引来母亲一顿暴揍。母亲虽然很疼我们，一旦惹急了，揍起我们绝不手软。我都在那里哭闹了，可来学斌绝不会把手里的东西还给我，而是同样用最快的速度消灭。母亲打我的时候，他不走也不劝，而是两眼直勾勾地盯着我扔掉的那份。有时母亲也生气，说这孩子怎么这样，可一想到他的可怜，心也就软了，不再计较，一如既往地疼他。因此，和来学斌一起吃东西，你就得狼吞虎咽，你没法慢条斯理、慢慢享受、慢慢品尝。这样的人，你愿意待见吗？可没有他，我就会孤独就会寂寞。有时母亲怕我们闹矛盾，有什么好吃的，先偷偷地给他递一份把他哄走，然后再给我一份，这样的时候，我是吃得很从容，但我发觉，一个人吃东西，似乎总没有来学斌在的时候吃起来香。

来学斌八岁那年，父亲来兴财和他的弟弟来兴旺到"山里"去，为叔叔娶回了一个傻女人。村里人所说的"山里"，指我们邻县龙头山一带，那里山大林深，因为水质严重缺碘，造成了许多呆傻病。方圆有些男人，如果实在娶不起老婆，就会到"山里"去娶一个傻老婆回来。这样的女子，只要有人肯娶，娘家自然高兴，基本不会要什么礼金，而且不影响后代，生下的孩子往往还很聪明。

叔叔娶来的傻女人又为他生了一男两女。用村里人的话说："谁说她傻，她比谁都聪明。"她虽然智力有问题，但对叔叔和自己的孩子百般疼爱，对来学斌这个不是她亲生的，连一碗饭也舍不得给。叔叔为此没少打她，可她依然如故。对这样一个傻子，你能有什么办法？所以，虽说有了继母，可来学斌待在我家的时间更长了，好在那时候包产到户好几年了，日子普遍好转，我们家的粮食更是年年盈余，不在乎再添一双筷子。整天与我们厮混在一起的来学斌，与自己同父异母的弟弟妹妹几乎没什么感情。

高考落榜后，我走了哥哥当年的老路，从军了。父亲在我上初中的时候就去世了。我入伍后，家里只剩母亲一人，转业到我们县城的哥哥费尽口舌，终于把母亲接到了县城和他们一道去住，失去情感依靠的来学斌也辍学了，跑出去打工，开始过年的时候他还回来，先到我哥家里看我母亲，然后再到乡下看一眼自己的老爸，到我三个出嫁的姐姐那里走一圈，就又跑到县城赖在我母亲那儿。毕竟他与我的哥哥嫂子不熟，待在一起想必不怎么自在，每每一过完年就走了。不要说他，就是我的母亲，直到去世都不习惯待在城里。她说她待在城里，每天被关在家里，就像关在笼子里的鸡，失去自由，头上总觉着好像有什么压着似的。一旦回到农村，回到敞门敞窗的家，看到大片的庄稼，她的头也轻巧了，心也亮堂了。

后来，来学斌有好多年没了消息，他那个一辈子偷鸡摸狗没怎么疼他的父亲，却成了最惦念他的人，十冬腊月，滴水成冰，在打工的年轻人回家的日子，他站在村头，一整天一整天，翘首企盼，可他临死都没等到自己的儿子。他临咽气的时候，还一再叮嘱自己的儿子和女儿，一定要找到他们的哥哥。

他的遗言同他的遗体一道被埋葬了，没有哪一个子女真正找过来学斌，他们甚至没有把父亲的话听进去，因为他们从来没有把这个哥哥真正当过哥哥。倒是我母亲催促哥哥，也给我打电话，我兄弟俩多方托人打听，却始终没有得到可靠消息。为此，母亲埋怨哥哥，也一直心怀自责。总说，她不离开农村，学斌就不会退学，不会退学，当然也不会出去打工。

如果来学斌真的就此消失了，也就不会有来璩，当然我此刻也不会像疯狗样急着往家里赶。

三

灯亮了，窗外的景物也迅速变得模糊。我拧开瓶盖，喝了口水后，再次拨打小雅的手机，依然关机。无可奈何，心急如焚的我只能在心里暗暗地骂她。

再回过头看窗外，夜幕已彻底地拉上了，密不可透。玻璃上映现的，是一张张皇失措如丧考妣的脸，再仔细一看，才发现这张脸就是自己，原来这般吓人，怪不得被人当作病人。

生下来蕾的那年，春节前夕，母亲打来电话，要我过年务必回家，说学斌回来了，春节期间要举行婚礼。听到这个消息，我比自己当年结婚还高兴，我也能想象到母亲的开心。放下电话我就以弟弟结婚的名义请假，和小雅带上不到半岁的来蕾，以放歌纵酒、青春做伴的激动心情踏上了归程。

在我们家乡，如果没有儿子，就说断了香火，是一件天大的事。父母在来家窑绝对是有头有脸的人，因为他们的两个儿子都成了"公家人"。然而，随着哥哥生了个女儿，父母在村里便抬不起头伸不直腰了。至此，他们才明白，"公家人"并不能让他们永远腰杆挺直。不像农村人，只要生不出儿子，就会想尽办法不停地生下去，直到生出儿子为止。哥哥没有儿子，成了父母心头最大的遗憾。他们曾数次动员，让哥嫂再超生一个，哥哥一直不为所动。最终，父亲把这个深深的遗憾带进了坟墓，留下母亲继续在这个世上纠结。哥哥最终禁不起母亲的软磨硬泡，铤而走险超生了一个，可天不遂人愿，超生的，依然是个女儿。为了彻底断绝母亲的幻想，在生第二个孩子的同时，哥哥让嫂子直接做了绝育手术。哥哥最终也为这次冒险付出了巨大的代价，丢掉了公职。

作为一个在农村生活辛苦了一辈子的人，晚年突然到了县城，住进了楼房，过起了城里人的生活，这自然会引起一些羡慕，可在母亲看来，所有这一切都不能抵消她内心的遗憾，她每每听完别人真心或假意的羡慕，总是满怀感慨地说："都挺好的，只是学文没个儿子。"有一天不知什么原因，哥哥因母亲这句话发火了。他说："你老人家到底咋想的？给这人说我没儿，给那人说我断后。"后半句，完全是哥哥气头上加上去的，对一个母亲来说，这话太重了，与别人骂"断子绝孙"没什么两样。母亲也没有生儿子的气太久，毕竟是自己的儿子，能生多大的气？只是这半句话，像匕首一样刺进了母亲的心里，再也拔不出来了。母亲再也不提儿子没儿的话了，但我们都知道，她不可能就此明白放下了，相反，这份遗憾却因无处言说在心里更沉了，沉到她最后心脏出了问题。

哥哥那里毫无指望了，母亲便把延续香火的希望完全地寄托在我的身上。我也希望自己能不负母亲的厚望，完成这一大业，可命运偏偏不让善良的母亲如愿，让她又遭受了一次沉重的打击。我知道生儿生女不是我能决定的，但生了女儿以后，我觉得像亏欠母亲什么似的，一直不敢面对她。也许有哥哥丢了公职这个前车之鉴，也许因哥哥戳进母亲心里的那把刀子，我生了女儿后，母亲没有埋怨过一句，也没提一句让我再生一个的话，而且出乎意料地在电话中对我说，现在世道变了，生男生女都一样。不论男孩女孩，她都很高兴。但我知道，她一点也不高兴，没办法，只有认命了。妻子生孩子前，母亲不止一次信誓旦旦地说，生了孩子后她就和我们一起住，帮我带孩子。生了女儿后，母亲再没提起。我当然也不敢再提，母亲快七十岁了，让她带孩子已不可能。来蕾出生后，我一直想带回家让孩子奶奶见见，可一拖再拖，觉得没勇气面对母亲。这次，学斌不仅平安归来，而且要结婚，我也终于有了回家的理由，自然欣喜若狂。

回到老家，才发现高兴的何止我们一家，整个来家窑几乎都合不拢嘴。母亲拍板，把我们的老院给了学斌，作为他的新房。我们兄弟自然没有意见，因为我们都在城里安家落户，虽然当时我还在租房，即便租房，我也不可能回来。院子送给学斌最好不过。他父亲死后，整个来家窑已没了他的一砖半瓦。他拥有了这个院落，在来家窑就有了落脚的地方，有了落脚的地方也就有了根。走进家门，发现这个我熟悉的旧院落已是张灯结彩，妖娆得让我以为走错了地方。母亲也是一身的新衣料。老太婆踮着半个解放脚指手画脚，当年村妇女主任的劲头似乎又回来了。

这个春节，来家窑的人大开了眼界，他们都说见到了世上最绝色的两个女子。这两个女子，一个是学斌的新婚妻子；一个是我的女儿来蕾。我刚结完婚来到村里，村里人说小雅是他们见过最漂亮的女子，如今，学斌的妻子一出现，小雅就被比下去了。我的女儿来蕾长得粉妆玉琢，像个瓷娃娃，非常漂亮。这样的孩子，也许在城市不算什么，但到了来家窑，却叫他们开了眼界。听着村民们的溢美之词，母亲便越发地情绪高涨，整个人感觉就像出征挂帅的佘太君。

在来家窑，来学斌的婚礼办得后无来者不敢说，但绝对称得上前无古人。整个来家窑的人，几乎倾注了所有的热情。来学斌也俨然一副衣锦还乡的派头，一身时尚的着装，把他越发衬托得风流倜傥，与风情万种的新婚妻子站在一起，就像画一样漂亮。来家窑何曾出过这等人才？谁会想到当年那个食不果腹衣不蔽体，甚至连鼻涕都擦不干净的小毛孩，会这样有出息？真是三十年河东三十年河西啊！

春节过后，我们一家和来学斌夫妇成了村里人争相邀请的对象。直到元宵节前，来家窑依然情绪高涨。过完年急着出去打工的人，这一年也迟迟迈不开脚步，直到过了正月十五，才随着我们的离开而离开。我们离开了，但我们，尤其是来学斌夫妇，成了留守在来家窑的人咀嚼了数月之久的话题。

见到来学斌妻子的那一刻，我脑子里突然冒出一句成语"水性杨花"。这个女子没有定性，眼睛里全是风情，这样的女子，不会心甘情愿把心扎在一处、扎在一个人身上，除非你有特别大的约束力，来学斌有吗？我不能肯定。在大喜的日子里，在这个举村欢庆的时刻，除了发自肺腑的祝福，我还能说些什么，只能是把这个隐忧悄悄地压在心底。他们走后，听说村民们也有这样的论述："学斌的老婆一看就不是个过日子的人，还是人家学武的老婆看着踏实。"

一年后，当学斌给我打来电话，怀着初为人父的喜悦满怀激情地告诉我，他生了个儿子，并要我给他儿子起名字的时候，我才把心放回了肚子，并在心里埋怨自己门缝里看人。

在还没有孩子甚至还没有对象之前，我经常和机关的几个年轻干部聚在一块，商量着给自己未来的孩子起名字。作为伪文艺青年，我对父母给我起的这个没有文学含量的名字很是不屑，所以把给孩子起个响亮的名字，作为一种补偿，很是用心。那时候我对"关键"呀、"夏雨"呀、"蓝天"呀、"刘洋"呀诸如此类的名字很是眼热，"来雷"这个名字很快被我相中，觉得这名字是名副其实，如雷贯耳。那时一心想生个儿子，不料却生了个女儿，只好加了个草头，改名"来蕾"。女儿生下后，刚一听说是个女儿，说实话心里是有点失望，可一看到孩子，这点失望早就跑到爪哇国去了，初为人父的狂喜把什么都赶得一干二净。女儿是凌晨三点生的。那是家小医院，妻子一出产房，就把孩子和妻子安排在了同一个病房。病房里共三张床位，妻子一张，孩子一张，一个待产的妇女一张。那晚，我整整盯着女儿看到天亮，越看越觉得漂亮。妻子刚生下孩子没有奶，我就用一个小勺子，每次舀一滴露珠般大水的水滴进女儿嘴里。她红润的小嘴极像朵艳丽的小花，每滴一滴甘露，她的嘴就吮吸一次，像花朵绽放，我的心也跟着如花般怒放。

"让孩子就叫来璩吧。"我对来学斌说。这个名字，同样是我给自己的孩子准备的。那时我是贪心的，甚至希望自己能生一对双胞胎，既然"来雷"跟"来来"是谐音；那么，另一个的名字一定是"来去"的谐音。查字典发现与"去"同音的只有趣味的"趣"还勉强能用，但太勉强了，最后决定还是用"璩"，虽声调不同，音却相同，谐音对声调要求不是特别严格。"璩"在字典里有种解释是"玉环"。所谓"玉不琢不成器"，"玉环"自然是雕琢而成的器，多好！所以，就想把这两个大名送给自己的孩子，没想到一个也没用成。因为女儿叫"来蕾"，学斌的儿子自然不能再叫"来雷"，我就让他的孩子叫"来璩"。

一个人的名字里，是不是真的蕴含着一个人深不可测的命运？要不，有人说"名不正、则言不顺"；要不，为什么有那么多的人为起名大伤脑筋，为什么起名字的、测名算命的会有那么多？难道，"来璩"这个名字，就注定让他要在两个家庭中来来去去吗？我真的不知道。如果真是这样，我恨不能把自己给劈了。

四

长期伏案的人，腰都不太好。坐得太久了，而且一直拧着，这会儿才觉得腰有些疼，不得不缓缓地站起身来，走到车厢连接部。靠近车门，"咣咣"的铁轨声和车体的呼啸声越发清晰，这才觉得车速一点也不慢，火车转弯的时候，向前或向后看，都能看到那一排亮着灯光的窗口在急速穿行中近乎连成了一条长长的光带。小雅的电话依然关机，我猜最大的可能，就是她带着孩子躲起来了。我让原单位的同事去家里找了，说家里没人。她不可能去我的老家，我给她妈也打过电话了，一点没听出有她回去的迹象。她娘家距西城较远，她晕车又相当厉害，一个人带两个小孩回去的可能性不大。她和孩子们到底会去哪儿？我心里如同油煎似的，快要冒烟了。我既担心她，又有些恨她了，比恨来学斌这个狗东西还恨。打不通电话，我就固执地给她发短信，一遍一遍告诉她我马上回来，让她告诉我她在什么地方。

　　来蕾过完三岁生日不久，哥哥来电话说家里有点事，让我请假后直接回乡下老家一趟。一听这话，我的心就跳到了嗓子眼。我急急地问："是不是妈病了？小雅和来蕾要不要回去？"哥哥告诉我说不用，你自己回来就行，具体情况三言两语说不清楚。从哥哥波澜不惊的话语里我未能听出任何端倪，思维还是在母亲的健康状况上打转。我们这个家族，几乎没有什么长寿之人。父亲刚满六十就去世了，兴旺叔叔去时仅五十一岁。在整个来家窑，能活到七十岁的凤毛麟角。我还是以母亲的身体为由向单位请了假，没领小雅和来蕾，只身一人往家里赶，不好的预感犹如公路两边的大山，绵延不绝。学斌结婚的时候，母亲身体虽然看上去还很硬朗，但我知道，将近七十岁的母亲已是风烛残年，她像来家窑的每个村民一样，被沉重的生活压力早早地透支了生命。这么多年，母亲的心脏一直不好。在情感上，我盼望着母亲能长命百岁，但理智告诉我，母亲撒手的日子不可能太远。因此，这一年来，每次接到家里的电话，我都有种心惊肉跳的感觉。

　　生活就是这样，总有一些事情在你的预想之外。当我踏进故乡老屋的时候，对母亲的担忧依然紧紧地揪着我的心，尤其是看到院内挤了那么多人，我的腿一下子软了，失去了往前迈进的力气。好在很快有人发现了我，大喊了一声"学武来了"，声音透着惊喜，丝毫没有家人离世的悲伤。声音未落，母亲便在姐姐们的簇拥下，笑脸如花般从堂屋里走了出来。看到母亲安然健在，而且一脸掩饰不住的幸福，我的心这才放回肚里，双腿又有了前行的力量。

"来了？"母亲笑着大声问道。一股从心底溢出的开心与幸福，涟漪般在她脸上荡漾。

"来了。"我说。还没等我问到底发生了什么事？喜源的女人抱着个小男孩从堂屋走了出来，高声大嗓地问："这么快就想儿子了？"这是个热心肠的女人，也是村里最精明能干，也最是非的女人。谁家有什么红白喜事，一定少不了她；许多的争吵打闹，好像总和她有些牵连。

儿子？哪来的儿子？这话让我一头雾水。还没等我开口，母亲和姐姐便急忙递眼色，我只好配合着答非所问，王顾左右而言他："哦，你也来了。"

"快让爸爸抱抱。"我刚放下手里的东西，喜源的女人不由分说把小男孩塞进了我怀里，一股尿臊味便扑鼻而来。我扫了一眼怀里的孩子，感觉不怎么喜欢，甚至有点厌恶。这孩子长得不怎么好看，肥脸蛋，泡泡眼，整个脸看上去跟肿着似的，皮肤粗糙，一点不像小孩皮肤，而且很红。人们喜欢用"红润""红苹果"形容童颜，可这孩子的脸红而不润，而且红得有点过头，脸蛋看上去要破似的，是一种血红。

"你这儿子一看就是大地方来的，一点儿都不认生。"喜源的女人又大声说道。能听出来，她话里有话。我心里差不多已猜出是怎么回事了，不好接茬，嘴里"嗯""啊"乱应。

"路上走累了，孩子来给我抱吧。"大姐从我手里要过孩子，转手放在了炕上。除了窝在沙发里的哥哥，妈妈和几个姐姐脸上都带着一种诡异的微笑，全都王顾左右而言他，跟打太极拳似的，感觉怪怪的，每个人好像都藏着什么天大的秘密。

到底是怎么回事？心里的谜团越来越大，有外人在，我不好贸然开口。

我喝了杯水，哥哥便对我说："学武，咱俩到爸坟上去一趟。"我说："好的。"每次回到老家，我们都会去给父亲上坟，烧些纸钱，这很正常。但我清楚，这一次，不仅仅只是给父亲上坟。家里人来人往，有些事不便明说，哥哥知道我心里着急，想借机向我道出原委。

在以往，我和哥哥去给父亲上坟，总会浩浩荡荡跟一帮人，可这次，只有我们哥俩，小孩子也没跟一个。本来有几个人要跟，被哥哥拦回去了。当然，来老大家——村里人因父亲排行老大而对我家一直以来的称呼——又添了个孙子，这对来家窑的老少来说，无疑更具吸引力。何况这孩子来历不明，他们睁大了眼睛间谍似的，试图从来家人的只言片语中刺探些实情。来家窑是个小村庄，三十来户人家，像羊粪蛋似的，稀稀拉拉撒落在黄土高坡的皱褶里，一年到头难得有什么新鲜事。碰到这样的事，自然是高度关注。

一路上，哥哥沉默着，很难启齿的样子。我不知道他在酝酿什么，对弟弟说话不太需要遣词造句吧？这真是一件很难说清抑或很难启齿的事吗？最后还是我沉不住气，问道："哥，告诉我到底是怎么回事？"

哥哥停住，转过来盯着我说："你也看到了，妈给你要了个儿子。"很简单，一点儿也不复杂，而且也很直截，一脚就把球踢到了我这边。

我一直认为，作为一个人，尤其是一个女人，有了孩子后，便有了一生挣脱不掉的牵绊。学斌有了孩子后，我也好像松了一口气，甚至因对他的妻子产生过误解而一度心怀愧疚，没想到，当初的预感还是变成了事实，学斌和孩子两个人都没能牵绊住那个女人，孩子不到一岁，她就跟着一个南方的老板跑了。跑了老婆的来学斌，很快有了自己的相好，只是那女子提出一个条件，要结婚可以，孩子必须送人，否则免谈。她振振有词，说婚姻是爱情的坟墓，这本身已经够可怕了，一结婚还要担起继母的恶名，这样的婚姻还有什么幸福可言？打死她也不要。人家可以不要，可情感深陷的来学斌不能不要，万般无奈的他只好把孩子抱了回来，送给了我的母亲。

来学斌对母亲说，他不希望自己和孩子重蹈覆辙走他和父亲当年的老路，那样的生活他过怕了，所以只能选择把孩子送走。我和哥哥都没有男孩，他回来看我们愿不愿意收养。如果愿意，两全其美，也能了却我母亲的心愿。如果不愿意，他就送给别人，已经联系好了，对方家庭条件非常好。可千好万好，都没有自家人好。而且他必须回来问一声母亲，听听老人家的意见，要不他心里过意不去，也等于母亲白疼他了。

来学斌清楚母亲对一个孙子有多渴望，一切都在他的掌握之中。果然，母亲听他这么说，无疑喜从天降，甚至感激涕零，觉得自己真是没有白疼这个侄子。她当即替我们兄弟做主，收养了来璩。

来学斌来的时候，哥嫂上班去了，家里只有母亲一人。听母亲一百八十个愿意后，他就放下孩子，不顾母亲极力挽留，急急地走了，不知是怕碰到哥嫂有什么变故，还是按捺不住急着想去追逐自己的幸福？哥嫂回来后，听了母亲兴高采烈的叙述，对母亲的做法自然难以接受，可再打来学斌的电话，他的手机已变成了空号。哥哥觉得这事太荒唐了，埋怨起母亲，嫂子也很生气，一口咬定她是绝对不可能收养孩子，何况这孩子来历不明，是不是来学斌的还说不准。

母亲听哥嫂这样说，当即生气了，收拾起自己的衣服，抱起孩子就回老家，哥嫂苦苦挽留，母亲不为所动，铁了心要走，没办法，哥哥只好把母亲先送回老家。老的老小的小，放在乡下肯定不行，哥哥便打电话让我回老家，回来后全家人一起商量对策。

母亲一回到来家窑，就高调对外宣布，这孩子是学武的。这消息翻墙越院，登堂入室，不到一顿饭工夫就传遍了来家窑的家家户户。

知道事情原委后，我也觉得母亲的做法太盲目，欠妥当。这哪里像收养，不过是人家把孩子寄放下而已。母亲也只听了来学斌一面之词，孩子的母亲什么态度，我们不得而知，这样没凭没证的，你辛辛苦苦养着，有一天人家找上门来，想把孩子领走，你怎么办？

"说这些都没用了。"哥说，"现在最要紧的，不是担心这个，而是这孩子由谁来照顾？这是目前最迫切的问题。按妈妈说的，由她自己照顾，母亲今年多少岁了？这显然不合适。"

哥哥又把球踢了过来，我没接茬，哥哥也再没说什么。

拜祭完父亲，我们又来到兴旺叔叔的坟前。他的墓地与父亲的毗邻，生前互不待见的兄弟二人，死后却被安排得如此之近，不知如今两个人冰释前嫌了还是依然怒目相向不相往来？生命中是不是真的有条看不见的河流，在那个河道中的水，它必然要那样流淌，无可更改。他们父子二人为什么都如此冷酷，为了女人，可以置自己的亲生儿子于不顾。如果是我，让我把我的来蕾送人，那等于要了我的命。

"他们父子为什么都是这样？我从小记得叔叔就不怎么管学斌，爸爸那么疼我们，而他却截然不同，我有时候怀疑他是不是爸爸的亲弟弟。"烧完纸钱，磕了头，我们站起来后，我说出了自己的疑惑。

"没有人不疼自己的孩子！"良久，哥哥才斩钉截铁地说道。哥说，他叫学文，我叫学武，叔叔给自己的孩子起名学斌，从名字中就能看出来，叔叔对学斌的爱和期望。他希望他的孩子能文能武，比我们俩都强。生下学斌后，婶婶就去世了，如果他不爱自己儿子，不精心照顾，学斌早夭折了。那是什么年代，跟现在没法比。叔叔跟村里一些女人走得近，更多的还是为了学斌。只是，随着后来迟迟成不了家，越来越多的失意和潦倒让他心里起了变化，他认为是学斌让自己失去了老婆；也因为学斌，让他不能有一个正常的家庭。因此，就慢慢地不待见学斌了，把心里的气全撒在了儿子身上。"其实，这辈子，叔叔最疼的，还是学斌，比后来的三个孩子都疼。"哥哥的语气不容置疑。丢公职前哥哥一直是领导，他的话总是高度概括一针见血。

"你早早当兵去了，怎么知道这些？"我问。

"我和二叔差不多前后一起长大。小时候，他很疼我，我比你了解他。有些事，是叔叔自己对我说的。"他说。

听完哥哥的话，我鼻子不由一酸，叔叔潦倒落魄的样子，又清晰地浮现在我的眼前。原来，我一直对他存在着误解。

"那么，对于学斌的行为，又该如何解释？"我问。

"我不知道你怎么看，对一个在那样的家庭中长大的人，这不难理解。"哥哥说道。哥哥还告诉我，有人要领走孩子，给了来学斌五万元，他都没干。"五万元，对他不是小数字。"哥哥强调道。他还说，叔叔和学斌他们父子都是可怜人。来学斌给我妈发过誓了，永远不对外人提起，这孩子是他的，也会尽可能地不见孩子。"我觉得，我们就别当收养，就像妈当年照顾学斌一样，权当帮着照看，也未尝不可。只是，我的情况你知道，你嫂子身体一直不好，而且还要上班。妈妈虽然这么说，其实她这把年纪，也是到了要人照顾的时候。"最后，哥哥又把球踢回来了，可我没法承诺什么，我脑子还没转过弯。于是，兄弟俩再次陷入沉默，各怀心事。

一整天，村民们进进出出，没怎么间断过。我能想象到他们有多好奇，也能想到有些人心里有多复杂。多少年了，来家窑除了我和哥哥，一直就没有出过一个吃公家饭的。因此，我们家无形中成了村里人羡慕、嫉妒和排挤的对象。我和哥哥均未生男孩后，他们的心理才稍稍平衡了些，不料，这断了的绳子又续上了，来老大家怎么就这么命好？这好事又摊上了，心里又不平衡起来。

能听出来，对这个孩子，村里人的态度不尽相同。"孩子都这么大了，一直没听你们说过呀。"有人看了孩子后，对母亲说。这种人，一听就是持怀疑态度的。"我看跟咱学武一点儿都不像。"话说得越来越露骨，母亲便不高兴了，说道："满仓爸，你这话是怎么说的，'一娘生九子，连娘十个样。'我看你们家的孩子，像你的没一个，你能说他们都不是你的孩子？"

"你看你老人家，我就随口说说，你怎么就生气了？"还没等母亲再开口，旁边的人帮腔了，顺着母亲的心思说道："你什么狗眼神？你看孩子这眉毛、这嘴巴、这鼻子，跟咱学武小时候简直就是一个模子里面刻出来的。前面之所以没说，是因为学武是吃公家饭的，吃公家饭的，人家不让生二胎，要生，一定得偷着生。偷着生的，能到处嚷嚷吗？"说这话的，是我长到十多岁她才嫁到来家窑的，我小时候咋样，她压根就没见过。可这话母亲爱听，刚才还余怒未消，转眼又合不拢嘴了。这明摆着是拍马屁的话，但也代表了一些村民对此事的看法。当然，还有一种，是不是来学武的孩子，都不关他屁事，他只是来看看热闹。有热闹为啥不看，在来家窑，一年到头能有啥热闹可看？

到了晚上十点，人才陆陆续续走了，一家人才有机会聚到一块，商量对策，可大家坐在一块，都不开口。哥哥的态度清楚了，赞成帮，但他有实际困难爱莫能助。三个姐姐的态度也是明确的，她们是女儿，这是为你们当儿子的着想，具体怎么办，由你们当儿子的决定。很明显，说是商量，但大家都等着我表态，可我心里一团乱麻。

"你们都别为难。孩子不要你们抚养，我自己抚养，你们五个人我都养大了，养一个能有多难？"母亲反复说，她完全一副大功告成似的坦然和踏实。她表现得像个钢铁战士，义无反顾、所向披靡、无所畏惧，什么话也听不进去。

看我们兄弟俩不表态，大姐便说："你们觉得让妈独自拉扯合适的话，我没什么意见，我能做的，就是抽空尽力帮帮妈。"二姐和三姐接着也表达了相同的意见。听得出来，这明摆着是激将法。农村一年四季有多辛苦，大家自然明白，这不是长久之计。我们兄弟姐妹五人商量了半个晚上，临睡也没商量出个子丑寅卯。母亲反反复复就一句话："你们别管了，孩子我一个人抚养。"

事已至此，再埋怨母亲也于事无补。让母亲独自抚养，肯定不行。由三个姐姐轮流帮母亲带，同样不是长久之计。哥哥绝对没有指望，嫂子那里不可能通过，只有我这儿了。可这事我不能独自做主，我必须做通小雅的工作。

在没做通小雅的工作之前，我不敢向母亲承诺什么。我得先回去，做小雅的工作，然后再来把母亲和孩子一块儿接走。我心里清楚，不论多难，我必须做通小雅的工作，别无选择。能否做通小雅的工作，我没有十足的把握。我说过，小雅的性格温润如玉，可再温润的玉，它也是一块石头，是石头就有石头的质地。小雅惹急了，就是一块坚硬的石头，很难改变，这点我领教过。如果万一做不通她的工作，就由我来担这个恶名，我不想我的家人对她有不好的看法。但以我对小雅的了解，做通她的思想工作，不是没有可能。但做通工作和先斩后奏性质截然不同，小雅自从嫁给我这个当兵的以后，生活已强加给了她太多的艰辛，虽然她一直没怎么抱怨，但不抱怨，并不等于我就能心安理得。

和小雅结婚没多久，我就从支队机关调到了总队机关，与她过起了两地分居的生活，致使我们迟迟没有孩子，引起了家人对她的误解，认为她不能生养，让她百口莫辩。后来好不容易怀上了，却因工作劳累，身边无人照顾而流产了。流产的那刻，她身边一个亲人也没有。生来蕾时，我也是预产期前一周才赶回家的，还没到满月，我又假满归队了，由她一个人带着孩子，后来，看她工作调动无望，孩子又没人照顾，在我的动员下，她辞了工作，我在驻地租了房子，我们才团聚了。对这件事，她从没对我说过什么，只是我无意中看到她在日记中这样写道："丢了工作，带着孩子追随丈夫的脚步，来到这个陌生的、举目无亲的城市，住进了九层的高楼上，心整天悬空了似的不踏实，感觉我的一切连同整个人生，都被束之高阁了。"好不容易熬到孩子三岁，她盼望着尽快把孩子送到幼儿园，能让她出去工作。她是护士，有执业资格证，找工作不是很难。这突然领回去个孩子，她所有的期盼又将落空，她有多失望，我连想都不敢想。现在这种情况，看来只有让她失望这一条路了。

"妈、妈——妈，你说话呀，你怎么了？"天快亮的时候，孩子的哭声和大姐撕心裂肺的叫喊声，一下子撕裂开了乡村黎明前的静谧。等我们起来围过去的时候，母亲已经停止了呼吸。她一脸安详，就像睡着了一样。和母亲住在一屋的大姐哭着说，她被孩子哭醒后，拉开灯看到睡在妈妈怀里的孩子一个人在哭，就觉得奇怪，她小声连叫了两声"妈"都没动静，这才紧张了。"都是你们！"她哭着转过头来盯着我和哥哥说，"肯定是你们让妈伤心，让她的心脏病犯了。"

我后悔极了，扑上去跪在母亲床前摇着母亲大喊："妈，我答应你。你起来，我什么都答应你！"可母亲什么也听不见了。

突如其来的一切，让我整个人变傻了。我无法完全沉浸在失去母亲的悲痛之中，也无法认真思考将要面对的难题，整个人恍恍惚惚，看着大家帮忙、入殓、埋葬母亲。我不知道母亲离开的时候到底是怎样的心情？是因终于有了延续香火的人而了无遗憾，还是因孩子无人抚养而挂肚牵肠？这成了千古之谜，永远失去了答案。我只能跪在她的遗体前，跪在她坟墓前，一遍遍向她保证，请她老人家放心，我一定会照顾好孩子，像我的孩子一样疼他、爱他。

丧事结束，我抱着来璩离开。这期间，我和小雅通过两次电话，一次是我打去的；一次是她打来的。打去的电话是我刚到来家窑，向她通报平安到达，告诉她家里没什么事，只是母亲想我了。打来的电话是母亲去世的那天上午，一通电话她单刀直入，说"学武，家里没出什么事吧？一早起来我心慌得厉害，总好像要发生什么事似的"。我告诉她，母亲去世了。她接着问："我和来蕾用不用回来？"我说不用了，就挂了电话。

母亲的突然离去，让我整个人都钝了，但我还是不能让小雅来。小雅晕车，我不放心她独自带孩子坐长途车。还有一点，我不想让她和这件棘手的事短兵相接。已成定局，除了我，没有谁更适合抚养这孩子。对突然强加于她的这个难题，她会有什么反应，我不知道，我依然不想让家人对她说三道四。来家窑的人还都是老观念，家里的大小事务都应由男人做主，一个女人指手画脚，是要被人嘲笑的。

农历五月，是来家窑最为斑斓的季节，即将成熟的小麦、不同层次的绿色，把这方原本贫瘠的山水，装扮得丰饶而饱满。这是一年当中我最喜欢的季节，如今却因母亲的离去，这一切在我眼里黯然失色，变得无情无义。这片生我养我的土地，这个让我魂牵梦萦的地方，这个每次离开时牵绊着我的脚步让我一步一回首的地方，因村口少了那份最深情的守望，没了那头迎风飘扬的白发，我一下子失去了回望的心情和动力。我甚至不知道，每年年关我是否还有勇气和热情，还能和过去一样拖家带口返回这片土地？我终于明白，真正意义上的故乡，就是有你至亲依然坚守的那片土地，没有了他们的坚守，那故乡只能是空泛的、具象征意义的故乡。

我决定抚养孩子，让我们兄弟姐妹纠结的问题终于迎刃而解，我知道他们心里释然的同时又隐隐地有点愧疚和不安，他们的嘴不停地开开合合说着什么，我一句也听不进去。但我知道他们说的是什么，不外乎是你有什么难处，有什么需要帮忙的地方，一定打电话等诸如此类。怀里的孩子，就是我最大的难处、最需要帮忙的地方，他们能解决吗？他们迸发出最大的热情，大箱小包给我带了不少东西，反复叮嘱我路上照顾好孩子照顾好包，他们还为这些东西做了记号。"八件。一共八件。"上车前，三姐手指头跟打枪似的一遍遍告诉我。我甚至清楚，他们有的还往包里塞了钱。我理解他们，他们也是爱莫能助，希望借以减轻心里的那份不安。我只能放任他们，照单全收，事已至此，我不能让他们的不安更不安。

　　"为了妈在天之灵得以安息，你一定要照顾好孩子；也为了她老人家，凡事忍着，一定不要和小雅吵架。"临上车前，哥哥再次拉住我，用祈求的口吻叮嘱道。我点了点头，转身上车，刚一坐稳，这辆塞得满满的大巴便绝尘离开，送站人的面容，瞬间被笼罩在尘雾当中，一片模糊。我不知道，他们的心是否在为我悬着，还是突然有种解脱后如释重负的感觉。

　　坐了多长时间，我不知道，突然觉得裆部一热，我马上明白是怎么回事，迅速又开双腿。这孩子过一岁了，要尿尿怎么不吭声呢？我记得来蕾八个月大的时候，要撒尿就喊开了。我低头看他，他正用一双清澈而惊恐的眼神看着我，我不由心头一震。这是怎样一个孩子，在年仅一岁的生命里，经历过什么？他为什么这样无声无息，像只温顺的小猫，任由一个陌生的男人这样轻易抱走，不哭不闹？我一下子透过岁月的烟尘，看到当年跟在我身后那个影子一样眼里永远放射出饥饿光芒的小男孩，那个皮实得总被叔叔痛打而很少哭泣的小男孩，我的眼泪没来由地滚落下来。

　　"混蛋！"我把头转向窗外，对着玻璃说道。

　　伸手悄悄抹去脸上的泪水，我再次转过头来，从脚边的一个包内拿出卫生纸，吸自己裆部及孩子身上的尿水。车上人满为患，不便换衣，只能这样。好在是夏天，孩子穿得不多，又是开裆裤，所以他身上基本上是干的。吸干后，我在裆部垫上厚厚的卫生纸，再次把他抱入怀中，从包里找出一袋酸奶，用牙咬开后塞到他手中。他接过后立即双手抱在嘴边，快速吮吸起来，一眨眼工夫，一袋奶被他吸得一干二净。他的样子，让我再次联想到来家窑那个小小的少年，速度之快如出一辙。你不得不承认，生命中的确有种令人费解的东西，一脉相承的东西比岁月更久远。

车到站后，我打了辆出租车回家。因为带的东西多，到小区门口，我给小雅打了个电话，让她出来帮着拿东西。看到我怀里的孩子，不明就里的她竟然露出惊喜的表情："谁家的孩子？"来蕾也非常开心，跑上来抓住孩子的脚颠颠地说："小弟弟、小弟弟。"

司机帮着把东西卸下后，掉转车头离去了，看着地上的一堆东西和我怀里的孩子，小雅才反应过来，不解地问道："其他人呢？"她误以为是有亲戚带着孩子来家里了，这车都走了，又不见别人，才明白过来，除了这孩子，并没有人来家里。

"先往回拿东西。"我说。

小雅提上东西，我们一并往家里走。这套房子是我们按揭买的，一年前才搬进来，在一楼。"到底是谁的孩子？"开门的时候，小雅又问，我能想到她心里有多好奇，只是我还没想好，该如何给她解释。她是在城里长大的，不可能完全理解农村那些曲里拐弯的事情。

"学斌的。"我说。

"学斌的？"她边往家里拿东西边问，"学斌的孩子你怎么抱来了？"

"学斌的老婆跟一个南方老板跑了，把孩子丢给学斌，他一个人没法带，抱回家让妈帮着带，妈一走，这孩子没人管了，我只好抱来了。"原想着不告诉她孩子父母，可临了还是实话实说了。

"这女人怎么这样？！"她从我手里接过孩子，愤愤不平地说。

我没再说什么，转身出门去拿东西。刚出楼门口，就看到本来安排看东西的来蕾已蹦蹦跳跳地跑到了我跟前，一下子扑进了我怀里。我抱住她亲了口问："想爸爸了没有？""想。爸爸，小弟弟叫什么名字呀？"来蕾奶声奶气地问。"来璩。来蕾叫来蕾，弟弟当然叫来璩了。"现在一个孩子太孤单了，家里来个孩子，自然最高兴了。

我提着东西再进家门，看到小雅正抱着孩子给喂吃的，小来蕾把她的玩具、好吃的一股脑儿搬到沙发上，跪在来璩跟前逗他。"孩子饿坏了！"小雅说。这画面太和谐太温馨了，像一幅画一样美好。我心里不由一热，真心希望这份和谐能永远保持。

五

生活怎么舍得让你永远和谐？无论如何，我们一家走过了最初的磨合，真正地融为一体了，谁会料到又有这么一出？车内的灯熄了，幽暗的地灯照得车厢内影影绰绰。走过来一个列车员，朝我摆了一下头，示意我上去睡。我小声对她说："睡不着，再坐会儿。"她再没说什么，走了。

战争还是于当天爆发了。不过没什么，两个孩子间的，是局部战争。来蕾对来璩初来乍到的新鲜感很快就厌倦了。来璩还不会走路，不太会说话，来蕾对他一厢情愿的友好得不到回应。来璩的心思似乎只在吃上，没东西吃的时候，就坐在那里没完没了地吮吸自己的大拇指。"脏！"来蕾露出鄙夷的神色。来璩对她的鄙夷同样毫不理会，依然津津有味地吃他的手指头。来蕾不高兴了，把她兴冲冲搬来的所有玩具和好吃的又气急败坏地往回搬，边搬边嘴里念念有词："这是我的，又不是你的。"

小孩子玩家家，我没有在意。我坐在旁边分别给哥哥和几个姐姐打电话，告诉他们我们平安到家了。就在来蕾准备把最后一点好吃的都搬走时，来璩一下子急了。我还没注意，他爬过去抓住来蕾的胳膊咬了一口，来蕾疼得立即尖叫起来。

我抱起来蕾，连忙哄她。正在厨房做饭的小雅也冲了出来："怎么了？怎么了？"

"妈妈，弟弟咬。"来蕾伸着胳膊，"哇哇"地又哭开了。

"你是咋看孩子的？"小雅一看来蕾胳膊上红红的牙印，脸一下冷了。从我手里夺过来蕾，抱到一侧的单人沙发哄她。来蕾是我们的心尖肉，我们从未舍得动过她一指头。

"刚两个人还玩得好好的。"我嗫嚅道。

"这孩子怎么咬人？"小雅说道，声音里透着一股厌恶。

我靠上前去，对着来蕾被咬的地方边吹边一口一个"来蕾乖"地哄她，在我俩的一致努力下，来蕾才抽抽搭搭地止住了哭。

吃饭了，问题又来了。本来由我喂来璩，小雅给来蕾喂，可来蕾偏要我给她喂。我只好和小雅交换过来，没喂两口，来蕾又不干了，又要让她妈妈喂，如此数次，好脾气的小雅终于生气了，把碗往桌上狠狠一蹾，厉声说道："你到底还吃不吃？"小雅声音一大，来蕾"哇"的一声又哭起来。来蕾一哭，小雅更生气了，给她屁股就是两巴掌，来蕾哭得更大声了。没办法，我只好放下碗，把来蕾抱到了屋外。

来蕾在这个家里霸道惯了，她习惯了在这个家里什么都是她的，爸爸妈妈都围着她转。之前，我一直只担心小雅不会接纳，一点也没考虑两个孩子的相处，现在看来，这不是个小问题。一想到这，我的头就更大了。

两个孩子间的战争时停时起，硝烟弥漫，我和小雅忙于斡旋、调停，弄得焦头烂额，晚上等把他们安顿睡下后，身心俱疲。来蕾的房间有两张单人床，正好她和来璟一人一张。

关了灯，我和小雅躺在床上，沉默无言。我想借夜色的掩护告诉她真相，却不知如何开口。我知道这个真相必须在这个夜晚揭开，过了明天，再想揭开就难了，而且性质也变了。现在说，是因为白天忙没机会。如果过了这个夜晚，就成了欺骗。

"学武，你说，这孩子我们到底帮带多长时间？"黑暗中，妻子问道。我知道，这一天，她都受不了了。

"不知道。"我从床上坐起来说道。

"不知道？"她也从床上坐起来高声问道。

"我不知道该怎么对你说？"我说道，"我知道对不起你，可实在没有办法。"这个方式是我设计好的。这么说不容易激起她的愤怒。

"到底怎么回事？"小雅面对着我问。还不到盛夏，房子里已很闷热，空气似乎很黏稠，让人呼吸不畅。

"学斌他不要这孩子了。"我说。我从来学斌不要这孩子讲起，讲其中的曲曲折折、起起落落，没等我的故事讲完，小雅已知道了结局。她打断我，高声质问道："来学武，你是怎么想的？就你那点工资，还要交房贷，你怎么养活两个孩子？"黑暗中，我看不清她面部的表情，却清晰地闻到空气中愤怒的味道。

"天无绝人之路……"我正准备动之以情、晓之以理对她开导一番，却遭到她一声断喝："别说了！要养你自己养！"说完，她猛地扯起被子，转身气咻咻地躺下了，不再吭声。空气似乎凝固了，屋里一下子变得异常寂静。

我不知说什么好，只好悄悄地躺了下来，心里一片悲凉。

几天来，我没怎么好好睡过，原想回到家大睡一觉。可此刻，还是睡不着，我眼睁睁地望着天花板，心里一片苍茫。不知过了多久，我隐约听见孩子吭哧吭哧的声音，又悄悄爬起来，来到两个孩子的卧室，刚一进门，就闻见一股臭味。我急忙打开灯，看到来蕾睡得正香甜，回头再看来璩，发现他睡得不安稳，我过去掀开被子一看，发现他拉稀了。这孩子太贪吃，可能是吃多了。

怎么就这么不省心？我在心里埋怨道。我打来温水，帮他擦洗。擦洗完，我把他抱到来蕾的床尾躺下，又着手换弄脏的床单被套。换完后，再把他抱到自己的床上，拿上脏床单被套到卫生间清洗。这东西不立即洗，明天就很难洗净。我知道小雅还醒着，可我这样进进出出，小雅问都没问一声。她就是这样，生起气来硬得像块石头。既不大吵大闹，也不哭天抹泪，就是不说话，在心里生闷气。

等我洗完正准备去睡，心里不踏实，又跑进去查看，不料他又尿床了。摸到他湿漉漉的褥子，我差点崩溃了。我又扯下褥子给他更换，等忙完后，我看了一下表，已是凌晨两点。往床上爬的时候，心里一片灰暗，我不知道，这样的日子，什么时候是个头。来蕾我基本上没怎么管，全是小雅照顾。记得有次我下班回来，那时候还租住在九楼，没进家门我就听到来蕾的哭声，我开门一看，小雅忙着做饭，来蕾被小雅放在洗衣机里，正哇哇大哭。在这个晚上，我再一次体会到了小雅的不易。现在的许多小孩子，哪一个不是爷爷奶奶外公外婆爸爸妈妈轮番照看，可在我们家，除了我偶尔帮帮，几乎全压在小雅一人身上。这一个劳累还未结束，新的劳累接踵而至，我能理解小雅心头升腾而起难以消弭的怒气。

第二天太阳照常升起，那块在夜里结成的冰，并没有因它的照耀而融化，依然结着。起床后，小雅的脸始终绷着，一脸的冰天雪地。每每遇到她这种情况，我总是束手无策，不懂得如何让妻子冰融雪化。我不是那种会哄女人开心的男人，山村根深蒂固的男权思想和军人宁折不弯的性格，已让我失去了遇事低三下四作揖求饶的本领，哪怕是面对自己的妻子。以我对妻子的了解，她如果真生气了，也不是那种几句甜言蜜语就能拿下的人。一切只能交给时间，让时间去融化。只是我不知道这时间会有多长，一天、两天，还是一月、两月……我心里没有底。对妻子这种有时比石头还坚硬的人，一切皆有可能。

我决定休假，希望全力以赴撑过这个难关。我给单位打了电话，报告我母亲去世，家里有许多事要处理，希望能批准我休假。这种情况，领导自然不会拒绝。休假后，我每天小心翼翼讨好似的扫床叠被做饭洗碗，把家里大情小事全包揽了，小雅却视而不见，她整个人变得心灰意冷，不想说话，甚至不想待在家里，没事就扯着来蕾的手带着她坐在小区花园的长椅上，夏天的阳光都照不化她脸上的冰霜。两个小孩也似乎感觉到了什么，不再像前一天那样冲突不断。当然，我怕惹小雅不高兴，让事情雪上加霜，吃东西的时候，就把来璩抱在一边。他也总黏着我，小手时不时紧紧抓住我的衣服，满眼惊恐不安，看了让人心里打战。他还站不太稳，刚站起来，就又一屁股坐倒。可他爬行的速度很快，而且什么地方都能爬过去。我把他放在沙发上想上个卫生间，没走几步，一转眼发现他已爬在身后。

生活就这样打了个结，我却不知道如何去解，日子突然难熬起来，我害怕再这样下去，会影响到我们夫妻之间的感情，会危及到我们的婚姻。我看着镜子中自己那张日渐枯枝败叶的脸，却找不到一点答案，任其枯败下去。没想到，来璩一场突如其来的高烧，让事情终于有了转机。

其实，小雅脸上坚硬的冰雪，从来璩第一次喊她"妈妈"时就抵挡不住开始融化。那天早饭后，小雅冷着脸坐在沙发上，来璩爬过去，扶着沙发站了起来，挪了几步，跌倒在小雅的腿上。

我正在拖地，心里不由一紧。来璩两手污渍，我怕引起小雅的厌恶。"妈妈。"我正准备放下手里的拖把过去把他抱远时，听到他清晰地叫了一声"妈妈"。那一刻，小雅愣了，随即有些慌乱。

这声"妈妈"叫得我心里发颤，鼻子发酸。来蕾不到八个月的时候，就会叫妈妈了，而来璩的这声"妈妈"却姗姗来迟，正当他开始学叫"妈妈"的时候，他的妈妈弃他而去，"妈妈"一词成了一根带钩的毒刺，让他身边的人避之唯恐不及。孩子的第一声呼唤，对于父母来说，无疑是这个世上最动听、最美妙的天籁，怀来蕾时的第一次胎动，出生后的牙牙学语，她的第一声"妈妈"、第一声"爸爸"都让我们激动莫名，欣喜若狂。如今，来璩会叫"妈妈"了，回应他的，似乎不是惊喜而是惊吓。

"妈妈！"小雅发愣的时候，来璩又清清楚楚地叫了一声。这一声"妈妈"

似乎把小雅叫醒了，我没想到，她竟然抓起来璩的小手，轻轻地把他移在旁边，站起身径直走了。小雅的举动，似给我心上戳了一刀。你也是个母亲，怎么可以如此？我心里说道。有一口气堵在胸口，让我呼吸不畅，正当我不知道如何发作的时候，小雅又回来了。她从卫生间拿了条毛巾，重新坐在沙发上，脸上依然很冷，看不到有冰雪融化的迹象，却把来璩抱到自己腿上给他擦脸。擦完后，又抓起他的小手，一根手指头一根手指头仔细地帮他擦拭。

　　我不知道该说什么，装作什么也没看见，依然埋头拖地，内心却是翻江倒海。牙牙学语孩子的一声"妈妈"，对一个母亲来说，就像一声春雷，不论你心头堆积着多少冰雪，都可以在顷刻间土崩瓦解，势不可当。

　　事情并未像我预料的那样急转直下、柳暗花明，小雅脸上那一瞬间消融的冰雪很快又结上了，而且有了倒春寒的感觉，她开始有意无意地回避来璩，每天躲到花园的时间更长了。我知道，她的内心正在苦苦挣扎。孩子是无辜的。以我对她的了解，我清楚她同样可怜来璩，只是生活的重压和对我的怨气，让她一时难以迈过这个坎。这时候，我有理由相信，这个坎，她终归是会迈过的，但还需要时间。我甚至有种强烈的预感，打开小雅心锁的钥匙，就握在小来璩手中，但什么时候打开，我心里没底，只有静等命运的安排。

　　过了两天，我抱着来璩正准备回家，碰到邻居郭师傅采购归来。"璩——璩。"看到我们，郭师傅老远就喊。听见他喊，我抱着来璩停下来边等他边教来璩"叫爷爷"。来璩看到郭师傅也高兴得手舞足蹈，嘴里"啊啊"地喊个不停。郭师傅走近，从购物袋里掏出一袋糖果，在来璩眼前边晃边说："叫爷爷，叫爷爷。"来璩还不会叫爷爷，只是着急地张着嘴"啊啊"地比画着，试图从爷爷手里抢过糖果。

　　瞅着这一老一小乐不可支的样子，我心里无限感慨。老天真是不公平，有的人为了有个孩子，盼星星盼月亮，可有的人却置自己的骨肉如草芥。郭师傅六十多岁了，退休在家，人一过六十岁，想要个孙子的欲望便日渐强烈。郭师傅唯一的女儿三十出头了却迟迟没有结婚。退休后的无所事事让他想有个孙子疼爱的欲望更是空前高涨，然而，老天不遂人愿，他只有把一腔几近泛滥的爱心挥洒在别人家的小孩身上，因为近水楼台，来蕾格外受他疼爱。来璩来没几天，他也不由分说地喜欢上了。

　　一进家门，来璩举着糖果"啊啊"地对坐在沙发上的小雅和来蕾喊。我把他抱过去一放到沙发上，他立即爬到小雅跟前，举着糖果又喊了声"妈妈"，小雅抚摸了一下来璩的脸蛋，接过糖果，从袋里拿出一粒糖，剥开后喂进来璩嘴里。来璩嘴里含着糖，也学着从袋里拿出糖果，先给了小雅一颗，又给了来蕾一颗，接着又拿出一粒嘴里"呜呜"地对我喊。我连忙走过去，抓住他拿糖的小手紧紧地贴在脸上。我不能出声，我怕自己一张口会哭出声来。这是他来这个家里，第一次有了属于自己的东西，他用自己的方式，讨好着这个家里的每一个人。

一周后的一个夜晚，连日的疲惫，让我终于睡死过去。半夜突然醒来，发现孩子卧室的灯亮着，过去看到小雅正在专心用毛巾为来璩降温。

"怎么了？"我问。

"发烧。"小雅回答，声音依然很冷。

"多少度？"

"三十九度五。"

小雅是护士出身，会照顾孩子，温度计及一些常用药随时备着。

"怎么回事，感冒了吗？"

"积食了。食烧。"

"你去睡，我来吧。"我过去蹲下，抓住小雅手里的毛巾说，被她猛地甩开了。"别在这儿假惺惺，睡你的觉去。"她命令道。她这么一骂，我心里一阵窃喜。她骂，说明她已原谅我了。

"妈妈……妈妈。"来璩突然伸出手，口里叫道。小雅立即把孩子的手压下来，放进被子，把嘴贴到孩子的额头亲了一口说："别怕，别怕，妈妈在这儿。"我的眼泪就下来了，转身回到卧室，幸福地睡去，一夜无梦。

从此，小雅身上的冷剥茧抽丝般慢慢散去，原有的温润又渐渐回来了，只是两个孩子还很难和平共处，依然时不时发生战争。来蕾的霸道、来璩的贪吃，便是战争的导火索。来璩吃东西太像来学斌小时候了，给两个孩子一样的东西，来蕾还在那里又吮又舔慢慢品尝，来璩三两口就囫囵吞下去，然后就伸出手"啊、啊"地向来蕾要，不给就哭闹。他一哭我就和小雅帮着向来蕾要，可来蕾哪里肯给。"这是我的，又不是你的。""这是我的爸爸，又不是你的爸爸。""这是我的妈妈，又不是你的妈妈。""这是我的家，又不是你的家。我们家不要你，你走、你走……"她动不动把这样的话挂在嘴边，以宣布自己的主权地位。

　　小小年纪，怎么就这么霸道，也不知哪来这么多你的我的。来璨虽然还不大会说话，可他好像什么事都明白。来蕾这么说，往往会招来小雅一顿打骂。打骂孩子这种事情好像也会上瘾，在来璨没来之前，小雅对蕾百般娇惯，有时候我都忍无可忍了，可小雅却舍不得动她一指头，可自从来璨来后，小雅打骂来蕾越来越顺手了，动辄扬起巴掌。有时事情明明是来璨引起的，可小雅打的，依然是自己的女儿。我知道，来璨毕竟不是自己生的，让小雅作难了，除了打骂自己的孩子，她不知道该如何管教，她有太多的顾虑。来蕾本来是个自尊心非常强的孩子，我们有时候说她一句她都不行，可半年后，有一天小雅在大声地责骂她时，我发现她依然若无其事地在吃东西，看到这一情景，我心疼得无以复加。

　　假期快到的时候，我把来蕾送到了幼儿园。原打算到九月份送她入园的，托人联系了市内一家公立幼儿园。这时，我只好选择了一家离家较近的私人幼儿园。这样的幼儿园好处是随时可以入园，接送方便，收费低廉。有了两个小孩，送孩子进公立幼儿园的心也就收了。那样的幼儿园难进不说，费用是私人幼儿园的两倍以上。

　　来蕾入园了，我上班了，来璨和小雅整天黏在一起，关系越来越密切，而与我的关系却日渐疏远了。我知道许多人已开始在背后窃窃私语，说你看那个当兵的，有两个小孩。我无法堵住悠悠之口，也无法过去给每一个认识不认识的解释事情的来龙去脉。为怕人误会，我能做到的，就是出去尽量不带来璨。

　　回到单位，我就向组织如实进行了汇报，可我知道依然难消除一些人的怀疑，机关的同事倒表现得不是特别明显，反倒是那些嫂子们，每次聚会，他们都会对来璨表现出极大的关注和热情，总是试图从一些蛛丝马迹发现什么端倪。

　　"来学武，你骗鬼去吧，谁都看得出来，这就是你的儿子。"有人站出来一说，立即会引起七嘴八舌的响应。"是呀，是呀，你看这模样，简直跟来学武一个德行。"

　　"不是一家人，不进一家门。我弟弟的孩子，有一点像能说过去吧？"起初，为怕加深误会引来麻烦，我都尽力做些解释。我给组织汇报时，只说弟弟出车祸了。虽不是亲弟弟，但他的做法，依然让我没法向别人开口。我只能告诉别人，他出车祸了。我有时候真的希望他不在了，一了百了。可你怎么解释，下次坐到一起，依然会有人围着这个问题纠缠不清，后来竟然不再说孩子像我了，而是说像小雅。像小雅？我扭头端详，打死也看不出有什么相像的地方，可这样的说法，却依然能引起共鸣。看山是山，看水是水；看山不是山，看水不是水，完全在人家的嘴上。甚至有人当着我们的面打起来蕾的主意，俯下身温柔地问道："来蕾，告诉阿姨，小弟弟是不是妈妈生的？"真是太敬业了，让人哭笑不得，差不多要严刑逼供了。

起初来璩因为积食，时常发烧，在小雅的精心照料下，很快好转，红色的肤色也渐渐白皙，变得油光水滑，模样也越来越漂亮了。不知是小时候营养没跟上，还是平衡性不好，他过了两岁生日还走不太稳，摇摇晃晃，几乎每天都摔跤，经常不是把脸擦到墙上就是碰到门上，脸上新伤旧疤，没怎么消停过。直到后来上了幼儿园，还是经常摔跤。

孩子三岁了，坐在一起，还有人不顾孩子的感受，当着孩子的面对我说，这孩子长得越来越像你了？有时我会一笑带过，有时我会给人家解释一番。有次从外面回来，小雅突然生气了，她对我说："来学武，你给那些人解释什么呀？他们要怎么想就由他们想好了，你用得着一个劲地解释吗？你都没看蛋蛋，脸酸成什么样了？"

小雅一直不喜欢"来璩"这个名字，随着她越来越喜欢来璩，就越来越不喜欢这个名字。她不止一次地提到，"来学武，你起的这是个什么名字，能不能改改？"我心里清楚她担心什么，可改名字哪有这么容易。我就开导小雅，名字不过是个代号，别往心里去。可她还是担心，有段时间，她经常梦见来璩被人抱走，次次从梦中哭着醒来，直到把来璩的户口转到家里的户口上，这种情况才有所好转。

给来璩转户口，的确费了很大周折。为了给自己及小雅一个心安，把来璩的户口转到自家名下，一度成了我的一块心病，为此，我托了不少人，却一直没有进展，最后，我不得不求助组织，找到分管的高副主任，向他详细汇报了我的情况。"如果不能把孩子的户口及时转来，今后入园、上学，都无法解决。"我一再强调道。

听了我的汇报，高副主任与主任沟通后，安排保卫处和秘群处两个干事专门协调地方有关部门办理此事。两个干事会同地方有关人员，深入到来家窑调查取证。真是没有不透风的墙，虽然来家人百般遮掩，守口如瓶，然而，来璩是来学斌亲生儿子的事实，在工作人员到来家窑调查时，来家窑已是人尽皆知。工作人员多方联系，都没有联系到来学斌夫妻，最后，在总队工作人员的努力协调下，由我这个旁系亲属出具申请，县民政局以来璩父母失踪、奶奶智障为由，给我们办了领养证后，再通过协调我所在城市的户籍科，终于把来璩的户口迁到了小雅的户口本上。落户那天，我和小雅开心至极，还邀请好友到饭店隆重庆祝了一番。

小雅批评了我之后，我通过注意观察，也发现了一个现象，就是来璩的敏感和在家里的不踏实感。一个小小的孩子如此心思细密，大大地出乎了我的预料。我们一家出去和朋友吃饭，来璩往往表现得特别乖巧，尤其是他的小嘴，特别会讨好人，几乎能顺着每一个人的心理说话。朋友们不相信这话是从一个三四岁的孩子嘴里说出的。"来学武，你儿子的话是不是你在家给教好的？"他们经常这样问我。之前我一直以他过人的语言天赋而自豪，反过头来一想，来璩不论在家里还是在外面，总是试图巴结讨好别人。为什么会这样？是因为他心里不踏实，不像来蕾那样凡事理直气壮、理所当然。

有一次，我们全家人在一起看影集，来璩有几次把来蕾小时候的照片说成是他的，都被小雅和来蕾纠正了。影集里几乎全是来蕾的照片，终于找到了一张来璩刚来时小雅抱着他照的照片。小雅说："蛋蛋，这才是你的照片。"没想到来璩上去抱住小雅的脖子，叫了声"妈妈"就"哇哇"大哭起来，哭了很久才哄住。

家里有什么好吃的，我们总是一分为二，给两个孩子一人一半，因为来璩小，许多时候，我们让他先挑，可他总是说，让姐姐先挑，或者先给姐姐，等给了来蕾，他又哭着闹着非要姐姐手里的。来蕾已经习惯了，什么事都让着弟弟。之前我没在意，后来仔细一想，原来在来璩心里，他认为我们总是疼来蕾多一些，只要是给姐姐的，一定是大的好的多的。来蕾长得可爱，深受老师喜欢，有个幼儿园的老师每天放学后，主动给来蕾教一小时的钢琴。这个老师几次三番地说，来蕾弹琴很有天赋，劝我们给孩子买架钢琴，让她从小学。好意难却，来蕾五岁时，我找朋友筹了一万来块钱，给她买了钢琴，并给她请了专业老师。来蕾弹琴后，来璩也对弹琴表现出了极大的兴趣，每天会爬上去装模作样弹好几次。有时来蕾弹琴，他就故意捣乱，小拳头把琴键砸得"嘭嘭"作响。来璩的手很小，而且骨节很软，从生理条件上不适合学钢琴，而且我也反对男孩学钢琴，我想等他大些了给他报跆拳道什么的。四岁刚过，他就闹着要学琴，我们只好让来蕾的老师也带他。他学起琴来，明显比来蕾吃力多了，可他非常用功，有时一段音符，好半天都弹不对，他急得用双手把自己的脑袋拍得"啪啪"作响，看了都让人于心不忍，劝他别学了，可他说什么也不肯。

回头想想这些，再想想小雅说的话，我心里非常惭愧，外出的时候，我不再为避嫌故意疏远来璩，我走哪儿都尽量把他带上，别人问起，我不再解释，坦然应允，是我儿子。我坦然承认了，追问的人反而少了。渐渐地，我觉得来璩的不安少了，一家人也越来越和谐了。每次下班回来，不论多么疲惫，每每看到一双儿女向我扑过来，所有的疲惫会烟消云散。两个孩子，在平淡如水的生活中，也时不时给我们制造惊喜和快乐。有次在外面吃饭，点了个"毛血旺"太辣，大家动都没动，我就打包带回家。大人吃都觉得辣，来蕾尝都不尝，可来璩却一口一口吃了起来，吃了几口，辣得受不了，就跑到卫生间拿了条湿毛巾擦嘴，然后把毛巾铺在桌上，吃一口，就低下头把嘴放到湿毛巾上来回蹭，蹭完后再吃，看到这一情景，逗得我和小雅差点笑断气。还有一次，吃完饭，小雅让来蕾到卫生间取条毛巾给来璩擦嘴，这个懒得抽筋的家伙竟然顺手撕下半块馒头给来璩擦了起来。最让我们感动的是，来璩四岁那年的中秋节，幼儿园给他分的月饼、水果他没舍得吃一口，饿着肚子带回了家，平均分给我们。当他亲手把属于小雅的那一份月饼塞进她嘴里时，小雅的眼泪就下来了，激动得把来璩紧紧地搂在了怀里。

你要知道，来璩在馋嘴这方面一直比较突出，跟他亲爸来学斌小时候一模一样，有好东西吃得特别快，每次三两口吃完，就跟在来蕾后面要："姐姐，你就让我吃一口嘛！就吃一口。"如果来蕾坚决不给，他就生气了，要么用激将法："你不是我的姐姐吗？都不让我吃一口。"要么威胁："哼，你不让我吃，我就再不叫你姐姐了！"用邻居郭师傅的话说："不长个子尽长心眼。"来璩总能从她那里"骗"来许多好吃的。就这样一个为了一点好吃的费尽心机的小男孩，竟然没舍得吃一口带回家来，想想都让人无比感动。

正当一家人走过最初的磕碰开始其乐融融的时候，我接到调令，被调到了另一座城市。我想尽快扎稳脚跟，把他们母子三人接过来，不料，这么多年一直信守承诺的来学斌却阴魂不散，又一次出现了。

六

装在衣兜的手机突然震了一下，我迅速掏出来一看，有条短信，是小雅的。"我和孩子在南山宾馆，明天直接来找我。"我拿着手机，迅速走到车厢连接处拨她的电话，被告知电话关机。总算有了消息，悬着的心终于踏实了。已是凌晨两点，我蹑手蹑脚地走回来，和衣躺在了铺上。

咣当咣当的铁轨声，很难让人入睡。这趟列车穿过风雨，穿过黑夜，明天九点，将抵达终点站——西城。希望那座城市不再有风雨，而是秋高气爽，天空湛蓝。

来学斌把自己的儿子送了人，然后心无挂碍地奔向了自己的幸福。然而，生活怎么可能轻易让你真正心无挂碍心满意足？来学斌再婚，其实就是给人当了上门女婿，这点对他其实无所谓。女方家境殷实，据说这几年他借助老丈人做生意赚了不少钱，然而，美中不足的是，再婚四年多了，却一直没有自己的孩子，经检查，他的妻子不能生育，几经治疗始终没有效果。

这是我从大姐那里听说的。大姐说每次学斌去看她，都会拐弯抹角打听来璩的情况，有次还向她要孩子的照片看，她把影集给他，走了以后，她发现少了来璩两张照片。来学斌曾托人给我捎来了五千块钱，被我原封不动地退了回去。所有这一切，我都没有给小雅提过半句。在小雅越来越踏实的时候，我的心反而变得越来越不安。有机会远走他乡，我真的很高兴，希望能带着他们离开西城，到一个来学斌找不到的地方。没想到，计划还不曾实施，他却提前来了，远比我想象得要快。

我一直觉得，一个家里没有孩子，就像一片没有庄稼的土地一样，是荒芜的。我知道，来学斌这么多年为了生个孩子四处求医问药的时候，对来璩的思念一定同生个孩子的渴望一样强烈，像晚年伫立在来家窑村头的那个老人一样，心头充满无尽的懊悔和思念。"此情可待成追忆，只是当时已惘然。"人许多时候，在拥有时不知道珍惜，真的有一天失去了，才悔不当初。正如哥哥说的，没有一个父亲不疼爱自己的孩子，我相信，这么多年，自责和思念一定像虫子一样，每天噬咬着他的心，让他寝食难安。尤其是这么多年一直没有自己的孩子，那个空一直空着，不曾填补，随着希望的最后破灭，找回儿子的希望一定变得无限膨胀，膨胀到令他无法自已。要不，他不会出尔反尔。

要不，让来璩回到自己的父亲身边。这个念头刚冒出来，我的泪水一下子奔涌而出。"不！"我不由呼喊而出，原本躺下的人，因这个念头又坐了起来。如果真让来璩回去，不要说我受不了，那等于要了小雅的命，这么多年，两个孩子是她生活的全部，让来璩回去，等于她的半个天塌了。即便不考虑小雅的死活，来璩呢？他怎么办？前不久我还收到他的一封信——不是我自夸，一个才五岁的孩子，一个才上幼儿园的孩子，他的信真是写得太好了。他在信中有一句话，让我记忆深刻。他写道："爸爸，还记得吗？那次我们俩打乒乓球，你打在我鼻子上，你笑了，我哭了。爸爸，我真是太想你了，你能不能早点回来，现在就回来，我真的特别、特别想你……"在家的时候，我和两个孩子，经常在家里的大茶几上打乒乓球。一个五岁孩子的信，却能够抓住细节。看到这封信，我先是笑了，然后哭了，泪流不止，边哭边笑，边笑边哭。此刻我再次心如刀割。"来璩，我的儿子，爸爸真不知道该拿你怎么办？让你回去，你小小的心灵，是不是会增添新的创伤？你要多久，才能真正融入另一个家庭？不让你回去，爸爸不知道能不能真的做到心安理得，你长大后，如果知道了，会不会怨恨爸爸？毕竟，那一个，才是你真正的父亲，有着血缘关系的父亲。"

我回答不了。这一个个纷繁复杂的问题，让我的头疼欲裂，把我又从床上赶了下来，我再次像头焦躁不安的困兽，在车厢来来回回地溜达。

经过漫长的，近乎一个世纪之久的行驶，在我快要崩溃的时候，列车抵达了终点站。车未停稳，我早早地提着行李守在门前，车门一打开，就迫不及待地跳了下去，随着拥挤的人流往出站口走。

西城的天空，既不像自己担忧的那样大雨如注，也不像自己期待的那样高远湛蓝，而是充满阴霾。阴霾后面，是晴？是雨？我不知道，我只有不断地加快脚步……

那年夏天

一

全家人坐在廊檐下，借着月光吃晚饭乘凉，父亲回头瞅了眼杏树，叹了口气说道："看来又来不了了，要不——"他停顿了一下说，"抽空把杏子摘了吧。"

父亲声音不高，但很有杀伤力，就像一瓢冷水泼在燃起的火苗上，热腾腾的场面一下子冷了。配合他的话，有颗熟透了的杏子"啪"的一声掉在了地上。鲜黄香甜的果汁一定从裂口流出来，我甚至闻到醉人的杏香，可仍被钉在凳子上，没有像往常一样应声冲出去，捡回来递给父亲。

"再等等吧！"许久，母亲才低声劝道。听了母亲的话，父亲没再吭声，我们几个孩子不约而同松了口气，心底又保留了一份残存的希望。

月光不解人意，明明亮亮透过斑驳的树影洒下来，一家人忧伤的脸庞在半明半暗的光影里若隐若现。大家不再说话，微风过处，树叶窸窸窣窣。这顿晚饭草草收场，一家人吃得清汤寡水，索然无味。

大哥在很远的地方当兵。盼他回家探亲，差不多是全家的头等大事，尤其是麦黄六月、年关时节盼得尤为迫切。上学时，我死不爱读课文里外国人的文章，光名字就让人掰扯不清。可读到《我的叔叔于勒》时，感到非常亲切，一点隔阂也没有。不光是这位叔叔和中国人一样姓于，单名一个"勒"

字，主要是那个穷苦人家期盼叔叔归来的迫切，与当年我们一家盼望大哥的迫切如出一辙。当然，这迫切，有着本质的区别。

盼亲人春节团聚，谁都可以理解，为何麦黄六月盼得如此迫切？这应归功于院内这株遮天蔽日的大杏树。这株杏树是嫁接的，我们都叫它"大接杏树"。从记事起，它就矗立在院内，绿荫如盖。熟透的"大接杏"大如鸡蛋，色泽金黄，咬一口汁多味美，似蜜非蜜。村里杏树比比皆是，但杏子如此好吃的，在村里独此一株。贫寒人家，这黄澄澄金灿灿的"大接杏"，无疑是招待客人馈赠亲友的上等佳品。

"别糟蹋了，给你哥留着。"每每看到我偷吃杏子，母亲总这样呵斥。在我还不满一岁时，大哥就当兵走了，其间是不是回来过我一点印象也没有，但这丝毫不影响他在家里神一样地存在。每年杏子下来，全家人小心看护，一个也舍不得吃，偶尔我禁不住诱惑偷吃一个，被发现都要遭到全家人数落。然而一年一年，我们的期盼总是落空。总是等到差不多快落光的时候，才下决心摘杏子。这时候，大多数杏子熟过时了，不怎么鲜美甚至变味了。一家人挑好的送街坊邻居、亲戚朋友，自家人只能挑拣着吃一些摔坏的、熟过时的。大多没法吃了，母亲便挤出杏核，杏肉只能交给自家的老母猪美餐。可翻过年，全家人的期盼，随着杏子挂上枝头，便不可遏制地再次热烈起来。

这一年更是不同往年。春节前夕，大哥回信说："过年就不回来了，争取夏天回来，还可以帮家里收麦子……"这句话足以让全家人热血沸腾。虽然思念如焚，但父母从没有在信中催过他，总是说些"安心工作，家里一切都好，请勿惦念"之类的话，报喜不报忧，实在忍不住了，便在信尾拐弯抹角问一句："不知今年能否回来？"或"能不能寄张照片回来？"父母不识字，写信回信二姐完全能够胜任，可父亲不怕麻烦，听二姐读过信后，还不放心似的，生怕遗漏什么，每次跋山涉水步行几里路，找邻村的一位教书先生给自己再念一遍。写家信这么私密的事，也大多由这位老先生代劳。大哥入党了、提干了、提副连了、当指导员了，等等这些让乡邻四舍心热眼红的信息，便长了翅膀似的飞越家乡的山山岭岭。"这是刘家坪姚家树的大大""这是姚家树的妹子"，有时赶集，甚至连我都会被人指着介绍："瞧，那个娃娃就是姚家树的碎（小）兄弟。"全家人也很享受这样被人指指点点。每次听到心里自然美滋滋的，腰板不由挺直几分。不论日子多么贫寒，家人的衣着永远被母亲淘洗缝补得干净整洁，看上去总是要比别人体面些。表面的光鲜，让我们家从来与救济款、供应粮之类的无关。

小麦一扬花，全家人的心情便跟着荡漾起来。新毛毡新被褥几年前就准备好了，一直压在箱底，母亲翻出来，隔几天就晒一晒。屋顶翻新了，顶棚重打了，窗户新糊了，就连墙壁也找来旧报纸重新糊了一遍。父亲每天早早起来，房前屋后，仔仔细细洒扫庭院。也总有人一大早起来通报喜讯，说自己做了个什么梦，就连喜鹊飞临杏枝叫两声，都会让一家人心情澎湃。晚饭移到了室外，一家人围坐在廊檐下，话题围绕着哥哥的到来，车轱辘话翻来倒去，事无巨细，刹都刹不住，一聊就是大半个晚上。哥哥回来后都要去看望哪些人，需要多少篮杏子，父亲甚至都做了周密安排。有时聊着聊着，微风过处，枝头有些早熟的杏子会突然坠地，每听到声响，我都会一个箭步冲过去捡回来塞给父亲。父亲牙不好，只能吃熟透的杏子。他每次舍不得吃，总要一番推辞才会拿上，反复用手掌小心翼翼擦拭去表面的尘土，然后对着摔破的地方慢慢吮吸，一副很享受的表情。那时吃杏子，很少用水洗。经水一洗，总觉会变味，不再那么醇香。

然而，日子一天天过去，麦子由青转黄，杏子由脆变软，依然未等到哥哥要回来的音讯。如今，只要一起风，杏子噼里啪啦往下掉，掉得全家人心慌，恨不能拿绳子一个个系在枝头。母亲实在忍不住，提议道："要不写信问问吧？"我们也跟着附和："是呀""是呀"。父亲思虑良久，还是摇了摇头："算了吧，别难为娃娃了。能走开，他早就回来了。咱不能拖娃娃的后腿。"

二

已有人开镰了。漫山遍野一片金黄。正是小麦熟一点割一点的时候，阳坡低洼处，仔细能看到一块一块裸露的土地，像癞子的头。

一放暑假，我每天穿着母亲缝制的新衣新裤，像一棵消息树矗立在村头，好及时发现哥哥的到来。当然，也偶尔有班车停在山梁，有人走下来，我也像喊"狼来了"的那个男孩，谎报了一次又一次"军情"，等全家人拥到村口，却发现那人朝另一个方向走了，或者那根本是一个穿红着绿的女子。

母亲虽说再等等，但家人显然不再抱什么希望了，情绪明显低落，再没谁起床后说梦到什么，母亲甚至三两把剥去了我身上的新衣，又为我着上摞着补丁的旧衣烂衫。

脱下新衣，我极不情愿。我有种强烈的预感，但没敢说出来。吃过早饭，穿着旧衣裳，我一如既往来到村头，直到炊烟在一家又一家屋顶升起，也没看到有班车停下来。陪我的几个小伙伴陆续被家人唤回去吃午饭了。我掏出大接杏核，平分给和我关系最好的两个小伙伴，三人蹲在路边玩游戏。肚子饿了，"咕咕"地叫个不停，我甚至答应偷杏子给他俩吃，才拉住他俩陪我"再等一会儿、再等一会儿"。

一个影子投到面前的空地上，我们三人仰头，整个人愣住了，慢慢地从地上站起，目光齐刷刷投向眼前的解放军。瞬间我就回过神，哥哥回来了。可我又有点恍惚，这个人怎么会是我的哥哥？他虽站在面前，可又感觉自己离他是那么远，远得一辈子可能也走不到。

在相片上我见过哥哥，可当他真站在面前，感觉比照片还虚幻。我不知道怎样描述眼前的这个男子。草绿色的军装，鲜红的帽徽、领章，雪白的衬衣领、英俊白皙的脸庞、高大挺拔的身材……长这么大，我从未见过这样像神一样的男子，鲜艳耀眼，光芒四射，让整个流翠溢金的六月田园黯然失色。我不由得闭上眼睛。

"天这么热，怎么还不回家吃饭？"声音很好听，同样有别家乡的味道。我睁开眼睛，看见他正笑眯眯地看着我们。没人回答，两个小伙伴不约而同举起胳膊，用衣袖不争气地左右开弓擦去流下的鼻涕，眼睛依然死死地盯着哥哥。我想举手拍去身上的尘土，可看到哥哥一尘不染的衣服，下意识又忍住了。

"来，吃糖。"哥哥手里提着个大提包，肩上还斜挎着个军用挎包。他从挎包里掏出糖果，一人一颗递给我们。看到糖果，两个小伙伴马上伸出手，可我死活不接，最后掉在了地上，被另一个小伙伴立即捡起攥在了手里。那一刻我委屈极了。

看我不要，哥哥没再勉强，摸着另一个小伙伴的头说："走，回家。"然后风一样大步流星往家里走，两个小伙伴立即蹦跳着向我家跑去报信，本来应该由我完成的任务由他们抢了去。

我待在原地，心里越发委屈。哥哥怎么能和对待别人一样给我糖呢？我举手拍身上的尘土，越拍越委屈，甚至有些怨恨母亲，她怎么偏偏就在今天剥去了我的新衣裳？

正午的村庄静极了，能听到阳光炙烤大地的"滋滋"声。我抬头望向远处，整个田野像浸泡在水里，一晃一晃，水雾蒙蒙。

三

踏进家门，浓烈的炒菜香扑鼻而来。大姐帮母亲做饭、三姐扫院，二姐帮父亲抹桌椅，整个家已是驴欢马叫，一片欢腾。每个人咧着嘴，一脸藏不住的喜悦。我进家门好久，也没人注意到。我想乘机换上新衣裳，发现它们已被挂在院内的晾衣绳上，正滴滴答答往下滴着水。

哥哥洗漱完毕，从堂屋里出来，将洗脸水均匀地洒在院子里，浓浓的土腥味在院内弥漫，久久不散。脱去外套，雪白的衬衫扎进裤子，越发显得英武挺拔。"这是不是我们家齐？"洒完水，他直起身看到了我，愣了一下高声问道。他满脸惊喜。咧嘴笑着，露出洁白好看的牙齿。"就是。""就是的。"听哥哥这么一问，大家才像发现新大陆一样看到了在院门内踟蹰许久的我。

"你这娃娃，跑哪里疯去了，你哥回来了都不见你的人影？"母亲从厨房出来，举着染着面粉的手，"还不赶紧上树给你哥摘些杏子去。"听母亲这么说，我如遇大赦，立即跑过去像猴子一样蹿上杏树，尽可能爬到最高处。

"小心！小心！"哥哥拿条白毛巾一边擦头，一边仰起头连声叮嘱我。他越这么说我越往高处爬。从三四岁起，每年杏花还未落尽，毛茸茸的小杏刚挂枝头，我差不多就像一只栖息在树上的猴子，整天流连在枝丫之间。"别糟蹋了，给你哥哥留着！"这样的告诫差不多每天都在耳边响起，可没什么能够抵挡一树杏子对贫寒之家一个小孩子的诱惑。大多数时候，他们对我也是睁只眼闭只眼。

我在树上挑挑拣拣，想把最好的杏子摘给哥哥。这空当，三姐找来一只小篮子，用烧火炕用的推耙举给我。摘杏子我第一次有些犹豫、有些纠结，生怕摘得不够大不够好吃，让三姐在树下不耐烦了，一个劲地催我："慢死了！摘个杏子磨磨蹭蹭地。你是用手摘还是用脚摘？"她的话，逗得哥哥呵呵直笑，她越发得意，在树下聒噪个不停。在这个家里，我最烦她了。我们俩是死对头，一天不干一次仗不拌几句嘴，用妈妈的说，那真是太阳从西边出来了。她特别眼尖，我躲藏在密密的枝叶中，总能被她一眼发现，尖叫着跑去找母亲告状。要不是哥哥在，我早一个杏子砸下去，打她个脑袋开花。

"不洗洗就吃？你看你手多脏？"从树上下来，我从篮子里挑了个最大的杏子，屁颠屁颠地递给哥哥，他接过后重新放回篮子。他虽是笑着说的，但这句话足以让我颜面扫地的羞愧难当。"快过来洗洗！"他抓住我的手把我牵过去，倒了半盆温水，不由分说将我的头一把摁进洗脸盆里，打上香皂我为洗头。洗头水进了眼睛，我虽想极力忍着，但还是疼得叫出声来，眼泪跟着流下来。哥哥立即用他雪白的毛巾给我擦眼睛，边擦边指着盆中的脏水说："你看多脏，咋这么不讲卫生？"我瞥了一眼半盆黑乎乎的脏水后又闭上眼睛，眼泪流得更汹涌。其实，眼泪流出的那一刻眼睛就已不疼了，眼泪却止也止不住。那一刻，哥哥到来的雀跃兴奋已灰飞烟灭，心里有些难过，更多的是难堪和一种说不清道不明的东西。

连淘了两次，盆内的水才有些清了。哥哥仔细为我擦头，雪白的毛巾有股淡淡的香皂味，很好闻。哥哥的动作细致、轻柔，像妈妈，心里突然很温暖、很感动，有些受宠若惊，感觉一下子和他亲近了。擦干头发，哥哥双手托着我的脸，边打量边笑着说："没想到我们家齐这么清秀！洗得干干净净的多好，怎么把自己弄得跟个泥猴似的？"听哥哥这么说，这会儿我也不觉得不好意思了。哥哥说我清秀，我觉得哥哥才是这个世界上最好看的人。我长这么大，从没见过脸这么白、牙这么白、手这么白、身板这么挺拔的人。刚洗过的头发湿漉漉的，又黑又亮。整个人看上去既干净又清爽，像剥了皮的葱。

"还有没有干净衣服？"听了哥哥的问话，我轻轻摇了摇头，回头望了眼悬挂在院内晾衣绳上的衣服，虽不滴水了，但一时半会儿干不了。哥哥牵起我的手，将我拖到院内。他的手很大，很有力。等他为我拍打干净身上的尘土，自己那条雪白的毛巾已面目全非。他打上香皂反复搓洗，始终没有恢复本来面目，这让我又有些难过起来，心里充满了歉疚。哥哥始终满脸笑意，似乎并未在意。

"哥哥，吃一个。"哥哥刚将毛巾搭在晾衣绳上，三姐就将一个洗干净的杏子递给他。三姐声音很甜，装出一副乖乖女的样子，一脸的殷勤讨好。哥哥接过杏了，抚摸了一下三姐的头，看着她的得意样儿，我不由有些嫉妒。要搁平时，我早找碴嘲讽她了，可现在不能，我甚至装得比她还要乖。

"哇，太好吃了！"哥哥咬了一大口杏子，还未咽下去已是一脸陶醉。

看他这副表情，口水瞬间涌满了我的口腔。看见我咽口水的样子，哥哥立即说：
"你也去拿个吃。真的好吃！"我说："你刺（吃），我天天刺（吃）呢。"
由于舌头泡在口水里，让我口齿不清。我生怕口水从嘴里流出来。

"给，别装了。"三姐转身给我拿了一个，看上去比哥哥手里的略微要
小些。看我推辞，她补充道："你什么时候够？"听她这么说，哥哥跟着笑了，
他的笑声还是很好听，但此刻感觉格外刺耳。

"我说我不吃！"我差不多恶狠狠地说道。我脸色都变了，可这个不长
脸的家伙装好人，一个劲往我手里塞。我几乎气炸了，但不好太发作。要是
在平常，看我多吃一个杏子，比吃了她的肉还让她心疼。

"你不吃我可全吃了？"哥哥从三姐手里接过杏子逗我道。

"你刺（吃），你刺（吃）。"由于嘴里还有口水，让我的话听上去有
点咬舌。

"呀！你是不是刚才村头的那个小孩？"这时哥哥才认出我来，满脸惊
喜地说道，"我还以为是张娃兄弟哩！"

这时，饭熟了。妈妈招呼我们回屋里吃饭。

饭是平日常吃的浆水玉米面片片，是哥哥亲自点的。可今天的面妈妈做
得格外用心，掺了白面，揉得非常筋道，擀得非常薄，炒菜油放得多，特别清香，
让我差点连自己的舌头都吞了下去，也让我的味蕾一辈子都记住了这个味道。

我不知道自己胃口大开，是因母亲的饭，还是因为哥哥。他吃得可真香，
满脸夸张的表情让人看着都胃口大开。"太香了！太好吃了！"这顿饭，他
从头赞到尾。在他"啧啧"不断的赞叹声中，全家人的确吃出了不一样的味道。

许多年后我终于明白，这顿饭，哥哥吃出了童年的味道、妈妈的味道、
家乡的味道。

四

午饭碗还没搁下，就开始有人走马灯似的来看哥哥。

"家树来了吗？"看到满头银丝的刘家婆颤颤巍巍走进院子，全家人眼
眶不由一热，哥哥更是放下碗冲到院子，叫了一声"刘家婆"声音哽咽，再
也说不出什么，双手小心翼翼把刘家婆挽扶进屋里，全家人起立，七嘴八舌

问候、让座，大姐听母亲吩咐立即去给她盛饭。

刘家坪真是要坪没坪。二十来户人家，东边两家，西边三家，羊拉粪蛋似的稀稀拉拉散落在黄土高坡的褶皱里。刘家婆住的地方离我家不近，她又裹双"三寸金莲"，而且又是太阳最毒的时候，想想都让人感动。何况，来时她还用自己的衣襟裹了六个鸡蛋。六个鸡蛋！一年到头，妈妈也不会给我吃六个鸡蛋。

刘家婆斜坐在炕沿上，眼泪汪汪，抓着哥哥的手久久不放。没牙、漏风、瘪进去的嘴唇抖个不停，一个劲地说："太好了！真是太好了！家树给咱刘家坪争气了。"激动的心情似乎不亚于母亲。我错过了母亲初见到哥哥时惊喜的样子，我猜她也一定激动哭了，因为我回来后就发现她的眼睛红红的，一副哭过的样子。此刻，她看到刘家婆这样，跟着眼泪就流下来了。这些年，母亲因为想念哥哥，没少背着人淌眼抹泪。

第二个上门来看望哥哥的是王大爷，他住得更远，隔着一条沟。王大爷人虽老了，满脸黄土高坡的样子，沟壑纵横，须发花白，但中气十足，一进院门就高声大嗓地喊："听说家树来了，我来看看，这一走就是好几年。"听到王大爷的声音，哥哥也是迅速大步跨上前，他甚至"啪"地给王大爷敬了一个标准的军礼，激动得王大爷手足无措，差一点把提在手里的鸡蛋掉在地上。

仅一顿午饭的工夫，哥哥回来的消息长了翅膀似的，飞遍了刘家坪的沟沟壑壑、山山岭岭。大多数村民利用上田的机会顺道拐来看他，有的提着鸡蛋、有的提着自家产的茄子、辣椒。男人用哥哥带回来的烟茶招待、女人小孩用糖果和自家的大接杏招待，走时再发支烟、包一小包茶叶、带几个杏子、一小把糖。除了男人们接烟和小孩子拿糖，大多数人借口要上地，茶叶和杏子一般不带，女人们更拘谨，给个杏子也不吃，强塞给她也是攥在手里，不好意思张口去吃。

整个下午，我们家门庭若市，就连大队书记刘大麻子也纡尊降贵，腋下夹把镰刀，顺路拐进家里。"看来家树真回来了。"他一进门，就高声大嗓地说道。因为人太多，舞台早就由室内搬到了院内。他一屁股坐在别人让开的椅子上，接过哥哥双手递上的烟，点燃深吸了一口接着说："吃饭时就听家里人说，我还不相信。这要去割麦子，走到半道听说真的回来了，就又拐回来了。"给他倒茶的时候他推说不用个用，他要去地里，可烟抽了一支又一支，糖茶喝了一杯又一杯，直到快吃晚饭，他才拿着家人包好的茶叶、杏子，嘴上点了一支、耳背又夹了一支烟后才离开。"你看，你看，"走时他咧着大嘴，露着一嘴黑黄的大板牙（从见到哥哥后，我开始注意村里人的牙齿，一个个真是不忍目睹，没有一个拥有像哥哥那么洁白整齐的牙齿），反复强调，"这一下午又耽误了。"听他这么说，家里人越发感到过意不去。其实，我们几个小孩子早就烦他了，巴不得他早点离开。

刘大麻子一走，家里一下子清静了，心里也跟着松快了。他前脚一走，后脚哥哥说了句："这人怎么还是老样子。"快嘴的三姐接口道："狗改不了吃屎。他还能变成啥样子？"她的话把哥哥逗笑了，父亲被她气得吹胡子瞪眼："这死丫头，说话总是不过脑子，没大没小，没轻没重的。"父亲说的是实话，三姐她就是个炮筒子。

父亲转过头，跟哥哥商量："你可能得尽快抽空去一趟刘大麻子家，你看，人家都先来看你了。"哥哥回道，完了再说吧。从语气里明显听出他不怎么乐意，只是不好回驳父亲。父亲补充道："人家毕竟是大队书记，家里有许多事，还得仰仗人家。"

"再说吧。"哥哥说道，口气明显松了。

五

月明星稀，凉风习习。

平日晚饭，天气晴朗，我们只是把炕桌搬到廊檐下用餐。父亲雷打不动地坐在堂屋的门槛上，其他人要么坐个小凳子，要么随便找把笤帚什么的往屁股下一垫。今晚，哥哥将堂屋里的八仙桌搬到了院内，父母坐上首，哥哥坐下首，大姐三姐坐一侧，二姐和我坐一侧。这么一坐，立马不一样，有些隆重，又有些庄严，连平日叽叽喳喳的三姐也噤了声，不敢多发一言。

晚饭是蒸花卷，醋拌汤，炒鸡蛋、炒豆角、炒茄子、炒土豆丝。四盘菜啊，这都赶上过年了。鸡蛋金黄，豆角嫩绿，土豆丝发白，炒茄子发黑，四盘菜四种颜色，在月光下，每盘菜都像镀了金，散发着诱人的光辉。不仅好看，而且香气袭人。午饭吃得迟，原本不怎么饿，但一看到这丰盛的、色香味俱全的佳肴，胃里像长出了无数双手，顿时饥肠辘辘。然而，哥哥给父母和他斟上酒，给我们姐弟又一一倒上水。他的动作，是那样地恭敬、庄重，是那样地充满仪式感，让我们谁也不敢轻举妄动。

吃饭前，哥哥起身，端起酒杯向父母敬酒，说了一大串感谢的话，我心思全在四盘菜上，没太听清。放下酒杯，母亲说先吃菜吧，大家这才开始动筷。也许是中午吃得太饱太迟的缘故，大人们都不怎么吃，而我早已急不可耐了，等母亲一声令下，率先下筷，狼吞虎咽。

等两杯酒下肚，便没了开始的拘谨，大家说说笑笑，气氛越来越融洽。大多数时候，都是哥哥一个人说，他说自己在部队上的经历和见闻，那么新鲜，闻所未闻，很快，我的心思从吃饭上移开了，竖起耳朵听哥哥说话。

聊了许久，哥哥身体后仰，靠在椅背上，抬起头赞叹道："好久没见过这么大这么圆这么亮的月亮了！"大家也跟着抬起头，随声附和："是呀，今晚的月亮咋这么圆这么亮？"这时，妈妈才记起了似的说："今天是十五吧？"

十五，一个月圆的日子。因为这圆月，让这个农家原本圆满日子越发圆满越发明亮，亮到了大家的心里。我也抬头看天，月正中天，我感觉今夜的月亮不仅亮，而且水汪汪的，像被水洗过似的。

菜放凉了，再没人动筷子。大姐便又端上来一盘洗好的杏子，哥哥先挑了个最软的递给父亲，然而又挑了一个递给母亲。母亲平时总说她不爱吃杏子，可今晚她没有推辞。其实，家里人心里明镜似的——等哥哥的时候，她舍不得吃；确定哥哥不回来后，她又难过得吃不下。如今，哥哥来了，坐在了她的面前，她终于能吃下去了。我们几个也各自动手，每人拿一个吃起来。也许饭菜有点咸了，此刻吃口杏子，是如此的爽口。哥哥再次感叹道："吃过那么多果子，最好吃的，还数咱们家的大接杏。"他这么一说，又打开了父亲的记忆，他又将这棵树的来历详详细细给我们讲述了一番。

开心的时光总是过得很快，不知不觉，已到了后半夜。母亲催促几次："睡吧，睡吧，要不明天都起不来了。"大家这才依依不舍地站起来，准备睡觉。

"妈，还有热水吗？"临睡了，哥哥问道。

"电壶（暖瓶）里没多少了，你要热水做啥？"

"我想洗洗。"

"这么晚了还洗什么，早点睡吧，明天再洗。"母亲劝道。

"没事，我就用凉水吧。"

"凉水怎么行？"母亲惊叫道，"可别再用凉水洗，小心洗出病来。我马上烧好。"凉水怎么就不能洗？不要说我一年四季用凉水洗脸，也经常喝生水，母亲也从未管过。当然，我是不能和哥哥比的。

"没事，在部队我经常用凉水洗。"哥哥说着要从水桶里舀凉水，被母亲拦住了。大半夜她重新生火，很快给哥哥烧了大半锅热水。

平日里，我和父亲睡一个屋，母亲和三个姐姐睡一个屋。哥哥来了，我们仨便睡一个炕上。西北农家炕很大，能挤五六个人。我和父亲睡下了，哥哥才开始洗漱。

我躺在床上，微闭上眼睛，目光却始终追着哥哥。平日里，这个点我两觉都差不多睡过了，可今天，我睡意全无。哥哥掩上门，脱去外衣，光着身子，只穿条短裤，把洗脸盆放在椅子上，倒上热水，叉开双腿，用毛巾擦洗全身。他真是那种穿衣显瘦、脱衣有肉的人。一身军装穿在他身上，感觉空荡荡的，此刻看上去很壮实。昏暗的煤油灯下，他的皮肤白得晃眼。夜深了，可他一点也不着急，擦洗得很认真，我甚至看到他把毛巾伸进短裤。看到这一幕，我心一下子跳起来，像看了不该看的东西，彻彻底底地闭上了眼睛。

我闭着眼睛，只有"哗哗"的洗漱声，一声一声传到耳鼓。眼睛虽然闭着，耳朵却醒着，用声音观察他的一举一动。他擦洗完第一遍，开门，"哗"的一声将水泼在院内，掩上门，不怕麻烦，倒上水开始"哗哗"地洗第二遍。许久，我又听到不一样的声音，睁眼偷看，发现他在刷牙。睡觉还要刷牙？真是闻所未闻。在刘家坪，除了上初中的二姐每天早晨刷牙，平时真没见到谁刷牙的，更别说这三更半夜的。可我没怎么觉得奇怪，因为这个人是哥哥，哥哥是解放军，解放军能跟普通老百姓一样吗？

洗漱完毕，哥哥才上炕躺在我身边，"噗"的一声吹灭了煤油灯，一股浓浓的煤油味瞬间在房间弥漫开来。这时，父亲鼾声已经响起。

煤油味散去后，我睁开眼睛，屋内一片黑暗，只有月光穿过门缝，发出一线微光。哥哥睡在身边，悄无声息，我不知他睡着了还是醒着，只有好闻的香皂味，一阵一阵从他身上散发出来。

他就躺在我身边，铺着妈妈早早准备的新褥子，盖着新被子，枕着新枕头，连同他整个人是那么干净，甚至连他的呼吸都是那么清新。而我——哥哥在家，我不好意思赤条条睡觉，还穿着衣服，盖被子有点热，身上汗津津的，我手伸进衣服随便一摸，便搓下了泥条。

哥哥近在咫尺，再一次让我觉得他是那么地遥不可及。他是这个家的孩子吗？是睡在这个炕上长大的吗？是从这个小村走出去的吗？我觉得是那么难以置信。这一个个问题，让我整个人都恍惚起来。

六

"起床了，小懒鬼！"

早晨，我是被哥哥从被窝里叫醒的。睁开眼，看到哥哥那张白皙俊美的脸庞和整齐洁白的牙齿，我一个激灵，一骨碌从炕上爬起。捂了一个晚上的臭汗，浑身都发酸了。哥哥掀开被子，后退一步，一手捂住鼻子，一手在面前夸张地边扇边嚷嚷："臭死了！还不快起来洗洗。"

哥哥收拾床铺，我溜下炕赶紧洗脸。天大亮了，整个村庄已是炊烟袅袅，进入一种临战状态。母亲在做早饭，父亲正磨着镰刀。马上入伏了。一入伏，小麦像军人听到集结号，一夜工夫，便齐刷刷熟透了，村民便不顾白天黑夜开始抢收。稍一晚，麦粒便会撒得满地都是。粒粒皆辛苦，哪舍得轻易浪费？最担心的是遭遇暴雨、冰雹，让一年的辛苦付诸东流。有时眼看麦子熟透了，却遇到连绵的阴雨天，十天半月后小麦返青，麦穗上的麦粒又长出长长的麦芽，这样的话，就得吃一年发甜黏牙的麦芽面，更可气的是，连种子也没有了，得重新购买。眼下，虽处于熟一点割一点的时期，但大战来临的气氛已在小村上空弥漫，大人们一个个摩拳擦掌像即将冲锋陷阵的士兵，脸上写满兴奋、紧张和一丝丝掩饰不住的焦虑和担忧。

我发誓，这是我洗脸史上最认真的一次。我不仅认认真真洗了脸，还洗了脖子。可哥哥却视而不见，盯我老半天，明知故问："让你洗你洗了没有？"我怀疑哥哥的眼神不好，往前一凑，理直气壮地说："洗了呀！"听了我的话，哥哥的脸色突然变了，有些愠怒，他一把将我拽到镜子前，托着我脖子生气地问："你自己看看，这是你洗的脖子。"我看到镜子里的自己，脖子和院里杏树皮的颜色没啥区别。

哥哥找来家里不常用的大澡盆，擦洗干净，倒上热水，试好水温，三两下把将我剥得一丝不挂，提溜进澡盆。看他生气，我不敢反抗，只是用双手死死地护着下面。看我的动作，哥哥又被逗笑了，他边笑边调侃："还知道害羞？知道害羞就把自己洗干净点。你看你这脖子的污垢都能铲下来。"

哥哥为我全身涂上香皂，一点一点搓洗。我感觉很过意不去，又很难为情，但无能为力，哥哥不怒自威的强大气场，把我完全镇住了，只能像个木偶人一样，任凭他摆布。

"有没有裤头背心？"擦干净后，哥哥没有让我立即穿衣服，而是蹲下边打量边问。他这一问，我越发窘了，不好意思直摇头，可他毫不理会，奚落道："这么大小伙子还不穿裤头？"说着还用食指顺手拨拉了一下我的小弟弟，让我越发难为情。

哥哥从院内晾衣绳取来衣服给我换上，并将纽扣一丝不苟地替我系好。他做这些动作时，我突然觉得他就像一个小父亲，眼神动作全是满满的父爱。哥哥他也该快有自己的小孩了吧？我突然想到父母非常牵挂他的婚事，我也不知道他有没有给我找到嫂子。我很想知道，可我不敢问。

"怎么样？这样干干净净多好？"穿戴整齐，哥哥又将我牵到镜子前，让我自己看。我看到镜子里的自己，却又觉得是那么陌生——头发黑亮，浓眉大眼，鼻梁高挺，只是脖子颜色比刚才略浅了些而已。我知道，这不是污垢，是太阳的印记。

哥哥一只手搭在我的肩膀上，对着镜子说："吃过早饭，我们去看外公外婆。"

我说好。其实，我心里是极不情愿的。不是我不想去看外公外婆，而是不想和哥哥单独去。在我眼里，他还是那么陌生。我感觉自己就像那个好龙的叶公，日日盼望着哥哥，可哥哥真的来了，却发现自己没法和他亲近起来，心里多多少少有点怕他。

七

才过了一天，树上累累的杏子已星星点点，稀稀落落。

看望外公外婆，爸妈想让哥哥带篮杏子，哥哥没有同意。好几里路，让我提显然不现实，让一身军装的哥哥挎个篮子也不好看。其实，杏子刚熟，我和三姐就送去了一篮，爸妈便没再坚持。其实，给外公外婆的礼品，哥哥早就准备好了。

吃过早饭，我和哥哥出门。门口围着好几个小伙伴，眼巴巴窥探着院内。我们一出门，便怯怯地走远，连同看我的眼神都是怯怯的，有羡慕有嫉妒，也有些陌生和疏远，像不认识我似的。我没理他们，小跑着跟上哥哥的脚步。仅一个晚上，我突然觉得许多东西变了，不一样了，包括我自己。

哥哥从里到外换了身崭新的军装，昨天那身连同昨晚换下的内衣，被他一大早洗了，我们离开时，还在晾衣绳上滴着水哩。哥哥空手走在前面，我背着他的军用挎包，装着带给外公外婆的礼品，连奔带跑，屁颠屁颠地跟在后面。哥哥走路的姿势很好看，甩开臂膀，步履从容，身板笔直，即便不穿军装，从走路姿势也不难看出他的职业。也只有军人，走路才这样潇洒这样好看吧？

哥哥走路太快，大步流星，我紧赶慢赶，没走多远便大汗淋淋，气喘吁吁，还是被落在了后边，他只得停下来等我。等我走近，他笑着解释："走习惯了，都忘了你这个小不点。"说着，他伸出手，"挎包给我。"我连说"不用、不用"，可还是被他夺了过去。他也走热了，解开了风纪扣，露出雪白的衬衣领，少了分呆板，多了分洒脱，显得更加帅气潇洒。他拉着我的手，放慢脚步，边走和我边聊。由于年龄相差悬殊，我们之间实在没什么好聊的，几乎是他问我答，而且问题稀奇古怪，什么"一个长方形桌面，锯掉一个角还有几个角"？什么"树上有十只鸟，一枪打掉一只还有几只鸟"之类。我才上了个一年级，成绩也是马马虎虎。他这些极不靠谱的问题问得我心里毛毛的，只能连猜带蒙，心里很后悔跟他一道出来。

哥哥不抽烟，但他裤兜里揣了包烟，半道遇上熟人，便主动打招呼、握手、递烟，都是农村人不常见的举动，几乎每个人都一副诚惶诚恐、受宠若惊的样子。也有的他压根没认出来，但也热情地打招呼，应付自如，一点也不出破绽，等人走远了，反过来问我这人是谁。我盼着能不断碰到熟人，这样他就不至于逮着我问东问西。可麦黄六月，不要说熟人，连行人也是稀少，我只能硬着头皮，接受哥哥考、太阳烤，没等走到外公家我人已经晕晕乎乎，中暑了一般。

到外婆家时还不到中午，大舅和大舅妈去了打麦场，家里只有外公外婆和负责做午饭的大表姐。外婆家住的地方比我们村地势低，小麦早收割完开始打碾了。

外公外婆根本没料到哥哥会来，见到哥哥后异常激动，外婆更是泪流不止。我从没见过外婆流过眼泪，外婆眼睛看不见好几年了，我一直认为瞎子是不会流泪的，没想到眼睛看不见的外婆泪水那么多。她抓着哥哥的手淌着泪一边细心从头到脸抚摸一边责怪："你这个没良心的，一走就是好几年，我还以为到死再也见不到我的娃了。"

哥哥也流泪了。哥哥一流泪，我的眼泪也下来了。哥哥问："外婆，您的眼睛一点也看不见了吗？我给您寄的眼药水您点了没有？"外婆摇了摇头说，瞎了好，瞎了眼不见心不烦。母亲也常说，看不见了也好，少看一些脸色。大舅妈对外公外婆不怎么好，母亲为此没少淌眼抹泪。

大舅和大舅妈很快闻讯赶来，见到哥哥格外热情，大舅妈笑脸如花，三番五次征询哥哥中午想吃什么饭，这热情劲是我们从来没有见过的。哥哥说想吃大舅妈的拿手长面，听哥哥这么说，她更开心了，挽起袖子走进厨房"叮叮当当"忙活。她的确是个麻利人，没多一会儿，长面做好了，不仅又细又长，而且很筋道，味道也不错，连我也吃了两大碗。

昨晚睡得迟，上午走路又走困了，放下饭碗不一会儿，我就躺在外婆脚边睡着了，直到下午要返回，哥哥才将我从酣睡中叫醒。

我们离开时，外婆虽然看不见，但还是坚持让表弟搀扶着送到门口。分别时，她拉着哥哥的手，再一次泪流不止，断断续续地说："我怕是再见不到我的娃了。你再来我可能就不在了。我很高兴，临了还能见到我的娃。"她这么说的时候，哥哥的眼泪忍不住又流下来，我和表姐表弟也跟着哭了，连大舅妈也流下了眼泪。

哥哥哽咽着说："外婆，你一定要好好活着，要活着等我结婚。"听了哥哥的话，外婆脸上一喜，但转眼神色黯然："我的娃，这是大事，你一定抓紧，只是我怕等不到那一天了。"哥哥抓住外婆的手着急地说："外婆，您一定能等到的，一定！"听了哥哥的话，外婆再没说什么。

我们频频回头，挥手示意他们回去，但直到我们走到山顶，还看见他们像雕塑一般伫立在路口，远远相送。

天气还是很热，收割完麦子的田地，一片片裸露着。这里的村民此刻大多集中在碾麦场，天地间空荡荡的，很少看到人影，四野里只有知了的叫声，叫得天地更加寂静。

哥哥不再吭声。他心里肯定很难过，我能感觉到。正像外婆说的，如今的外婆，已是风中的蜡烛，也许他再次探家，和外婆已是天人两隔了。

我们这地方，正像那句谚语说的，"五里一乡俗，十里不同天"，上了山顶，转过一道山梁，映入眼帘的却是另一番景象。阴面山坡还是一片金黄，阳面山坡却像被剃了阴阳头。

酸刺坡有家商店，路过的时候，哥哥进去，给我买了裤头背心和牙刷。从商店里出来，哥哥似乎把心头的不愉快抛开了，脸上又挂上了灿烂的笑容。他牵着我的手往回走，也不再步履匆匆。阳光不怎么强烈了，哥哥也没有接着考我，而是边走边给我讲故事，讲做人的道理。他不提问的时候，还真是暖男一枚。

离家不远，有条小溪。也许走热了，路过时，看到清澈的溪水，哥哥忍不住蹲到溪边，手伸进去试了一下高兴地叫道："呀，太爽了，这么凉！"随即摘下军帽，欢快地洗起来。

看到清澈的溪水，我突然觉得口渴难忍，真想埋头美美地灌它几口，又怕哥哥嫌脏，不敢造次，就在这时，我看到了溪水边的莓子，红红的一片。我当即跑过去，折下一片大大的灯花叶子，卷成漏斗状，握在左手里，开始摘莓子。自己虽然口干得冒烟，可一个也舍不得吃，挑又大又好的，摘一颗放在灯花叶子里，不一会儿就满了，然后小心翼翼举给哥哥。

"呀，莓子。"看到莓子后，哥哥又开心地叫道。可他接过莓子，并没有像我想象中的那样，立即放进嘴里，而是倒进掌心，细心查看，然后用溪水认认真真清洗。这溪水是从泉眼里流出的，真的很干净很清凉。洗干净后，哥哥双手捧住莓子，用力地甩干水分后，他用拇指、食指和中指抓几个，对我说："来，张嘴。"我边摇着头边说："哥哥，你吃，我经常吃。"这些莓子是我精心挑的，我真舍不得吃。可哥哥还是执意喂进了我的嘴里，然后自己才一边用心品尝一边赞叹："真美！真好吃！"其实，莓子和杏子一样，水一洗就会失去原有的风味。

吃了第一口后，我不肯再吃第二口，哥哥便让我去洗洗，他自己在溪边，一粒粒细心品尝。乘哥哥不注意，我洗脸时，美美地灌了几大口溪水。哥哥吃完了，我也洗完了。哥哥问我，洗干净了没有？我便自信地把双手伸给他看。"你看你指甲多脏多长？"他可能想到刚才吃的就是用这样一双指甲又脏又长的手摘的莓子，便故做呕吐状。"来，坐过来。"他倒是没生气，而是微笑着让我坐在他身边。他腰带上挂着钥匙链，带有指甲刀，他卸下来抓住我的手给我剪指甲。

我从未见过有谁的手像哥哥的手这样好看——白皙、修长，指甲剪得整整齐齐，指甲缝一丝污垢也没有，干干净净。之前我见到的一双双手，都是和泥土打交道，要是指甲缝里没有污垢，那就不叫手。我的手也一样，是一双玩泥巴的手、拔猪草的手，怎么没有污垢？

哥哥给我剪完指甲后，又一个个细心打磨。我的指甲从来没享受过这种待遇，之前指甲长了，都是母亲或姐姐用剪刀剪，我也从来没见过指甲刀这种专门用来剪指甲的工具。

剪完指甲，哥哥又让我洗了手。他说，以后一定要讲究卫生，干干净净的多好。

洗完手，哥哥问我，还有莓子吗？我说有，哥哥说，那我们再去摘。

我们俩各自又折了一片大大的灯花叶子，我学着哥哥的样子将灯花叶用溪水洗净，然后沿着溪水往上找，找到了更多的莓子。

"这儿有，这里好多。"摘莓子的时候，哥哥兴奋得就像个大男孩。那一刻，心似乎一下子与哥哥近了。我突然觉得，有哥哥在，真好！

八

我和哥哥一人举一片灯花叶的莓子往家里赶，骄傲得像举着两把火炬，既兴奋又小心。

红彤彤的莓子，配上翠绿色的灯花叶，真是要多诱人有多诱人，而且每一粒都是我和哥哥精心挑选的，又大又红，我俩谁也没舍得吃，想带回家让家人品尝。

在村口，见到前来迎接我们的三姐。一看到她我就显摆："看，我们给你们带什么了？"不料她乌鸦嘴一张，就让我无比泄气，一路的好心情瞬间化为泡影。她说，"我们摘了两大罐等你们，谁还稀罕两灯花叶子"。两灯花叶子确实不能跟两大罐比，可她说这话的口气，能活活把人噎死，要不是有哥哥，我早上去跟她拼了。她经常叫我"瘦猴"，许多时候我打不过她，但她说话太气人，是可忍孰不可忍，因此，许多时候都会忍不住冲上去和她拼个鱼死网破。

哥哥似乎一点也没生气,笑呵呵地把手里的莓子递给三姐,还很温和地问:"今天洗头了?"我才发现这丫头换洗一新,真是太阳打西边出来了。三姐平日里就是个上房揭瓦、上树掏鸟的主,比男孩子还淘,两个羊角辫很少梳洗,时常乱蓬蓬的,像一堆枯草。天阴下雨母亲有空,逮住给她梳洗,她总要鬼哭狼嚎一番。

三姐接过哥哥手里的莓子和挎包,便一跳一跳地跑回家报告去了,手里的莓子一个一个滚出来掉到路上也不在乎,让我心疼得一戳一戳的。

我们一到家,三姐便给我和哥哥一人端来大半碗莓子,每个碗上放着一双筷子。接过莓子,对她的怒气转眼便跑得不见踪影。莓子已被洗过,我端上后三两口便扒了个精光,然而,哥哥却一粒粒,吃得细心而文雅,甚至夹起一粒,送到嘴里之前,还要细心查看一番。我突然有些同情哥哥。莓子只有大口大口吃才香,这样一粒一粒,是永远尝不到那种滋味的。我有些不理解,吃个莓子有什么不放心的,我也不知道是什么让他变得这样小心这样防备。

哥哥的莓子还没吃完,晚饭就好了。晚饭还是摆在廊檐下,今晚没有摆八仙桌,还是像往常一样摆一个小炕桌,父亲依旧坐在他的门槛上,哥哥正对着他坐把椅子。

这一天,似乎和浆水长面扛上了,晚饭依然是浆水长面。虽然连吃两顿,对于走了远路的我们,的确没有什么比吃长面更合适,端上碗,美美地喝一口清香的浆水,真是太过瘾了。

妈妈的浆水面,比大舅妈更胜一筹。我一直百思不得其解,为什么一样的东西,母亲做出来的格外清香?三姑曾说过,一个人一个手法,你妈妈的手法跟别人不一样。这句话云遮雾罩,依然让我不明就里。

不像许多农村妇女以麻利著称,母亲做饭很慢,她不像是做饭,像是在做一件很神圣的事情,很讲究很有仪式感。而且,她对食物很敬畏,对米面很珍惜,容不得一点点浪费。母亲和面不像一般人一样,放一些碱面,她最多放点盐,用温开水边细细地淋边用筷子搅拌,水不能淋太多也不能太少,将面搅拌成均匀的细条即可,然后揉成团,找一个大碗扣在下面捂上。这时,她开始炒菜、炝浆水,完后重新开始揉面。这长面筋道不筋道,诀窍就在揉面里面。母亲揉的面,筋道、滑溜,不会轻易泡软,不像有的人揉的面,要么太硬,要么太软,不够筋道。而且母亲炒菜、炝浆水、调汤、下面,都是有次序有讲究的。也许是母亲的格外用心，让她的饭才有了不一样的味道。

吃长面不像吃炒菜，一家人围在一起。长面一次性不能下太多，最多一锅下两个人的，这样煮出的面滑溜，不会粘牙。差不多是父亲、哥哥和我吃完了，才轮到三个姐姐吃，最后一个才是母亲。她吃的差不多都是些边角料，就是切面时开始和最后切的面，不规则，长的短的，宽的窄的，不像我们吃的那样细长而匀称。

吃过晚饭，大姐二姐去刷锅洗碗，其他人坐着没动，依旧闲聊。我哪儿也不敢去，坐着等"重大消息"。

晚饭前，三姐见缝插针、神神秘秘告诉我，今晚可能会有重大消息。她说她听到父亲今天对母亲说，要她晚上问问，哥哥到底有没有对象。她说母亲好像不乐意，说如果有孩子肯定会告诉家里，可父亲非要母亲问问。

现在，哥哥的婚事成了全家关注的头等大事。村里和哥哥一般大的，孩子差不多都满地跑了，可哥哥连对象都没影呢，你说父母能不着急吗？父亲曾在信里拐弯抹角地问过，也曾打算在老家给他找一个，都被哥哥一句"这事我自己会处理，不劳二老费心"，将他们推得远远的，剃头挑子一头热。

也许大姐二姐知道了这事，一改平日你推我我推你、磨磨蹭蹭的毛病，三两下把洗完锅就急匆匆地加入我们的行列。我不知道父母为什么不直奔主题，非在那里左拐右绕。母亲七扯八扯，先是问今天去外婆家吃了些什么，外公外婆身体怎么样，又淌眼抹泪说你外婆怎么不早点走，活着眼睛看不见遭罪，全然不顾我们的心情。等母亲还没说完，父亲又开始担心今年的收割。马上要动镰了，也就这两天的事，千万不敢出什么差错。听了父亲的担忧，哥哥便劝父亲一百个放心，只管多多准备几把镰刀就行。

"准备那么多镰刀干啥子？"听了哥哥的话，父亲不解地问。哥哥说，他明天去趟集上，给要好的同学捎个话，让他们来帮忙。父亲听后将信将疑："人都说麦黄六月各顾各，这大忙月的，他们能来吗？"哥哥劝父亲尽管放心，今年收麦子的事交给他就行。一听哥哥这么肯定，父亲高兴了，老农民的本性便露了出来，开始滔滔不绝展望今年的收成，对几时收、几时挑、几时打碾进行安排和展望，完全忘了今晚的主题。

等父母大人七拐八拐慢慢准备往主题上靠的时候，哥哥打了个哈欠说，我今天有些困了，咱们早点睡吧？一听儿子困了，再重要的任务也只能等到明天。

哥哥虽说困了，但同样没有立即上炕睡觉，像第一天晚上一样，又掩上门认认真真开始洗漱。虽然他早上给我洗了澡，但我刚爬上炕沿，就被他从脚上拽了下来，又是让我洗脚，又是教我刷牙，并告诉我，以后不洗脚不刷牙就不准上炕睡觉。刷完牙、洗完脚，正准备上炕，又被他叫住，剥去我的衣服，用湿毛巾全身上下替我擦洗了一遍，给我换上了新买的裤头背心。"以后，穿裤头背心睡觉，知不知道？"

我点头答应后，他才放我上了炕。他可真麻烦！这一刻，我真巴不得他早点走。

第一次穿上裤头背心睡觉，有些不习惯，但我还是很高兴，再也不用担心有人看到自己的小弟弟了。

这一夜，我睡得不太踏实，前前后后起来三次。我一个人来到院内。我多想让全村的小伙伴们看到我晚上穿着裤头背心睡觉，可院子里一个人也没有，起来了三次也没碰到家里有谁起夜，只有明晃晃的月光照着，只有杏树叶在微风中"沙沙"地响着。

明天又不能把裤头背心穿在外面，真是煞风景。我只好对老杏树说："杏树、杏树，你看我穿裤头背心了，新的，我哥给我买的。"可它"沙沙"地说什么我一句没听懂。我很生气，过去朝杏树杆上撒了泡热尿，才悻悻而回。

九

集市设在云山。云山是全乡政治经济文化中心，乡政府、供销社、邮电局、文化站、银行，都集中在这个地方。全乡人来这个地方不为别的，就为赶集。所以，约定俗成，大家去云山不说去云山，而是说去集上。

吃过早饭，我和哥哥就往集上赶。还是一样，哥哥兜里揣包烟，碰到熟人握一下手，发一支烟，寒暄几句。路上还碰到了一个曾教过他的老师，意外相逢，两个人都很激动，哥哥还给老师敬了个标准的军礼，让老师很是感动。两个人聊了许久后才依依惜别。临分别老师再三叮嘱，要哥哥一定去家里做客。

二、四、六逢集，一、三、五不逢集。我们去的这天，恰好不逢集。其实，这段日子，即便逢集，人也不会太多，何况不逢集，整个街市一片寥落，显得十分冷清，哥哥想找人给老同学捎个话，也找不到个合适的人。

供销社的门依然敞开着，里面只有一个售货员，百无聊赖，我们进去时她正对着镜子拔眉毛，进去人连眼皮也不抬一下。据说她是全乡最漂亮的女子，爸爸是银行主任。条件这么好的女子，年龄不小了，婚事却始终没有着落。大家都说她高不成低不就，把自己耽误了。

我从来没觉得她好看，也从未见她笑过。她对谁都是冷若冰霜，一副爱理不理的样子，对我们小孩子更是不爱搭理，买东西喊半天都无动于衷，让你觉得她一定是听力有问题，我曾亲眼看到过这样一幕——有人喊她买东西，她半天没反应，让一位老太太很是同情，小声对身旁的人说："你看这好好的一个丫头，耳朵却不好使。"老太太话音未落，她站起来脸红脖子粗地质问："你说谁耳朵不好使？"让老太太大为不解——这耳朵，大声喊听不见，小声嘀咕一句倒听见了。

"同志，麻烦买一下东西。"站在柜台前，哥哥用普通话朝她礼貌地喊道。

一听"同志"二字，她的眼角抬起来，这样的称呼，这样好听的声音，是她惯常听不到的。她抬头看到穿军装的哥哥，将手中的镜子随手一丢，慌乱地站起来，两朵红云瞬间飞上她的脸颊。她手忙脚乱地拽了拽衣角，理了理头发，才快步朝我们走来："同志，请问你想买什么东西？"也是普通话，但不够自然，多少带着点家乡口音，不像哥哥说得那么自然那么纯正。

我发现她不但会笑，而且笑得很好看，一扫平日冷冰冰的样子。为哥哥服务，她真是热情极了，哥哥又是买烟又是买酒，又买茶叶又买茶具，采购了一样又一样，可她一点也不怕麻烦，脸上始终挂着甜甜的微笑，还不时用甜甜的声音给哥哥出主意，比如哥哥想买几个水果罐头看姑姑们，她介绍说别买那个买这个，那个时间太长，这个是新到的货。要是我们买，她可能巴不得把快过期的卖给我们。

哥哥采购的一大堆东西，多半是准备招待帮家里收麦碾麦的客人用的，一些是父亲交代的，一些是哥哥看到后临时加的。差不多采购完了，哥哥没有急于离开，沿着柜台东瞅西看，哥哥走到哪里，这女子跟到哪里，不过是一个在柜台里一个在柜台外，边走边说说笑笑，相谈甚欢，差不多忘了我的存在。

"哥哥，我们走吧，买得已经够多了。"我提醒哥哥。我倒不是在意他们忽视了我的存在，而是怕哥哥被这个女子迷住了。我要是不知道她过去是怎么对待顾客的，也肯定被迷住。她的热情全是装出来的，全是给哥哥看的，我可不希望这样的人给自己当嫂子。

"哦"，女子像才看到我似的，轻轻惊呼了一声，"你弟弟呀，看着不像呀！"我哥笑着摸了一把我的头说："是我弟，姚家齐，我叫姚家树，很高兴认识你。"说着落落大方地伸出手，女孩也慌乱地伸出手，两个人蜻蜓点水握了一下手，不用再多问，女子便竹筒倒豆子般将自己介绍得清清楚楚，差不多连祖孙三代都交代了个底朝天。

我这一催，非但没有达到效果，反而让他们聊得更投机了。女子高兴，甚至拿出两瓶汽水非要我们喝。哥哥问我喝不喝，我头摇得像拨浪鼓。这东西可不是我平常能够享受到的，尤其这大夏天，看着清澈的、冒着气泡的汽水，想不动心都难，可我还是咬着牙断然拒绝了。大是大非面前，我可不能被她的糖衣炮弹击中。

女孩名叫陈丽娜，一个听上去很洋气的名字。当时我们那里的女子，不叫大女子、二女子之类，已经算是不错了，这么洋气的名字难得一闻。他们聊着聊着发现，两个人竟然是校友，只是陈丽娜比哥哥低几届。

"呀，你就是姚家树，刘家坪的姚家树？"明明哥哥刚才介绍过了，可她这会儿突然记起了似的兴奋地嚷道，"你可是我们学校的传奇和骄傲。我们一上中学就听到了你的名字，许多老师时不时提到你。我只是没想到你和我们老师挂在嘴边的姚家树是同一个人，真是太巧了。幸会！幸会！"这次，是她主动伸出手，两个人的手再次相握在一起。

说起学生时代的往事，两个人更有了话题。哥哥乘机向她打听了许多人和事，最后，哥哥问她，看能不能麻烦请她帮个忙。她听了后很高兴，甚至没问什么事，就满嘴答应下来："什么事，你尽管说。"好像在这个乡，没有什么事是她办不成的。哥哥说想给几个要好的同学捎个话，就说我回来了，希望他们能来家里玩，不知能不能办到。听了哥哥的话，她先"咯咯"地笑开了："我还当多大事呢，原来这点小事，明天逢集，我一定把话带到。"哥哥就让她找来纸笔，把哪个村什么人一一写在纸上。哥哥刚写出第一个字，她又夸张地叫道："哇，没想到你的字写得这么好！真是字如其人。"说完，她自己先脸红了。

东西买好了，捎话的任务完成了，该打听的人和事也差不多打听了，两个人也聊尽兴了，也该到告别的时候了。哥哥走时，能感觉到女孩的不舍，她再三说道:"欢迎再来啊。"哥哥也是边走边朝她挥手:"今天很高兴,谢谢。"

走出供销社,哥哥右肩挎着探家时带来的大提包,里面沉甸甸装着今天所有采购的东西,甩开臂膀很潇洒地走在前面。我能感觉到背上陈丽娜的目光,回头,果然玻璃上贴着一双好看的眼睛,看我回头也未回避,直勾勾盯着。

我跑到哥哥身边,捅了一下他说:"哥哥,那个人在看你。"

"哪个人?"哥哥笑着问,一副心知肚明的样子。

"就那个人。"

"就那个人?你小子!"哥哥依然没有回头,只是笑着一把将我搂过去,狠狠地摁了摁我的头。

哥哥的手摁在我头上的感觉很不一样。怎么个不一样,我也说不清,总之有种不一样的说不清楚的感觉。当然,也包括他的笑,和平常的笑不一样。

十

一入伏,小麦全黄了。就连前一天看上去还有些发绿的麦子,一夜工夫全变了色,一片金黄。村民们把这种现象叫作"青干"。"青干"的小麦,麦粒多半是秕的,不够饱满。我问过母亲,她说,田禾和人一样,躲不过时令。人也一样,时间一到,管你年轻年老,都得走。原本一句平常的问话,被她说得这么高深、这么伤感,我没再问,我怕再问会让自己更难过。

像小麦听到了集合号一样,表哥和哥哥的三个同学也像听到了号令,从四乡赶来,帮我家收割麦子,就连父亲准备的镰刀也是多余的,他们不仅人来了,还自带了工具。

割麦前,哥哥戴上草帽,穿上短裤背心,给自己一番全副武装。父亲和母亲都劝他把衣服穿上,说别让麦芒扎了,还说大伏天日头毒,别晒伤了皮肤,可哥哥不听劝,依然赤膊上阵,一副要大干特干的样子。表哥和他的同学都调侃他,别整得像模像样的,会不会割呀?哥哥说你们太小看我了,麦地里见,你们未必都是我的对手。口气不像是走向割麦场,而是走向比武场。他话音未落,大家便起哄般地笑。他们刚和哥哥见面,起初都有些放不开,可没多久就放开了,像又回到了学生时代,无拘无束,嘻嘻哈哈。

新潮的打扮,白皙的皮肤,崭新的草帽,脖子还搭条洁白的毛巾,哥哥和大家在一起格外显眼。毕竟是农家子弟，入伍前，哥哥肯定也是个干活的好手。六年没握镰刀了，可他割起麦来，依然很顺手。"行呀！""没看出来呀！""看来还没忘本！"看他割麦的架势，大家七嘴八舌地赞叹，听大家这么说，哥哥割得更起劲了。大家说着笑着，干着比着，欢声笑语热火朝天，真是热闹。

有这么多年轻力壮的小伙，父亲自然退居二线，专职垛麦垛。田里的麦垛是小麦垛，一般十捆小麦为一垛，打麦场上的麦垛，那真是"高高的麦垛堆上天，凑近太阳吸烟袋"，要多大就能有多大。多半是一户一个麦垛，不论收多少捆小麦，一个麦垛解决。我和三姐给父亲帮忙，把哥哥他们捆好的麦捆抱给父亲，父亲把麦捆头对头两两相靠，一般四对八捆麦捆在下面，头上再骑上两捆当帽子，一个麦垛差不多就算成了。这活看似简单，其实是一种技术活。许多人垛麦垛，人还未松手，麦捆便一个个趴在了地上。三折腾两折腾，麦粒全落在了地上。田地的麦垛，一要稳当，二要通风，三要防雨。

毕竟六年没握镰刀了，哥哥风风火火的劲头没多久便落了下风，不是站起来伸伸腰，就是招呼大家休息一会，喝喝水。他白皙的皮肤，很快被太阳吻成了血红色。我几次看到他查看手掌，可别人问的时候，却装硬汉，一口一个没事，但劲头明显减了，渐渐角色也有了转换，成了后勤人员，把精力放在端茶倒水为大家搞好服务保障上。

晚上家里人多，我和哥哥在另一个长年不住人的小房子里，用门板搭起了个简易床。临睡前，他还是关上门洗漱。他脱掉背心的时候，我看见他背上出现了一个黑白分明的背心印。他还让我帮他找根针，并嘱咐千万不能让妈妈知道。当他把手伸到油灯下面，我看到他手上布满了大大小小的水泡。洗漱完上床前，他用针尖将手上的水泡一一挑破。

那一晚，他睡得不怎么踏实，总是翻身，我半夜起床，无意中还听到他在呻吟。第二天，他又没事人似的，和大家一道拿上镰刀，又上田里收割。只是，这一次他乖乖地穿上了外套，并戴上了手套。

人多力量大，过去要一周多时间割完的麦子，仅用了一天半。收割完麦子，他们觉得还不够尽心似的，又帮着车拉担挑，半天时间又将收割完的麦子送到了碾麦场，垛好垛，才夹着各自的镰刀匆匆返回了。他们自家的小麦，有的正准备打碾，有的收割完还放在地里，有的还未收割。

客人走了，树上的杏子也差不多消失殆尽。每年，杏树像家人一样，用自己一树的果子，陪我们一道等待哥哥的到来。等到最后，一树的杏子同我们失望的心情如出一辙，噼里啪啦往下掉。每到这个时候，全家人会腾出半天时间摘杏子，然后由我们几个孩子分头送给村里各户和亲戚朋友。一摘光杏子，预示着哥哥探家的希望已成为泡影，预示着再想吃到可口的鲜杏，只能等到来年。每年杏子摘尽，空荡荡地夹杂着失望的心情，真是好长一段时间缓不过劲来。今年哥哥来了，杏子也未一次性摘光，而是每天摘一些，用于招待客人。客人走时，再摘一些让他们带走。如今，树上虽一个杏子没了，可一点也不难过，家里每个人脸上流光溢彩，整天跟过年似的。

麦子收完拉来垛好，大项任务算是完工了，只等着到时打碾，父亲每天的任务，上午犁地，下午到往年给我们家帮过忙的人家帮工，而我，就像哥哥的影子或小尾巴，跟着他走亲访友。

田间地头，院里院外，到处是撒落的麦粒麦穗。家里的鸡，也是整天闲游乱逛，四处觅食，许多时候不回窝下蛋，而是下在麦秸里、草垛上。我每天走亲访友的间隙，还要四处寻找鸡蛋。我一点也不生鸡的气，反而觉得很好玩，像寻宝游戏，每天总有惊喜，甚至有一天，家里一只久未露面的母鸡，竟然领着一群小鸡，浩浩荡荡杀回家里，骄傲得像个凯旋的将军。这样喜上加喜的事，让全家人更是喜上眉梢。

十一

天气异常闷热。

三姑断定有大雨，说什么也不让我们走，可哥哥还是不顾她的百般拦挡，吃完午饭后就带着我上路了。

每走一段，哥哥便回过身挥手示意让姑姑回去，可姑姑依然待在原地，一动不动地目送着我们。我劝哥哥别管了，说等咱们过了大槐树，看不见了，姑姑自然也就回去了。哥哥说他知道，从他小时候三姑都是这样，可他还是忍不住走一段朝三姑挥挥手。

我们村山大沟深，但与三姑他们住的地方比起来，那真是小巫见大巫。从我们家出发，沿着盘山公路一路向下，走十二三公里路就能看到姑姑的家，看是看到了，但要走到她家，却还有更远更陡的路要走。这里有棵大槐树，每次去姑姑家，走到大槐树下我们总要歇一歇，然后再鼓起勇气往姑姑家走。从姑姑家往家里走，走到大槐树下，我们同样要歇一歇，看一看站在村口小黑点一样的姑姑。我们每次离开，姑姑就一直站在村口，目送着我们过了大槐树才回去。

从大槐树到姑姑家，呈"V"字形结构，家里人叫"倒对山"。从大槐树一路向下，路越来越陡，有一段羊肠小道就在悬崖边上，每次走到那里，心就要提到嗓子眼。每次走到那里，我的腿就软了，迈不开步，都是我闭着眼睛由大人们背过去。这一次和哥哥一起，不敢让他背，竟然跟在他后面走过去了。哥哥很疼我，但我心里多多少少还是有点怕他，他身上有种不怒自威的威严。走到谷底，便是条小河。小河不大，河水清澈，踩着河里的大石头过河，爬上一条几乎立起来的山坡，到"V"字形的另一顶端，便是姑姑家。

三姑最疼我们，每次去她家，我们就会边走边对爷爷奶奶一路埋怨。他们已经不在人世了，真想把他们从坟里叫出来，问一问为什么把三姑嫁在这么一个地方？要不是三姑在这个地方，打死我们也不会来这鬼地方。我们也经常设想，要是三姑家在阳山坡、庄子里多好，牛家洼也行，这都是离我们较近的村庄，这样我们可以经常去看她。三姑每次来我们家，我们都舍不得让她走，经常留她住十天半个月。许多次为不让她走，我都是哭着在地上打滚。为怕我们难过，三姑也经常是乘我们熟睡或不在家的时候离开。

许多原来和三姑家住在一起的人，后来都搬走了，只剩下三四户人家。我们问三姑为什么不搬，她说住习惯了，舍不得离开。这样一说我们觉得真要是搬走，我们也有些舍不得。三姑最舍不得的，是家旁的那眼泉水。就像大人们说的，那真是一眼神泉，冬热夏凉。冬天从来不结冰，越冷水温越高，经常看泉面上冒着热气。夏天，天越热水越凉。不论天旱天涝，泉水不降不溢。当然，舍不得的，还有三姑家房前屋后的苹果树、梨树、枣树、毛桃树……

既然舍不得，三姑便在这个地方住着；只要三姑在这个地方住着，我们便少不了一趟一趟来回跑。

我们原本打算接姑姑一起走的，可她说这两天正晒着新麦走不开，等过两天忙完这点活她自己来，可多住些日子，直到将哥哥送走。姑姑家地势更低，我们刚收完麦子，他们早已打碾完毕，开始进仓了。

走到大槐树下，我们停下脚步，哥哥再次用力朝三姑挥手。其实，这么远挥不挥手根本看不到，可我们每次都挥。每每走到这里，远远看着三姑孤零零的小黑影，心里总是酸酸的，感觉把她一个人孤孤单单留在了这个山大沟深近乎与世隔绝的地方。其实，她在这个地方生儿育女，有自己的一大家人，可这种感觉却始终如影随形，挥之不去。也许，她第一次嫁到这个地方，作为娘家人，把泪眼婆娑的她独自留在这个地方的时候，这种感觉便深深地种在了心里。

过了大槐树，上了公路，看不见姑姑了，我们也加快了步子。姑姑说得没错，这天气绝对要下雨，一整天闷闷的，这会儿越发阴沉了。我们沿着盘山公路向上，小麦收完了，整个视野除了零星的绿色，就是一大片一大片裸露的土地。零星的绿色，要么是玉米、土豆这些秋庄稼；要么是村庄。除了每个村房前屋后有树木，再很少看到树木。哥哥说，他小时候，山谷里、山梁上，成片成片的树林，后来兴修水利、开荒要田，差不多全砍了，一个个山梁全被剃了光头，成了现在这副模样。不料许多年后，又开始退耕还林。人类，总是干着这样出尔反尔的蠢事。

快到家的时候，天阴得更重了，几乎要塌下来的样子。哥哥拽着我一路小跑，跑一段就会问我还能不能跑动。我脱了外套交给哥哥，身上只穿一件背心，仍然大汗淋漓、气喘吁吁。可每次我都毫不犹豫地告诉他"我可以"。

"叫的狗不咬，咬的狗不叫。"狗是这样，大多数时候，天气也是这样。那些雷声大作、虚张声势的天气，往往下不了。而像今天这样，闷声不响，反而不可小视。果不其然，紧跑慢跑，还是没到家，豆大的雨点就砸了下来，感觉来头不小。为怕淋着，哥哥没容我推辞，蹲下背起我继续跑，可终究没跑过雨点的脚步，已经到刘家坪的地界了，酝酿了一整天的大雨倾盆而下。一下雨，山路就会变得很滑，我一再央求哥哥放我下来，可他总是不听，尤其是过上沟的时候。

距我们家不远有一条非常深的大深沟，在村子上面的半段，村里人叫上沟；在村子下面的半段，村里人叫下沟。上沟在村里完全是个恐怖的代名词，村民们吓唬小孩："你再哭，再哭我把你从上沟丢下去！"孩子一听大人这么说，马上止住哭声。上沟由于沟太深，经常有牲畜掉下去摔死摔残，也有人在这沟里送了命，有些是走路不小心掉下去的，也有因吵架拌嘴故意跳下去的。晚上从沟里走，真是让人头皮发麻，村里人经常传谁谁晚上路过，在沟里看到什么，听到什么，这些传说，越发让人毛骨悚然。可这条沟如同太行王屋二山，是村里人必须面对的、绕不开的宿命，是进村出村的必经之路，可村里终究未有人如愚公者发誓子子孙孙将之填平，也便没招来天神相助。

哥哥一手托着背上的我，一手扶着崖畔，小心翼翼一步一步往下走，然而没走两步，就滑倒在地。危急关头，他一把松开我。我留在了上面，他却滑了下去，瞬间没了踪影。我当即吓得"哇哇"大哭。与我同时被吓得大哭的，还有沟对面的大姐。她在家里看到我们，就拿了雨衣和铁锹来迎接我们，还没走近，就看到了这样一幕。从这么深的沟里面摔下去，真是不敢想象。

"哥哥，哥——哥"，我和大姐分别在沟的两面对着深沟大声呼喊，把村里许多人都喊出来了，却听不到哥哥一丝回音。

满天满地，只有无情的雨声。

十二

当我连滚带爬来到对面时，差不多全村人都赶来了。父亲和母亲的腿已吓软了，需要别人搀扶着才能站稳。

大姐看到我，冲上来劈头盖脸对我一顿猛揍，一边揍一边哭骂："你腿断了吗？这么大的人了，还要哥哥背。"

"别打了！你现在打他有用吗？"刘家三爷喊住了大姐。父亲和母亲几乎说不出话来，在雨水中，他们的脸看上去像纸一样惨白。

"你们几个"，刘家三爷指着堂哥他们几个说，"从下沟绕上去找人。你们几个，"他又指着自己的儿子，"快去准备担架，准备往卫生院送人。"这会儿，他成了最有主见的一个人。

送医院？一听这话，我"哇"的一声又哭了。难道哥哥真的要送医院吗？其实，这会儿，许多人都不往好处想了。如果能送医院，那真是万幸了。

除了找人的和准备担架的，一村的老老少少，就这样泡在雨水中，等待着，时间像凝固了似的。

村里的几个婆婆婶婶围在母亲身边，一个劲地安慰，让母亲别担心，说家树福大命大，一定不会有事的。可他们越是安慰，越让人心里没底。

天堂和地狱，原来只一步之隔。这几天，我们一家是多么开心，就像生活在天堂里一样。可这一刻，我们便来到了地狱，深受煎熬。

"来了。来了。"

"好着呢。好着呢。"

似乎过了一个世纪那么漫长，人群里终于又喊起来，沿下沟绕上来的路上，有人跑来大喊着报告平安的消息。我们一齐转头，看到满身泥泞的哥哥被几个人簇拥着，向我们走来。母亲的眼泪"哗"一下下来了，等哥哥还未走近，她一下扑上去，抱住哥哥失声痛哭，边哭边捏哥哥的胳膊腿边一连一声地问："真的没事吗？没受伤吗？"

"不要哭了，娃娃没事了，你还哭啥哭？"父亲这会儿也能张口说话了，他劝母亲道。其实，他也哭了，这会儿，没哭的几乎没几个人。

"真的没事吗？"刘家三爷不放心地问哥哥。

"真没事了！"哥哥笑着说道。

"大难不死，必有后福。这沟里掉下去的，能毫发无损活着回来的，这娃是头一个。凭这一点，你还得往大里干。"说着，刘家三爷朝哥哥竖起了大拇指。

听刘家三爷这么一说，大家的眼泪便止住了，跟着高兴起来。就在这时，看到刘家三爷的小儿子他们几个抬了个担架赶来了，看到他们，大家禁不住又笑起来，有的甚至笑得前仰后合，笑得那几个人莫名其妙，看他们这样，大家笑得更欢了。

这一笑，天堂又回来了。

看哥哥平安，许多人回去了，还有许多人不忍离去，跟着进了我们家，院子被踩得到处泥泞，一片狼藉。

"都回吧。让家树换换衣服洗洗澡，咱们这些泥腿子风里来雨里去惯了，可家树不一样，别感冒了。"刘家三爷劝完，带头离开，众人也跟着他一道走了。送走大家，掩上院门，母亲的眼泪再次涌了出来，她说，你让我细心看看，真没受伤？

"只是手掌划破了点皮。"哥哥说完，母亲就拿起他的手看，才发哥哥的手掌满是血污。原来哥哥在下滑过程中顺手抓住了一束藤条，也正是这一束藤条，让他安然脱险。

在大姐迎我们时，母亲就为哥哥烧了一大锅热水。哥哥将自己关在另外一个屋里洗漱时，母亲也将我脱了个精光，摁在一个大盆里给我洗澡。有热热的泪水滴到我背上，我回头发现母亲还在流泪。我有点奇怪，未见到哥哥前，没看到她怎么流泪，哥哥平安回来了，她的眼泪反而没完没了。

洗完澡，不能下地干活，哥哥喝了母亲烧好的姜汤后便上炕躺下了。母亲和大姐便洗我们换下的衣服。从回到家，哥哥的衣服鞋袜都是坚持自己洗，现在手受伤了，便不再坚持，交由大姐来洗。洗衣服的时候，母亲还在流泪。

一下雨，人便额外犯困。洗完衣服，大姐便对母亲说，做晚饭还早，我们也上炕眯一会儿，太困了。母亲便对我说，你也上炕躺一会去，别吵着你哥，说完便去睡了。我不想睡觉，但又没地方去，只好推开虚掩的门，来到哥哥睡觉的屋子。哥哥头朝里躺着，已经睡熟了，身上盖件薄薄的外套，两只脚露在外面。

我睡意全无，悄悄地爬上炕，盯着哥哥细看。下雨天，屋里光线有点昏暗，哥哥看上去远没刚来时白了，但他的双脚依然很白，白得有点眩目。哥哥永远是那么干净整洁，就连脚指甲也是剪得整整齐齐，干干净净。村民们经常脱掉鞋子，往屁股下一垫，席地而坐，把一只或一双黑麻污渍、臭气熏天的大脚板往前一伸，有的甚至边跟人聊天边搓脚趾缝里的污垢。哥哥是多么不同呀，即便是双脚，也是如此好看如此洁净。

我看自己的脚丫，虽然洗过了，却依然黑黑的。除了冬天，几乎不怎么穿袜子，脚面便留下鞋印子。我又悄悄爬下床，从屋里出来，坐在廊檐下，脱掉鞋子，把脚伸在檐水里冲洗，边洗边搓，可无论怎么搓洗，脚面的黑色却无法消除。

连日劳累的村民被一场大雨赶到了炕上，整个小村似乎都睡着了，天地间只有雨水的声音。下水道水流不及，聚在院内，形成一个小小的池塘。我盯着像线一样挂下来的檐水，心里突然冒出一个念头，不知会不会有那么一天，我也能成为像哥哥一样的人。可这个念头就像院里此起彼伏的水泡，很快就破灭了。我怎么可能成为像哥哥一样的人，他是那么高大那么完美，我怎么可能？这么一想的时候，顿时万念俱灰，心里很难过，第一次充满了说不清道不明的忧伤。

十三

"一点一个泡泡,十天不摘帽帽。看这阵势,这雨一时半天还停不了。"母亲看着院里的雨水说道。

也许这场雨憋得太久了,一下起来竟有些收不住,时断时续,连下了两三天,仍然没有要放晴的意思。好在,小麦收割完,没什么好担心的了。只是劳碌惯了的农民,躺了两天便闲不住了,戴上草帽披上雨披四处溜达。

这几天,哥哥要么看书,要么教我写字。他没想到,才上一年级的我,认识的字还真不少。其实,不到三岁刚会跑时,我就每天跟着二姐、三姐在学校混了。当时,父亲原本让二姐退学,在家专门带我,可二姐死活不答应,父母妥协,答应她一边上学一边带我。天气好的时候,我多半在教室外面。农村老师好说话,下雨或天冷的时候,他们也容许二姐把我带进教室,只是不准我喊叫乱跑,扰乱课堂秩序。长期耳濡目染,不知不觉便认识了不少字。

哥哥回家时给我们带了一些稿纸。我从未写过这么好的纸,竟不忍下笔。鼓起勇气写下第一笔,觉得不满意,急忙用食指蘸了唾沫去擦,洁白的稿字便留下一个大黑印,哥哥也没生气,只是告诉我,一定要改掉这个用手指当橡皮擦的小毛病。他一笔一画题写每行第一个字,然后我学着一笔一画、一字一字、一行一行去写,而且越写越好,让他非常高兴。在他的鼓励下,我也越写越起劲。我从来没想到,写字原来也是一件快乐的事。

下午,雨有些小了,我正在埋头写字。母亲发现邻居家二丫在院门口徘徊,被母亲唤了进来,问她有什么事?她才说她大妈让她来请哥哥,晚上去家里吃饭。二丫比我小一岁,她家和我们家一墙之隔,她整天"哥哥""哥哥"地叫着跟在我后面,像条甩不掉的尾巴,可自从哥哥回来,我似乎再没怎么看到她。来之前,她一定是刻意梳洗了一番,不像平日鼻涕虫似的,连衣服也穿得干干净净。

哥哥拿了几颗糖给二丫,让她回去转告她大妈,心意领了,饭他就不去吃了,让他们千万别麻烦。其实,哥哥这些天尽走亲访友,也没怎么好好在家里吃过饭,全家真心实意不想让他到别人家吃饭,也给人家添麻烦。可二丫说什么不肯,固执得像头牛,给她说什么话她也听不进去。

这边二丫还没打发走，刘大麻子打发侄子刘小军来叫我哥晚上去他们家吃饭。刘大麻子没有子女，他们夫妇和寡嫂、侄子生活在一起，待侄子就像待亲儿子一样。从这点讲，他还是个不错的人。刘小军和二姐年龄差不多，也上初中了，长得人高马大。哥哥把给二丫说的话差不多又给刘小军说了一通，可他还是不答应。

刘大麻子作为大队书记，派侄子亲自上门来请哥哥，这是多大的面子。父亲的意思是二丫家可以不去，但刘大麻子家不能去。哥哥来这么长时间，没去拜访，已经失礼了，这人家上门来请再不去，就可能真正把人得罪了。

何去何从，哥哥和父亲还未达成共识，两个小孩子却因此吵了起来，而且越吵越凶。二丫一看情况不妙，反客为主，将小军从我家往出赶，她一口一个我先来，就应该到我们家吃饭。小军以势压人，压根没把二丫这个小不点放在眼里："你先来怎么了，你先来也是白来，就不去你家吃饭，怎么着？"吵到后来，两个人便互不相让，只一口一声说："去我家，就去我家！"我们全家劝都劝不住。

吵着吵着，两个人动手抢人，将我哥一人一个胳膊，往自己家里拽。二丫哪能拽过小军，她急了，不顾新换的衣服，躺在泥地上打起滚来。她这一招真是厉害，哥哥当即开口，答应去她家，她这才停止打滚，从地上爬起来。

不得已，哥哥采取折中的办法，答应去二丫家吃饭，并带上小军。毕竟小军是初中生，比二丫好讲道理。哥哥破天荒没有领我，只是让我带了包茶叶去刘大麻子家，顺便告诉一声，他已经两天前答应二丫家了，让他们不要麻烦，有机会再去拜访。

哥哥不在，晚饭吃得没盐少醋。好在父母说起了哥哥的婚事，才让这顿晚饭不至于太过寡味。父亲问母亲："你到底问了没有？家树到底谈没谈对象？"母亲说："你们父子晚上睡在一张炕上，你自己不问让我问，你看我哪有机会？"其实，谁能听出来，这都是托词，哥哥回来快半个月了，怎么会没机会？我就奇怪了，自己的儿子，有啥张不开口的？

父亲没和母亲计较。哥哥不在家的日子，他们经常会为一些鸡毛蒜皮的小事吵得不可开交。这段日子，家里风平浪静，一片祥和。

大姐说，今晚来问问吧，有没有心里也有底了，总比这样悬着好。父亲却自顾自地说，乡银行的刘主任托人捎来话，打听家树的情况，如果真能攀上这门亲，应该不错，那女娃咱见过，长得心疼着呢，也是吃公家饭的。母亲说，咱先别想着能不能攀上，要看孩子自己。攀得太高了，门不当户不对，会被人看轻。听母亲这么说，父亲终于忍不住了，他说我的娃是军官，有什么配不上的？我还担心咱的娃看不上人家呢。

两个人说不到一起，谈话便没再进行下去。我终于忍不住了，问道，我哥怎么还不来？母亲接着也说，这孩子也忒实诚了，吃个饭不见人了。二姐说，饭碗一放，嘴一抹走人，咋好意思？多少也得聊两句。

可我等不住了，我说，我去看看去。母亲说，你给你哥把手电筒送去，晚上天黑路滑，不好走。

有了这个借口，我便可以理直气壮地去了。我刚走到二丫家门口，哥哥就被他们一家人簇拥着送了出来。看到我后，二丫的妈妈说："是不是你妈等急了？盼星星盼月亮把儿子盼回来，一分钟都舍不得离开。"我说"不是二婶，我妈只是让我把手电筒送过来，怕天黑路滑"。说着我把手电筒摁亮，证明自己没有说谎。

哥哥从我手里接过手电筒，挥手让二丫家人进去，他说天黑路滑，他把小军送回去。哥哥没有去刘大麻子家，而是选择了二丫家，这让二丫全家觉得很有面子，也就对哥哥愈发热情。哥哥虽一再让他们回去，可他们还是一路相送，直到把我们快送到刘大麻子家门口，才返回去了。

也许刘大麻肯定哥哥晚上会去，炕桌上摆好了凉菜和酒，我们进去不由分说把哥哥让上炕，说什么要和他喝两盅。难盛情难却，哥哥只好端起了酒杯。这酒杯一旦端起来，就不好放下，两个人越喝越高兴，最后还划起了拳。没想到哥哥拳划得不错，很快，刘大麻子的舌头大了，哥哥这才乘机脱身，领着我回家。刘大麻子说要送我哥，可他摇摇晃晃的，站都站不稳，被哥哥摁在了炕上，没让他送。他只好让家里其他人把我们送到了大门口。

这样一来二去，回到家的时候，真有些晚了。我们一进家门，三姐便拿我开刀："妈让你去催哥哥，没想到连你也肉包子打狗——有去无回了。是不是人家给你扔了两根啃过的骨头？"

哥哥急着给父母解释，说早早从二丫家出来了，顺路把小军送到家，刘大麻子非要让喝酒，推辞不过，就喝了两盅。父亲一听到刘大麻子家去了，便说去了就好，要不他心里肯定不高兴，难免你走了以后不为难咱们。

虽然晚了，但哥哥一来，一家人又围在堂屋里聊上了。这个晚上，父亲以刘主任捎话为由头，直奔主题，询问哥哥的婚事，哥哥也毫无隐瞒，将自己的苦恼和盘托出。

十四

夜深了，屋里一团漆黑。

睡在身旁的哥哥总是翻身，我便知道他睡不着。父亲也肯定没有睡着，因为他的鼾声未如期响起。我也失眠了。

想不到果敢决断的哥哥，也会有纠结的时候。遇到选择，人常说走到了岔路口，而哥哥是走到了三岔路口。或许不只是三岔，他的婚姻面临多项选择；而他的事业，也有可能又得重新选择。

到底谁会成为未来的嫂子？打字员、唱戏的还是什么政委的小姨子？我希望是那个打字员。虽然这三人我一个没见过，可我觉得还是那个打字员好，因为哥哥说她最多，而且说起来忍不住会笑，更重要的是他的眼睛会发亮。我最不喜欢那个什么政委的小姨子，要是没她，哥哥和打字员是水到渠成的事，正因为她，把原本一段很好的姻缘搅黄了。是她横刀夺爱，是她仗势欺人。我不清楚她长什么样，但我总是把她和刘大麻子那个龅牙妹子混淆起来，心里越发忍无可忍。不懂哥哥为这样的人有什么可纠结的？但大人的世界，总是那么复杂，从来不像我们小孩子，喜欢不喜欢一清二楚。

唱戏的是哥哥的中学同学，有点像青梅竹马，上学时互相有好感。毕业后，哥哥当了半年的民办教师入伍了，而他这位同学进了县剧团。这么多年，两个人一直鸿雁传书，但从未挑明过。要是打字员不出现，也许他们会水到渠成，可打字员出现了。我不知道打字员和哥哥第一次是如何见面的，但我总觉得她是一下子跳到哥哥面前的，也是一下子跳到哥哥心里的。她像个小强盗，突然闯进来俘虏了哥哥，让他毫无防范。通过哥哥的描述，她好像活生生站在我面前，虽然面目模糊，但爱哭爱笑、古怪精灵、聪慧善良，想着想着，无端地又把她和二丫联系起来了。她怎么会是二丫那个小鼻涕虫？我在枕头上摇了摇头，把二丫从脑海里赶出去。可刚一细想，她的形象又和二丫重叠起来。没办法，二丫就是个犟脾气。也许，她也和二丫一样，还有点倔强。

打字员是哥哥手下的兵。入伍第二年哥哥就提干了，全团第一个，时任司令部保密员，正意气风发，整天板着个脸把手下几个兵呼来喊去，打字员更是时常被哥哥训得鼻涕一把、泪一把。哥哥不仅抓他们的业务，抓他们的日常养成，也抓他们的文化学习，没事不是让他们学习就是搞卫生，还要练习写字。他的书法在全团数一数二，可分在手下的几个兵，写字一个个跟狗刨似的。他每天给他们定任务，然后认真批改。

打字员被哥哥批得最多，也哭得最多，可她不生气，哭过后又像没事人似的，又说又笑，而且进步最快。她不仅不记恨我哥，而且经常自作主张偷偷给哥哥洗衣服、打扫屋子，为此没少挨哥哥的训，可总不长记心。后来哥哥下连当副指导员，他手下的兵依然非常尊重哥哥，和哥哥保持着往来，她更是有别于其他人，每到周末，雷打不动会去给哥哥洗衣服，渐渐哥哥对她也不一样了，有了依赖，有了期盼。为了哥哥，她忙里偷闲，学绣鞋垫、钩护领。哥哥到家没多久，姐姐们就注意到了哥哥鞋里和领上的风景，那么好看精细，一看就是女子的手笔，而且是个心灵手巧女子的手笔。母亲和姐姐都拐弯抹角地问过，哥哥说是战友的。在我们的理解里，战友肯定是男的，这些东西，也一定是战友对象或家人弄的，再没深究。

哥哥是干部，打字员是战士。规定不允许战士在部队谈恋爱，他们便等着，等着打字员提干。关键时刻，政委夫人找到哥哥，想把自己的妹妹介绍给他。政委对哥哥很好，也可以说有恩于哥哥。哥哥在新兵连时，他是哥哥的教导员，是他在几百名新兵中发现了哥哥，并在他成长的路上给予他很多提携。因为政委，他的夫人对哥哥也很不错。虽然很为难很不忍，可他还是婉拒了。哥哥说了一大堆感激的话，也一再道歉，说嫂子，实在不好意思，我已经有对象了。

政委夫人一提议，打字员便蛮不讲理地跳了出来盯着自己，叫哥哥怎么可能答应别人？

然而，政委夫人似乎是有备而来，不肯作罢，一再盘问哥哥，对象是谁，干什么的，自己认不认识？没办法，哥哥急中生智，把他那位已经疏于联系的同学抬出来当挡箭牌。他可不能把打字员交代出去，那可是问题。

听了哥哥的解释，政委夫人用不相信的口吻问他"真的是老家的、唱戏的"？然而摇着头说："好像不是这样吧，听说你和文静（打字员）那个小丫头走得挺近的，我想你不会那么傻吧，会做出这样误人又误己的事？现在看来是真的了！"

听哥哥学说，三姐忍不住愤愤说道："这是个什么女人？管得这么宽！"她还没说完，就遭到母亲的呵斥："你这没大没小的样子，还有脸说人？"其实，我的脑海里，也出现了个老妖婆的形象。

哥哥没想到政委的夫人会亮出这么一个撒手锏，一下子慌了神，赶紧矢口否认，咬定他的对象只有老家这一个，别的都是谣传。政委夫人换了个口气，说"你们政委也常常提起，如果咱们两家能成为一家人，兄弟俩互相帮衬，更有利于在部队发展"。有点软硬兼施了。没等她再说下去，哥哥便急忙说道："嫂子，我知道您和政委都是为我好，可我们交往多年了，年龄都大了，又是乡里乡亲的，实在不好处理。"看哥哥这么不识抬举，政委夫人立即冷了脸，说"怎么对自己好，你自己掂量，我妹妹又不是嫁不出去"。

听了哥哥这么说，连父亲也禁不住感叹："这女人真不简单，不愧是官太太。"

哥哥说他从政委家里出来后，发现后背全是汗。他说他没后悔拒绝政委家属。打字员那个倔强的小丫头一点一滴渗进了他的世界，他心里眼里全是她，拔都拔不出来。如果真答应政委，他将该如何面对她？

但慢慢地他才醒悟过来，他拒绝政委夫人的同时，也断了他和打字员的未来。他要真和打字员走到一起，他又该如何面对政委？这不是一个非此即彼的选择，是两难选择，是一个满盘皆输的选择。

他不知道该如何选择，这个时候，他选择了探家，这是一次缓冲也是一次逃避。

听了哥哥的困惑，父亲有些不解："胳膊哪能扭过大腿？首长的小姨子介绍给你，这是多大的面子？娶了她，以后也有人关照。咱农村娃，在部队上也没什么熟人，有个领导做靠山，这是多好的事，你还犹豫啥？"可母亲却说："一个男人，最主要的是腰杆子要硬。你得直起腰来做人，不能做对不起人的事，也不能为了高攀委屈自己。"

感情呢？哥哥的感情呢？他们说得似乎都有道理，可没有人顾及哥哥的感情。

哥哥说他现在想通了，不论打字员还是政委的妹妹，都算了。他这次回来，就是想问问他那个同学，如果人家愿意的话就定下来。他说这样也好，听说部队马上进行百万大裁军，说不准我很快就转业回来了。

"啊，你要转业？"这绝对又是一个爆炸性消息，全家的关注点又从他的婚事跳到对他事业的关心上。

"应该是八九不离十。这么大的裁军量，我们肯定逃不过。"哥哥有点沮丧地说道。

"没别的办法吗？"我插话道。我不知道，不穿军装的哥哥，会是什么样子。

"这是国家的大事，不是哪一个人的事，也不是哪一个人能左右的事。"父亲说道。

"是呀，这是国家大事。"哥哥附和道。

"能转业回来也好。家秀婆家今年催了几次了，说要娶过门，我一直拖着，但也拖不过这个冬天了。如果你转业回来，离家近了，兴许还能帮家里一把。"父亲说道。哥哥明白父亲的意思，一大家子，只有父亲母亲和大姐三个劳力。要是大姐出嫁了，他和母亲就更辛苦了。

哥哥点了点头，一家人沉默了，突然没了话题，干坐了一会儿。母亲便说："不早了，睡吧。"大家便分头去睡。哥哥也是简单洗了洗就上了炕。躺在炕上，他也是"烙烧饼"，翻来覆去睡不着。

我一直盼望着能快点长大，像哥哥一样成为家里的骄傲，没想到长大后，也有这么多苦恼。大人的世界，有时想想真是麻烦。

十五

第二天，雨停了。

吃过早饭，哥哥告诉家里人，他要去趟县上。全家人心知肚明，知道他要去县上干什么。母亲问，你想好了。哥哥说想好了。母亲说早定下来也好，都是命。

哥哥走之前，给我又留了一篇字让我写。哥哥似乎很喜欢教我写字，而且很有耐心，我想，哥哥是不是也是这么教他的打字员的。

连下了几天雨，还不能下地干活，父亲说这几天把人屈在家里都快发霉了，哥哥走后，他便拿着镰刀，背上背篓给驴割草去了。二姐、三姐也被母亲打发拔猪草去了。他们一走，家里只剩下母亲、大姐和我，我突然觉得家里是那么空旷，这种空旷，我从来没体验过，让人心里空空的也毛毛的，无所适从。我心总是慌慌的，定不下来。我突然发觉，写字是一件无聊透顶的事，我一个字也不想写，却又不知去干什么。我问母亲："哥哥不知道什么时候回来？"母亲没好气地说："不好好写你的字，等你哥哥回来干啥，收拾你？"

如果哥哥回来，看我没完成任务，他一定会生气。我强迫自己坐在桌前，可心里长了草似的，字也写得歪七扭八。母亲看我屁股长刺似的，实在坐不住，就说"你也别难受了，也去拔猪草去吧"。于是，我便提了个草篓，像逃出笼子的野兽，夺门而出。

离开家，我也没去找小伙伴。我已经好长时间不和他们玩了，也没心思和他们玩了。我提着篓子，直奔公路附近，我希望能等到哥哥，然后一起回家。

然而，整整一天，我都没有等到哥哥，暮色四合，母亲的呼唤声在村头一声一声响起，我才提着半草篓猪草赶回家，差点招来母亲一顿暴揍。

在我们都以为哥哥不回来了的时候，他才进了家。在昏暗的油灯下，我们看不清他的悲喜。母亲听他说还没吃晚饭，急匆匆又为他烧了酸拌汤。大家急于想知道结果，一整天大家悬着心，怕哥哥的同学已经名花有主。虽然还有个售货员，可哥哥说一点感情基础没有。大家想想也是，所以全家人希望这个有感情基础的，再别落空了。

等哥哥吃完，母亲才试探性地问："人见到了吗？怎么样？"哥哥说见到了。说着，从衣兜里掏出两张照片给我们看，一张是演出剧照，一张是生活照。"太漂亮了！"我们几个不约而同地惊呼。这样子，就和画里的一模一样，真想不到实际生活中真有这样好看的人。

"我看过她的戏，去年县剧团下乡演出，来我们乡，她演《三对面》里的皇姑，演《李彦贵卖水》里的黄桂英。"父亲也说，就是这娃，她可是我们县剧团的台柱子。父亲是个戏迷，找个会唱戏的儿媳妇，而且这么漂亮，让他高兴得合不拢嘴。

"怎么样？人家愿意吗？"母亲不放心地问。哥哥说："她倒没什么意见，就看她家里的意见，应该问题不大。她父母很疼她，凡事依着她。"听哥哥这么说，一家人悬着的心终于放下了。一整天我还暗暗盼着不要有什么结果，我还是希望打字员能成为我的嫂子，可这一刻，我也不怎么纠结了。这毕竟是个皆大欢喜的结局。

一块石头落了地，全家人都很高兴，有说有笑，只是哥哥有些郁郁寡欢，提不起兴致。母亲问他："你是不是还有什么心事？"他笑着说，"没有，可能是累了。回来时太晚了，到咱们乡的班车没了，我是从四十里东湾走来的。四十里东湾距我们家，至少要走十里。"

听哥哥这么说，父亲就下令早点休息。

我去厨房帮哥哥拿暖瓶，听到姐姐们还叽叽喳喳地说："太好了！""太好了！"母亲却不放心地说："好是好，就是不知道会不会过日子？"一听她这么说，大姐便说："怎么，你还指望着像我们一样给你担水挑粪？"母亲说："倒不是要担水挑粪，但会不会过日子很重要。"大姐说："你就别瞎担心了，人家都是有工资的人，有了钱，什么日子不好过？"二姐三姐也附和着说："就是，就是。"母亲说："傻孩子，不是有钱就能过好日子的。"

我怕哥哥等，就没再听她们说下去。

这一晚，哥哥依然睡得不怎么踏实。也许，有许多事，需要告别；有许多事，需要重新梳理。

十六

哥哥宣布要回部队，对全家人来说，就像遭到突然袭击，让我们一个个措手不及。没想到就这么一转眼，他却要走了。

"你这孩子，要走你怎么不早说，我什么都还没有给你准备呢？"母亲说着，眼泪就下来了。母亲每每问哥哥，他都说还早呢还早呢，没想到他一直都在骗她。

"我就是怕你准备东准备西的。我最怕路上疙疙瘩瘩带东西。我在部队上吃得好穿得好，你们就别为我操心了，把自己照顾好。"哥哥说。

哥哥是提前走的。他和他那个同学约好了，走之前要去她家一趟。她家原本是县城的富商，后举家迁到乡下改造。她这才和我哥成了同学。落实政策后，全家又重新搬回了县城。

哥哥离家前一天，三个姑姑估摸着哥哥差不多要走了，不约而同全赶来了。哥哥走时，除了赶来的亲戚朋友，全村人都拥出来送他，浩浩荡荡。哥哥拦住所有的人，不让他们送，只让我一个人跟着。因此，大家送到村口便止了步。除了家人亲戚，许多人很快回去了。天气放晴，又开始要忙碌了。哥哥原打算帮家里碾完麦子再走，可被这场雨耽搁了，未能如愿。

我不敢看哥哥的脸，我总感觉他也哭了，一路不停地擤鼻涕。他也不时地挥手，让妈妈、姑姑她们回去，可他们依然一动不动地盯着他的背影，舍不得离开。我知道他们都哭了。我心里也酸酸的。要是只有相见没有别离，该多好！

哥哥一路上一句话也没说，到了公路等班车时，也只是盯着村口的方向不停地挥手，好像忘了我的存在。我真希望班车永远不要来，即便不说话，就这么等下去也好。

你越是不希望它来，它反而来得越快，我们到公路没多久，就有一辆班车驶来。看着班车远远地驶来，我的心一下子提到嗓子眼。哥哥这才蹲下来，双手抓住我的肩膀，眼睛红红地叮嘱道："要好好念书。"

他这么一说，我的眼泪决堤而下，扑进他怀里号啕大哭，边哭边求他："哥哥，你不要走好不好？你再住两天好不好？"哥哥替我边擦泪边说，"男子汉不许随便掉眼泪。"可他的眼泪也是流个不停。

车停下来，哥哥站起身，摸了摸我的头顶，说了声"我走了"，便转身上了班车。他一上去，车门就关上了，班车随即启动。我不由自主地跟着车跑，很快，班车绝尘而去，将我远远地甩在了后边。

我突然不想再回到村庄，甚至不想扭头再看它一眼。我想离开，到别的什么地方去。可又不知该去往何处，只有机械地朝着班车远去的方向不停地往前走。

过了一座山又是一座山，到处千篇一律，直到累得走不动了，依然未能见到不一样的风景。我坐在公路边上，四野空荡荡的，连同我的心也跟着空荡荡的，只有山风在来来回回地吹。

十七

众所周知，后来，我也当兵了。

我曾在一篇文章中这样写道："就像遭遇猎犬追赶的野兔，从军入伍，是命运的一次慌不择路。"想想其实也不尽然。从军这条路，也许在七岁那年，第一步就迈出去了。

　　哥哥最终和唱戏的同学结了婚，那年年底赶上大裁军，转业回乡，在县城安了家，立了业，再未有机会穿着军装踏上故乡的土地，那个被那身绿军装点亮了的乡村盛景，也再未出现过。

　　我当兵时，父亲已经去世了。我也曾穿着军装荣归故里，可故乡波澜不惊。初次探家，一身戎装，心里满是衣锦还乡的荣耀，到县城的那个晚上，我和同来的战友走遍大街小巷，大家视若无睹，我甚至听到有人说："瞧，那两个当兵的。"语气轻薄。

　　回到刘家坪，除了母亲眼里的惊喜，众人并未高看一眼。我的归乡，远没有一个打工者来得风光。

　　后来探家，几乎全着便装，总觉得穿军装实在过于扎眼。军校毕业，母亲特意叮嘱，下次回来你一定穿上军装让我瞧瞧，可还没来得及给她瞧，她就走了。军装越改越好看了，一次也没穿回去过。三姐一次次奚落我："穿的什么呀，跟个民工似的。"可我依然没有如她所愿，尤其是《内务条令》明确规定"军人非因公外出应当着便装"后，就更理直气壮了。穿上给谁看呀，刘家坪几乎成了空巢。哥哥姐姐们都住进了城里，但每年只要回家，我都会去趟刘家坪，去父母坟上坐一坐，和他们拉拉家常。

　　转眼，从军二十多年，警衔由列兵变成了上校。故乡只是目睹过我的上等兵衔和红肩章。又一轮裁军开始了，谁也无法保证，自己不是那三十万分之一。暑假期间，我带了套崭新的春秋常服回家，去父亲坟茔前，我整整齐齐换好。

　　来到父母坟前，我大声地喊："大、妈，你们看到了吗？我穿军装了，好不好看？"没人回答，四野里，只有蝉声一片。

　　有风吹过，吹进了我的眼睛。突然间，我泪流满面。

向左转，向右转

一

大年初二，街上人来车往，像被风吹跑了似的，转瞬间一片寥落，偶尔驶过一辆车走过一个人，也是风驰电掣，行色匆匆。

西州市支队城北区中队排长郭小宇在总队家属院外的马路上，来来回回瞎转悠。

郭小宇是下午四点多钟接到欧阳倩电话的。当时他组织战士们拔河比赛，气氛达到白热化的时候，欧阳倩的电话打来了。郭小宇没心思理会，手机铃声不厌其烦地响个不停。郭小宇把因长时间响铃致使有些发烫的手机举起，欧阳倩的声音便炸雷似的在耳边咆哮："郭小宇，你怎么回事，这么长时间不接电话？"

"组织战士比赛，手机没带。"郭小宇半真诚半撒谎给她解释。"赶快过来，我姑父叫我们到他家吃晚饭！"没等郭小宇问什么，欧阳倩就武断地挂断了电话，让郭小宇举着手机半天回不过神来。

大过年的，欧阳倩的姑父叫他去家里吃晚饭，这意味着什么，郭小宇心里清清楚楚。好事终于找上门来了。不知为什么他一点也高兴不起来，甚至有种要跳崖似的感觉。接完电话，他没有心急火燎请假赶快拾掇自己，一直傻愣愣地坐着，心里没有一点想去的冲动，反而盘算着如何找借口推脱。

这段日子，谁都看到表情一贯像军用被子似的郭排长突然间变快乐了，他一刻不闲地泡在战士们中间，上蹿下跳，和战士们打球下棋，热情高涨地组织他们开展各种比赛。其实，他心里清楚，他不能停下来，一停下来，有个像针一样的东西会不请自来地在心里钻来钻去。

欧阳倩的电话长了眼睛似的又追来了："郭小宇，你出发了没有？"

"正打车呢，不好打！"郭小宇搪塞道。

"快点过来，别舍不得你那点钱。"

"知道，知道。"怕欧阳倩听出破绽，郭小宇匆匆挂断了电话。

没有了退路，只有硬着头皮上阵。

真是邪门了，那些平时尾随在你身后还没等你挥手就停下来的出租车司机，今天任郭小宇的手挥得像狂风中的树枝，很少有停下来的。偶尔停下一辆，一听他要去省城，如同遇到强盗，连句话也不给就疾驰而去。

寒风瑟瑟，又不好打车。去，还是不去？郭小宇再次犹豫起来。他打算回队的时候，仿佛再一次看到了故乡的大山。

那片绵延不绝的大山，烧焦了一般，寸草不生。村里几十户人家，散落在大山的褶皱里。许多人一听他的家乡，都会一脸同情：能吃饱吗？让他哭笑不得，好像他们那里的人还在吃糠咽菜。老家声名在外，是因为真的穷过，很穷很穷过，穷得走出了许多讨饭大军，随着他们的打狗棍和一口土得掉渣的乡音，让家乡的贫穷声名远播。那些走出去的人，有的回来了，回来后把外面的世界吹得像朵花。有的再也没有回来，传说他们都在外面发了大财。现在老家的情况好多了，情况好多了的老家人，依然没有断过想要走出去的热望。

郭小宇就是在那种热望下走出大山的。他现在已是一名排长。他那当村主任的爹在村里腰板更直了，几乎每个人见了他都说："我早说了，你家大小子会有出息，你看，现在都当军官了。"不论说这话的人出自真心还是拍村主任的马屁，郭主任的脸都像喝高了似的泛着红光，高声大嗓地附和道"是呀，从小大家都这么说他。看来，人这一辈子吃什么饭，都是老天定好的。"

郭主任每次给儿子来信，肉麻得让郭小宇看老爹的信就像偷看情书似的，东躲西藏生怕别人看到。郭主任在信里说："儿子，咱家祖宗八代就出了你这么一个国家干部，你一定要好好干，给家郭家争口气。"他还说，"儿子，昨天我到乡里去，乡长见我老远打招呼，还给我递烟呢。你现在是干大事的人，他们都得给咱这个面子……"类似这样的话随处可见。有时候感觉读父亲的信就像吃一碗辣子面，常常吃得面红耳赤，汗流浃背。

郭小宇不想让父亲失望，父亲失望的表情他见过，他发誓这辈子不想再见第二次。想到这里，郭小宇继续在寒风中苦苦守候。终于有车停下来，他学乖了，没说去什么地方，就直接上了车。司机得知他去省城说什么也不肯，直到郭小宇把价加到足以让自己吐血的地步。司机才一脸不情愿地答应了，感觉给郭小宇多大恩惠似的，害得他一路赔着小心。

紧赶慢赶，郭小宇到达省城的时候已经过了晚饭时间。其间欧阳倩的电话一次又一次打来，态度也一次比一次恶劣，甚至威胁郭小宇晚饭前赶不到让他后果自负。司机心不慈手不软收去郭小宇的三张大团结，吐痰似的把郭小宇吐在总队家属院门口，掉头一溜烟不见了踪影。郭小宇孤伶伶地站在马路边上，去还是不去的问题，再一次跳出来，拦在了他面前。

二

这无疑是个热闹的夜晚。这热闹完全是中国式的。省吃俭用了一年，这几天就像日子不过了似的，财大气粗地挥霍起来，打开家里所有擦拭得一尘不染明亮如新的电灯，端上家里尽可能做出的美味佳肴，以往貌合神离也罢，大打出手也罢，如今一家人同天南地北赶来的亲人围坐在一起，推杯换盏，欢声笑语。

这个夜晚，又是寂寥的、冷清的、空旷的。

郭小宇低下头来，盯着自己的脚下那双擦得锃亮的皮鞋，不知什么时候已是满面灰尘烟火色了。

郭小宇的父亲年轻时也曾有过一次走出大山的机会，说是招去当铁路工人，不知最后怎么就泡汤了，成了郭主任一生的遗憾。郭小宇出生后，他就把走出大山的愿望，寄托在了儿子身上。

家乡的光景好些了，起码不像过去那样填不饱肚子。可要走出去，却也不像过去挂一根打狗棍那么容易的，尤其是像郭主任那样想让儿子在城里谋个一官半职的，似乎除了读书，别无他途。一家人便勒紧了裤带供郭小宇读书。在全家人热切期盼中读完高中，郭小宇并没有水到渠成考取任何一所大学。这一结果，不仅让十年苦读的郭小宇受到了沉重打击，更是摧垮了一心想让祖坟冒青烟的郭主任。郭小宇至今想起父亲当年天塌地陷、如丧考妣的表情，心里就隐隐作痛。

到了年底，不甘心的郭主任通过另一条途径，把儿子送出了大山。这条路，就是当兵。离家时父亲告诫他，到部队好好干。他说，出了这个村子，你除了自己好好干，没什么能靠得上。到了部队后，郭小宇整天像玩命似的，苦活累活争着干抢着干，撒网捕鱼似的，把大小荣誉打捞进自己的档案。军校预考期间，他更是背水一战，几乎到了头悬梁、锥刺股的境地，终于把自己送进军校。

初为排长，他也一样踌躇满志，几时起就成了今天的这个样子？

报到那天上午，郭小宇陶醉于自己的想象中，像个驰骋疆场英勇无敌的将军，势不可当快意恩仇。等他从忘我的虚幻中回到现实，差不多快到中午开饭的时候，才急匆匆地背起背包提着大包小包往中队赶。

天气热得吓人，满鼻孔都是焦煳味，脚踩在柏油路上烫得让人不由自主想跳起来。郭小宇走进营院时，汗流浃背，狼狈不堪。这么热的天气，战士们还在热火朝天搞训练。他一进营门，就被他们发现了，齐刷刷回过头来看。这么多目光是有温度的，像把七月的骄阳聚焦过来，郭小宇的脸一下子火烧火燎，汗水也紧跟着刷地冒了出来。

两名战士在班长的授意下，拔腿朝他冲了过来，冲到跟前边敬礼边说"排长好"。弄得他很是慌乱，想还礼却腾不出一只手来。好在两个战士没在意，像对待俘虏似的，扑上来不由分说就把身上的背包和手上的东西夺了过去，转瞬间让他丢盔弃甲，连个小包也不让他提。见此情景，郭小宇举手"投降"，心甘情愿跟着两个战士走，心里暖烘烘的，备感熨帖，一下子找到了当干部的感觉。

两名战士把他直接送到队部。来到门口时，看到队长李忠民趴在办公桌上埋头写着什么，一个战士喊了"报告"，等了好一会儿，他才用又冷又硬的声音说了声"进来"。声音不高，但掷地有声，透着威严，也透着些许的不耐烦，像一瓢冷水，把热情的战士带给郭小宇的那份温暖一下子就扑灭了。

进了队部，两名战士放下行李，敬了礼就转身退了出去，有点仓皇而逃的样子。屋内虽然有个风扇在嗡嗡地吹着，但感觉空气还是黏糊糊的，让人呼吸不畅。队长头也不抬，依然奋笔疾书，一副日理万机的样子，郭小宇被晾在屋子中间不知怎么开口，只好边擦汗边环顾四周。部队干部的办公室没大的差别，制式、简洁，棱角分明。

李忠民摆官架子，对郭小宇迟迟不予理睬，让郭小宇心里直冒火，但又不敢表露出来，继续毕恭毕敬地等着。

李中队长终于停下笔，慢条斯理抬起头："来了。"神情威严，透着拒人于千里之外的冷漠。郭小宇这才看清他的真容：头发稀疏，满脸焦灼之色，看上去有些老相，与"一杠三"的警衔很不相称，给人一种戴错衔的感觉；刮过胡子的脸上泛着青光，脸蛋两侧如同月球表面，坑洼不平，额头上还有几个粉刺，颗粒饱满，让郭小宇有种扑上去帮其挤出来的冲动。李队长至少也有个二十七八岁了吧，而且也应该结婚了，脸上还如此"青春"，加之一脸的烟火色，一定是肝火过旺。肝火旺自然脾气就大，郭小宇不由替自己往后的日子生出一丝担忧。

郭小宇上前一步，"啪"地敬了个礼，说"队长您好，我是郭小宇"。说着，准备扑上去跟李队长来个亲切握手，在他的想象中这是必须的。不料李队长挥了一下手说"坐吧"，甚至连"欢迎"两个字都没有说。

站了许久的郭小宇真想搬把椅子一屁股坐上去算了，张口说出的却是"谢谢队长，不用了"。

队长离开座椅，径直走出办公室，站在门口朝操场喊"四班长，过来一下。"喊声刚落，四班长应声而至，箭一般冲到队长跟前。李队长一甩头命令道："帮郭排长把东西搬你们班去。"声音干脆利落，一点也不拖泥带水，很有点直线加方块的风格。

郭小宇来到班里，发现自己的床铺已经空了出来，虚席以待。班长解开背包，两个人合力铺好床铺。这时，开饭号响了。听到号声，班长说："排长，我们先去吃饭，回来再整理。"说着，就往外冲，郭小宇紧跟其后，跑到院子。这时候，各班以班为单位，带往饭堂门口集合，口号声一个比一个响亮，炸雷似的，从营院滚过。

郭小宇主动站在四班的排尾。由一排长陈兵整理队形，向队长报告。李队长让陈兵入列，他本人走到队列前面，满脸严肃。他没有急于讲话，而是用凌厉的眼神扫视了一眼全队，气氛突然有些紧张，有些山雨欲来的感觉。

"今天训练怎么回事？"李队长一开口就吼，把距离较近的郭小宇吓了一跳，"站在队列里东张西望，各班长是怎么组织的？"郭小宇想，他不是在埋头写东西吗，怎么对训练场如此清楚？

"我说个别同志你不要跳得太高，别以为自己了不起，只要到这个中队，是龙你给我盘着，是虎你给我卧着……"李队长越讲声音越高，像要跟谁吵架似的。他看似朝大家扫射，弹着点似乎全落在了郭小宇身上。他这是给我下马威？郭小宇想。

队长扫射了一通后，才记起了似的介绍，说中队又分来了新排长。至此，郭小宇对他的印象降到了冰点。从当战士起，他最烦的就是队干部在开饭前训人。

"二排长，你上来讲两句？"郭小宇脑子刚走神的时候，李队长突然袭击。郭小宇还没有把自己同二排长对等起来，一时没反应过来，直到他旁边的战士轻轻捣了一下自己，才明白过来，队长口中的二排长就是自己。他的头一下子有点大了，不知说什么好，队长没有说让他跟官兵们认识一下，也没说让他介绍一下自己，而是让他讲两句。

"看来没准备好，那就算了。开饭！"郭小宇刚一愣神，李队长就切断了他蠢蠢欲动想上去讲两句的念头。他就是客气一下，压根儿就不想让郭小宇上这个台面。

李忠民的这一举动，让站在正午阳光下的郭小宇甚至听到了一种瓷器摔碎在坚硬水泥地板上破裂的声音，清脆尖锐得有些惊心动魄。

这就是他到中队的初次亮相。曾想象过无数次，憧憬过无数次，希望闪亮登场，从未想到事情会如此出乎意料。

"等一下。"一排长陈兵正准备组织部队唱歌，郭小宇的拧巴劲上来了，他大步流星走到队列前面，敬了个礼说："不好意思，恕我唐突，耽误大家一点时间。初次和大家见面，我想给大家做个自我介绍，相互认识一下，我认为这是常识，也是对我们彼此的尊重。"郭小宇面带微笑，俊秀帅气的脸上因激动抑或紧张，泛起淡淡的红晕。他的自我介绍是经过精心准备的，既妙语连珠又诙谐幽默，自是大老粗李忠民所不及的。话音刚落，队列里不由自主爆发出雷鸣般的掌声和热烈的喝彩声。他甚至看到李忠民惊愕的脸孔涨得猪肝一般。他心里充满了快感。

三

起风了，郭小宇不由得紧了紧大衣。风穿街而过，非要整出点动静似的，捡拾起街上的纸片，抛起来又掷下去，飘忽、迷惘，无所适从，郭小宇甚至听到了风的叹息，长长地叹息。

这声长长的叹息，让郭小宇又想起了那个伸手不见五指的黑夜。

那个夜晚，郭小宇坐在黑暗中，想用左眼看清自己，用右眼看清未来，可两眼漆黑，连眼前的五根手指头都看不清楚。就在那一刻，一句没头没脑的话突然闯入脑海——从农村出身的军官身上，远远就能闻到一股饥饿的味道。

令全村人眼热心馋的军官郭小宇，目前还没有像村民们想象的那样坐轿车、住洋房，他甚至还没有自己的办公室，整天和战士们一起"五同"。战士们就寝了，他不想睡，就去哨位查勤。说是查勤，其实是想借夜色掩护，一个人出去走走。没有自己独立的空间，感觉时时裹着一件厚厚的盔甲。只有到了晚上一个人的时候，他才卸下这厚厚的盔甲，透透气，面对真实的自己。

查哨回来，轻轻地推门进来，反手关上，一下子陷入无边的黑暗当中。他稍微停顿一下，便摸黑蹑手蹑脚走到自己的床铺前，准备脱衣上床，手伸上去要解衣扣的时候，便又停住了。还没有睡意，躺在床上也是"烙饼子"，就索性坐床沿上，坐在黑暗里发呆。就在这时，脑子里突然冒出了这句话。

听人说过还是在书上或者别的什么地方看到过，郭小宇记不起来了。突然冒出来的这句话，没有像火柴般擦亮眼前的黑暗，反而让他跌入更大的黑暗当中，内心甚至泛起一股巨大的酸楚和莫名悲凉。心里不由感叹，这话深刻，简直入木三分。

饥饿的味道到底是什么味，是不是像馊味？这么想的时候，他不自觉地抬起胳膊来闻。他知道自己身上有这种味道，不但有，而且很浓。他张开鼻翼，像只寻找骨头的狗，抽着鼻子使劲嗅了嗅，没闻出什么特殊的味道，扑鼻而来的依然是浓浓的汗酸味和雄性的荷尔蒙味道。

战士们的呼噜声此起彼伏，高高低低，一点不像他们走队列那样步调一致。郭小宇打心底里羡慕他们倒头就睡的功夫，曾几何时，他的睡眠质量越来越差了。

坐了一会儿，眼睛慢慢适应，房间影影绰绰能看清了，但他还是没法看清自己的路。来中队初次亮相，就像为郭小宇以后的生活定了基调似的，几个月过去了，他感觉每况愈下。

战士们还是蛮可爱的。郭小宇那天也算颜面扫地，他甚至担心他们会嘲笑自己，瞧不起自己。没想到回到班里，战士们就水一样地围了上来，一张张青春的脸庞写满了真诚和热情，七嘴八舌向郭排长表达他们的欢迎之情，满怀热情地向他介绍自己先进的中队过硬的中队。郭小宇能感觉出来，战士们都觉得能分到这个中队是郭小宇的幸运。城北区中队是支队多年的先进，以严格管理著称，这点来之前就听说了，也立马感受到了。团团围着闹得正欢的战士，一听休息号，如退潮的海水，"哗"的一声撤退到各自的床上，屏声静气悄无声息。

在中队时间一长，郭小宇便发现，这个先进的中队并没有看上去那么先进，不过像一排码齐了的砖，看似整齐划一，实则缺乏生机和活力。

原指导员参加任职培训去了，现任指导员由机关政治处一位保卫干事代理。从郭小宇的观察看，代理指导员丝毫没有要在基层安营扎寨的意思，工作干得浮皮潦草。每次主持会议，经常说："队长刚才讲的，我完全同意，请各班排下去做好讨论，认真抓好落实"。副中队长王骁已打了转业报告，就等着年底转业，明显在熬时间。而一排长陈兵简直就是李忠民的影子，唯李忠民马首是瞻，指望他提点什么建设性的意见，几乎没有可能。

郭小宇觉得，向队长建言献策的重担只能靠自己了。木秀于林，风必摧之，这道理他懂。从小，枪打出头鸟、缩头椽耐朽等一些处世哲学就根深蒂固地印在他的脑海里。他虽年轻气盛，但也懂审时度势。父亲说："到了部队，除了好好干工作，你再没什么可以依靠的。"换句话就是，农家子弟郭小宇要想取得成绩，除了干好工作，别无他途。他不再是战士，只要埋头干好本职工作就行，他现在是带兵人，为战士成长需求和长远利益考虑是他干好工作不可或缺的一个部分。

他认为饭前饭后让战士们加小操不科学，他更看不惯李忠民动辄饭前长篇大论训斥人，多次委婉提醒，可他充耳不闻。郭小宇不再委婉，在干部大会、支部会上提出来，李忠民有时听不完就会打断他说："这些事我们下来再谈，或者以后再说，我们先说正事。"他所谓的正事，在郭小宇看来也未必有多重大，甚至更加鸡毛蒜皮。

提多了，李忠于终于忍无可忍，在军人大会上说："有些同志总是摆不正自己的位置，部队怎么带，用得着你来教？也不看看自己的素质。"

李忠民所谓的素质，一般专指军事素质或者就是军事素质的代名词。论军事素质，郭小宇的确不是李忠民的对手。李忠民是出了名的"拼命三郎"。他一个初中毕业的农村兵，就因军事素质过硬，在连考两年未中的情况下被直接提干，而且一路绿灯。

屡谏不中，郭小宇就跟队长打"擦边球"。轮到自己值班，就会变着法儿做一些调整，比如李队长每晚安排雷打不动的体能训练，要么被他改为篮球、足球或排球比赛，要么组织大家相互比赛，要么两个排派出兵力轮流出战，兵力由各自的班长部署，既比实力也比战术，有了战士们喜欢的赛事或者军旅题材的电视剧，也会灵活调整组织大家观看。对于这种调整，最高兴的莫过于战士，兴致也特别高。郭小宇管这叫"快乐训练"，可李忠民就是不喜欢，他说："带部队不是过家家，也不是请客吃饭，不是随心所欲闹着玩，由着你想怎么折腾就怎么折腾。"他说，"我们中队是多年的军事训练标兵中队，多年的先进砸在你手上，你能承担得起吗？"

因为整天跟战士们泡在一起，他们中的一些小矛盾小摩擦，郭小宇尽收眼底，都是些小事情，他没有扩大化，通通私下解决。查勤时发现什么问题，也是现场纠正。可就奇怪了，每一件事几乎难逃李忠民的法眼，战士们难免会受到更严厉的批评。挨了批的战士反而把账记在了郭小宇头上，对他渐渐疏远。李忠民对他也是成见越来越深，大会小会经常有些人个别人地批评。虽然王骁说李忠民就那样，可郭小宇觉得，李忠民的话句句指向他。郭小宇在中队渐渐有了一种被孤立的感觉。

至此，郭小宇突然不知道该如何施展手脚干好工作了。他觉得自己就像放映后迟到的观众，别人已泰然自若观赏影片，而他却摸索半天找不到自己的位置，他甚至听见那些适应了黑暗的人在窃窃私语地嘲笑他。一切的一切，让郭小宇的心气一天天凉了下来，工作干得越发缩手缩脚。

四

欧阳倩又打来电话，似乎躲在某个角落里打，声音压抑而低沉，气急败坏地对郭小宇吼："你搞什么名堂，让一桌子的人等你，这么长时间就是跑也从西州跑来了。"

"不好意思，车坏在路上了，师傅正修着呢。你们就别等了，不定什么时候好呢。"这句谎话没过脑子就从郭小宇嘴里冒了出来。"那你就别来了。"欧阳倩说完就直接挂断了电话，郭小宇似乎能看到她那张已经被气绿了的脸。

放下电话，郭小宇突然有种如释重负的感觉。大街上虽然很冷，但他还是不想这么早去。他能想象坐在一群不相干的人中间，被人相马似的看来看去有多尴尬。

吃一堑长一智，郭小宇学乖了，晚饭后不再变着花样组织战士们开展"快乐训练"了，而是让班长带着大家继续城北区中队一成不变的体能训练，开始夹着尾巴做人。没想到夹着尾巴的他，却和李忠民爆发了更大的冲突。

秋老虎突然发威了，天气炎热异常。下午起床后，李忠民还是让郭小宇按课程表组织战士们进行擒敌术训练。郭小宇不忍心让战士们在大太阳底下毒烤，就自作主张把大家带到营院外面的小树林。训练了一会儿，郭小宇看大家训练热情不高，就组织他们原地休息。看着年轻的战士，不知为什么，压抑了许久的那份热情，不知怎么又突然蹿了出来，挡都挡不住。

他想，这些年轻的士兵，他们的军旅记忆不应该只有苦累紧张，还应该有欢声笑语有青春男儿应有的豪迈奔放。这时，炊事班的战士把水送来了，他让战士们边喝水边随意席地而坐，自己站在中间，和战士们谈起了那些一直在心里冲来撞去的想法。他说："穿上这身军装，谁都成了军人，但要成为一名真正的军人，却不是穿上军装就成了的。也许，有的人直到脱军装，都未必称得上一个真正的军人。我想我们大家也是，从外表上看已是一名军人，但距一个不折不扣的军人还有较远的距离。要成为一名真正意义上的军人，也就是说，要真正抵达军人的至高境界，不是一件易事。不论我们出于何种目的，抱着什么样的心态，也不管我们的军旅人生是长是短，我想我们既然来到军营，就应朝这个方向努力。只有这样，才不枉自己的青春年华，不枉军营来一趟。"

"怎样才能成为一名真正意义上的军人？"郭小宇讲到这里，有战士插嘴问道。

"学习。"郭小宇说，"向书本学、向生活学、向典型学、向身边的战友学。我来中队发现爱看书的战士不多，打开大家的抽屉，有几本好书的战士寥寥无几，这当然与属于大家自由支配的时间少有关，也与你们自己不懂见缝插针不无关系。人生苦短，我们真不应该这样浪费光阴，总等到新兵下连才恐慌，等战友进步才失落，等快要退伍才懊悔。我们只有过好每一个今天，才能有信心把握好长长的一生。等有机会我向队长建议建议，全天候开放阅览室，并多买些图书。往后训练、学习，我们分层进行，尽量不搞'一锅煮'。"郭小宇越说越兴奋，越说越刹不住车。战士们也被他的兴奋点燃了，满脸放光，一个劲地央求郭小宇利用空闲时间多给他们辅导辅导。

"好。"郭小宇干脆地答道。他说他想利用周末开办一个"莫让时光付流水"的关于立身做人的系列讲座，有愿意听的战士不妨听一听。

"好！"战士们激动得吼起来，热烈的掌声经久不绝。

"正课时间，你们这是干什么？"正当他们得意忘形之时，听不到喊杀声的李忠民找来了，他大吼一声，吓得歪七扭八的战士一下子站了起来。

见此情景，李忠民气坏了。他指着郭小宇说："郭排长，真搞不懂你到底在干什么！"

"队长……"听李忠民这么指责，郭小宇满脸通红，张口结舌，一句话也说不出话来。

没等郭小宇把堵在嗓子眼的一口气换过来，李忠民吆喝一声："收操。"便掉头回去了。李忠民宣布召开军人大会，要郭小宇在军人大会上做出检查。郭小宇自觉没错，当场就从会场上退了出来，把李忠民的喊声甩在了身后，任凭他对自己大加鞭挞。他恍恍惚惚来到小树林，脑子一片混沌，甚至发现自己不论看天看地看树，都是灰青色的。

郭小宇走出会议室，一向事不关己的王骁，却因李忠民在大会上批评郭小宇心里没有中队、没有战士、自由散漫等当场和李忠民顶了起来。他站起来说："队长，说郭排长不爱中队不爱战士，这话不公平。在我看来，他爱中队爱战士，在你我之上。"

"他这样做也算是爱中队爱战士？"听了王骁的话，李忠民不屑一顾。

"也许你觉得郭小宇没法跟你相提并论，你是支队的优秀带兵人，中队每个战士的生日你如数家珍，每个战士生病你都亲自端汤送水，你给许多家里有困难的战士寄过钱，这些大家都知道。说句你不爱听的话，真正对战士好，你以为就是饿了给个馒头、困了给个枕头？不是的，真正为战士好就要为战士成长需求和长远利益考虑……"

两个人剑拔弩张，代理指导员程鹏只好宣布结束会议，让各班带回。

五

天完全黑了，有零星的爆竹声响起，稀稀落落，大街越发显得寂寥。风也大了起来，冷飕飕地掠过树梢，发出"呜呜"的低吼声。繁华落尽的树木刚直起来，不再因一阵风而东倒西歪。

那件事，因为王骁的掺和，使事态进一步升级。

郭小宇想，这次他无论如何不能妥协。没想到较量还没开始，支队工作组就住进了中队。

工作组来中队的意图很明显，就是解决队干部的团结问题。带队的郑副政委在干部座谈会上矛头直指郭小宇。他说："郭排长，你刚从学校出来，意气风发，想干一番事业，这可以理解。但不能想怎么干就怎么干，一定要学会用条令条例管理部队，按照《纲要》建设部队，更不能自以为是。你一定要学会尊重老同志。尊重老同志，这是我们部队的光荣传统。城北区中队近年来始终是支队的先进中队，是与你们的队长李忠民同志严格管理分不开的，你要多向他请教，多向他学习。"说完郭小宇，他又转过头语重心长地对李忠民说，"李队长，你也要当好大哥，发挥好领路人的作用，做好传帮带黏合剂，加强中队尤其是队干部之间的团结。干部是战士的榜样，他们都在看着你们，绝不能让他们看笑话，更不能给他们树立不好的形象。"

"是！"郑副政委话音未落，李忠民啪地站起来说，"请首长放心，我们决不辜负首长的期望。二排长，你说是不是。"

"是！请副政委放心！"听李忠民这么一说，郭小宇也立即弹了起来，大声保证。

看到这一切，郑副政委满意地笑了。郑副政委顺路到勤务值班室、战士宿舍等地方看了看，一路走一路和李忠民聊，一副亲密无间的样子，让郭小宇羡慕不已。

要走了，郑副政委和大家握手告别，李忠民先是敬礼，然后抓住副政委的手，把"请首长放心，我们一定会精诚团结，严格管理部队，争取让部队再上一个台阶"之类的话又说了一遍。

晚饭后，郭小宇踱出营门，一个人来到营房旁的小树林，愁肠百结地吹起了他那支爱不释手的短笛。他现在越来越依赖这片小树林了，它几乎成了他的精神"氧吧"和休憩地。心浮气躁的时候，一个人来这片树林走走，心往往会变得像水洗过一般沉静。

郭小宇的笛声在黄昏"呜呜"地响起。"晚风拂柳笛声残，夕阳山外山"。多美好的意境，可在战士们听来完全不像那么回事，这如泣如诉的笛声，如同垓下的四面楚歌，满是乡愁，听得大家心里一颤一颤的。

这个时候，郭小宇真的是想家了。在笛声中，他的目光越过天尽头，再一次看到了自己的家乡，天色幽暗，星星眨巴着眼睛次第亮了起来，天地间只有蛙声和虫鸣响彻一片，更衬托出山谷死一般的静寂，内心恓惶的少年郭小宇，还守在山泉边等水。想起故乡，郭小宇总会想起这样的画面。在他的记忆中，好像少年的时光，大多是在一眼近乎干涸的山泉边度过的。

一直以来，家乡水比油贵。尤其到了麦黄时节，每一寸土地每一棵小草每一张嘴巴，似乎都在冒烟。有时为了挑一担水，要翻山越岭走好远的路。村庄附近也有一眼老泉，为了找水，村民们挖了好多泉，打了好多井，但大多没打出水来，有的出水了，但时间不长就干涸了，唯独这眼老泉，像哺育自己的孩子似的，一直坚持着挤出少得可怜的"奶水"。郭小宇还挑不动两只空木桶的时候，就已经开始在这眼近乎干涸的山泉边等水了。他死死地守在泉边，看泉底慢慢渗出的水够舀一瓢的时候，就跪在泉边，小心翼翼用瓢舀进桶里，虽然很小心，但还是会让仅有的一点水立即浑浊起来，有时甚至就是黄水汤。舀完这一瓢后，接着再等。等水实在是件无聊的事，但着实不敢离开。只要你守在泉边，来的人一看有人，都会绝望地走开。

等水的时候，郭小宇想得最多的。就是怎么能让村里的水多起来；比这想得更多的，就是如何从这里走出去。等到天黑透的时候，家乡东南方向有片天空有时会呈橘红色，不明就里的郭小宇通过父亲得知，那片天空下有个叫城市的地方，是城里的灯光把天空照成那样的颜色。灯光能把天空烧红，幼小的郭小宇想破脑袋也想不明白，只盼望着早日能去看一看，因此，翻山越岭走出大山的愿望就更加强烈了。

郭小宇终于走出了大山，来到了大城市，坐在这座城市边缘的小树林里，怎么和当年坐在老泉边的感觉如出一辙，感觉自己依然被一座座绵延起伏的大山包围着，想走出去的强烈愿望一点不比当年差。

他不甘心，但他又不知何去何从。

"别吹了，再吹，心都被你吹碎了。"郭小宇回过头，发现是一排长陈兵，这多少出乎他的意料。陈兵走过来坐在郭小宇身边，伸出胳膊搂住他的肩膀轻声说："郭排长，其实你也没必要跟队长这样，对中队对你们都不好。"

"陈排长，是不是连你也觉得我在故意跟队长对着干？"听了陈兵的话，郭小宇转过身来，盯着陈兵好一会儿，又说，"我不是跟谁对着干，我真的对事不对人。他那种管理方法老套、简单，为什么就不能采用更科学更受战士欢迎的方法呢？"

"我不是这个意思。我想说的是，其实你和队长都是为中队好，只是方式不同。"看着郭小宇激动的样子，陈兵急忙劝道。

"你错了。不是方式不同，是出发点不同，是主导思想不同！"

"站在队长的立场换位思考一下，也许你对他会多一些理解。"陈兵平心静气地说。

"怎么换位？"

"你自己琢磨吧，我回去了。"说着，陈兵站起来回去了，看着他的背影，郭小宇脑子乱麻似的，理不出一点头绪。他茫然地坐着，看着夕阳的余晖渐渐暗淡，直到夜色把整个世界淹没。

六

也许是吃饱喝足了，为表达一下新年的幸福快乐，爆竹声骤然多了起来，此起彼伏，间或有绚烂的烟花在夜空盛开，异彩纷呈，煞是好看。

工作组走后，郭小宇燃烧的热情像被泼了一盆冷水，突然熄灭了，干什么都提不起兴致来。原来到了周末，他喜欢和战士们泡在一起，很少外出。可现在，一到周末就待不住了。其实，在这座城市，除了欧阳倩那儿，郭小宇没地儿可去。

和欧阳倩第一次见面，是军校寒假返校的列车上。正是春运高峰期，车上人挨人人挤人，连个落脚的地方也没有。郭小宇背着他妈要他非带不可的煮鸡蛋、熏腊肠、腌黄鱼等一大堆沉甸甸的母爱，步行了十二公里，然后搭车，再到火车站，等挤上火车差不多累虚脱了。刚挤上火车，不要说坐的地儿没有，就是站，也只能做金鸡独立状。等火车走了一段后，车厢慢慢地松动了。双脚才落了地。这样咬着牙，硬挺着到了下一站，有人下车，腾出一个座位，他一个箭步抢先坐了上去。和他同抢这个座位的，就是欧阳倩。她对这个位置觊觎已久，座位的主人也想把这个位置让给欧阳倩，谁料螳螂捕蝉，黄雀在后。郭小宇几年的兵不是白当的，抢区区一个座位的身手还是有的。

"真没绅士风度！"郭小宇屁股没坐稳，就听到有人这样说他，抬头一看是一个小女生愠怒的脸，涨得通红。

"不好意思，我祖上八代都是农民。"这时郭小宇委实撑不住了，哪还讲什么绅士风度。

"一个大男人跟女的抢座位，你好意思？"欧阳倩翻着白眼抢白道。她可能因离家时没出息地哭过，眼睛有点肿胀。这双有点肿胀的眼睛，一点没让郭小宇心动。要是她明眸善睐秋水盈盈，郭小宇也许会动一点恻隐之心，把座位让给她。她不但双眼肿胀，而且目露凶光，一看也跟自己一样，浑身粘满土气，既然这样，就别装什么娇小姐，先到一旁稍息。郭小宇心里这么想，可嘴上没这么说。他说："我不是跟你抢座位，而是成全你。你看你这身材，不亭亭玉立，真是暴殄天物。"说实话，欧阳倩的身材真的不错，属于那种高挑型。

欧阳倩当时想，这男人脸皮真厚，懒得再理他，就在一旁重心从右脚移到左脚从左脚移到右脚地亭亭玉立。

站了太久的郭小宇舒舒服服坐了一会儿后，就有点坐不住了，总感觉身上似有百瓦电灯炙烤着自己，浑身不自在。他站起来对身旁的欧阳倩说："来，你坐一会儿，但别坐下去不知道起来。"

一听这话，欧阳倩满眼不屑，嘟囔道："真没见过你这么斤斤计较的男人。"

郭小宇一听就不干了："什么呀，我这叫大度，叫怜香惜玉，人家说给老幼病残孕让座，这几项你占了哪一项，就铁定这座位让给你。"

欧阳倩懒得跟这种厚脸皮的人多费口舌，就毫不客气地坐了上去。看她坐下，郭小宇不放心地问："你到底同意了没有，我们轮流坐？还有，真碰到上述几种情况，我们都得让座。"

"放心，这点觉悟我还是有的。"欧阳倩没好气地说。

他们就这么认识了，但印象都一般。欧阳倩也漂亮，但还没有漂亮到让人一见倾心的地步，而郭小宇，虽然长相过得去，但女人对长相许多时候不像男人那么看重，她们更重视男人本质的东西。不论郭小宇长相如何，他汗流满面、不够绅士、斤斤计较地出场，形象在欧阳倩心中大打折扣。

　　两个人在同一座城市上大学，又是一个县的老乡，回学校后总有见面的机会，慢慢地相互产生了好感。郭小宇觉得，长相不过是初次见面的一张名片，等交往久了，长相就成了退而求其次的东西，真正促使你继续交往下去的，是人本质的东西。他还认为，人的美丽有许多种，比如声音的美丽、头脑的美丽，等等；长相的美丽，是这么多美丽当中最次的美丽。他和欧阳倩因为受过相同的地域文化和风俗熏染，有很多相近的东西。同时，最打动他的，是欧阳倩胸无城府的坦荡和她身上的质朴。也许对别人来说，这并不是什么优点，可对同样出生在农村的郭小宇来说，这点尤为重要。上学的时候，虽说彼此产生了好感，但也仅仅停留在有好感，关系并没有向前迈一步。真正促使两个人关系更进一步的，是他们在这座城市的意外相逢。

　　因为只是普通朋友，毕业后两个人中断联系，彼此不知去向。这个世界说小有时候真的很小，有天郭小宇上街，一个打扮入时的女孩突然跳到他面前，指着他大声叫道："郭小宇！"

　　"欧阳倩！你怎么会在这里？"郭小宇也跟着大叫起来，声音虽没欧阳倩夸张，但也透着掩饰不住的兴奋与激动。欧阳倩化了淡妆，焗成浅栗色的长发打了细卷，拢在脑后。紧身牛仔长裤，把修长的大腿勾勒得线条分明，银灰色的纱质上衣，与腿上的浅白色牛仔裤浑然一体。赤脚穿一双浅色凉鞋，脚趾甲涂了油，但不是常见的那种五彩缤纷，而是无色的，涂了油的趾甲带动着脚趾头都明艳动人起来。不论发型还是衣着，欧阳倩与学生时代相比有了很大变化，但还是被郭小宇一眼认了出来。

　　"真的是你，真的是你！"他乡遇故知的意外之喜，让欧阳倩一时没法平静下来，激动得连蹦带跳，"我早认出是你，但又不敢确定，都尾随你好半天了。你抢钱呀，走那么快，害得我一路小跑。"欧阳倩说得气喘吁吁。郭小宇这才注意到她脸颊绯红，鼻尖上渗出了细密的汗水。

　　"军人走路都这样。"听到欧阳倩的嗔怪，郭小宇笑着解释完后，又急赤白脸地追问，"还没告诉我，你怎么会在这里？"

"我们就别站在这里了，找个地方慢慢聊，怎么样？"像故意吊郭小宇胃口似的，欧阳倩迟迟不肯告诉他谜底。

　　聊天的时候，没注意到天色已经变了，豆大的雨点很及时地砸了下来，两个人便不假思索地跑进了旁边的一家咖啡店。

　　揭开谜底，郭小宇才知道，能和欧阳倩再次相逢，实在没什么好奇怪的。欧阳倩毕业分到了西州市一所中学当老师，学校距北城区中队不远，不到两里路。这么近的距离，竟然这么久才碰到。

　　知道了郭小宇的单位，欧阳倩有时吃过晚饭没事就溜达过来，找郭小宇聊天。她和郭小宇一样，在这座城市没多少熟人。有个周末，聊得比较晚了，郭小宇送欧阳倩回去，两个人肩并肩边走边聊，突然有摩托车从身后驶来，后座上的人伸手来抢欧阳倩肩上的包，郭小宇眼疾手快，转身一肘将那只"黑手"撞开，同时另一只手顺势将欧阳倩护在了自己怀里。没有得逞的窃贼一溜烟不见了踪影，但两个人拥抱的姿势像是凝固了似的，久久没有松开。从这以后，两个人的关系一下子得到了升华。

　　郭小宇在中队郁郁不乐时，就喜欢到欧阳倩那儿消磨时光。可欧阳倩却每次责备他："郭小宇，你来的只是躯壳。"和欧阳倩聊天，郭小宇总是有一搭没搭的，常常会走神，在窗前一站老半天，目光越过窗外日渐发黄的树梢，越过城市远山，那眼神空洞而迷惘，有时会不由自主地发出一声长长的叹息，总给人心在别处的感觉。

　　"你是不是过得不顺心还是有什么麻烦事？最近总是心事重重的。"在欧阳倩几次三番地追问下，郭小宇终于向她诉说了自己的苦闷。

　　"郭小宇，你一个刚到中队没几天的小排长逞什么能，为什么就不能随波逐流呢？"听郭小宇倒完苦水，欧阳倩不理解倒也罢了，反倒说出这样的话，让他更加郁闷。

　　"子非鱼，安知鱼之乐？"欧阳倩不是郭小宇，她无法理解郭小宇心里到底想要什么。

　　"我这里有副对联，挺有意思的。"看郭小宇变了脸色不吭声，欧阳倩继续说道。

　　"什么对联？"

　　欧阳倩写在一张纸上，交给郭小宇。上面写道："鸟在笼中，恨关羽不能张飞；人活世上，需八戒更要悟空。"

"有意思。"郭小宇看了后说道。

"所以说，你应该想开一点。人活世上，没有几个人能随心所欲。"

"也许吧。"郭小宇叹了一口气，有气无力地说道。难道是自己真的太年轻太理想化了吗？他不能回答自己，只感觉自己的心一点一点地沉入谷底。

离开家的那天晚上，他和父亲睡在同一间炕上。他睡不着，就披着被子坐了起来。月光如水，渗进窗棂，把一间屋子照得半明半暗。看不清父亲的面容，但他的满头华发和苍老的皱纹，闭上眼历历在目。原以为这辈子连火车都无缘目睹，终老这偏村僻壤，不料父亲想尽办法还是把他送出了大山。未来会怎么样，会不会再一次灰头土脸地回来？想到这里，他像被烟头烫着了似的甩起头来。无论如何，不能再让父亲失望了。

母亲把炕烧得太热了，父亲的一条腿伸在了外面，他轻轻地扯过被子给父亲盖好。这时父亲突然说："太晚了，快睡吧，明天还要早起呢。"原来父亲也一直没有睡着，郭小宇没头没脑地对父亲说："大，你放心，我一定会在部队上好好干的。"父亲瓮声瓮气地说："知道。"

选择随大流，算是好好干吗？郭小宇无法回答自己。

"实在待得憋屈，要不考虑换个地方吧？"看郭小宇闷闷不乐，欧阳倩建议道。

"换个地方？你以为你想换个地方就能换个地方？"听了欧阳倩这句不知轻重的话，郭小宇不由得被逗笑了。也许有人想换个地方就能换个地方，但这个人绝不是他郭小宇。他父亲在村里虽说是个吆三喝五的主任，但出了他们村那一亩三分地，就鞭长莫及了。

"还别笑，也许我真能帮上你！"

"就你？"一听这话，郭小宇笑得更厉害了，几乎笑出了眼泪。

"郭小宇，你不要小看人，如果你真想换个地方，我帮你，换不换？"欧阳倩被郭小宇激怒了，不觉口出狂言。

"换，我换！"郭小宇看欧阳倩一本正经的样子，越发忍俊不禁。

"我说的是实话。"

"我说的也是实话。"

话说到这分儿上，郭小宇还没有在意。他听欧阳倩说要帮他换地方，像听天方夜谭，压根儿没往心里去。

直到有天听欧阳倩告诉他，她姑父是总队柳副总队长后才觉得这事真有点靠谱。才认真思考要不要换地方的问题。他觉得这么做像个逃兵。见他犹豫，欧阳倩劝道："你一天到晚情绪不好，有什么好留恋的？"

树挪死人挪活。经欧阳倩一劝，郭小宇心动了。心动了的郭小宇一直等着，可夸了海口的欧阳倩那边迟迟不见回音。

其实，欧阳倩知道这事有点棘手，因为她姑父的为人她清楚，家乡许多亲戚朋友的孩子要当兵要转士官，凡找到他的均吃了闭门羹。可看到郭小宇怀才不遇的样子，心里非常难受，她决定死缠硬磨也要啃一啃这块硬骨头。

七

欧阳倩催魂似的电话又响了，郭小宇怕她再聒噪，接通电话赶紧说："车修好了，很快到。"说完，就挂了电话。

天空飘起了零星的雪花，在路灯的映照下，小雪花密密麻麻，轻盈飞舞。郭小宇觉得欧阳倩答应帮自己调动的承诺，就像场铺天盖地的雪，突然间把所有的不愉快隐藏了起来。他想，反正是要走的人，没必要太较真，睁一只眼闭一只眼得了。没想到闭了只眼睛，反而让他看清了一些事情。

通讯员一般都是那种长相清秀、机灵乖巧的战士，北城区中队的通讯员不但长得一般，而且手上、脖子上还有一块块鱼鳞状的斑。从来中队的第一天郭小宇就纳闷，李忠民怎么会找这样的战士当通讯员？

有天晚上熄灯前，郭小宇路过队长宿舍，听见通讯员压抑的哭声，不知道发生了什么事。推门进去，他发现通讯员裸背趴在床上，队长站在他的床前摸着他的头说着什么。一见郭小宇进来，队长急忙"哗"地扯过被子给通讯员盖上，一副惊慌失措和手忙脚乱的样子。郭小宇就像看了不该看的什么东西，非常尴尬，立在门口，进也不是退也不是。

李忠民没理会郭小宇，又摸了把通讯员的头，充满爱怜地说："别哭了，是好事。"然后拿起床头柜的一个瓶子，盖上盖子，锁进抽屉后，说了句"早点睡吧"，就关了灯，推着郭小宇一道走了出来。

"我们走走。"出来后，李忠民低声对郭小宇说。

两个人肩并肩走到操场，李忠民突然拍着手大声说了句："太好了！"把郭小宇吓了一跳。

"什么太好了？"

"太好了，真是太好了，通讯员的病开始好转了！"李忠民激动地抓住郭小宇的手臂说道。从来中队，两个人不曾如此亲近过，让郭小宇还真有些不适应，不知道李忠民到底搭错了哪根神经。

"通讯员什么病？"

李忠民没有急于回答，抬头望了一眼满天的星斗，才缓缓地给郭小宇讲通讯员小宋的事。进入六月，天气已经很热了，李忠民每次查铺，发现小宋睡觉穿着线衣线裤，把自己捂得严严实实，不像别的战士，脱得只剩个裤衩背心。他说过多次，让小宋脱了线衣线裤，别捂出痱子。可下次去查，还是老样子，他预感不对，经反复盘问，小宋才道出实情。小宋身上长了一种癣，怕战友们嫌弃他，不敢和大家一起洗澡，晚上睡觉也不敢脱衣服。因为经常捂着，使病情越来越严重。"当他把衣服脱了给我看的时候，我都吓了一大跳，身上一片片的，都没法看。"讲到小宋的病情时，李忠民这样说。

为不让其他战士知道歧视他，李忠民把通讯员换成了小宋，让他和自己住在一起。为了给他治病，李忠民领着他跑遍了驻地的各家医院，但效果均不理想。他四处咨询，有个在福建工作的同学寄了一服内用外敷的药，没想到用了才三周，就有效果了！

晚上李忠民帮小宋敷药，突然间发现他背上许多地方一点点露出了新肉。看到这一变化，李忠民眼泪猝不及防地涌了出来，重重地砸在了小宋的背上。

"怎么了队长？"

"小宋，你知道吗，你的癣开始好转了。"李忠民抓着小宋的双肩说道。

"真的吗，队长？"

"真的！"

一听队长这么说，小宋激动得一咬枕头，竟"嘤嘤"地哭了起来。

"小宋原来挺机灵的，自从得了这个病，整个人都变了。"李忠民最后补充道。

深秋时分，夜凉如水。听了李忠民的讲述，郭小宇心里有种说不出的感动和温暖。秋风掠过树梢，发出沙沙的响声。郭小宇不知说什么好，只有紧紧地抓住李忠民的手，连声说"谢谢"！

"谢什么，这不是我们当干部的分内之事吗？还有，小宋的病，才刚刚有起色，一定要替他保密。这个战士太敏感太好面子了。"

"知道。"在黑暗中，郭小宇点头说道。这一刻，他突然发现，原来他对李忠民有许多的误解和偏见。他把李忠民在中队的威信和号召力理解成战士对他的敬畏和惧怕；把他对战士的一些爱护和帮助甚至理解成作秀。现在看来，未必如此。

"你回去睡吧，我去查一班哨。记着，小宋的事要保密。"李忠民说完后，转身去了哨位。郭小宇再次仰望夜空，发现今夜的星星又密又亮，像要掉下来似的。

因为带兵理念不同，磕碰在所难免。年终考核结束后，转改士官的事接踵而来。对基层中队来说，这是一件比较头痛的事，每年这个时候，一些条子、电话就会随之而来，让中队主官焦头烂额。这段日子，李忠民焦躁不安。

从李忠民在这件事的犯难中，郭小宇再次感受到了李忠民对战士发自内心的真诚。眼看上报转改士官人选已迫在眉睫，可人选迟迟没法确定，李忠民都急得上火了，嘴角布满水泡。

要不要帮他一把？如果帮，怎么帮？这个问题也缠上了郭小宇。有天他顶着风雪，不知不觉来到了小树林。这似乎是入冬以来最大的一场雪，大团大团的雪花，从铅灰色的云层里狂泻而下，铺天盖地，整个视野白茫茫的，除了密密麻麻的雪花，什么也看不清。

风雪交加，可他毫不顾忌，在树林里来来回回地绕圈，绕着绕着，一个念头终于从脑海里蹦了出来。

他决定尽己所能来化解这个难题。他明白这不是帮哪个人，这件事事关中队前途，事关战士命运。作为一名干部，这个时候就不应该袖手旁观。同时，他也想出了解决问题的思路。

下午，郭小宇给战士们上课，重点为老兵讲解正确对待走与留的问题。他说："我们每一个人都痛恨不正之风，但大家有没有问过自己，面对不正之风，我们到底能做什么？也许大家觉得自己是战士，和所谓的不正之风还沾不上边。古人云，穷则独善其身，达则兼济天下。连古人都有这么高的境界，何况我们是新时代的武警战士，大家说我们是不是应该做得更好？"

"是！"大家异口同声答道。声音响亮，气势磅礴，几乎要掀翻屋顶。有的战士为了让声音更大一点，喊"是"的时候，身子都扭歪了，脸上青筋毕现。

"也许我们还没有能力改变什么，但我们起码能做到独善其身吧，而不是推波助澜，更不是参与其中。作为男人，尤其是穿过军装的男人，一定要铁骨铮铮顶天立地，一定要坦坦荡荡正气浩然。如果我们不能成为一片森林，来改变日渐恶化的气候环境，那么，我们就做一片小树林，尽力防止部分水土流失。最不行，也要成为一棵大树，为需要的人遮风挡雨，撑起阴凉。也许这个世界现在仅靠自己的奋斗成功还很艰难，但凭自己的汗水吃饭，靠自己力量打拼，我们一定会活得坦荡踏实，活得问心无愧。比如转改士官，大多数热爱部队的战士都想留下来，但我们要怎么样留下来？我们凭自己的实绩和能力留下来，还是靠走后门跑关系留下来？如果是后者，我想即便留下来，也会被人看不起，也会受到良心的谴责。也许，在当前部队，这样的事还依然存在，但我希望在我们中队，能够真正让应该留下来的人留下来，而留不下来的，我希望能够正确对待。"

郭小宇慷慨激昂，一口气讲了很多，听得大多数战士热血沸腾，掌声雷动；也有一些战士，在他的讲话中低下了头。这些战士，就是那些托关系走后门希望转改士官的人。听完讲座后，他们直接来到队部，把自己转改士官的申请表要了回去，表明放弃申请。

事情终于按正常程序进行，有了一个大家都比较满意的结果。中队转改士官的好做法，在老兵退伍总结大会上，还受到了总队的点名表扬。

对于这件事，李忠民未置可否。他具体是什么态度，郭小宇不得而知。李忠民怎么想，郭小宇觉得不那么重要了。

八

雪下得更紧了。郭小宇觉得该进去了，又不知道柳副总队长家的具体位置，想让欧阳倩出来接自己一下，连打她的手机，她都没有接，看来真是气得不轻。

他一下子有些不知所措了，不知道该向左转返回，还是向右转走进家属院，整个人再次惶恐起来。在密密的雪花中，远处的霓虹灯明明灭灭，像一双双嘲笑的眼睛，刺得他睁不开眼来。

老兵退伍后，紧接着就是干部转业。王骁如愿以偿，脱下了军装，他走之前，请郭小宇和陈兵到外面饭店坐了坐，算是告别。一直以为王骁对部队没有多深的感情，他给郭小宇的感觉就像只关在笼中的困兽，一副时时准备出逃的样子。但是通过这次小聚，郭小宇才知道，王骁对部队的感情有多深，脱下军装，就像剥了他的皮样让他痛彻肺腑。

刚开始他还装作满不在乎，用一副如愿以偿甚至兴高采烈的口吻说："太好了，终于解放了！"

可两杯酒下肚，他说话的声调慢慢变了，变得不再那么虚张声势，甚至有那么一会儿完全陷入沉默。

郭小宇端起酒杯，用艳羡的口气说："副队长，恭喜你！家里有关系真好，可以进退自如、义无反顾、说走就走。"

听了郭小宇的话，不料王骁摇了摇头苦笑着说："兄弟，说出来你俩也许不信，从心里讲，我真不想离开部队。

"为什么？"郭小宇以为自己听错了，"你不是一直想离开部队的吗？怎么又说不想离开，我有点闹不明白了。

"说实话，我离开是因为我觉得自己的个性不适合在部队发展，而不是因为我不爱部队，这么说你们明白吗？我最美好的年华是在部队'一二一'的号子声中走过的，在这里有我太多的汗水、梦想和记忆。在部队的时候还没多少感觉，可真的要脱下这身军装，我才知道我心里有多疼。"王骁说着说着，眼角不觉晶莹起来，他只好就此打住。

王骁的话，让郭小宇和陈兵的心也跟着疼了起来。部队大浪淘沙，一个人能从战士走向干部，经过了多少曲折，付出了多少努力，只有他自己知道。看王骁有些伤感，郭小宇急忙岔开话题。端起酒杯劝慰说："副队长，别想太多了，事已至此，只有往前看了。"

"是呀，只有往前看了。"听了郭小宇的话，王骁转了一下手中的茶杯，跟着说道，语气中有种说不出的无奈和伤感。

"郭排长，你是不是想调离中队？"三人沉默了一会儿，王骁突然袭击，让郭小宇措手不及。

"调离？何以见得？"要不是王骁问，郭小宇几乎都忘了这回事。

"感觉，纯粹是一种感觉。"

"那你说调走好不好？"

"其实，你还不太了解队长，你觉得他在有意打压你。其实不是，他是用自己的方式磨炼你。方式恰不恰当我们先不说，但我敢保证，他真的是为你好，绝无恶意。你们也看到了，他也不容易，几乎全身心地扑在工作上，家基本顾不上照顾。就他的文化素质，机关没一个岗位适合他，他这个队长基本就当到头了。他现在唯一的愿望就是干到副营，让老婆随军，把户口落到这城市。这一步之遥，对他真的很关键。所以，你们以后要多理解，多配合他。"

听了王骁的话，两位排长点了点头，三人不由自主地陷入沉默。

为打破沉默，陈兵举起酒杯说："副队长，既然决定了，就别想太多。我敬你一杯，祝你能找到更适合你的岗位，干出更大的成绩。"

王骁和陈兵碰了一下杯子，仰起脖子，把杯中的酒一饮而尽。然后自嘲地笑了一下说："嗨，其实也没什么，铁打的营盘流水的兵。对部队来说，离开是必然的，能够坚持着留到最后的却是偶然的。你们说是不是？"

见郭小宇和陈兵两个人都没有开口，他接着说道："你们两个都有能力，但都有比较大的缺陷。郭小宇做事太直太冲，过刚易折；陈兵有韧劲，但缺乏一定的魄力和胆识。你们俩的优点如果集中到一个人身上，那是最好了。你们俩想在部队走得更远一点，一定要取长补短，相互学习，不断超越自己。你们要知道，能走到团职以上的，都有自己的过人之处。真正想走到最后，靠的是机遇，更靠的是一种综合实力。"

这一晚，他们聊了很多，也喝了不少，直至最后王骁真的醉了，一遍又一遍地说："我真的不想走呀，真的不想走。"郭小宇和陈兵只好把他架了回来。

郭小宇回来后躺在床上睡不着。故乡点点滴滴像窗外的月光，再一次水一样漫了进来，直至将他淹没。

九

虚张声势了一会儿的雪花，什么时候突然没了踪影。欧阳倩还不接电话，向左转还是向右转的问题又一次冒了出来。父亲常挂在嘴上的一句话是："流自己的汗，吃自己的饭。"王骁说作为一名军队干部，要想在部队长远发展，能带兵的时候最好还是带兵。如果缺失这一环，是很难补回来的。就像最初顺拐的新兵，开始慢慢合节合拍慢慢如鱼得水，想调离的念头也就淡之又淡了，王骁再这么一说，他更不想调走了。调走，意味着逃避。没想到就要放弃的时候，欧阳倩却说事情终于有了希望。他本来想说算了，可他张不开口，欧阳倩为这事费了多少口舌，郭小宇多多少少还是感觉到了。他没想到这个希望，有一天会让他心生恐惧，像惧怕一条蛇似的惧怕它的到来，正在他犹豫不定的时候，电话突然响了。李忠民在电话中命令："火速返回中队，有任务！"放下手机，郭小宇如释重负。欧阳倩不接电话，他短信告诉她："中队有任务，必须马上返回。我来不了了，敬请代向首长转达。"

不一会儿，欧阳倩的电话打来了，她在电话里尖叫："郭小宇，你怎么回事？"郭小宇关键时候掉链子，大过年的放欧阳倩的鸽子，能想到欧阳倩有多愤怒，他似乎看到了她气得扭曲变形的脸。

"对不起了，中队有任务。"郭小宇没再多做解释，就挂断了电话。

电话再次打来，郭小宇一看是欧阳倩，直接关了

驶来一辆出租车，郭小宇冲上去拦住。车未停稳，他就打开车门钻了进去，并命令道："左转，快！"打劫似的。

"您去哪儿？"司机问，声音里透着一股遇到强盗故作镇定的紧张。

"西州。"

"太晚了，不去！"司机摇着头说。

"我是武警，接到紧急任务，请您务必帮忙！"郭小宇边出示警官证边央求。

"是不是抢险救灾？"

"还不清楚。"

"如果是，能不能让我也参加？"

"为什么？"

"因为我也曾是军人。"

郭小宇鼻子一酸，伸出手，跟司机不约而同伸出的手紧紧地握了一下。司机迅速掉头，然后箭一般地冲了出去。车越开越快，好像后面有什么追他们似的……

但愿人长久

一

见到海若之前，"情窦初开"对欣然来说，只是个成语，而且是个相对生僻的成语。

上学时，有同学小学还没毕业就开始谈情说爱了，而欣然，大学毕业了恋爱史依然为零。是自己晚熟还是迟钝？抑或是因为家庭教育？欣然父亲是个军人，他把女儿当成手下的战士，恨不能用军人的条令条例加以管束。要求欣然做到的，一句"这是命令"，不容抗拒。从小到大欣然都有些怕他。就连上大学，爸爸让她上军校，她便没有第二种选择。上学期间，如果早恋，说不准爸爸真会拿她军法处置。

有男孩子暗恋过她吗？欣然觉得不大可能。在这方面，她多多少少有些自卑，觉得没有男孩子会喜欢她这样的女孩。母亲是个医生，一方面是工作较忙；另一方面，有点投爸爸所好。从小到大，她从没有像别的母亲一样，把女儿打扮得花枝招展。欣然不记得她有过第二种发型，似乎一直剪着短得不能再短的男孩子头，穿着也很中性，加之浓眉毛大眼睛，个高骨架大，没少被人认作男孩。"这男孩真俊？"每每听到这样的评价，她真不知道该哭还是该笑。

欣然也希望自己是个长发飘飘、裙袂飞扬的女生，可她的头发妈做主。每次理发，她都免不了伤心落泪，但结果不会发生改变。服从命令是军人的

140

天职。出生在一个军人家庭，"服从"二字便长在了骨髓里，即便内心有抗拒，哭一通后该服从的还是服从。

欣然样子像个"假小子"，但性格安静，除了埋头书本，生活中永远像个旁观者，看着同龄人打打闹闹哭哭笑笑，把青春演绎得跌宕起伏。不论在家里还是学校，她都是无声无息，不让家长操心，也让老师放心。她觉得自己就像一粒普普通通的沙子，不会引起任何人的注意。

也许每个灰姑娘都有个"水晶鞋"的美梦，欣然也不例外。她埋下头，刻苦努力，一心希望考上大学后逃离家庭，留起长发，像别的女孩一样，穿好看的连衣裙和高跟鞋。然而，这个梦想，在爸爸的安排下最后还是束之高阁。她蒙着被子哭了一通后，进了理发店，把高考后好不容易长长了些的头发剪回原样，被老爸老妈送进了军校。长发飘飘衣袂飘飘，再次变得遥不可及。

欣然读的是军医大学，这既可了爸爸的心也随了妈妈的意，但是否遂了自己的心意，她不知道。一路走来，头埋在书本里，等高考后填志愿时，她才发现，对于未来，自己并没有什么明确的规划，喜欢什么不喜欢什么，内心一片茫然。好在成绩还理想，让父母的意愿很好地嫁接在了一起。她的满意就是让父母满意，既然父母满意了，她好像也满意了。

大学姓了"军"，管理自然要比地方院校严格。本硕连读，经过八年军校生活，她也像军用被一样被叠成了"豆腐块"，看似棱角分明，实则中规中矩，对长发飘飘衣袂飘飘不再有什么幻想。

毕业那年，父亲离开了部队。他选择了自主择业。他说自己年纪大了，就不给组织添麻烦了。自主择业后的老爸，有了大块自由支配的时间，欣然分到部队没多长时间，就专程跑来看女儿。家与欣然的部队，已是远隔千里。毕业前夕，欣然曾为自己的去向征求过老爸的意见，他只一句话，一切听从组织安排。听从组织安排，经过黄土高原，走向青藏高原，翻过日月山，越过倒淌河，欣然把自己想象成文成公主，一路向西，来到德令哈，一个西部偏西的中等城市，成了支队卫生队的一名军医。

姐姐，今夜我在德令哈，夜色笼罩
姐姐，我今夜只有戈壁

草原尽头我两手空空

悲痛时我握不住一颗泪滴

姐姐，今夜我在德令哈

这是雨水中一座荒凉的城

除了那些路过的和居住的

德令哈……今夜

这是唯一的，最后的，抒情

这是唯一的，最后的，草原

我把石头还给石头

让胜利的胜利

今夜青稞只属于她自己

一切都在生长

今夜我只有美丽的戈壁　空空

姐姐，今夜我不关心人类，我只想你

　　是的，这里就是海子的德令哈，以梦为马的诗人海子《日记》中的德令哈。是因为一首诗爱上一座城，还是因为一座城爱上一首诗？从内地来到这座被戈壁草原包围的城市，欣然一点也没有悲伤难过，反而觉得这一切都是冥冥之中的安排。

　　父亲来看欣然的时候，还穿着一身崭新的军装，只是没了军衔领花点缀的军服，不论多么崭新，看上去依然像落尽叶子的老树，光秃秃的，让欣然心里不是滋味。曾那么高大挺拔、年轻帅气的老爸，似乎一下老了许多，没了往日的锋芒。在饭馆里吃饭，父亲摸着欣然的军装，满眼羡慕地说："孩子，你现在太幸福了。"幸福吗？或许是身在福中不知福，欣然确实没感觉出来。她想，这幸福感自己可能还需要更长的时间去体悟。也许有一天自己和父亲一样真正离开部队了，才能深刻领会。离开部队，什么时候，欣然不由恍惚起来。

　　回家前，父亲郑重其事地告诉欣然，现在，你可以谈对象了！接着，他加了个后缀，但还是要以工作为重。从父亲的话中欣然听出来，工作比谈对象重要。母亲，那个年轻时连给女儿梳头都没有时间的外科大夫，如今似乎清闲了不少，差不多每天晚上都要给女儿打一通电话。电话的内容不外乎两大主题，要么抱怨女儿分得太远；要么叮嘱女儿千万别急着谈恋爱，对象的事交给妈妈。她说，她们医院有不少好小伙，都是硕士以上学历。要文凭有文凭，要相貌有相貌。有时候说着说着，妈妈就哭了，说"你要是不听话，真要在部队谈了，那真就回不来了"。听口气，好像欣然真有了对象似的。为一个还没影子的事哭，欣然怀疑妈妈是不是到了传说中的更年期。

喜欢投爸爸所好的妈妈，在给欣然找对象上与爸爸态度截然不同，爸爸盼着欣然能找个军官，可妈妈坚决反对。听爸爸的还是听妈妈的，找军官还是找医生，是不是找个军医，能同时遂了老爸老妈的心愿？夜深人静，欣然偶尔也会画饼充饥，为这件没影子的事纠结一番。但纠结不了许久，她便沉沉睡去。虽然父母一再提及，但欣然觉得，对自己来说，这依然是一件十分遥远的事。听父亲的话，她还是以工作为重。

和欣然进卫生队的，还有护士夏斐和心理医生苏瑾。她们之前，卫生队已经好多年未进人了。这不进则已，一进就是三个，而且是三个年轻漂亮的女孩子。她们之所以没能进总队医院，是由于部队改革，倡导基层优先。就这样，她们被"优先"到了支队，一个距总队近五百公里的支队。这一年，毕业学员全部被分到了基层。总队明确，毕业学员必须经过基层锤炼，不能一毕业身上一点兵味没有就进机关、基地、院校和医院。毕竟是女孩子，她们仨虽分到了支队，但全都留在了机关，进了专业对口的卫生队，不像有些男学员，虽然也是学医的，却被分到基层中队。

对支队官兵而言，这简直是天大的福利，曾经门可罗雀的卫生队，从此变得门庭若市。对支队领导来说，一次分来三个女干部，确是一件幸福的烦恼。女干部的管理，向来是部队管理的难点。为便于管理，单位把她们三个安排在了同一间公寓。

欣然是最先报到的。报到的时候就听说，卫生队还要分来两个女学员。这两个女学员人还未到，但她们已无处不在，时不时有人会提及她们。加之住宿安排在了一起，还未见面，欣然就觉得和她俩已是形影不离了。她和大家一样，也是翘首盼着这两个人的到来。不料等了快半个月，夏斐和苏瑾才一前一后来报到。新学员分来之前，卫生队女干部只有护士唐宁雅。唐护士兵龄已有十年，孩子也快小学毕业了。物以稀为贵。欣然初到单位，也很是瞩目，都有点万千宠爱于一身了，但随着夏斐和苏瑾的到来，她那点性别优势很快便化为了泡影。

二

走上工作岗位，成了一名干部，妈妈有次在电话里说，毕竟是女孩子，你现在要学会打扮自己。那口气在欣然听来，和爸爸说你现在可以谈恋爱了的口吻如出一辙。欣然也觉得要注意保养了，毕竟女人的青春是短暂的，自己再也不能清水洗素颜。她特意去了商场，很奢侈地给自己买了一套比较高档的护肤品，甚至禁不住售货员蛊惑，还买了眉笔和口红。自己的眉毛，够粗够黑，眉笔从买来就没有拆封，口红用了一次就被打入冷宫。欣然第一次涂口红的样子，除了她自己，再没有第二个人见过。那次涂口红的情景，想起来连她自己都觉得好笑。她拉上窗帘，反锁了门，一个人躲在宿舍里，偷偷摸摸像是干一件见不得人的事。打开口红的时候，她甚至心跳如鼓。她一手拿着口红，一手举着镜子，细心涂抹。她这才发现，涂口红也是一门技术活，笨拙如她，虽然认认真真，但效果不敢恭维。涂了口红，非但没有为自己增色，反而让自己备受打击，略显厚实的嘴唇，越发变成了"香肠嘴"，实在不忍直视。她生怕被人撞见，刚涂上就用纸巾一遍一遍擦得一干二净。从此，便断了涂口红的念头。

夏斐和苏瑾一来，把她俩瓶瓶罐罐的化妆品摆出来后，欣然真是大开了眼界。粉底液、睫毛膏、唇彩、眼影、干粉、腮红、乳液、精化液、卸妆油、面膜、面霜、眼霜、防晒霜……天啦，欣然在心底禁不住暗暗叫了一声。许多的东西，她之前真是闻所未闻。夏斐看到欣然的护肤品后，同样夸张地叫出声来，她不顾见面不久，彼此还不熟，就直截了当地说："天啦，你还是不是个女人？"就是这一声尖叫，一瞬间就把欣然打回了原形，那原本还未走远的自卑感，再一次卷土重来。

看着夏斐和苏瑾的化妆品，再看看夏斐和苏瑾的言谈举止，穿衣打扮，欣然连自己都觉得，她真的愧对"女人"这两个字。夏斐就像个发光体，桃之夭夭，灼灼其华，无疑是光彩夺目的。即便是一样的军装，她都穿出不一样的风情。欣然一直觉得，夏斐身上的军装一定是私自改过的，非常合体，玲珑有致。苏瑾呢，在性格上，与夏斐这种时时要显山露水的性格不同，她将自己包裹得很严，喜怒轻易不形于色。她身上有种与生俱来的傲气和贵气，用比较时髦的话说，她走的是高冷范儿。她的化妆品在数量上虽没有夏斐多，但却都是国际品牌，一看就知道价格不菲。包括两个人的香水，夏斐浓烈；而苏瑾的，却似有若无。

三个女人一台戏。女人和女人走到一起，即便是刚出校门的小女生，这戏码要比男人和男人走在一起精彩，免不了面上的斗艳暗中的角力。这台戏，主要是夏斐和苏瑾的对手戏，她俩一上场，一亮相，就吸走了所有的眼球。欣然充其量是个配角，类似于仆人丫鬟的角色。夏斐和苏瑾初次相见，就从对方眼中看出了敌意。她俩都是比较自我的人，又都是喜欢拔尖的人。一见面就知棋逢对手。绝不能被这个人比了下去！两个人当即在心里说。

公寓是小三室，一进门右侧是卫生间，左侧是小厨房，正对门是一小块空地，摆着个简易鞋架。三个卧室左中右排列，全部朝北。在室内虽看不到朝阳，却能欣赏到夕阳的余晖。虽在同一公寓，但卧室门一关，便是个独立王国。终于有了自己相对私密的空间，欣然很知足。由于报到时间早，她优先挑选了左侧的卧室。其实，也不是她挑选的，是唐护士建议她挑选的。欣然觉得，住哪个卧室都无所谓，可唐护士说，"中间的卧室要小一些，右侧的卧室靠着卫生间，可能会有些潮"。听唐护士这么一说，欣然反倒有些不好意思，可唐护士直接让帮着提行李的战士把东西送进左侧卧室，并只给她左侧卧室的钥匙。如果再推辞，就有些不知好歹了。苏瑾是第二个报到的，她看了剩下的两间，很自然地选了右侧的卧室。夏斐来得最晚，按理说她别无选择，但她三个卧室走了一遍后，看中了欣然的卧室。其实，左右两侧的卧室毫无差别，但她何其聪明，一眼就看出来谁更好说话。她行李也不打开，坐在欣然的床边嗲嗲地说："人家就喜欢这一间嘛！"

"喜欢你就住这间。"欣然欢欢喜喜地答应了。她似乎一直等着这一刻。占据了最好的一间卧室，有悖于父亲先人后己的教育理念，心里一直惴惴不安，换了，反而踏实。

夏斐原准备软磨硬泡打持久战，没想欣然如此干脆爽快。欣然不仅爽快答应了，而且还帮着夏斐铺好了床铺。早来半个月，等苏瑾和夏斐来报到时，欣然就觉得自己已是卫生队的一名老同志了，主动担负起迎新工作，像当初唐护士热情迎接她一样，她也帮着她俩提行李，领着转关系，领物资，甚至帮着收拾屋子，整理内务。

欣然三个初来乍到，卫生队李队长直接授权，由老护士唐宁雅管理帮带，熟悉情况。夏斐带头叫唐护士为护士长，另外两个也跟着叫，渐渐叫开了，大家也跟着叫，唐宁雅就这样不是由组织任命，而是由群众任命成了"护士长"。唐宁雅人很好，经过近十年工作历练，业务娴熟，办事干练，和蔼可亲，浑身散发着母性的光芒，尤其是对新分来的三个女干部，既像大姐姐又像小母亲，很是照顾。也许是先入为主，也许是欣然单纯善良，人又勤快，唐宁雅从心里对欣然格外亲，喜欢干什么事都带着她。

欣然和大多数军人家庭的孩子一样，没有被娇生惯养，自立能力强，另外两个就不一样了，多少有些独生子女的习气，吃苦耐劳方面要差一些。但在欣然看来，夏斐和苏瑾无疑是夺目的。但处的时间一长，她发现，夏斐的夺目是表面的，是浅层次的，是咋咋呼呼的，是让人一眼能够看穿的；而苏瑾的夺目是藏而不露的，是由表及里的，是不动声色的，得频频回眸方能窥见一斑。夏斐的夺目是小女生的，天真烂漫，风动铃响，是完全可以走近的；而苏瑾的夺目是钻石级的，是让人无法轻易走近的。

随着三个女孩子的到来，卫生队一下子热闹起来，每天来卫生队看病的官兵络绎不绝，甚至连住院的床位也紧张起来。来看病住院的，以面临退伍的老兵居多。每年临近年终考核，总会有些即将退伍的老兵受不了高强度训练，来卫生队泡病号，但这一年似乎来得格外早。碰到熟悉的，唐护士用半开玩笑的口吻骂道："你们到底是来看病还是来看人？"都是些见过阵势的老兵，他们听了也不气恼，笑着回道："我们是来看病的，也是来看人的，唐护士，我们可想你了。"唐宁雅心里明镜似的，知道他们醉翁之意不在酒，但听他们这么明目张胆地恭维自己，也很高兴，笑着说道："别一个个油嘴滑舌跟我贫，去把地拖了，如果不老老实实，都给我一个个滚蛋！"

这些泡病号的老兵似乎很乐意每天被护士长呼来唤去，要让他们干什么，高兴得屁颠屁颠的，从不打折扣。卫生队从楼道到卫生间，甚至每个医生护士的办公室，被他们打扫得窗明几净，一尘不染。与在训练场上摸爬滚打比起来，每天只打扫打扫卫生，简直太幸福了。何况今年与往年不同，来了三个赏心悦目的女军官，更让他们乐不思蜀。为了能多住一段时间的院，他们表现得很好，干活卖力，遵章守纪。

病号多了，来看病号的人也多了，医生护士办公桌上的水果也多了。他们说吃不完，用乞求的口吻让医护人员帮帮忙。吃不完坏了多可惜，医生护士便勉为其难，只好帮他们解决难题。活有人干，水果有人送，日子整天热热闹闹的，似乎特别滋润。三人没怎么想家，也没怎么想妈妈，快快乐乐到了年底，老兵一退伍，执勤兵力紧张，卫生队才冷清下来，三个女孩初为军官的兴奋也慢慢淡了，日子才水落石出，露出本来的面目。

三个女孩最初的较劲，尤其是夏斐和苏瑾，更多是在穿衣打扮上。欣然自知在这方面处于劣势，无意加入争艳，但夏斐开始一心想把她拉入其中。在夏斐眼中，欣然就像一张白纸，面对这张白纸，她总有好好描摹一番的冲动。她先是上手要为欣然描眉画眼，甚至拿出眉刀要给欣然修眉，想从根本上动手，经过欣然的强烈抵抗未能得逞，只好退而求其次，教欣然化妆。欣然如实相告，自己不适合化妆，这话在夏斐听来就像天大的笑话，哪有女孩子不适合化妆的。在她看来，女孩子三分长相七分打扮，她要欣然相信自己，经过她化腐朽为神奇，一定会打造出一个不一样的谢欣然。比起在脸上动刀子，化化妆倒是可以接受的。也许，说不准她真的可以化腐朽为神奇，能让自己脱胎换骨。然而，结果让人气馁。看了自己的杰作，夏斐内心崩溃，原来，有些人真不太适合化妆。化妆后的欣然异常陌生，像戴了一副假面具。夏斐把原因归结为欣然的两条粗眉毛上，可欣然对自己的两道粗眉就像守护城池的战士，寸土不让，她无能为力，只好偃旗息鼓。化妆失败，夏斐还不甘心，又在欣然的穿衣上动心思。在她看来，一个女孩子不穿裙子，同样匪夷所思。她把欣然领到商场，一家一家给欣然试合适的衣裙，跑了一下午，最后还是放弃了。穿在模特身上、穿在夏斐身上那么好看的裙子，穿在欣然身上便像是借来的，感觉总是怪怪的。最主要的是，从未穿过裙子的欣然，穿上裙子自己感觉异常别扭、不自在。至此，夏斐打造欣然的美丽计划最终以失败告终。

折腾了一通，夏斐有些灰心，但欣然倒也不怎么难过。她心里知道，这辈子她做不了夏斐，也做不了苏瑾，她只能做她自己——谢欣然，要和别人在穿衣打扮上争奇斗艳，她可能永远没有出头之日。父亲常说，干好主业。母亲也常说，干啥的把啥干好。上学时，他们常说，你的主要任务就是学习。

现在，他们说，你的主要任务就是干好工作。欣然心里清楚，她除了在自己的专业上寻找突破口，在别的方面没法和别人抗衡。然而，刚参加工作，没有时间的积累和经验的积淀，要在医术上显山露水谈何容易？她有这个心理准备，她知道这是一个漫长的过程，需要自己用一生孜孜以求，她做好了走一段，甚至很长一段藉藉无名的日子。就像她的母亲，年过四十才渐渐有了些名气。

夏斐和苏瑾没有这样的耐心，她们时时处处不甘居人后。她们没法和别人比，就和彼此比。欣然早早退出，她俩也没有把她纳入视线。在她俩眼中，欣然和她们根本不是一个重量级的。刚走上工作岗位，心里也未想好比什么，只好在夺人眼球上下功夫。毕竟是军人，不可能化浓妆，夏斐和苏瑾在化妆上不相上下，虽是淡妆，但都很精心，既不张扬，又显得明艳动人。按说作为军人，作为医护人员，工作日不是军装就是白大褂，很难在穿衣上争个你高我低。欣然不得不承认，在穿衣打扮方面，夏斐无疑是个天才。她利用领口那一点方寸之地大做文章，要么穿件鲜艳的高领内衣，要么系条鲜艳的丝巾，经她这么一点缀，效果果然不同。按说她如此打扮，与条令条例是不相符的，但毕竟是保障单位，又是刚分来的小女生，李队长不好说什么，只好睁一只眼闭一只眼。苏瑾走的是高端高雅的路线，她不屑于夏斐这样着红挂绿，觉得俗气。她不屑于也相当于放弃，她放弃了，谁与争锋？只剩下夏斐一枝独秀。因此，在这一轮较量中，夏斐略胜一筹。

到了年底，画风突变，两个人在工作上打起了擂台，连一向勤勤恳恳的欣然只能望其项背。

入冬以来，片雪未下，天气整日干冷干冷的，感冒咳嗽的人越来越多。年终岁尾工作繁忙，执勤兵力紧张，官兵没时间为感冒咳嗽这类小灾小病前来就诊，夏斐提议上门服务，主动到机关和基层去巡诊。这主意不错！边远中队车马劳顿不现实，但机关和驻城区中队完全可行。卫生队长背上医箱，当天就带着夏斐上机关一个办公室一个办公室巡诊，测体温、量血压、发药品……所到之处，深受欢迎。

就在夏斐热情高涨、意气风发、马不停蹄巡诊的时候，苏瑾也突然间变得炙手可热。因为苏瑾的到来，卫生队首次开设了心理门诊，但自从开设以来，始终乏人问津。苏瑾虽然高冷，但也是美女一枚，来部队没多久就被官兵起了个"冰美人"的外号。越是这样的人，越给大家一种神秘感；越是这样的人，越勾起人想要走近的欲望。要是苏瑾开的是其他门诊，相信一定门庭若市，可偏偏是心理门诊，谁都不想踏进去一步。进去了，那不是昭告别人自己心理有问题吗？在许多人的认知里，心理问题和精神病是画等号的。没想到随着老兵退伍，军械员、保密员等重要岗位人员重新选配，上级不仅要求对这类人员进行严格的政治审核，还要求进行心理测查。新兵入营后，上级又要求对所有新兵采取逐个过的方式进行心理复查一遍。苏瑾每天忙得热火朝天脚不沾地，她还趁热打铁，在区域网上开通了"依瑾心理热线"。其实，这件事她筹划了很久。她是聪明人，知道借势而为。在这一回合较量中，苏瑾以绝对优势完胜夏斐。

长年默默无闻的卫生队，一时间声名在外，被支队领导大会小会表扬。卫生队长七级多年，感觉晋级无望，没想到这两把火一烧，又看到了希望，心里乐滋滋的，两眼放光，工作积极性相较三个新同志不相上下。

在夏斐忙着送医问诊、苏瑾忙着为新兵搞心理测查的时候，欣然反倒清闲下来，和护士长被留在卫生队天天值班。和欣然处的时间越长，护士长越发打心眼里喜欢这个孩子——模样周周正正，打扮朴朴素素，性格稳稳当当。只是和另两个比起来，似乎少了分机灵劲，有时挺替她着急。有天没有别人，两个人聊天，护士长拐弯抹角地提醒欣然："关键时期，你也要学着好好表现表现，你看看那两个，向人家学着点。"护士长说的关键时期，欣然心里明白，上了几年军校，又是军人子女，哪能不了解。到了年底，自然是评功评奖的关键时期，何况队长早早放出话来，为调动年轻人的工作积极性，今年的立功受奖向年轻同志倾斜。别人闻风而动，她却不为所动。

总有一些人，平时不干评时干，欣然从内心其实挺排斥这种人的。护士长这么说，也是为她着想，不好回驳，只好笑着说："谢谢护士长关心，我努力。您也知道，有些人和事是学不来的，尤其像我这么笨。如果学不好，护士长您别失望啊。"她嘴上虽这么说，但依然不为所动，每天该干啥还干啥，有粉也不往脸上擦。没有办法，护士长只能在心里哀其不幸怒其不争。

工作上的建议欣然没听进去，护士长又开始关心她的个人问题。在护士长看来，欣然为人处世虽然傻乎乎的，没多少心眼，但并不妨碍她是个好女孩。因为单纯实在，反而让人容易产生怜惜之情，容易让人信赖。男怕干错行，女怕嫁错郎。在护士长看来，找个什么样的丈夫，对女人来说，无疑是第二次投胎。小丫头一个人在外，人又傻乎乎的，护士长觉得她有责任、有义务替欣然找一个好对象。其实，护士长心里很早就有个"好人选"，在欣然还未分来之前就有了。这小伙子是个名牌大学的国防生，曾在她老公手下干过，被老公吹得像朵花，如今在一个基层中队任中队长。护士长见过一面，小伙子仪表堂堂，人也很机灵。护士长的老公曾托她给小伙介绍个对象，但要求不论人品、长相、学历都要与之相匹配，也就是说，各方面条件必须过硬。听老公这么说，她当即怼了回去，你这是选皇妃吗？护士长嘴上虽然没有答应老公，但确实把此事放在了心里。护士长一直没有发现与之匹配的适龄女性，她把这事差不多快忘了的时候，单位分来了三个女干部。观察了一段时间后，她自己先一一否定了。说实话，这三个女孩子都不错，但距她老公的要求，尤其是和小伙儿相比较，似乎都有或多或少的差距。

护士长第一个否定的人是欣然。与另外两个相比，欣然在长相上并不占优势。处了一段日子，她又觉得另外两个，同样不尽如人意——苏瑾心思重，为人高傲；而夏斐呢，性格又太过张扬，来部队没多长时间，就被人起了个"花蝴蝶"的外号。既然要给别人介绍对象，就得对其负责，毕竟年轻人涉世不深，看人看事难免不够透彻。护士长觉得她毕竟年长一些，看人要全面一些，从她这里要先把好关。如果介绍的人不般配甚至三观不合，好事反而变成坏事，那就太不应该了。

很奇怪，第一眼看上去并不出彩的谢欣然，随着时间的推移，反而越来越觉得好看了。可能有的人耐看，经得起细细端详；有的人猛一看还不错，就像一些花里胡哨的文章，经不起推敲。欣然属于前者。欣然的美，不是那种大红大绿很容易夺人眼球的美，而是很自然、很淡雅的美。这种美很容易被忽略，需要时间、需要用心探究才能发觉。所谓美人在骨不在皮。真正的美，不是在皮相，而是浸透在骨子里。欣然不施粉黛，与化妆美女比起来，乍一看是有点逊色，但细细打量，你就会发现她五官周正，浓眉大眼，鼻子高挺，双目明亮，加之个头高挑挺拔，整个人透着股英气，虽不是传统意义上的美女，但有一种中性美。这样的女孩子，天生就是穿军装的料。一身戎装，英姿飒爽。这样的女子，军营里不是没有，但许多人不但外形中性，就连性格也男子化，大大咧咧，风风火火。欣然性格恰恰很文静，起到了很好的调和作用，刚柔相济，大气而不失温婉，帅气又不乏清丽。

在护士长看来，欣然就像一块未被雕琢的璞玉。发现这一切后，她便有了想把欣然和小伙子撮合在一起的想法。她甚至觉得这两个人是天作之合，完美佳偶。在值班没事的时候，护士长采取迂回战术，以一个过来的人口吻，循循善诱，向欣然灌输恋爱也讲究先下手强，婚姻是女人第二次投胎等恋爱婚姻指南。护士长每说什么，欣然似乎都很认同，点头不断，甚至脸上浮现出近乎崇拜的神情，看样子恨不能拿出笔记本，像参加理论学习似的，逐条逐句记下护士长的警言妙语。护士长顺水推舟把小伙推出来，从长相到能力到人品一顿猛夸，欣然也是听得如醉如痴，满脸神往的表情。火候正好，水到渠成，护士长才亮出真实意图，提出要把小伙儿介绍给欣然，让护士长始料不及的是，她这么多口水白费了，欣然连想没想就断然回绝了。

欣然说"不好意思护士长，我妈妈坚决反对我在驻地找对象"。这是事实，但这不是她回绝的全部理由。欣然看个乖乖女，其实内心很有主见，尤其像她这种刚走出校门的女生，对爱情抱有极大的幻想和期待，她期待自然相遇，期待电光石火般的浪漫邂逅。如果是人为安排，无论是谁，都会让她的这份期待大打折扣。她心里清楚护士长为自己好，也能感觉到护士长介绍的这个小伙儿确实不错。但她知道，这世上不错的人很多，但未必适合自己。在爱情中，没有了两情相悦，是很难产生化学反应的；没有了内心的契合，是抵不过岁月的风风雨雨。一路走来，许多的事情，包括学业、事业，一直有人插手，但爱情，她只想听从自己内心的安排。

欣然的断然拒绝，让护士长很是气馁，从此断了念头，不再提起。

三

随着年终评功评奖的结束，夏斐和苏瑾高涨的工作热情也慢慢回落。

今年卫生队工作亮点颇多，大家期待机关会多给几个立功受奖指标，不料和往年没什么变化，仍只一个嘉奖名额。仅一个名额，让李队长颇费踌躇。按说苏瑾的工作有创新有特色，但夏斐这段日子跟着巡诊送药，也很辛苦。据他观察，不论把这个嘉奖给谁，另一个心里肯定不服气。别看她俩平时没啊，但暗中较着劲，明眼人都看得出来。为不激化矛盾，李队长发扬我党我军的政治优势，召开支部大会进行民主表决。投票结果，欣然的票数反而遥遥领先。这一结果，也许大多数人想到了，唯独三个新同志没想到。欣然觉得自己坐收渔翁之利，内心非但没有喜悦，反而很是不安，她甚至找到李队长，希望把嘉奖让给别人。

"谢欣然同志，你当兵也不是一天两天了，这点常识不懂？这是组织的决定，你不想要就不要？你眼里还有没有组织纪律？"李队长连吼带吓一通批评，让欣然不敢再说什么，只好接受组织决定。其实，李队长内心的天平也是稍稍偏向欣然的。欣然是学临床的，是主干力量，而且他觉得这孩子走上工作岗位时间不长，却表现出很好的专业素养。他有心重点栽培。

嘉奖给了欣然，夏斐和苏瑾虽然有些失落，但也没说什么，只是三人之间的关系突然有些尴尬，尤其是欣然，不知如何面对夏斐和苏瑾，觉得自己把原本属于别人的荣誉用不正当的手段夺来了似的，心里充满了亏欠和内疚。下班后，她们不再一起换上便装，相约着去逛街或手挽手去散步，而是各忙各的。欣然更愿意回到办公室，看专业书或者看看小说，看累了再上上网。当然，卫生队也一样，上不了互联网，只能上部队的内网。

苏瑾的心理门诊很冷清，心理热线却很热。起初她很热心，后来由于新兵心理测试任务重，忙不过来，就拜托欣然帮她回复。欣然大学选修过心理学的课程，她自己看了看网上官兵的问题，也不全是心理方面的问题，即便是，也是些皮毛，自己完全可以应付，就应承下来。到后来，苏瑾似乎忘了这茬事，这条热线，就全靠欣然一人打理。

对于官兵的每一个问题，欣然都是很真诚地对待，有些问题看上去很无聊，可她一样认真对待，从不敷衍，从这些零零碎碎五花八门的问题中，她丝丝缕缕感受着她不熟悉的基层部队，也感同身受着基层官兵的艰辛和寂寞。她越来越觉得，她在网上所做的一切和她在诊室做的一样重要。由于她的热心坦诚，在网上赢得越来越多官兵的信赖，他们在网上叫她"知心姐姐"。她既喜欢听他们这么叫她，又害怕他们这么叫她。她害怕他们知道在网上告诉他们何去何从的自己，许多时候一样茫然不知所措。

"海子"就是通过心理热线走进欣然的生活的。在网上，大家都用网名，"海子"无疑也是个网名。欣然不知道，这个人是要以梦为马、做远方的忠诚儿子和物质的短暂情人；还是要做一个幸福的人，希望有一所房子，面朝大海，春暖花开？让欣然对他格外留意，不仅因为他叫"海子"，还因为他的问题较为专业。网上的问题和门诊大同小异，有的一看就是简单的头疼感冒，有的需要你反复诊断，甚至需要进行各项检查。网上有太多的问题，甚至连头疼感冒都不是，不过是因为无聊而已。而海子的第一个问题，就很专业很有深度，不是一两句话就能了事，需要反复探究。现在大多数人，心理都处在亚健康状态，可又不愿正视，尤其是许多基层带兵人，缺乏一定的专业知识，把官兵心理问题等同于思想问题，用思想工作代替心理工作，不能对症下药，致使因抑郁而导致的自杀问题时有发生。海子也是个基层带兵人，在这方面，他明显走在了前面，他很好地梳理了基层官兵容易出现的一些心理问题，经常与欣然在网上探讨。

基层主官大多是"两眼一睁，忙到熄灯"。工作日，海子大多是晚上九点后才能上网，起初欣然只是隔天才回复他的问题，后来发现这一规律后，她就守到晚上九点和他交流后，才顶着寒风，有时踏着积雪返回公寓。时间一长，他们交流的话题便越了边界，远远超出心理问题的范畴。海子不仅文笔优美，而且诙谐幽默，和他聊起来很轻松也很愉悦。在海子的建议下，他俩加了QQ，开启私聊模式。欣然发现自己变了，变得活跃多话。她不知道，生活中的寡言者和网上的话痨，哪一个才是真正的自己。许多个夜晚，他俩一聊就忘了时间。每当她深更半夜顶着风雪形单影只返回公寓，心里依然暖暖的，像揣着个小火炉。有这样一个敞开心扉的夜晚，她觉得一切都是值得的。

海子知识广博，改变了欣然对部队官兵的认知。在欣然的头脑中，部队官兵和体育生有点相似，四肢发达，头脑简单，可海子给她印象几乎是颠覆性的。就文学而言，欣然自诩读过几本书，可与海子比起来，简直让她汗颜。当海子如数家珍谈起意大利作家卡尔维诺和法国小说家阿尔贝·加缪，欣然对此二人全然不知。欣然喜欢日本作家村上春树，或者一些老派的诸如英国女作家简·奥斯汀和夏洛蒂·勃朗特等人的作品。和海子聊天，好像打开了一扇窗，让欣然看到了更加广阔的世界。

他们并不经常聊一些高大上的话题，有时也吐槽一些生活琐事。海子告诉欣然，现在最令他头疼的事莫过于个人问题。亲戚家人，包括部队的领导战友，都觉得他太挑剔。他说："生活中有许多事可以将就，可唯独这件事，怎么将就？挑剔难道有错吗？那可是一辈子呀！"他这么说的时候，配上夸张的表情包。欣然十分认同海子对待爱情婚姻的态度，她用一个表示高度赞同的表情包予以回复。

渐渐地，欣然觉得自己好像陷进去了，一天不和海子聊一聊，日子就像没盐的饭菜，失去了滋味。他们一直用文字聊天，从未使用过视频，欣然不知海子到底长什么样。不论坐诊还是走在大街上，脸上总是挂着淡淡的微笑。她想，遇到的人，也许有一个恰恰就是海子。她觉得，说不上什么时候，海子会突然出现在她面前。有人说爱笑的女孩，运气不会太差。欣然每天喜气迎人，人缘也越来越好。每天见到她的人，不论熟悉不熟悉的，都会对她产生莫名的好感。有天支队长就诊后问欣然："小姑娘，给我当儿媳妇好不好？"欣然听后又惊又羞，闹了个大红脸。这话真假难辨，不知如何回答。不料一些老的医护人员一听全都哄然大笑，唐护士长边笑边说："支队长，你这是要给自己的儿子说童养媳呀？"后来欣然才知道，支队长跟她开玩笑，他的儿子才上初中。

欣然时不时会无端地想起这个叫"海子"的人，想的时候，甚至会莫名地笑出声来。她想，这是不是就是传说中的"网恋"？但有一点可以确定，无论陷得多深，她和海子一样，不会就此真正去爱上谁？无论如何，这不是一件靠谱的事。她想，她或许是太寂寞了。所谓曲高和寡。海子也一样，他们都只是太孤寂了，生活中没几个真正懂你、能和你聊在一起的人。现在，他们只是神交，要真正达到灵与肉的契合，仅此是远远不够的。

四

元旦过后，人们开始早早地筹备新年，似乎连生病住院的人都少了。卫生队开始清闲下来，那些家在驻地的医生护士，瞧空开始早晚遛号，只有单身或家在外地的，虽然守在岗位，但也是人在曹营心在汉了。

海子突然不上线了，连着好几天，欣然一直守到深夜，他依然留言不回杳如黄鹤。世界好像一下子空了，连同心里也空得要命。从毕业以来，欣然每天忙忙碌碌地，甚至连季节的变换也没怎么关注，这时她才发现，德令哈真的已进入寒冬了，寒冷得要命，单调得要命，荒凉得要命，乏味得要命。

那个叫"海子"的究竟怎么了？是休假了还是有什么事？欣然百思不得其解。不会是生病了或者出什么意外了吧？有时她无端替他担忧起来。有时也会生出丝丝缕缕的怨气，无论如何，也该想办法告诉一声呀！看来，她把别人已当成至交，而她对别人来说，什么也不是。在海若住进来之前，这些问题一直纠缠着欣然，日子过得颇为纠结难熬。

海若住进卫生队的那天，德令哈下了场入冬以来前所未有的大雪，整个天地，鹅毛般的雪花纷纷扬扬，铺地盖地。这场大雪，欣然似乎期待了很久，许多日子空荡荡的心也好像一下子被填满了。洁白的雪花，很快粉饰了破败、凋敝，让整个世界变得晶莹剔透起来。

看到"海若"这个名字，欣然一下子想到了海子。她随即摇了摇头，失联半个多月了，音讯全无，她决定不再为一个虚拟世界的人牵肠挂肚。海若全名高海若，茫崖中队的中队长，夜里查哨，不小心一脚踩空，从哨楼上摔下来，造成左小腿骨折，被及时送到当地医院进行了手术，现转到卫生队，主要进行后期康复治疗。

海若，传说中的海神。一个小小的中队长，似乎来头不小，自他住进来，从机关领导到参谋干事助理员，来看望的人接连不断。队长、护士长更是亲力亲为，不要说夏斐，连一向高傲的苏瑾也赶过去凑热闹。究竟是何方神圣？朝圣的人这么多，莫不是什么真神？欣然也感到好奇，可她最终还是把自己按在凳子上，不为所动。她从小就这样，许多事情跟别人唱反调，母亲为此没少批她：你这孩子怎么就这么拧巴？一天过去了，两天过去了，夏斐和苏瑾往病房跑得越来越勤，出了病房，一改之前的嫌隙，凑在一起交头接耳。除了见陪床的小战士每天跑来跑去，欣然一直未见到真神。护士长看不下去，提醒欣然："你怎么这么沉得住气，也不去海若的病房看看。不是我说你，你这孩子真是缺根筋，永远在该表现的时候不表现。"欣然笑着和护士长说："你们这些大神们都上了，还用得着我一个实习医生去凑热闹？你又不是不知道，和会表现的人比表现我不是自亮其短吗？"护士长听她这么说，推了一下欣然的头笑着说，"你这丫头，不知道是真傻还是装傻？"

到了周末，早上查过房后，队长把欣然叫过去说："从今天起，你就是高海若的主治医生。你给我用心看好了看住了，看丢了拿你是问！"说着还和护士长相视一笑。看不好可以理解，一个大活人怎么会看丢？欣然不解其意，但心想，既然这么宝贝您老亲自看护好了。心里这么想，嘴上不好直接说出来，只说"队长，这么重的担子，我可挑不起，您还是让我干别的好了"。队长听后，依然一脸坏笑，拍了一下欣然的肩头，说了句"非你莫属"！没等欣然表态，丢了句"走了"，便把背影留给欣然，扬长而去。

平日夏斐和苏瑾很殷勤，但到了周末，如果不值班，她俩是无论如何要补觉的。磨蹭到上午十点，欣然才打算去海若的病房。不知为什么，欣然莫名有种抗拒，也许觉得那么多人上杆子套近乎，肯定是个有关系有背景之人。虽然入职时间不长，但她对这种人心里嗤之以鼻。她觉得这种人就是个疸。因为有他们，让正常的关系不正常，让合理的事情不合理，可他们不以为耻反以为荣，自以为是，自鸣得意，狐假虎威，趾高气扬。

病房门虚掩着，欣然抬手轻轻敲门。"请进！"里面的人说，声音很好听，听上去一点也不盛气凌人，甚至有种亲切和期盼。推开门，陪床不在，只有海若一个人，靠在床头看书，阳光正打进病房，通体透亮洁白。欣然愣住了，和她想象的一点也不一样。在她的想象中，这个房间一定是花团锦簇，水果补品遍地。因为夏斐、苏瑾隔三岔五就抱回一束花来，水果更是没断过。看来，他把这些东西转手送了人，病房里一样也没留着。

"你是谢医生吧？周末也不能休息，辛苦您了！"海若率先笑着打破沉默。脸上、牙齿上，阳光闪烁，声音真是好听，有种磁性。第一眼看到海若，就像看到早晨刺目的阳光，有些耀眼，欣然不由自主避开了眼神。"我是谢欣然！你的小陪床呢？"欣然边走近边问。"去上街了。"海若说。"怎么样，还疼吗，有哪里不舒服？"欣然走近，还是无法正视海若，低下头检查他的伤势，心跳加快。"还可以，已经不怎么疼了！"声音在耳边响，欣然继续细心查看。海若就像他身上洁净的条纹病号服一样，给欣然一种很洁净很清新的感觉，就连他腿上固定的石膏，也是干干净净的，不像许多病人，给人一种脏兮兮的感觉。这也许是夏斐的功劳，护理得不错。就在这一刹那，欣然之前对他心生的不满减轻少了大半。至少，他不像许多有关系之人，高高在上，颐指气使。

"你自己要多注意，先不要急着活动，有什么事按铃，随时叫我，我值班。"欣然依然低着头说。"好的，辛苦您！"海若客客气气地说道。欣然走出病房，有点像落荒而逃，觉得有双眼睛盯在背上，一路尾随。

坐回办公室，依然有种惊魂未定的感觉，心跳如鼓。一个人坐了许久，欣然才回想海若的样子，却一点也想不起来。只对他有一种感觉，觉得这个男人很硬朗，铁骨铮铮。他穿着三角开领的病号服，露出颀长的脖颈和锁骨，包括他的腿部，肌肉线条分明。欣然一直在等病房的呼叫，但铃声一直未能响起，只有从病房里带回来的一股气息，一直缭绕着，久久不散。

好像一扇久闭的门"吱呀"一声突然间被打开了。似乎就在那一瞬间，毫无防备，芽突然发了，花突然开了，鸟儿突然叫了，许许多多的东西汹涌而来，让欣然张皇失措。难道，这就是传说中的一见钟情？欣然一方面鄙视自己的浅薄，一方面又有点欣喜。为什么欣喜？她也说不上来，内心思绪复杂，双眼痴痴望着窗外。阳光正好，打在还未消融、不曾被践踏的雪地上，闪烁着七彩晶莹的光。

这个上午，夏斐和苏瑾破天荒没有补觉。夏斐冒着严寒，上街为海若去买据说对骨头愈合很有帮助的牦牛壮骨粉，苏瑾家在驻地，她回家让她妈妈熬了排骨冬瓜汤。看着夏斐和苏瑾比赛着对海若好，欣然知道基本没自己什么事了。作为主治医生，她每天还是会去几趟病房，不过是例行公事。海若的病房，成了欣然想去却又怕去的地方。不论多么想去，可不到非不得已，她能不去尽量不去。

时间一长，欣然才慢慢了解到，海若并非什么关系户，他不过是在机关工作过，人缘关系比较好罢了。白天的海若，是夏斐的，是苏瑾的，是来来往往看他的朋友的；只有到了晚上，欣然一个人躺在床上的时候，海若的样子就会浮现在眼前。这时候，海若才完完全全是她一个人的。

海若长着一张孩子气的脸，既硬朗又俊朗又明朗。欣然后来一直想，那天第一眼看到海若，那一屋子的阳光究竟是窗外的阳光照进来的，还是海若脸上散发出来的。你任何时候见到他，都是一脸的灿烂。每每看到他的脸，让人的心情也跟着明媚起来。

只有到了晚上，在黑暗中，欣然才会大起胆子，细心打量海若的脸。他有着一张类似欧美人的脸型，轮廓分明，像刀削过似的，很立体。眉峰突起，剑眉漆黑，眼神明亮，脸颊瘦削，鼻梁高挺，牙齿整齐而洁白。尤其是他的眼睫毛，那么长，长到连女人都嫉妒的地步。

欣然依然是清醒的，想到最后，她都理智地告诉自己，这样的男人，想想就好。然后拍拍自己的脸，强迫自己睡着。白天，她躲在人群中，若无其事，可到了晚上，一个人的时候，她无处可躲。海若依然会如约而至，在她眼前笑着露出他那口白牙，搅得她心神不宁。

为躲着海若，即便不值班，晚上欣然大多留在办公室，要么看书，要么上网回复大家提的问题，躲避海若无处不在的侵扰。不知为什么，她突然间变得多愁善感起来，心里好像装有太多的委屈，却无处倾诉。她告诉自己，不会再去关注一个把自己看作可有可无的人，可她还是无时不在留意着海子，期盼着海子，如果他在网上，也许可以缓解自己的烦闷忧愁。

白天也越来越难躲了，因为海若无处不在，不是在病房看到，就是在夏斐、苏瑾或别的什么人嘴上听到。尤其是夏斐和苏瑾，无时不在谈着海若，海若这海若那。她们谈就谈吧，还时不时把欣然扯进来，许多问题让欣然发表意见。

"欣然，你说海若他会不会喜欢我给他织的这条围巾？"

"欣然，你说我这么打扮，海若会喜欢吗？"

"海若喜欢不喜欢，我怎么知道？不是你们更熟悉更有发言权吗？"欣然有时生气，怼回去后，她们也不计较，转眼又接着问。她们不是真的要听欣然什么高见，只是心里被那个叫海若的占得满满的，不说出来会撑得难受。

欣然觉得她们两个也太小孩子气了，什么东西，都要一起争一争，争个你高我低。她不知道，夏斐和苏瑾这样起劲，是在相互较劲还是和自己一样，真的从心里喜欢上了海若。许多时候许多事情，她不屑和她俩去争，可唯独这件事，她没法很洒脱地做到不屑，却又无能为力。这场战争，谁会是最后的赢家，欣然不知道，但她知道肯定不是自己。她就像现在人爱说的那句话——已输在了起跑线上。自卑、自怜又不甘放弃却又无能为力。她一遍遍把简·爱对罗切斯特说的那段慷慨陈词的话背给自己："我的心灵跟你一样丰富，我的心胸跟你一样充实！要是上帝赐予我一点姿色和充足的财富，我会使你同我现在一样难分难舍！我不是根据习俗、常规，甚至也不是血肉之躯同你说话，而是我的灵魂同你的灵魂在对话，就仿佛我们两个人穿过坟墓，站在上帝脚下，彼此平等——本来就如此！"起初背到这句话，她也立马能信心百倍、充满斗志，可想到要和夏斐、苏瑾那样围上去展开攻势，转瞬就会像泄了气的皮球，斗志全无。

海若住进来之后，夏斐和苏瑾都像变了个人似的。苏瑾不再高冷，每天笑意盈盈；而夏斐也似乎稳重了不少，内敛了不少，不再那么张扬。海若是个很容易让人走近的人，但走近与走近是不一样的，欣然不无醋意地发现，相比她，海若与夏斐和苏瑾要近得多。他和夏斐、苏瑾两个人谁究竟更近一些，许多时候欣然觉得是苏瑾，但有时候又不敢肯定。也许，夏斐和苏瑾就像红玫瑰和白玫瑰，让海若犹豫不决，不好抉择。

五

春节快到了，卫生队决定让三位新加入的女干部优先休假。春节期间，谁都想休假，夏斐和苏瑾很快打了休假报告，欣然反倒有些犹豫。

许多人喜欢海若不是没有理由的，他知识渊博，谈吐幽默，聊起天来，有着很强的感染力和艺术性。接触久了，欣然也慢慢少了一些拘束，下班后与夏斐和苏瑾一起，听海若侃大山。有时候欣然有些恍惚，觉得海若和那个叫"海子"的网友很相似。海若喜欢看书，有好多次，她看到他正在读一本叫《树上的男爵》的小说，这本书的作者是意大利文学家伊塔洛·卡尔维诺，这部小说是《我们的祖先》三部曲之一。海子也对这本书很推崇，在他的推荐下，欣然也买了一套，正在阅读。读惯了《傲慢与偏见》那种类型的小说，读这样的小说，对欣然来说有点吃力，加之这段日子心绪不宁，她总是读不进去，断断续续才读了不到三十页，而且是读了前忘了后。

欣然想，如果夏斐和苏瑾不休假，那她会毫不犹豫地选择休假。这段日子，她前所未有地想爸爸、想妈妈。妈妈也不止一次电话中问她，过年能不能争取请上探亲假？爸爸说得委婉，说你刚参加工作，听从组织安排。但她知道，爸爸和妈妈一样，无时无刻不盼着她回家。

欣然没想到，夏斐和苏瑾这么快决定了。欣然觉得她们三个人突然一走，这大过年的，海若在病房一个人一定会觉得冷清。虽然他的朋友很多，但像她们三个上班下班把大部分时间放在病房里的人，其实不会太多。何况要过年了，有时间大家都会选择尽量去陪陪家人。想到这里，欣然决定延迟休假。

欣然在电话中告诉爹妈，她是主治医生，病人出不了院，她怎么好意思休假。在电话中，欣然看不到他们是否失落，但听声音好像很开心。他们真是喜忧参半，刚走出校门不久的女儿，还是实习期的女儿，都已是主治医生了，而且女儿这么有担当，他们心里还是充满了骄傲和自豪。

苏瑾的家在驻地，虽说休假了，她几乎每天都会来趟卫生队，变着花样给海若送吃的。夏斐家在外地，走了就真的走了。她和海若是否有电话联系，欣然不得而知。夏斐那么上心海若，可她为什么会选择休假呢？是她也看出了海若的心思，还是想分开来引起海若的念想？欣然不得而知，但她知道，像夏斐那样聪明的人，绝不会轻易放弃。

苏瑾虽说差不多每天来趟卫生队，但陪伴海若的时间毕竟少了。没有了苏瑾和夏斐，欣然不好意思有事没事去海若病房了。海若的伤恢复得不错。欣然不去，海若每天腋下架根拐杖，"咣、咣、咣"地时不时来到欣然的办公室。"还没有好利索，别到处乱跑！"一听到声音，欣然惊得跳起来，跑出去看到海若边批评边把他送回病房。"没有人陪，一个人在病房好无聊啊！"海若可怜兮兮地说道，像个受了委屈的孩子。石膏拆掉后，他就把陪床打发回了中队。他说新兵还没下连，执勤兵力很紧张，他现在一个人完全可以。

即便每次连批带劝，可时间一长，海若还是会跑出来溜达。为了海若，欣然应该多去陪陪他，可她还是不习惯和海若单独相处一室，心里也怕人说闲话，尤其是怕苏瑾撞上误会。在苏瑾看来，现在海若非她莫属，许多次话里话外敲打欣然，欣然听得明明白白。

海若像个淘气的孩子，欣然实在没办法，想着没必要大惊小怪，走走也许对他的康复更有好处，一个人闷在病房里也确实怪可怜的。只好一再嘱咐他，要他一定小心，千万不敢大意。得到豁免权，海若开心极了，头点得像捣蒜，让谢医生放一百个心，他用党性保证，他一定会小心再小心。他这股滑稽劲，把欣然也不由逗乐了。

网上断断续续又有了海子的留言，只是阴差阳错，一直没怎么碰到一起。海子解释说这段日子突然有事，并就未能及时告知向欣然表达深深的歉意。海子具体没说什么事，但看到解释，欣然释然了，只是她再也没有过去那种和他深聊的兴致。有些事情一旦错过了，就很难再回到当初的状态。她现在对海子和网上咨询问诊的每一个人没什么区别。

除夕上午，欣然早早去超市采购了一堆东西，想着晚上和海若共度除夕，陪他观看春节晚会。头一天，机关专门来人，在他的病房里安装了电视。

晚上，等欣然来到海若病房的时候，他的房间已一片欢腾——苏瑾来了，他的许多朋友也拖家带口地来了。欣然加入进来，但隐隐觉得这欢腾里夹杂着不一样的东西。虽说是来看海若的，但每个人似乎都有些心不在焉——打电话接电话的，看微信发短信的，也有视频聊天拜年的，每个人都很忙。苏瑾也在拨拉手机，欣然来了也没理，脸上毫无过年的喜庆，又回到了过去的冷若冰霜。

苏瑾有理由生气。除夕之夜，全家团聚，她带一堆东西专程赶来，不料一进门正赶上海若和夏斐视频，她来了也未能及时挂断，对她扬扬手两个人继续亲亲热热地聊，把她冷在一旁，你说她能不生气吗？何况这个人是夏斐。

有的人来了，放下东西，道声"新年快乐"便急匆匆走了，有些家在外地的单身干部来了便坐下来瞎侃，没有要走意思。病房里人来人往，很是热闹。这种热闹，是欣然不喜欢的，何况空气中还多多少少夹杂着火药味，坐了一会儿她便悄悄溜了出来。无处可去，她就又钻进办公室里看书，看不进去，她打开电脑上网。看来除了自己，大家都过年去了，心理咨询热线成了"冷线"，一个人也没有。

欣然起身，走到窗前，看远处的楼房那一扇扇亮着灯光的窗户，夜空中突然有烟花绽放，耳边响起周杰伦的歌《烟花易冷》：

梦偏冷辗转一生情债又几本

如你默认生死枯等

枯等一圈又一圈的年轮

……

莫名地伤感起来，泪水突然汹涌而出。这一刻，她非常想家，非常想老爸老妈。千里之外，父母长了眼睛似的，手机铃声响了，不用看，除了老爸老妈，不会再有别人。

电话中，妈妈听出欣然声音的异样，关切地问："欣欣，你是不是感冒了，怎么声音听上去怪怪的？"欣然再三否认后，她才放心。离开部队时间不长，父亲又自谋了一份职业，平日很忙，母亲一直是大忙人，一家三口难得清闲，这个晚上，他们谁也舍不得放下电话，他们在电话中聊了很久，挂断手机，已是晚上十点。

欣然坐在电脑前，准备关机回公寓，这时 QQ 响了，是海子。

欣然点开，两个字，"在吗？"苏瑾给自己的心理咨询热线取名为"依瑾热线"，欣然直接挪用，自己区域网上的 QQ 昵称也叫"依瑾"。海子聊天时，有时称"依瑾"，有时也跟着调侃，叫"知心姐姐"，有时叫"苏医生"，可这次他什么也没叫，单刀直入。

"在。"欣然回。

"新年快乐！给您拜年！"并附有作揖的图标。欣然复制，然后粘贴回复过去。

"过年了，您没休息吗？"

"值班。正准备关机回公寓。"虽然很久没碰到了，欣然还是没有想聊的意愿。

"是的，不早了，您早点回吧！再祝新年快乐！"

"新年快乐！"欣然回复，看到"拜拜"的图标，她再未回，直接关机。

欣然换上羽绒服，关灯，出来锁门的时候，就听到楼道内传来"咣咣"的声响。她锁上门，站定，等海若。海若架着拐杖，穿军大衣，戴军暖帽，一瘸一拐朝她走来。

"这大半夜的，你穿戴这么严实，干什么去？他们人都走了吗？"欣然奇怪地问道。

"早走了。我送你！"海若说。

"你送我？"欣然不由笑出声来，"就你这样，还送我？"海若笃定地回答，"我送你。"看来他是当真了。欣然不得不停下来一板一眼地对他说："这深更半夜天黑路滑的，你送我，要是再有个闪失，我能担当得起？我一个健全人，要你一个病号送，你快得了，别再惹事了，乖乖地回去睡觉。"说完，她掉头往外走，海若"咣咣"地跟在后面，这会儿欣然真急了，她说，"你再不回去，在这里胡闹，我可真生气了"。见欣然变脸，海若只好让步，"那我送你到门口"。没办法，欣然也只好让步，两个人慢慢腾腾一起走到卫生队门口。欣然站定，再次劝道："现在你可以回去了。"海若想说什么，欲言又止，最终只是说"你去吧，我站在这里看你"。

欣然独自离开，走远了，回头，海若依然站在楼门口，朝她挥手。这一刻，欣然心里暖暖的，一晚上所有的委屈，顷刻间烟消云散。

<h1 style="text-align:center">六</h1>

刚过完春节，夏斐就提前归队了，过了两天，苏瑾也上班了，日子又回到年初，三人上班下班，没事就去海若的病房，听他瞎侃。

海若的状况越来越好，他每天不仅到楼内溜达，去器械室做康复锻炼，还会悄悄到室外转悠，队长不放心，吩咐欣然她们三个轮流陪着。海若每次来到室外，架着拐杖，伸开双臂，张开鼻翼，深长呼吸，做仰天陶醉状。

陪海若做康复锻炼乃至外面溜达，很少轮上欣然，几乎被夏斐和苏瑾轮番霸着。偶尔碰上她俩都有事，才会轮上欣然。一出卫生队，海若就像一只放出笼子的猴子，淘气到不行，一溜就是一上午或一下午，撒泼耍赖不想回来，而且故意出各种状况，假装摔倒等各种小伎俩，要欣然扶他。他把欣然当拐杖，故意把自己的重量放在欣然肩上，看欣然累得气喘吁吁，他自己乐不可支。欣然假装生气，说"你怎么沉得跟死猪一样"？这话戳到了海若的痛处，他把自己的躯体从欣然肩头挪开，站定，一本正经地问："谢医生，我现在是不是很胖？"欣然抬头认真端详——不得不认，海若与初来相比，的确胖了，脸变圆润了，棱角不再分明，肤色也由小麦色变白晰了，但剑眉星目，依然俊朗。两眼相对，欣然不由红了脸，嘴里不忘再补一刀，"是呀，你现在快胖成猪了。"

海若一听，作势要打，欣然早有准备，刚一步蹿了出去，就听到海若在身后"哎哟"一声大叫。"怎么了，怎么了？"虽然明知道海若在骗她，可欣然每次都很紧张。计谋得逞，看到欣然一脸紧张的样子，海若很开心，就越发喜欢捉弄欣然，百试不爽，海若没见过比欣然更傻的傻丫头。

在没人的时候，海若喜欢叫欣然"傻丫头"，欣然也不示弱，一口一个"猪""胖猪""大胖猪"予以回击。欣然虽然嘴里不依不饶和海若打嘴仗，但心里却是愉悦的。

欣然没心没肺，一口一个"猪"，海若听着听着就无端自卑起来，扳着欣然的肩膀问："傻丫头,我现在是不是真的很胖,真的面目可憎?"欣然故意气他,拼命点头。海若气馁,垂下双臂,叹气道:"你说这一天吃了睡睡了吃的,能不胖吗?我真恨不得现在就跑起来。"

看他认真了,欣然赶紧安慰:"你胖是胖了点,但不面目可憎。"海若依然一脸忧愁地说,"你就别安慰我了,如果不面目可憎,那有些人为什么还躲着我。"

"躲着你?"欣然听后不由笑出声来,说"还躲着你,你都到快成香饽饽了。别一天得了便宜卖乖,为能陪你,有人争得头破血流"?

"你争了吗?"

"我为什么要争?"

"你看,你还是嫌弃吗?"

欣然再懒得理他,主动把肩膀送上去,命令道:"时间不早了,回!"

海若越来越利索,虽然还不能奔跑,但也可以不用拄拐杖了。欣然既为他高兴,又隐隐有些伤心。她知道,距海若出院的日子为期不远了。

不料刚过了一周,海若出院,而且是主动要求的。这一点出乎三个年轻女干部的预料。在她们看来,大家处得很愉快,相比基层中队的辛苦,海若应该很留恋这里。即便不像许多泡病号的兵那样想方设法赖着不走,最起码要等到完全康复,不料还没好利索,就主动申请出院,这在她们看来,海若这家伙不仅无情,简直是冷血是绝情。

海若出院那天,许多人赶来送他。近两个月时间,海若和卫生队的同志处得很愉快,像家人一样,这突然要走,都有些舍不得。夏斐毫不顾忌,哭得梨花带雨;苏瑾也忘了平日的高冷矜持,抽抽噎噎,涕泪横流。欣然挤不上去,内心空荡荡的,也远远躲在人群后面相送。

脱去病号服,穿上军装的海若越发英气逼人。他一改往日嘻嘻哈哈的样子,微笑着给每个前来送行的人敬礼、拥抱,并送上自己真诚的感谢和邀请,希望能去茫崖中队检查指导工作。

轮到欣然,海若一样认真地给她敬礼、拥抱。他没说感谢也没有邀请,只在她耳边小声说:"我就是海子。"然后松开,转身上车。

车启动了,所有的人拥上去,挥手告别。欣然待在原地,脑子一片空白。

送行的人逐渐散去，欣然她们还留在原地。看夏斐和苏瑾还在抹泪，欣然便不再去想耳边的那个声音，上去劝她俩回去。

海若走了，夏斐和苏瑾两个人眼睛有些肿，便借口头疼请了假，可她俩回到公寓还是哭，哭了许久。欣然不清楚，她俩为什么会哭得那么伤心，仅仅是因为分别，还是因为别的。

海若回到中队后来了电话，报了平安。他把没对欣然说的话用短信发给欣然——"我在茫崖等你！"

欣然没回。她不知道怎么回。她觉得自己就像那个好龙的叶公。丝丝缕缕，海若的心意显现，心心念念的事到了眼前，欣然却无法面对。这时她才发现，许多事，她并没有完全想好，甚至没有一点准备。对海若，她一样知之甚少。

不知如何面对，只好选择逃避。每天既心乱如麻，又感觉空空荡荡。欣然怕别人看出自己失魂落魄的样子，打了休假报告。

休假报告一批下来，欣然就踏上了返乡的列车。久别回家，老爸老妈自然欣喜万分，欣然也很高兴，把心里那些烦心事，暂时搁到了脑后。

这次回来，欣然发现老爸老妈好像一下子老了。他们的一根根白发，有多少是因为想念自己，想到这里，她的心不由得痛了起来，对父母自然言听计从。毕业参加工作，现在对父母来说，最记挂的，莫过于自己的婚事。当他们拐弯抹角得知女儿还没有交往的人，母亲很是开心，立即安排欣然相亲。相亲对象两个，都是母亲单位的医生，是经过母亲筛选了又筛选的，自然不会太差。

欣然不喜欢相亲这种老土的方式，也还没做好开启这样一种于她来说全新的生活模式的准备，但半年多的工作历练，让她圆滑了。不论多么反感，她都不能驳了母亲的美意，见一面又不会死人。母亲让她见，她就见了，而且装作很愉快的样子，听凭母亲为她穿衣打扮，让母亲很是欣喜。

见了后才知道，母亲为自己精挑细选的人，的确不错，温文尔雅，形象气质俱佳，至于医术，想必不会太差。其中一个已有了交往的人，但碍于母亲的权威，一直没敢告诉她真相，偷偷搞地下恋情。但他对欣然倒是很坦诚，见面后对欣然如实坦白。他说参加工作，就在欣然母亲的科室。欣然的母亲对他很是照顾，了解了他的情况后，告诉他等她女儿毕业了，介绍他俩认识。他明白欣然母亲的意思，那时候的确没有对象，就答应了，没想到后来遇到了令他心动的人。他说，感情这东西，有时候身不由己。欣然表示理解，听他这么说，自己也如释重负，并表示她知道怎么做，让他放心。他说，即便不安排这次相亲，他也想请欣然吃顿饭，认识认识欣然，想见见这个让母亲时常挂在嘴边赞不绝口的女儿，究竟是什么样子的。听他这么说，欣然不由得红了脸。她说，不好意思，让你失望了。他说，没有，你真的很好，远远配得上你妈妈的赞美。因为没有相亲的压力，两个人聊得倒也愉快。男方说很高兴认识欣然，并答应有机会介绍欣然和自己的女朋友认识。他相信她俩会成为很好的朋友。

另一个倒是对欣然百分之百的满意，但欣然不愿意，倒不是男方条件不好，他同样很优秀，只是欣然心里暂时还腾不出位置。欣然也对男孩如实相告，自己有了交往的人。之所以还要相见，完全是为了自己的母亲。她说她在外地当兵，一年难得回来，她不想惹母亲不高兴。母亲不想让她在驻地找对象，她引用另一个相亲对象的话说，感情有时让人身不由己。她说，"我想了好久，在感情上，我还是想听从自己的内心。"她一再向男孩表示歉意，男孩说"这没什么，只是错过像欣然这样优秀的女孩，真的很遗憾。"他反问欣然，"你们确定关系了吗？你和你心仪的人。"欣然摇头。他是个很通情达理的人，她不想欺骗他。看欣然摇头，男孩脸上掠过一丝欣喜，他脱口而出："我可以等。"欣然心惊，也有些感动，她说："你真没必要，像你这样的人，一定会有很多女孩喜欢，你会找到中意的人。"他说，这世上人真的很多，但真正遇到一个让你怦然心动的，不多。好像真是这样。走过千山万水，穿过人潮人海，唯有那个人，令她怦然心动。海若的样子，一下地跳在了欣然眼前。看欣然若有所思，男孩红着脸说，我愿意，只是，你们真确定了关系，记得第一时间告诉我。欣然点头。然后，跳过这一话题，开始聊别的，倒也不怎么尴尬。他们聊了许久，还加了微信。欣然想，如果没遇见海若，也许她会答应他试着和他交往。

母亲精挑细选的两个人选，欣然一个没看中，母亲倒也没生气，她这么优秀的女儿，眼光高一点倒也可以理解。她反过来安慰女儿，她说："不要紧，妈给你再找，一定能找到你喜欢的。"

人生，一个阶段有一个阶段的主要任务。现在看来，毕业了，工作了，婚恋，便是这一个阶段不得不面对的课题。归队前，欣然和父母进行了一次长谈。那天晚上，欣然在饭店定了位子，给父母和自己倒上红酒。欣然举杯，首先感谢父母对自己养育之恩。她如实相告，母亲为自己挑选的两位备选对象，真的很优秀，她能从中感受到母亲对自己的关心和爱护。她之所以没有盲目答应，是因为她还没有想清楚，她到底要过什么样的生活，要和什么样的人交往。她反问父母，幸福婚姻的核心是什么？父母争论了好久，最后达成共识，两情相悦最重要。学历长相重要吗？重要。物质基础重要吗？重要。人品本性呢，同样重要。但最重要的，是登对，是和你匹配。父亲说："这不容易，有时还得看缘分。有的人，可能刚开始接触，觉得什么都好，时间一长，就会露出马脚；有的人，刚接触也没什么，但时间久了，你就会慢慢感觉他的好来。这是门大学问。但归根到底，你自己才是最主要的。你是什么样的人，大多会找什么样的对象。对象对象，就是找自己对路和自己相像的人。但不是所有的人都能这么幸运。有些夫妻，因不了解而结合，因了解而分手；有些夫妻，凑合了一辈子；有些夫妻，折磨了一辈子。现实中的婚姻，琴瑟和谐的不多，大多一地鸡毛。当然，也并不是找对了人就一了百了，幸福和谐？那还是要看你自己，你自己经营婚姻的能力，你的宽容度。家里，的确不是个讲理的地方。前提，还得有爱。我觉得，婚姻不是爱情的坟墓；没有爱情，婚姻才是坟墓。爸爸只能告诉你这么多，许多事，还得你自己体悟。因为每个人走的路都不尽相同，经历的人和事完全不同。"

父亲说完，一家三口沉默了好久，欣然才问，"老爸，这是不是很可怕？"父亲笑着摸了摸欣然的头，充满爱怜地说道，"有什么好怕的，归根到底，恋爱，终归是人生最幸福的一件事。我只是希望女儿能睁大眼睛，真正找到属于自己的幸福。我相信我的女儿有这个能力。"

看来，父母在自己恋爱婚姻方面似乎比想象的还要开明。欣然再次举起酒杯说，"老爸、老妈，我知道你们现在非常关心我的婚事，如果有可能，在这件事上，我想听从我自己的内心。别有太多条件限制，我只想找一个我喜欢也喜欢我的人，可以吗？"

老爸同意。父亲听完后，爽快碰杯，并一饮而尽，可母亲急眼了："你别尽听你爸的，婚姻光有爱是远远不够的。许多不幸的婚姻，并不是没找到相爱的人，是现实，让许多相爱的人相爱相杀，让许多相爱的人反目成仇。人不是常说，贫贱夫妻百事哀吗？这话不是没有道理的。在婚姻上，你还是要听父母的，毕竟我们是过来人，比你有经验。最少，你得让我们把把关，不能自己完全做主就决定了，好不好？"

在欣然看来，母亲这也是让步了，便点头同意，并告诉母亲，让她放心，无论如何，父母的晚年，她一定会寸步不离地陪在他们身边。

这次欣然回来，两个人明显感到女儿长大了，听她这么说，更是欣慰，一家人相互碰杯敬酒，其乐融融。

七

在欣然回家的这段日子，海若心情一天也没有平静过。

因为是单身干部，住院之前，卫生队来了三个女干部的消息，插上翅膀，早早地飞到了茫崖。许多人很热心，好像三个女干部是专为他来的，解决他个人的问题也似乎指日可待。

起初海若并未在意，这个世界，除了男人就是女人。解决婚恋问题，不是有个女人就行，他见过的适龄女孩也不少了，可问题是很难碰到合自己心意的。可自己的心意很难捉摸，既没有公式可寻，也没有标准可套。有时候他胡思乱想，觉得自己是不是哪里有问题？他的人缘很好，似乎和谁相处都没有问题，但要真正走进他的内心，似乎很难，尤其和谁建立相伴一生的情侣关系，更是难上加难。来到偏远的茫崖中队任职后，见个适龄的女孩都不容易，婚恋的事，只剩下父母剃头挑子一头热。

卫生队来了三个女干部，许多热心的领导战友给他通风报信，告诉他这三个女干部条件都很好，希望他不要错失良机，卫生队的唐宁雅护士——他叫她嫂子，是支队作训股股长的家属，他曾在其手下当过参谋，更是近水楼台先得月，经过考察，说有个女孩很不错，问他愿不愿意。没想到他愿意了，可女孩子的回复是——她母亲不准她在驻地谈恋爱，算是被婉拒了。

后来，通过心理咨询热线，他和心理医生苏瑾建立了联系——当时他确实以为和他在网上交流的人就是苏瑾。虽然没见过人，但全支队的官兵差不多都知道，负责心理咨询的，就是新分来的女干部心理医生苏瑾。听到的消息都说此人高冷，但海若通过交流发现与传闻截然不同。也许，她是个外冷内热的人。她给他的感觉很好，让他也渐渐暗生情愫。

没想到，一场意外，让他真正走近了她们。

因为有之前的交流，海若初到卫生队，心里感觉最亲近的莫过于苏瑾。苏瑾对他也很有好感，但交往越久，他越觉得疏离和隔膜。他试探过好多次，发现这个苏瑾压根就不是网上的那个"苏瑾"。那个"苏瑾"会是谁？当然，她网上不叫苏瑾，叫"依瑾"，但先入为主，他认定依瑾就是苏瑾，不料一接触才发现，反差很大。不是苏瑾，海若猜想可能是夏斐，夏斐人很热情，有相似之处。起初，见他躲躲闪闪的欣然完全没有进入他的视线。欣然不是那种光彩夺目的女子，很难第一时间引起人的关注。可一再试探，夏斐与网上的人依然有出入。不是苏瑾，不是夏斐，海若便没了寻找的动力。他想，试着交往看吧，说不准在她俩之间会找到真爱。瞎子都能看出来，这两个人确实同时爱上了自己。他呢，依然模棱两可。

护士长曾对他极力推荐的那个人是谁？来了后他不免好奇。他想问问护士长，可在病房要想单独见到她，实在是没有机会，直到他好些后，股长用车把他接到家里，请他吃饭，他才有机会问到这个纠缠了他很久的问题。他说，"嫂子，能不能透露透露，您想给我介绍的人，到底是哪一个？"护士长说，"人家又不打算在这里谈，你问她干什么？"他说，"我只是好奇。"护士长先不愿意，但禁不住他的软磨硬泡，最后告诉他，"是谢医生，谢欣然"。当他得知是谢欣然，那个整天戴个口罩、把脸遮得只剩一对大眼睛的大个子时，嘴上没说什么，心里却不由自主地叹道，落差有点大呀！

起初，海若的目光和心思差不多全在苏瑾和夏斐身上，后来渐渐熟了，下班没事的时候，欣然也会跟着苏瑾和夏斐来病房大家一起聊天。即便来了，欣然依然是那个话最少的人，不像夏斐，时时想引人关注；也不像苏瑾，处处要拔得头筹。连海若自己也不清楚，自己是什么时候不知不觉全面沦陷的。有一天他发现，三个女干部走后，自己一个人待在病房，满脑子全是欣然笑意盈盈的脸庞。温润如玉。他觉得用这四个字形容欣然，最确切不过了。不施粉黛的欣然，有种朴素的美、天然的美，她就像块玉石，虽不及钻石那样光彩夺目，但却温和滋润，熨帖心灵。其实，生活中，太光芒四射的女子就像锋芒毕露的匕首，夏日的骄阳，你若不躲，有可能会伤着自己。

欣然给海若的感觉，不论模样还是精神，都给人一种很干净、很清新、很清澈的感觉，就像没有被油污的玻璃器皿，透透亮亮的。欣然很单纯，有时傻乎乎的，毫无心机。如今这个时代，还有这样清澈见底的女子，海若像遇见宝似的，但他又不敢轻举妄动，人生第一次，他有了自卑的感觉。

那个"依瑾"会不会就是她？有天夜里，当那双清澈的眼睛在他眼前扑闪时，他突然想到，网上那个和自己神交已久的女子，莫非就是欣然。想到这点，他激动得差点蹦起来。要不是腿还未康复，他真的会蹦起来。他等不住，想连夜查明真相，可苦于无处可查。第二天，他要了一个医生办公室的钥匙，告明他有时间想上上网，了解了解中队的情况，当然，这是实情，也是假公济私的借口。

经过一段时间网上"钓鱼"和实地观察，在大年夜，他终于确定，网上和自己交流的人，非欣然莫属。那一刻，他欣喜若狂，差点把心里的爱恋表达出来，可临了还是未能吐出片言只语。他已视她为珍宝，他用心守护着这份感情，小心翼翼，像呵护一件精美的瓷器。他不敢轻举妄动，生怕由于自己的莽撞吓着欣然，更怕稍有不慎，失去这份感情。

然而，错过了那一夜，再没有找到真正合适的表达时机。但无论如何，他是不会放弃的，他在等合适的时机。回到中队后，他第一时间给欣然发了短信，虽未明言，但他相信，像欣然那么冰雪聪明，她一定懂的。短信发出后，泥牛入海，未收到欣然的片言只语。他想，欣然一定还没想好。他愿给她时间，不论多久，他都愿意等。

八

欣然归队后，发现大家喜气洋洋，尤其是队长脸上，更是流光溢彩。原来，卫生队不但被总队表彰为"为兵服务先进单位"，而且队长的六级也批了。

队长心里清楚，这次能顺利晋升六级，去年的巡诊和心理工作加分不少。现在终于如愿以偿，工作更应该积极主动。他想了很久，决定组织一次送医下基层活动，每个中队，包括单独执勤点全覆盖。由他带欣然她们三个新同志，一是她们没有家室拖累，可以说走就走；二是看病的、打针的、心理疏导的全有了。别看是三个新同志，但都有些真本事。请示呈上去后，同样得到支队领导的表扬，被赞为"为兵服务的具体举措"，派专车保障，并拨出一笔经费，用于购买药品。

一周后，万事俱备，准时出发。一出支队大院，三个女孩子像放出笼的小鸟，快乐得几乎要飞起来，一路又说又唱，连一向不苟言笑的队长也是合不拢嘴。天峻、关角隧道、乌兰、赛什克、格尔木、大柴旦……他们走了一个又一个中队和单独执勤点后，女孩子的笑声逐渐减少，嘴里多了基层官兵的话题，心里多了对他们的理解和尊重。同为当兵，与基层官兵相比，他们的生活太舒适了。尤其是关角隧道单独执勤点，远离人烟，还未走近，女孩就流泪了，觉得他们太不容易了，告别的时候，更是哭得稀里哗啦。她们真希望能多陪他们一天，他们的到来给战士们带来的激动和欣喜，他们离开时他们眼里那深深的不舍，就像刻在了心上。她们甚至央求队长，能不能让她们多停留一段时间，哪怕一天，她们想再帮他们干点事，洗洗衣服被子也行。队长说一年三百六十五天，你能陪几天？一句话断了她们的念想。

她们一点一滴的变化队长看在眼里，越来越欣慰，也越来越得意自己的英明决策。对三个女孩来说，此行的确是一趟精神洗礼之旅，对为兵服务有了更深刻的理解和认识；让她们有机会走近基层官兵，真正见识了他们的平凡和伟大，艰辛与奉献，对新时代最可爱的人有了情感上的认同，拉近了彼此的距离；也改变了她们自视甚高的优越感，让她们真正认识到，这些默默无闻的基层官兵才是值得所有人尊敬和爱戴的人。有人说，生活，是最好的教科书，这话一点不假。她们一点点蜕变着，身上的娇气傲气孩子气逐渐减少，也越来越有军人的样子。每到一个中队，都能很快融入战士中间，抢着帮他们洗衣做饭，虽然许多时候是虚张声势，因为她们真的很难从战士手中抢来什么活，甚至有的时候是帮倒忙，但她们的举动，让基层官兵对她们刮目相看，都觉得这三个女干部不仅人美，心灵更美。

一路走来，三个女孩子之间的关系也越来越融洽，相互敞开心扉，之间少了疙疙瘩瘩。要去茫崖了，三人都不同程度地期待和紧张起来，类似近乡情怯的感觉。那里，不是故乡；那里，有一个她们曾经共同爱过也还在爱的人。相对于欣然，苏瑾和夏斐爱过别人也被别人爱过，但像这次全身心投入爱一个人，绝无仅有。虽然这份爱是单向度的，但也无怨无悔，没有爱的青春，该是多么荒芜？

海若爱的人，究竟是谁？苏瑾、夏斐相互猜测。海若明确告诉她俩，他心里有人了，但这个人是谁？她俩都想到了对方，但谁也没有向谁问起，这关乎颜面。然而，这一路行行走走，渐渐近乎相濡以沫，开始谈心交心，在要去茫崖之前，夏斐率先打趣苏瑾："要见你的那个了，是不是很激动很紧张？"苏瑾听夏斐这么说，不由有些生气，她说："是你的那个吧，是你很激动很紧张吧？"听苏瑾这么说，夏斐迷惑了。是苏瑾害羞？可她不是这样的人，如果海若心里的人是她，她会高调亮牌，绝不会给别人心存幻想的机会。她不死心，继续追问："海若说他心里有人了，他心里的那个人果真不是你？"听夏斐这么问，苏瑾也可以确认，海若心里的人不是夏斐。她摇了摇头说，"骗你是小狗！"

"那会是谁？"夏斐问。苏瑾实话相告，"我还一直以为是你。"夏斐"切"了一声，再未说话。她俩谁也没有想到是欣然，连欣然自己也不能确定。海若对她说了两句话，一句话是在她耳边悄悄说的——"我是海子"，一句话是在短信里说的——"我在茫崖等你"。这两句话，前一句是事实；后一句，确保他没有对卫生队的每个人说过？就算只对她一人说了，可这句话又能说明什么呢？就像茫崖这个地方一样让她觉得茫茫无际。

三人各怀心事，陷入沉默。苏瑾和夏斐还在心里追问，如果不是对方，那海若心里的那个人会是谁？入院后了解到海若并没有对象，那段日子，他们大多数时间在一起，如果有交往的人，肯定早就暴露了。难道，海若为了拒绝她俩，杜撰了一个"莫须有"的人？想到这里，心里很不好受。为什么？她俩都有些不懂海若了。想到这里，苏瑾对即将的相见，心里便有了抵触情绪；而夏斐相反，恨不能立即相见，抓住海若的衣领让他老实交代，为什么这样对待她？欣然呢，连自己也说不清，患得患失、喜忧参半、模棱两可，既想见到又怕见到，她想确认又怕确认了不是自己。这世上人山人海，能碰到一个令自己怦然心动的不易，既然碰到了，她不想错过。当然，父母也说了，婚恋的核心是两情相悦，如果海若心里的人不是自己，那她只有把这段感情埋在心底。

"怎么了，都突然哑巴了？"在去往茫崖的路上，三个人一反常态，让李队长好生奇怪。看别人不接茬，欣然只好说："想着这是最后一站了，心里有种说不出来的感觉。"队长一听笑了，"这出来一趟还上瘾了？不错，这次大家表现得都很好，有机会，我们一年走一趟，我觉得很有意义。"他又是表扬又是许诺，他想着这些整天叽叽喳喳的小女孩，一定会激动得叫出

172

声来，没想到，他的话就像水泼在了沙地上，一点反应都没有。他有些搞不懂？真像一首歌唱的那样，"女孩的心思你别猜，你猜来猜去也猜不明白……"他也懒得再费神，让司机打开音乐，一边听歌一边闭目养神。

茫崖源于蒙古语"额头"而得名，茫崖距德令哈将近七百公里，茫崖中队也是距支队最远的中队。吃过中午饭，他们就从冷湖县中队出发，三百多公里，预计快一点能赶上晚饭。

有人说，这里是最像火星的地方。时令已到初春，可这里的春天，总是姗姗来迟，整个旷野，除了零星看到一簇簇焦褐色的骆驼刺，便是茫茫的黑戈壁。天空也像几个姑娘的脸，闷闷不乐，一脸的不高兴，一副随时要哭的表情。队长说，这天看样子是不是要下雪了，他催促司机稍稍快一些，司机听他的话，立马加快了速度。欲速则不达，车快速跑了没多久，在翻越阿哈提山大峡谷的时候抛锚了，把他们扔在了半道。

司机下车鼓捣了半天，苦着一张脸说："队长，发动机好像坏了。"李队长一听急了，焦急地问道："怎么样，能不能修好？"司机依然苦着脸摇了摇头，一副毫无办法的表情。和他这句坏消息一起让大家心惊的，是雪真的下了起来，而且来势很猛。

真是要命，偏偏坏在这个荒僻的大峡谷。"这怎么办？"李队长冲上去，焦急地围着车辆打转，可这车辆不是病人，可以让他这个老医生手到病除。他命令，"快，快给高队长打电话！"三个女孩便不约而同拿出电话，然而，谁都没本事联系到高海若，手机在这峡谷里，完全成了聋子的耳朵。

怎么办？雪越下越大，如果不能赶在大雪还没有完全封路之前翻越山谷，那就麻烦了。李队长决定和司机步行，走到有信号的地方给高海若打电话，让三个女孩在车里等着。

"这得多长时间呀？"一听队长要把她们三个留下来，夏斐一下慌了。司机说，"走到有信号的地方，少说也得一个小时。"

"这么久呀！"听声音，夏斐快哭了。

"别怕！我们很快回来，"队长安慰道，"如果有过路车辆，你们就搭顺路车，去茫崖或返回冷湖都行。"说着，他们钻进了茫茫雪幕。三个女孩眼巴巴地看着他俩的背影越来越模糊，直到完全消失在大雪之中。

没有了暖气，车内越来越冷，冰库似的。时间一分一秒过去，路上不要说车辆，连个鸟影都没有。这地方太荒僻了，感觉到了月球。天色也渐渐暗下来，看着车外黑黢黢的山脊，三人心里越来越害怕。十分钟、二十分钟、三十分钟……时间就像一个裹着小脚的老太太，一摇三晃，慢得让人心慌。一个小时过去了，依然一个人影没有，三人更害怕了，夏斐几乎快哭了，"你们说，队长和班长会不会碰到狼？"她这话，更是让她们瘆得头皮发麻。"夏斐同志，你能不能别再制造紧张气氛好不好？"听苏瑾生气了，欣然马上安慰，"不会的，不会的，他们打完电话往回返，也得一个小时，别着急，我们再挤一挤，别等他们来我们成冰雕了。"听她这么说，另两个破涕为笑。夏斐单薄，被换在了中间，苏瑾和欣然用力挤，挤得夏斐吱哇乱叫，一时间忘了心头的恐慌。

"灯！"欣然叫。"对，车灯！"另两个人跟着叫。很难形容车灯刺穿雪幕进入视野那一瞬间的感受，悬着的心一下子踏实了。看到这束希望之光，就像在地狱看到了来自天堂的光芒，有种被得救的感觉。也许这辈子，欣然都不会忘记，这束光进入视野和海若天神一般跳下车出现在她面前那一瞬间带给她的视觉冲击和感动，真的很难形容那一刻的感受。这画面，如同用刀子刻在了记忆中，让她永生难忘。

灯光越来越近，看到灯光，她们像看到了救星，看到了久别的亲人，激动得又喊又叫，没等车辆驶近，她们不顾车外的风寒雪猛就跳下了车。不知不觉，脚冻麻木了，跳下车站不稳，一个个摔倒在地上，可她们毫不在乎，从地上爬起来站在路边冲着来车欢呼跳跃。

带着防滑链的黑色帕杰罗刚缓缓停稳，海若就打开车门，迫不及待地跳了下来，夏斐忘了前嫌，冲上去抓住他的手激动地说："海若同志，你不是海神，你是天神！"海若的目光越过她，看见欣然，焦急地问："怎么样，冻坏了吧？"没有看到队长和司机，欣然答非所问："我们队长和司机呢？你没看到他们吗？"海若说，"放心，他们坐另一辆车回去了，我来接你们，快上车暖和暖和。"说着，他把三个女干部让进了车里，自己和司机过去把欣然她们的行李、药品等搬到后备箱，然后自己坐到副驾驶，司机倒车，准备返回。看坏了的那辆车孤零零地被扔在路边，欣然着急地问，"那辆车怎么办"？海若回过头笑着说："放心傻瓜，丢不了，明天安排车来拖走。"

"啥情况？口气有点暧昧。"听海若这口气，又联想到他刚才越过自己看欣然的眼神，凭一个女人的直觉，夏斐嗅出了一丝别样的味道。听她这么问，欣然的心跳到了嗓子眼。"快吃点东西，堵上你的嘴，别七想八想。"说着，海若从前座递过来一袋水果，有了水果，嘴果然马上被堵住了。

"不对劲呀，算时间，你接到队长的电话赶来也不可能这么快呀？"车子驶出好远，欣然才问道。她这一问，另两个人也反应过来，跟着说："对呀，不可能这么快呀。""是这样，"海若一本正经地说，"下午起床后我掐指一算，大事不好，我们的三个仙女有难，我便急忙赶来救驾。"

"你就扯吧！"她们自然不信。事实上，自从医疗队巡诊开始，海若就一直在网上关注他们的动向，时时刻刻期盼着他们的到来。这天，得知车辆驶离冷湖，他就有些等不及了，决定到目标单位找辆车半道迎接他们。天气预报说有大雪，最后找了两辆车，以防万一。他和看守所所长的关系很铁，让他派两辆车小菜一碟，没想到真是派上了用场。当他们犹如神兵天降把车停在队长面前时，队长也惊得差不多下巴快掉在地上。因为接到电话时，他们距队长已不足一公里。

海若递过来的塑料袋里不仅有水果，还有零食，夏斐、苏瑾嘴不停地吃着，欣然痴痴地盯着海若的后脑勺，内心波涛翻滚。海若不仅外表出众，心思还如此缜密，他身上真有种让人无法抗拒的魅力。虽然近在咫尺，可还是管不住自己在心里一遍又一遍地念着他的名字，幸福而忧伤，温暖却战栗，一种说不清道不明的情绪，让她不能自己。

"咋回事，车里这么暖和你还冷吗？我怎么发现你总在发抖？"欣然的战栗让坐在旁边的夏斐感觉到了，惊奇地问道。"是不是感冒了？"听夏斐这么一说，还没等欣然回话，海若已从前排起身转过身来，伸手要摸欣然的前额，把欣然弄得既害羞又紧张，她一把将海若的手推了过去，着急地说："没感冒，坐你的车！"

"没感冒你发什么抖？"苏瑾又问。"激动的呗！连这都看不出来？"夏斐醋意浓浓地说道。至此，苏瑾还是不愿相信海若心里的人会是欣然。她怎么可能输给欣然？夏斐像是要故意证明给她看似的，对海若说："高队长，我感冒了，不信你摸摸我的额头？"海若听了连头没回，说"你是当护士的，感冒了，要打针还是要吃药，不都是你的强项"？听海若这么说，夏斐话里的醋意更浓了，说"看到了没有，不一样就是不一样"。说完，戳了一下欣然的肩膀说:"老实交代!"

"交代什么?"欣然装傻充愣。

"听说李队长六级批了,是真的吗?"这样的事,海若不可能不知道,他是借此替欣然解围,接着他又问了卫生队的一些人和事,并用一种饱含沧桑的口气说道,"感觉自己离开卫生队好像很久很久了"。

大家一路上说说笑笑,不知不觉到了中队。虽然天色已经很晚了,但车辆一驶进营区,锣鼓便敲打起来,他们远远地看到战士冒着风雪站在营门两侧,在夹道欢迎她们。等待她们的,不仅有热烈的掌声,还有热腾腾的饭菜。也许有海若这个熟人在的缘故,也许听他说了许多这里的人和事,一进茫崖中队,一点也不陌生,真有种到家了的感觉,甚至不用介绍,三个姑娘就能脱口说出中队干部和部分战士的名字。海若说什么惟妙惟肖,就像给你画了幅像似的。听欣然她们叫出自己的名字,中队的干部战士自然高兴,也没了初次见面的拘束,一派其乐融融。

因为路上耽搁,晚饭吃得自然要晚些。吃过晚饭,大家聊了会儿天,时间不早了,海若请示李队长,今天路上辛苦了,要不先休息?李队长说是,你们也辛苦了,先休息吧。中队干部把自己的宿舍腾出来,给医疗队的同志住,他们自己挤进战士宿舍。欣然被安排在了海若的宿舍。

医疗队的同志回去休息了,海若没有立即上床,而是拿上手电筒查铺查哨,这是他每天固定的最后一道流程。查哨回来,看欣然房间的灯还亮着,海若在院内犹豫了一会儿,还是鼓起勇气前去轻轻敲响欣然的房门。欣然心乱如麻,而且预感海若会来,就躲在窗帘后,通过缝隙观看他的一举一动。

欣然开了门,海若边进边明知故问:"怎么还不睡?"欣然自然不好说等你,她说正准备睡。海若走进房内,替欣然拉开被子,并解释道:"中队条件差,没法洗澡,你就将就将就,明天安排你们去洗澡。"

欣然故意呛他,"你以为我们是来享福的吗?"

"没有,没有,"海若赶紧说道,"你们是来送医送药的,是为兵服务来的。"

说完,两个人相视而笑,海若未出声,龇牙咧嘴说了三个字,虽未出声,但欣然知道他是说:"很想你。"欣然的脸再次红了,便下逐客令:"不早了,你也去早点休息。"

"好，好，不耽误你睡觉。"海若虽嘴上说，但人却是不走，从脸盆架上取下脸盆，从暖瓶中倒出热水，端到欣然跟前说，"今天累了，泡泡脚后再上床休息。"那架势好像要替欣然洗脚似的，让欣然越发不好意思，便推他，"你快去，你走了我洗。"海若却说："你快洗，你洗了我倒水，你不知道在什么地方倒，而且一出一进容易感冒。"说到这儿，他又记起了似的问，"你真的没感冒吧？"

"怎么，你盼我感冒咋的？" 欣然说，便把海若从房里推了出来。

海若走了，怕水凉，欣然开始洗脸刷牙泡脚。没想到她正准备倒水，刚拉开门，盆子就被人接住。她吓得差点叫出声来。是我，海若小声说。原来他并没走，一直守在门外等着替她倒水。你别出来，外面冷，海若接过盆子同样小声说道。

海若倒完水，又把盆子送回来，他敲开门，把盆子递到欣然手上，说了声早点休息，替欣然拉上门，便转身回去了。欣然再次站到窗前，透过窗帘的缝隙观看海若离去的背影，不料海若并没有走远，而是站在不远处，边跺脚边盯着欣然的窗户发呆。外面这么冷，这个傻子！欣然在心里说着，便过去关了灯。

房内的灯一关，外面的一切看得更清楚了。房灯关了，海若依然没有马上离开，还在原地傻傻地跺脚，欣然正准备披上大衣出去赶他走时，他才转身进了房间。

九

这一夜，队长让她们早点休息，其实，三个人谁也没有早点入睡。当晚透过窗帘的缝隙，对院内密切关注的还有一个人。这个人，就是苏瑾。

海若的一举一动，让答案昭然若揭，他心里的那个人的确非欣然莫属。夏斐能从蛛丝马迹中觉察，为什么只有自己还像个傻瓜似的蒙在鼓里？难过、羞愧、失落……她站在黑暗里，久久不能平静。不是夏斐比苏瑾聪明多少，只是她用情太深，不肯面对事实真相罢了。事已至此，她依然想不明白，为什么会是欣然？她与欣然相比，差在哪里呀？她有些想不明白。

夏斐虽早早上床了，可同样久久无法入睡。她现在可以肯定地告诉自己，海若心里的那个人就是欣然。一种深深的失落感，在关上灯的一刹那，再次卷土重来。她同样想不明白，欣然就像个傻白甜，什么事不争不抢不急不躁，可临了，什么好事都是她的。与欣然相比，是不是自己才是真正的傻瓜？自己在明处用力，欣然却在暗处用劲。欣然在暗处用劲吗？她是很有心计的人吗？真要把欣然想成这样的人，连她自己也无法相信。

　　欣然更是无法入睡。关上灯，独自面对自己，依然思绪如麻，甚至泪流不止。她不清楚自己为什么会哭，可控制不住自己，就是想哭。再次相见，让她终于明白，大千世界，只有海若才是她的唯一。她心里充满了感恩，感谢上苍眷顾，让她遇见海若。就像一首歌中唱的："那一世，转山转水转佛塔，不为修来世，只为途中与你相见。"也许，这一路奔波而来，不为别的，只为相见。她很喜欢《大鱼海棠》一段台词："这短短的一生，我们最终都会失去，你不妨大胆一些，爱一个人，攀一座山，追一个梦。"是的，不妨大胆一些。此刻，她对自己的感情确认无疑，今生，风里雨里，她愿意与他并肩前行，不离不弃。

　　见面后羞羞怯怯，提心吊胆，欣然都没敢细心打量海若，此刻，海若的面容清晰地浮现在她的面前，她突然发现，他的确瘦了不少，也黑了不少，心也跟着疼了起来。她想，他一定很辛苦。他记得他说过，基层干部，两眼一睁，忙到熄灯。躺着躺着，她噌地从床上坐起，因为她突然想起，由于匆匆忙忙，她都忘了问他，他的腿到底恢复得怎么样？不知完全好了没有？她甚至都没有太注意他的走路的样子，想到这里，心里自责得要命。

　　等到明天问和现在问有什么区别？可欣然觉得自己一刻钟也等不了，便不再犹豫，给海若发了条短信："你的腿怎么样了？完全好了吗？"海若就像拿着手机在等一样，立马回复："放心，好了，完全好了。你怎么还不睡？"

　　海若同样睡不着。他怎么能睡得着？这么长时间以来，这份感情一直埋在心里，如鲠在喉，吐不出来又咽不下去，让他备受煎熬。唐护士长曾明确告诉他欣然的决定，像欣然这样的女干部，确实不可能留在偏远艰苦的西部地区。他向她表白，她答应还是不答应，都让他作难。如果被拒绝，还不如把这份感情藏在心里；如果真答应，是不是有违欣然的初衷？而且，这样做是不是很自私，只考虑自己的感情，不考虑欣然的幸福？要是大张旗鼓，公开表白，会不会让欣然在单位很尴尬很难做？他不知何去何从，一任感情在心里左冲右突却找不到出口。如今，欣然再次来到他身边，如果再不表白，会不会就此错过？一想到这点，心里就痛苦万分。

怕吵到战士，海若躲在被窝里和欣然用短信聊天，用文字一点点靠近，又一点点远离，像个蹩脚的足球运动员，总差那么临门一脚。

这一夜，似乎异常漫长；这一夜，又好像转瞬即逝；这一夜，苏瑾似乎睡着了又似乎一直醒着。早晨，她从被窝里爬起来走到窗前，拉开窗帘，天晴了，天地一片雪白，一个全新的世界在她面前铺开。这一瞬间，她豁然开朗。这世间，唯独感情不能强求。她相信，她会遇见真正属于自己的"海若"。

夏斐起来看着窗外的景致，心情同样好了起来。经过一夜琢磨，她不得不承认，欣然和海若才是最合适的一对。她的未来就像窗外的世界，又是一个全新的开始。一夜之间，似乎突然间长大了。面对窗外的白雪，她认认真真地告诉自己，从今往后，不能再盲目任性了，她一定一笔一画认认真真书写好自己的人生。

是什么时候睡着的，欣然不记得了。等她睁开眼睛，一束刺目的光芒从窗帘的缝隙里射进来，刺得她睁不开眼睛。她一想坏了，睡过头了，急忙下床，跑过去拉开窗帘，窗外天地寂静，人影俱无。因为是周末，海若为让欣然她们睡个好觉，没有让战士早起出去扫雪，让他们全在室内活动。

天气放晴，一轮鲜艳的朝阳喷薄欲出，照着白雪盈野的天地，反射出七彩的光芒。又是新的一天，又是新的开始。欣然记起昨天晚上海若欲说还休的那些躲躲藏藏顾头顾不了尾的文字。他以为自己很聪明，隐藏得很好，其实尾巴早就露出来了，欣然看得清清楚楚。海若和她一样深爱着，也饱尝相思之苦。她理解海若也感激海若。海若不仅爱她也懂她。不必大肆张扬，只要知道彼此深爱着，这就够了。

看着窗外，欣然知道，世界不会永远这样美好，生活也永远不会如此静谧，接下来的路，可能会有坎坷，会有泥泞，会有不同的声音吵闹，但又怕什么呢，这不就是生活本来的面目吗？只要有爱，她就有勇气拥抱未来。

推开门，走向屋外，一段新的路程，又在她脚下徐徐展开……

十

阳光打在雪地里，像打在镜面上，反射出耀眼的光芒，刺得欣然不由眯起眼来。空气凛冽，脸被割得生疼，心里的兴致丝毫未减。望着一尘不染、亮堂堂、粉妆玉琢的四野，她如同进入一个全新的世界，有一种想要重新书写人生的雀跃和冲动。

"谢医生，早！"欣然认认真真一步一步向前走着，她想走得笔直走得正确走得无怨无悔，甚至忘记了周遭的一切，如梦游一般，不料被一声问候叫醒了。欣然睁开眼，看到海若，他正满脸灿烂地看着自己。帅气俊朗的笑脸同天上那轮金灿灿的太阳一样鲜活，一样让她心里暖洋洋的。

"早！"她说，然后再不知说什么，两个人就这样站在雪地里，望着对方傻笑，笑得比天上的太阳还要灿烂。

"谢医生早！"

"谢医生早！"

"谢医生早！"兵们冲出来，像一群打开笼子飞出的麻雀，冲到院子里学着海若七嘴八舌和欣然打招呼，然后兴致高昂、热火朝天地开始清扫积雪。不愧是基层中队训练有素的兵，连扫个雪都跟打仗似的，风卷残云，虎虎生风，极具感染力，让欣然不由自主加入其中。

夏斐和苏瑾其实也早就醒了，躲在窗帘后窥视着外面的世界。一切一如既往，一切已面目全非。是她俩先后向海若表白的，不料被告知心有所属。她俩当时根本没想到，让海若心有所属的那个人就是欣然。夏斐是在海若接她们的路上看出端倪，而苏瑾是昨天晚上无意中窥出底细。自从明白海若的情感归宿后，她俩都在极力调整着自己。望着窗外被白雪覆盖的世界，她们知道，有的路走不通了，得掉头，但看着外面没有路标、白茫茫一片的世界，她们有些茫然，有些不知所措。

既然明确了，就各就各位。原以为一切尘埃落定，不料一切依旧纷纷扬扬。看到欣然第一个走出房间，像个抒情女主角走向舞台中央，她们前一刻努力调整的内心刹那间土崩瓦解。一直以来，欣然在她俩眼里感觉就像个丫鬟，就是个陪衬，像个莫大的讽刺，现实来了个大反转，欣然成了真正的女主角。尤其看到海若上场，两个人深情相望，相视而笑，上演着有情人终成眷属的戏码，内心五味杂陈，有羡慕有不甘也有些许妒忌。

如果仅是欣然和海若，夏斐和苏瑾打死都不会走出去的，但战士们冲出去了，场面随之起了变化，由一幕深情的爱情戏变成了一群人的狂欢，她俩哪能经得住这样的诱惑，也相继跑出来，投入火热的劳动，适才内心的小纠结、小情绪瞬间被眼下这热闹淹没了。

即便是最老的士官，也不记得中队什么时候住过女性，这突然来了三个如花似玉的女军官，笑语吟吟，和他们并肩作战，连空气都充满了芬芳，一种巨大的幸福在每个战士的心头荡漾。她们仨就像三支火把，把大家全部点燃。他们从不曾想到，打扫积雪原来是这样一件幸福的事，每个人傻笑着，合不拢嘴。一种说不清道不明的美好，在每个人的心头流淌。

然而，一个个太过急于表现了，不一会儿，中队房前屋后的积雪便被清理干净了。积雪清理净了，幸福也便随之结束，他们突然后悔起来，后悔自己不该如此卖力，不该清扫得如此迅速。也许海若看清了大家脸上的失落，也许他自己同样意犹未尽，想延长这难得的幸福与欢乐，他望着大操场喊了一声："兄弟们，去打雪仗！冲啊！"说着带头像头矫捷的猎豹冲向操场。"噢——"听他这么说，那中断的幸福顷刻又回来了，激动得一个个嗷嗷乱叫地追在海若身后，冲向操场。欣然她们三个也不甘落后，尖叫着冲了过去。大家从地上抓起雪，捏成雪团，开始相互投掷，欢笑声、尖叫声霎时响彻天地，连炊事班正准备早饭的战士都停下做饭跑来打雪仗。

李队长不放心抛锚在半道的车，一晚上睡得不踏实，天快亮了才沉沉睡去，不料也被这个惊天动地的欢呼声给惊醒了，跑出来一看这场面，尤其是听到车被海若找人连夜拖回来，已送去修理了，没了心病，也跑过来老夫聊发少年狂，加入这混战当中，不亦乐乎。这样的快乐有多久不曾有了，循规蹈矩的日子过久了，他甚至忘了人世间也有这样无拘无束、无忧无虑的快乐。

雪球在空中飞舞，笑声、尖叫声此起彼伏，整个球场洋溢着青春的气息，洋溢着无边的欢乐，无边的幸福也像雨点般击打着每个人。不知什么时候，大家把攻击的目标对准了海若，把一个个雪球砸向他，连欣然也跟着起哄："同志们，快呀，有冤的报冤，有仇的报仇！"砸得海若无还手之力，只能上跳下蹿，左躲右闪，躲避一个个砸向自己的雪球。他的样子实在是太滑稽了，像只猴子似的，逗得三个女孩直不起腰来，夏斐甚至躺在雪地上打起滚来。

大家还穿着冬衣，雪球打在身上其实是没感觉的。大家攻击海若，也绝非报冤报仇，而是用一种战士特有的方式表达着他们的喜爱。虽然接触时间不长，但欣然能看出战士对海若的喜爱和尊敬，也看出他们亲密无间的情谊。

自从步入"直线加方块"的军营，很少这么疯狂过，尤其是基层中队的战士，一年三百六十五天，大多数时间过着训练场——食堂——哨楼三点一线单调枯燥的日子，何曾这么开心过？尤其是有三个漂亮的女军官陪他们一起疯。欢笑声、尖叫声在蓝天下回荡；绿色的身影、白色的雪球在训练场飞舞；青春的气息、浓浓的荷尔蒙四处飞扬……这是欢乐的海洋，这是精神的盛宴，这是幸福的天堂。这一刻，大家抛下一切，尽情享受属于他们自己的快乐时光。

玩得太疯了，先是三个女孩，紧接着大家一个个终于累瘫在地上，躺在雪地上，身上冒着一缕缕热气。太阳已经升高了，天空是那么高远，那么蔚蓝；蓝得那么干净又那么纯粹。欣然真希望时间就这么永远地停留在此刻，自己就这么永远地躺下去，不要起来，但李队长却在这时大煞风景，喊着说"都起来，都快起来，小心感冒了"。可没人听他的，甚至有战士说："感冒了好，感冒了你们就能留下来。"平常一句话，让欣然不由鼻子一酸，她们不仅要起来，还要离开，没有人能让时钟停下摆针。

"都有，起立！"海若站起，一声令下，所有人连滚带爬迅速起立。他也想赖在地上不起来，让这一刻成为永恒，李队长的话提醒了他，他和战士们雪里滚雨地爬，皮实，可欣然她们三个包括李队长不一样，他们哪能经受得住这样的寒气？"都有，集合！"第二声令下，战士迅速以班为单位整齐地站在了海若面前，连李队长和三个女干部，也乖乖地站在了队尾。"都有，向右看——齐！向前看——看！向右——转！左后转弯，跑步——走！"一连串口令，海若又把部队跑步带到营房前，宣布解散后迅速回屋洗漱，听哨音集合开饭。

解散后，欣然往宿舍走，边走边忍不住傻笑，眼前全是海若的样子，站在她对面相视而笑的样子、站在队列前威严的样子、在操场东闪西躲的样子……她觉得在中队见到的海若与病房中的海若全然不同，这里的海若如蛟龙入海、猛虎归山，更加自在、更加舒展、更加瞩目、更加生机勃勃也更加具有魅力，就像一个发光体，通体散放着耀眼的光芒。

玩得太疯，内衣有些湿了，贴在身上黏糊糊的。进了屋，欣然换了内衣，正准备洗漱时有人敲门，她想肯定是海若，急忙把换下的内衣塞进军用背囊才去开门，果然是海若，他进屋发现欣然还没洗漱，马上明白怎么回事，吃吃地说："上午安排你们去洗澡。"听海若这么说，欣然嘴上说"听领导安排"，脸却一下子红了。看欣然这样，海若的脸也不由红到了耳根，说"你先洗，我出去看看"。说着便从房子里退了出来。

彼此的心意，应该明了，但他们接下来的相处中却刻意疏远着。什么事，海若有意无意把欣然放在后面，比如去他们的屋里转转，他也是先去李队长屋，然后再是苏瑾、夏斐的，临了才到欣然这里。而欣然呢，有事即便找其他干部、战士，也很少找海若。她知道夏斐、苏瑾对海若的心思，但她不知道她们已知道海若心有所属，怕大家尴尬，还在一个劲地遮掩着。一对热恋的人如何能隐藏住彼此的情意，越是遮掩越是欲盖弥彰，除了骗骗相对迟钝、一无所知的李队长，连个别眼尖的战士都骗不了，对夏斐和苏瑾来说，更是洞若观火。人是疏远了，可眼神哪能疏远？那眼神就像是拴在对方身上。

每次看到他们躲躲闪闪、欲盖弥彰的样子，夏斐就想笑，这演技太拙劣了，还不如不演，但一想到他们真明目张胆秀恩爱，她又觉得受不了。对海若，她真是用了心的，知道他心有所属，知道自己该掉头扬长而去，可感情的事，哪有那么容易轻易连根拔除，总有什么丝丝缕缕留在心里，需要时间一点点清除。苏瑾也一样，看得清楚明白，只是她的骄傲让她有意忽略这些，海若与她，从此山长水阔两不相干。小战士不一样，看见端倪就藏不住。有的给他们的队长拉媒——"谢医生，我们高队长不光人长得帅，人还特别好"；有的小心试探——"谢医生，你觉得我们高队长怎么样？喜欢他的女孩子可多了，可他一个都看不上"；有的就有些直截了当——"谢医生，你没来之前我们就熟悉你了，我们高队长经常说起你"……欣然喜欢战士们说这些，又害怕他们说这些；或者内心明明是欢喜的，但表面上却要装作事不关己的样子，有一句没一句应付他们，让战士觉得他们的队长是不是剃头挑子一头热，落花有意流水无情，在那里单恋人家？有的甚至背后替他们的队长鸣不平——"什么呀，我们队长的心意，连咱们都能看出来，她还在那里装傻，你说我们队长哪里配不上她？"他的话很快被别人制止了——"小心队长听到，让你跑五公里！"

为避人耳目，白天刻意遮掩着，到了晚上，一个人的时候，就可以大大方方，不再辛苦刻意演戏。欣然经常是躺在被窝里，边傻笑边在脑海里过电影，想海若的言谈举止、神情相貌。午休前，海若把自己的影集拿出来递给欣然："给，早一点熟悉熟悉咱家里人！"这个厚颜无耻的家伙，竟说得那么自然。欣然顺手将海若递过来的影集丢在桌子上，说"谁和你是咱？谁要熟悉你家里人"？海若皮笑肉不笑，对欣然的心思心知肚明，盯着她故意问："真不看？"欣然口是心非，斩钉截铁说："真不看！"

"不后悔？"

"不后悔！"听欣然这么说，这家伙竟然当真，拿过影集锁进了抽屉。看他这样，欣然心里急了，想跳起来阻止，但自尊心把她摁住，让她动弹不得。不让看就不看，有什么了不起的？欣然赌气，不理海若。见欣然拉下脸，海若自知没趣，丢了句"早点休息"便扬长而去，扔下欣然独自生闷气。

"死脑筋！榆木疙瘩！"欣然在心里骂海若，怎么那么笨？难道不知道女孩子向来喜欢说反话吗？说不想看就不给看呀！这个死海若！她哪里是不想看，她太想看了，凡是海若的一切，她都想了解，所以故意说反话，就是怕海若看到自己的迫切。不看就不看。她上床裹上被子午休，可怎么都睡不着，心里同猫抓一样。欣然下床，试着去拉抽屉，开了，原来海若压根儿就没锁，欣然便像盗窃得手的小偷，既高兴又惴惴不安，生怕被人抓个现形，看影集也看得提心吊胆，有种做贼心虚的感觉。但晚上就不一样了，晚上门一关，整个世界就是她自己，她便可以放心地看大胆地看细细地看。让欣然想不到的是，在海若的影集中，竟然有好几张自己的照片，他是怎么拿到的，她一点也想不起来。来而不往非礼也，欣然心安理得从影集中挑了两张海若的照片藏了起来。

看到照片中的海若，欣然忍不住想笑。人真是不同，有的人天生就是演员，喜欢照相，也很有镜头感，比如夏斐，往镜头前一站，从表情到形体，立马就不一样了，越发婀娜多姿光彩照人，这样的人，比较上相；而有的人，比如欣然，有镜头恐怖症，只要一面对镜头，马上心跳加速手足无措，面部表情失控，别人说笑、笑，她笑，可笑得比哭还难看，从小别人就说这孩子不怎么上相；其实大多数人，面对镜头多多少少有些不自在，比如海若，大多数照片表情严肃肢体僵硬。像欣然和海若这样的，一般在本人不注意时抓拍比较自然。海若拿的，正是欣然义诊时新闻干事抓拍的一张特写。穿着白大褂，戴着听诊器，专注的神情很是动人。这张照片作为图片新闻，还被登在驻地日报上。欣然自己也很喜欢这张，表情自然得都不像她自己。新闻干事怎么照的，连她自己都不知道。义诊时，她知道新闻干事在拍照，但她无暇顾及。影集中的这张照片，一定是海若从新闻干事那里拿的。海若影集中比较自然的也是抓拍的，一旦摆拍，便是一副老干部的派头。欣然挑选的，也是比较自然的照片。

在海若的影集里，欣然也见到了他的爸爸妈妈。一家人全是高颜值，尤其是海若的母亲，又年轻又漂亮，让欣然自惭形秽。看着照片，欣然不觉有些走神，海若的父母，尤其是未来的婆婆，会不会嫌弃她不够漂亮？许多人说婆媳是天敌。还未上阵，她已在心中矮了半截。翻着翻着，她又忍不住胡思乱想，她真和海若走到一起，孩子的相貌会随谁呢？想到这里，她脸猛地一烧，不由抬头打量，确定是安全的，方才安下心来，继续翻看，继续遐想。她希望孩子最好随他爸爸，英俊潇洒。一想到自己今生能拥有一个帅气的丈夫、一个和他爸一样帅气的儿子，欣然无声地笑了，心里像喝了蜜似的，无比甜蜜。

十一

对偏远的茫崖中队的官兵来说，军医们的到来，带来的不仅仅是医药，还带来了新鲜、快乐和不一样的情趣，大家无不希望他们能多留些时日；对巡诊人员来说，他们在这里被基层官兵需要着、欢喜着、尊敬着，也许是一路走来对如何为兵服务越来越纯熟，越来越游刃有余，更懂得如何走近官兵、服务官兵，和他们融洽相处；也许是最后一站，马上又要开始平铺直叙的日子，让他们多少有些留恋，就连来之前归心似箭的李队长，也不知不觉滋生了留恋之情。真是人不留人天留人，一场雪下得正是时候。

然而，盼望雪能留人的幻想很快破灭了。戈壁的雪其实是存不住的，尤其是到了春天，早晨还天寒地冻，到了中午马上热情似火。不仅新疆的天气是"早穿棉衣午穿纱，晚上抱着火炉吃西瓜"，戈壁的气候惯常都是这样。谁都盼着雪能融化得慢一些，再慢一些，可雪毫不顾念大家的心情，消融速度快得让人都有些心惊肉跳。没有理由延迟，一切按既定的速度行进，为每名官兵进行身体检查和心理测试，欣然为官兵讲高原常见病防护，苏瑾进行如何在高强度训练中做好心理调适辅导。这都是些固定科目，到每个单位都要进行的。不同的是，现在更为得心应手。

临行前一天，海若报告李队长，战士们强烈要求和机关领导搞一台联欢晚会。既然是战士们的心愿，就不能不满足，李队长爽快答应，但转手把任务交给欣然她们三个：既然是联欢晚会，我们就不能只当观众，一定要出节目。

当然，节目质量不要求太高，但一定要过得去。咱们到了基层，代表的不仅仅是我们自己，代表的是机关干部的形象。机关干部的形象，不能因为我们毁了。我这个人你们是知道的，除了看病就不会别的，对文艺更是擀面杖吹火——一窍不通。所以，这个伟大而又光荣的任务，就责无旁贷落在了欣然她们三个身上。时间紧、任务重，但有夏斐、苏瑾在，那便是"天空飘来五个字——那都不是事儿"。夏斐甚至觉得，要什么节目，只要她往台上一站，那便是节目，便是风景。她虽这么想，但绝不会这么做，以她的个性，不论舞台多大，她都是要当主角的，都是要抢风头的。从小她学跳舞，这么多年一直没间断过，她表演的节目，是蒙古族独舞《我站在草原望北京》。这个舞蹈，去年在机关元旦晚会表演过，赢得头彩。因此，表演节目于她来说手到擒来。对苏瑾来说，同样不是什么难事，她专门学过唱歌，主攻民族唱法，虽然与专业歌手有差距，但上这样的舞台自然绰绰有余。最为难的莫过于欣然，让她上台跳舞，那还不如杀了她；唱歌吧，也经常自己哼哼，但从不曾上台为别人演唱过，怎么办？她恳求夏斐和苏瑾，三人来个小合唱，让她在里面滥竽充数，从而蒙混过关。既然是代表机关干部形象，就不能太过计较，三人一商量，决定三人一起合唱军旅歌曲《新时代女兵》。夏斐的舞蹈是现成的，苏瑾的歌曲张口便是，反而把重点放在合唱歌曲上。为防止过于呆板，夏斐还在演唱中加了几个动作，经过一番排练后，自我感觉不错，欣然也便松了口气。

　　中午没有休息，怕把嗓子练哑了，到了下午三时许，她们停止合练，各自回房休息。欣然心里没底，回到房间依然小声清唱，加固温习，海若找借口，让通信员把欣然带到中队旁边监狱一个管教的办公室。欣然到的时候，海若正等在那里。等着她的，还有一把二胡。当海若把二胡双手递给她时，欣然惊得差不多头发都竖起来了。其实，在文艺方面，欣然并非一无所长，她从小学习二胡，甚至考到业余七级，上高中因为学业任务重才中止的。她只在军校晚会上表演过，军校毕业后，她甚至没有再摸过，更别说演奏了，机关无一人知道她还有这手，更别说海若了，他究竟是怎么知道的？其实，只来首小合唱，她其实也是心里有不甘的，不为自己、为海若，她也想露一手，可出来巡诊，谁会把二胡带在身边？一是许久没摸了，自己心里没底，二是怕麻烦别人，毕竟只是和战士们搞个小联欢，没必要搞得兴师动众，也便只字未提。

太不可思议了，他究竟是怎么知道的？看着欣然一脸惊疑的表情，海若不置可否，一脸的云淡风轻。他把二胡塞到欣然手里说，别胡思乱想了，赶快练习。欣然接过二胡，到底不死心，追问道，你说，你到底是怎么知道？可这个死皮赖脸的家伙觍着脸，只丢下两个字——保密，便关上门扬长而去，把一肚子的疑问依旧留给欣然。

自从喜欢上欣然，海若突然变得像一条嗅觉灵敏的鲨鱼，四处游弋搜集有关欣然的信息。他一有时间就到区域网上溜达，溜着溜着，有一天灵光一闪，溜进欣然所读军校的内网，愣是从海量的信息中找到不少欣然的照片。集体学习的、参加会议的、组织会操的……只要其中有欣然，他立马就能捕捉到，哪怕是低头的，甚至仅仅是个背影，他都能认出来。最难能可贵的，他竟然找到了好几张欣然演奏二胡的特写照片。看到这些照片的时候，不知为什么，竟然比见到欣然本人还激动。海若把能找的照片，即便是集体的，哪怕只是个背影，全都下载下来，保存在自己的电脑里。他原想把欣然演奏二胡的照片洗出来，但像素太低，洗出来不够清晰，只好作罢。

海若走了，欣然顾不得多想，开始练习演奏。曲目不用想，二胡名曲《赛马》，这是她的保留节目，差不多已烂熟于心。好久没摸二胡了，操起弓弦，竟有些生疏，迟迟不敢动手，试着拉一下，呕哑嘲哳难为听，连自己都吓了一跳。她试着平复心情，让自己沉下心来，一点点找感觉，拉了两三遍，曾经熟悉的感觉又回来了。不知是因为心思杂乱情感投入不够，还是因为马上离别，情绪不够饱满，一首气势磅礴、欢快热烈的曲子，被自己拉得喑哑低沉。直到下午五时，海若来接她的时候，欣然还是不够满意。海若却乐得满脸开花，他说，我在门外连听数遍，还觉得不够过瘾，真乃"此曲只应天上有，人间能得几回闻？"马屁拍得当当响，欣然斥他"少油嘴滑舌，好不好我心里没数"？海若认真说道："真的已经很好了，请相信我。"欣然气馁，"说不相信能有什么办法，你这搞突然袭击，明摆着让我出丑！"海若真心说道："你一定要相信我，到时不要太惊艳、太震撼，不信你走出门看看。"

走出门看看？海若一说，欣然马上明白怎么回事，心想这人丢大了，自己只顾着练习，全然忘了在什么地方，制造了一下午的噪声，越发觉得羞愧难当，不愿走出门去。海若清楚，欣然就是这样，她永远不知道自己有多好！便继续鼓励，"请相信我，不会骗你。"说着把欣然从门里推出来。欣然说"二胡、二胡忘拿了"。海若说："先放着，不用管。"

院子里男男女女果然站了好些人，看他们出来，一齐鼓起掌来，有好几个干警朝欣然竖起大拇指说，"拉得太好了！"海若大大方方顺便把欣然介绍给他们，并欢迎他们晚上一起来看晚会。大家说一定，一定！欣然脸上扬着笑，心里却埋怨，这个高海若，真是不嫌事大，恨不得昭告天下。

回中队的路上，欣然问海若，为什么不顺便把二胡拿上，海若说，先不能让大家知道，我们要给他们惊喜。欣然说，别到时惊喜没有，反倒把他们惊吓了。海若笑着说，喜也罢，吓也罢，只要惊了，我们的效果就达到了。欣然白了一眼海若，懒得再理他，自顾自往回走，她发现他越来越油嘴滑舌了。海若也没有跟她一道回中队，而是顺路去了哨楼。既然要保密，就不能让大家发现端倪，知情的通信员，他也下了封口令，告诫他暂时不要说出去。

中队没有场地，晚会在共建单位的一个小礼堂举行。吃过晚饭，演出人员提前到礼堂熟悉场地。不远，仅一条马路之隔。到达时，会场张灯结彩，灯光璀璨，屏幕上"联欢晚会"四个大字在喜庆背景的烘托下熠熠生辉。确实是小礼堂，仅容纳三四百人的样子。即便如此，对不到一百名官兵的中队来说，也显得太大了，大得有点空旷。

到达后，海若组织演出人员简单走台。他是晚会的总策划、总指挥。直至走台结束，海若都没透露欣然演奏二胡的事。欣然自己也不清楚她这个节目被放在第几个，索性也不管了，任由海若安排。晚会女主持由夏斐担任，男主持是中队一名二级士官——形象很好，身形挺拔，声音悦耳。他俩在欣然躲在外面偷偷练习二胡时，一起熟悉了串词。中队节目的主持词早就写好了，至于她们三个节目的主持词，夏斐也是张口就来。看着流畅的程序和种类繁多的节目，欣然就明白，这场晚会绝非临时起意，而是蓄谋已久。她猜得没错，自从接到卫生队要来中队巡诊的消息，海若和中队干部一商量，征得大家同意后，立马着手编排节目，抓紧排练。

目标单位——监狱管教说要来看演出，欣然认为他们不过是客气，说说而已，不料他们真的来了，晚会没开始就来了，不但人来了，还带来了两个节目——一首男声独唱，一段快板，大家很高兴，根据节目编排，又把这两个节目加了进去。

茫崖地处偏远，平日很少有什么文艺演出。当晚，来了许多人，有目标单位、共建单位的干部家属，也有一些地方群众，个别地方领导也来了，他们虽是中队干部邀请的，但也没推辞，被安排到前排就座。就这样，一场小联欢，转眼变成一场军民大联欢。小小的礼堂，很快座无虚席，许多战士把座位让给群众，自己没地方坐，跑回中队拿来自己的小马扎，坐在过道观看。

演出于晚上八点准时开始。战士们欢快的开场舞，一开始就把大家的激情点燃。开场舞后的第一个节目，由苏瑾演唱《今天是个好日子》，同样是个欢快的曲子，被她演绎得非常到位，甚至台下有不少人议论——"是专业歌手吧？"苏瑾演唱结束，可战士们哪里肯放过，齐声鼓掌，一起高喊："苏医生，再来一首；再来一首，苏医生……"苏瑾抵挡不住战士们的热情，又返回台，演唱了一首《兵哥哥》，夏斐甚至主动出来给她伴舞，她们珠联璧合的演出，再次赢得热烈喝彩。她俩今晚化了浓妆，在舞台璀璨的灯光下，越发显得明艳照人。

中队官兵的节目，歌曲舞蹈、小品相声，非常齐全，但最让观众震撼的，莫过于他们自己编排的擒拿格斗术。这个节目融进了舞蹈和搏击元素，动作之高难，打斗之逼真，让人叹为观止，热血沸腾，大家不由从观众席上站起来，给他们热烈鼓掌。夏斐的舞蹈放在中间，她的独舞《我站在草原望北京》热情奔放、刚柔相济，同样赢得掌声阵阵。有观众不禁为之感叹，现在的军人都是这么多才多艺吗？虽然大多是业余水平，但因为是身边人容易产生共情，加之期待值不高，反而产生出乎预料的效果。每个节目，大家都报以热烈的喝彩声和雷鸣般的掌声。就连欣然她们三个的小合唱，欢呼声同样差点把礼堂屋顶掀翻。

晚会接近尾声，只剩最后的合唱，不料舞台灯光变暗，负责道具的战士把一把椅子和一个立式话筒搬到舞台前面。灯光变亮，男主持上台，他也不按剧本出牌："下面，让我们以热烈的掌声欢迎谢欣然谢医生为我们带来二胡独奏《赛马》，大家欢迎！"这个报幕，很简单，直截了当，没有华丽的辞藻，没有夸张的介绍，即便如此，也打了大家一个措手不及。欣然，谢欣然、谢医生，二胡，她还会拉二胡？李队长惊得从座位上站起来，他依然不敢相信自己的耳朵。难道这里也有个医生叫欣然，谢欣然？在如潮的掌声响起，从舞台一侧迈着矫健的步伐走出的，不是别人，正是他的下属谢欣然，谢医生。她还会这手？他坐下来，带着半信半疑。只见身着迷彩服的欣然走到舞台中央，"啪"地敬了个礼，然后坐在椅子上，调整坐姿，操起弓杆。她今天也被夏斐拉着化了个淡妆，在灯光的照耀下，看上去比平时漂亮了不少。李队长比欣然还紧张，他在心里暗暗说："丫头，行不行呀，这么多人看着呢，可千万不能给咱丢人。战士们为了这台晚会，一定准备了好长时间，你千万别给砸锅了。"

比李队长更吃惊的，当然要数夏斐和苏瑾，听到报幕，她俩直接蒙圈，直接拉住要上场的欣然问，"你拉二胡？"掌声响起，欣然来不及多说，丢了一句"完了解释"，便挣脱她俩上了台，把一堆疑问留给她们。夏斐问苏瑾，"你知道吗？"苏瑾摇头。夏斐说"这保密工作做的"！像被人耍了，明显有些生气，话说得有些咬牙切齿。

《赛马》这首曲子，也许需要这种热烈氛围的烘托，一下午练得并不理想，磕磕绊绊，不料一走上舞台，在大家热烈的掌声中，欣然一下子进入状况，操弓拉弦，有板有眼。动作舒展自如，情绪饱满到位。看着她娴熟地演奏，李队长悬着的心终于落了地，甚至激动地涌出泪花。手心都出汗了，他在大腿上擦了擦，咧着嘴边观看边在心里说，真是小看这丫头了。

"银瓶乍破水浆迸，铁骑突出刀枪鸣。"欣然的演奏，比她的突然出场更出人意料。上来就是一段激越紧张的旋律，如出征战鼓，似万马奔腾，紧张、刺激，一下把大家的胃口吊了起来。随后，演奏变得相对舒缓，旋律变得明朗、愉快又充满野性，有着浓烈的蒙古族风格，让大家似乎看到了"蓝蓝的天上白云飘，白云下面马儿跑"的辽阔草原。接着，她用抛弓法产生短促单音，形象地模仿了骏马奔腾的音响效果，生动地渲染了赛马手你追我赶的场面。在最高音，再以大幅度的打、颤、滑音技巧模仿马嘶之声。似乎是某一赛马手第一个跑到终点，他高傲地骑在马上猛然勒紧马绳，奔马奋蹄而起长嘶一声，象征性地向全场宣示胜利。之后，全曲在干脆利落的长音声中结束。整个演奏情绪奔放，欢快热烈，紧张刺激，直到她站起来致谢，大家还沉浸在优美欢快的乐曲中。直到她走下舞台，大家才记起了似的，齐刷刷站起来热烈鼓掌，并高呼着"谢医生，再来一曲"，不肯停歇。

看着这样的场景，夏斐和苏瑾心里五味杂陈，让她俩气愤的，并不全是欣然抢了她们的风头，而是她的行为让她们觉得受到了欺骗和愚弄。她俩站在侧幕，看着欣然娴熟的演奏，夏斐咬着牙说："演员！真正的演员！"苏瑾说："影后！这演技，绝对的奥斯卡影后！"共事以来，她俩第一次这么紧密地站在同一条战线上。

还有最后一个节目，需要像开始一样，夏斐和男主持共同上台报幕。报幕结束，其余演员全部出场，台上台下齐唱《当那一天来临》。在共同高歌中，会场气氛再次达到高潮，台上台下，每个人兴高采烈，热情洋溢，唯有夏斐和苏瑾满脸冰霜，甚至连歌声都哑在喉咙里，唱不出来。让她们无法接受的是，欣然平时装得那么天真无邪，实则处心积虑，用尽手段，样样好处占尽先机。现在看来，她们才是天下第一号傻瓜，被人骗了还帮着数钱。她们的心思突变，欣然自然一无所知。生活有时就是这样，你的无心插柳，在别人看来是有意栽刺。

最开心的莫过于李队长，这次义诊一路顺利，所到之处深受官兵欢迎，没想到临了，还画了这么个圆满的句号，内心真是乐开了花。演出一结束就跑到后台，找他手下的三个兵表示祝贺，竖着大拇指连声说不错，真是不错！他拍着欣然的肩膀兴奋地说："丫头，深藏不露呀！你可真是个他们说的宝藏女孩，真不知道你还有这手！"听李队长这么说，夏斐和苏瑾心里越发酸酸的。李队长也注意到了她们两人的脸色，他心里清楚，都还是小女孩，喜欢争强好胜。也笑着对她俩说，"你俩一个唱的，一个跳的，要我说，比专业的都好！"她俩听出这是安慰，但谁也没说一句话，今晚的事，真让她们无语。

明天一早就要离开，为怕影响中队官兵正常工作，也不想面对告别的场面，李队长让司机把车停在营院外面，私下叮嘱欣然她们，第二天五点乘官兵们未起床悄悄出发，早餐到路上解决。三个女孩在这点和队长高度一致，她们也怕告别，虽然怕的程度和怕的原因不尽相同。然而，他们也太小看中队哨兵的警惕性了。虽然他们连夜收拾好了行李，摸黑起床，脸都没有洗准备开溜，没想到他们刚走出房门，就看到中队干部齐刷刷站在院里，被逮了个正着。中队干部说什么也不让他们不吃早饭离开。盛情难却，他们只好留下来吃完早饭，在中队官兵的夹道欢送中离开中队。没有一次离别不令人难过，同他们预想的一样，这次的告别是一路走来最难过的一次。李队长和欣然一侧，苏瑾和夏斐一侧，边往营院外走边和送别的官兵相互敬礼，握手告别。有个新兵握着欣然的手说："谢医生，欢迎你们下次"……话还没说完，眼泪就下来了，哽咽着说不下去，欣然的眼泪跟着就流了下来。她说，一定、一定！步步离别，似踩在

191

战士们心上，让他们每一步迈得都异常艰难。当他们走出营门的那一刻，整齐的队伍一下子乱了，战士们一齐涌了出来。"快、快上车！"李队长催促道。行李早已被战士们装在了车上，他们刚一上车，司机一脚油门就踩下去，逃跑似的。李队长和欣然他们三个都把头伸出窗外，向依依惜别的战友挥手告别。战士们在车后奔跑，边跑边向他们呼喊："再见！"

"欢迎下次再来！"车开出很远了，官兵们依然不停地向他们挥手。直到中队官兵模糊成一个个小黑点，他们才把头从车窗缩回来，三个女干部再也忍不住，竞相抽泣起来。李队长也没劝阻，任她们哭泣，不要说她们，连他都眼睛酸酸的，有几次眼泪都不自觉地涌出眼眶。

哭声渐渐止息，李队长对司机说，"车到路边停停吧，我们缓口气。"司机便把车停在了路边，大家放下车窗，凛冽的风便从窗外灌进来，让人不由打了个激灵。李队长说，"都别太难过，我们找机会再下来，多跑几次，你们就烦了，战士们可能也会烦了。"李队长的话像被风叼走了，毫无回应。三个女孩，都扭头看向窗外，一副心事重重的样子。其实，每个人心里空落落的，一时很难从别离的情绪中拔出来。欣然想，也许李队长说得有道理，人呀，相处时间一长，难免磕磕碰碰，心生嫌隙，反而这种短暂的相处，像极了初恋，让人欲罢不能。还没有真正走近海若，甚至没有多说几句，就这样分开，心里刀割似的。

后面有辆车跟了上来，看到他们的车后，也停了下来。"高队长！"司机从后视镜中最先发现，叫了起来。"高队长？"李队长扭头看，果然是高海若，他三两步冲到车前，焦急地问，"怎么了，没事吧？高队长，你怎么来了？"海若说，"我送送你们。"李队长说："多此一举。不是都送过了，还送什么呀？"说着，他朝车里一指，在海若耳边悄悄地说，"刚不哭了！"接着又朝车里喊，"高队长又来送我们了，你们几个下来，和他道个别吧！"可听了他的话，竟无一人下来。她们有的担心妆哭花了，有的担心眼睛哭肿了，还有苏瑾和夏斐，心里明镜似的，海若为谁依依不舍，她们就没必要自作多情了。见她们不下来，李队长只好替她们开脱："都不好意思，怕见到你又哭了！"海若理解。李队长便推海若，不再称高队长，开始称兄道弟。他说："兄弟，就到这儿吧！你快回去吧！"海若说，"你快上车，我没事！"两个人推辞一番，各自上车。

"走吧！"李队长说。听他的话，司机转动钥匙，启动发动机，一脚油门，车又向前平稳行驶。海若没有听从李队长的话，依然紧追不舍跟在后面。没办法，李队长摇着头自语道："这个高海若！"途中他又下去停车劝了一番，但海若故伎重演，山一程水一程，都快要赶上十八相送了。李队长再次感叹："海若这孩子，也太重情重义了！"这会儿，他不叫兄弟，直接叫孩子了。直到快出茫崖地界，海若的车才停下来。见海若的车停了，李队长便让司机也停了车："怎么样，都下去吧！"这时，她们都补过妆了，情绪也调整好了。李队长率先下车，欣然她们三个也跟了下去。见他们下来，海若上前，说只能送你们到这里，再送就出茫崖。出茫崖要向支队请示。李队长扑上去，抱住海若说："你这个兄弟，我认定了，下次来支队，我们一起坐。"除了李队长，再没有一人朝海若张口双臂拥抱，海若主动伸出手，和她们握手道别，她们没有一个人像李队长那样，苏瑾和夏斐神情淡淡的，欣然连头都不敢抬。

车辆再次启动，欣然没忍住回头，只见他孤零零站在路边，朝他们挥手，眼泪再次喷涌而出。她咬着牙，不敢哭出声来。李队长再次一个人感叹，"海若这孩子，真讲义气！"但无一人接话，欣然怕自己张口哭出声来，而苏瑾和夏斐在心里冷笑，冷笑李队的迟钝和自作多情。她们知道，重情重义也罢，难舍难分也罢，都是别人的，与她们毫不相干。她俩也不约而同朝车后望去，海若依然站在原地，与她们渐行渐远。这种告别，于她俩来说更是不同，不仅仅是一次平常的分离，而是向过去的自己、过去的那段岁月，还有心底那没开启就凋谢的爱情道别。

车内气氛沉闷，李队长也懒得张口。除了司机，每个人闭上眼睛假寐，但心里，却没一个是平静的，如同窗外的风，呼啸不止。

十二

回到支队，又跌入日复一日、四平八稳、刻板严格的日子。

天气一天天变暖，远远望去，柳树梢开始泛黄，但她们之间的关系没有一点回暖的迹象。当初的亲密一去不返，苏瑾和夏斐对自己总是不冷不热，这让欣然很是难受。她猜想可能是表演二胡的事，也有可能她和海若的事被她们发现了端倪，后者她不知怎么开口，前者她几次想解释，但她俩根本不给她张口的机会。比两个人不理她更让她难受的，是对海若的思念。她第一次体会到了，思念一个人的滋味，有时像猫抓一样，有时又无着无落。打一通电话，或发一次视频，她都舍不得放下，又不得不放下。她很少主动给海若打电话或发微信，她既怕干扰他工作，又怕他看到她过于强烈的思念。这份思念太过强烈，让她时时感到羞愧。思念过于浓烈的时候，无处倾诉，她就一个人躲在房间里拉二胡。她第一次发现，二胡的美妙，就像自己的知己，能倾听心事，也能表达心声。

虽然住在同一公寓，但见面的时间少之又少。有传言说夏斐活动着想调走，也有人说在营门见有一男子抱着一束玫瑰找苏瑾。一切都是听说，欣然没见过也没听她们说起。曾经亲密无间的同事，如今需要拐弯抹角从别处了解。欣然也不知道，怎么走着走着彼此竟成了熟悉的陌生人，她不想这样，但又无能为力。

调走、相亲，苏瑾和夏斐似乎都在寻找方向，欣然的方向又在哪里呢？她和海若呢？父亲她倒不担心，她就怕母亲不同意。如果真和海若在一起了，有一天他会不会对自己厌倦，如同夏斐和苏瑾一样，视她为路人？海若，又喜欢她什么呢？她又有什么值得海若喜欢的呢？想起这段感情，有时幸福满满，有时又患得患失。

护士长唐宁雅有天问欣然："怎么巡诊了一圈回来，你们一个个感觉怪怪的。李队长说你们一路相处很愉快，但我总感觉不对劲，说实话，是不是闹什么别扭了？"连护士长都看出来了，也可能谁都看出来了，欣然只好实话实说，她们之间可能有误会。护士长劝道："有误会说开了就行了，都是同事，抬头不见低头见，多别扭！"欣然却没有信心，她说有些误会可能是说不开的，只能交给时间。听她这么说，护士长笑了："多大的事，说得这么严重。"她说，"无论怎么样，不能影响自己，更不能影响工作。"

一句话点醒梦中人。欣然突然觉得，自己再不能像个深闺怨妇，把日子过得这样凄凄惨惨戚戚。她也不能再这样沉迷在这段感情无法自拔，从而迷失自己的道路和方向，如果有一天真和海若走近，她愿是站在他身旁的一棵树，分担寒潮、风雷、霹雳，共享雾霭、流云、虹霓，而绝不是攀在他身上的一根藤，把自己的命运寄托在他身上，依赖他，依附他，渐渐丧失自我。这样的人生，不是她想要的；这样的自己，海若有一天也终会厌倦。

想明白这些，欣然豁然开朗，她不再在意苏瑾和夏斐的态度，也不再在意别人的眉高眼低，别人要怎样，她左右不了，她要做的，也能做的，就是做好自己、充实自己。没有了苏瑾和夏斐的陪伴，她就自己陪伴自己。她买了许多书，尽可能把自己的业余时间占满。她重新拿起了英语和专业课，母亲对她说过，作为医生，仅仅硕士学历是不够的。当时没太在意，觉得一切都为时过早，她要做的，就是先把当下的工作干好，别出什么纰漏。现在，她决定考博，不管什么时候，这是她的方向。她坚持早晚跑步、早睡早起，不再在忧伤的二胡声中把自己弄得悲悲切切。当然，她偶尔也拉拉二胡，但不再是《二泉映月》《葬花吟》那样忧伤的曲子，而是《喜洋洋》《光明行》等欢快的曲子。上班的时候，兢兢业业、细致周到，态度诚恳，不知不觉，阳光般灿烂的笑容又回到了她的脸上。护士长高兴地拍着她的肩膀说："不错，这才是我们熟悉的欣然。我就爱这样的欣然，简简单单、开开心心，让人看了心里就舒服，就有股劲。欣然，这就是你自己，这就是你让人喜欢的地方，如果有一天你把这些丢了，你就把自己丢了。"

平平常常一句话，让欣然有些受不了，她抱住护士长，把头靠在她的肩上，轻轻地说："护士长，您真好！"护士长感觉肩头突然有些温热，心里一惊："丫头，让我看看，你是不是哭了？"欣然死死抱着护士长，不让她看，抽泣着说："护士长，您就让我靠靠。"

进了五月，高原上的春天真的来了，四处绿意盎然，营院的草坪里，开满蒲公英黄色的小花，星星点点，犹如春天的灯盏，在春风中摇曳。周末外出，欣然还拐进花店，买了一盆绿植，还买了一束花，插进一个大玻璃杯中。有了春色，屋内感觉立马不一样了，她觉得她把春天也搬进了室内，心情就像插在杯中的那束花一样盛开了，鲜艳而美丽。她还买了条鱼，买了鸡蛋、排骨和蔬菜。这是她专程采购的。她决定学习做菜。她给夏斐和苏瑾发了微信和视频，向她俩大声宣告，本姑娘要做菜了。这可是我的处女作，晚上一定要来品尝，错过了就没了！她不知道她俩会不会和她共进晚餐，心里没底，但微信发出后，感觉整个人轻松了不少。

想学做饭，并非心血来潮。机关的伙食，总的来说不错，但吃久了，难免有些厌倦。她既想换换口味，调剂调剂生活，最主要是想有一天能为海若亲手做一顿饭，一想到这点，她就不由笑得出声来。自从有了这个想法，开始采购锅碗瓢盆，没事了就上网看视频，找度娘，看看一些菜怎么做，需要哪些食材。看着看着，便想一试身手。其实也不难，网上多的是教程，跟着一步步学便是，什么时候倒料酒，什么时候放食盐，放多少，都说得明明白白。她不想打电话请教母亲，一是母亲的做菜水平实在不敢恭维；二是这个电话一打，保不准母亲东想西想，扯出一堆事来。小时候她把女儿当羊放，如今自己长大了，工作了，她却恨不能拴根绳子，各种不放心。

时过境迁，苏瑾和夏斐早已没了当初的愤怒，彼此别别扭扭，她们一样难受。苏瑾和夏斐针尖对麦芒，没了欣然的润滑和调和，她俩同样很难愉快相处。她们的冷落，对欣然似乎并未造成什么影响，她的生活依然花红柳绿，生机勃勃，反倒是她们心里疙疙瘩瘩，日子过得不太顺心。想想多大的事，也早想缓和了，就是各自的骄傲让她们放不下面子。欣然主动发微信给她们台阶，她俩也自然借坡下驴。夏斐当即回复："你做饭，能不能吃？"欣然回复："你不会连这点勇气都没有？"她回："我是谁，我是夏斐，有什么是我夏斐不敢的？"欣然回复："等你！"然后发了一个期盼的表情包。

当时夏斐一个人正在逛商场，百无聊赖。回完微信，便急匆匆往回赶。苏瑾在家，母亲煎炒烹炸溜。起初她以为老妈母爱爆发，特意犒劳她这个被大锅饭虐待了一个礼拜的女儿，伸手去尝，母亲一巴掌便拍了过来："别动，晚上春涛要来家里吃饭！"收到微信时她没有立即回复，她还没想好要不要过去。她有点左右为难，母亲大人这么辛苦，走了，冷了她的一腔母爱，不去，错过这个台阶，怕不好再找。听母亲这话，她想都没想，回屋穿戴整齐，对母亲说，"妈，不好意思，单位有急事，我必须回去！你替我向春涛解释。"一听单位有急事，母亲不好再说什么，搓着双手说怎么这么不凑巧？父亲曾不止一次对母亲叮嘱过，军令如山。部队纪律严明，千万不能因私事干扰孩子。母亲听进去了，只要是部队上的事，向来是支持的。

春涛是姨妈给苏瑾介绍的对象，姓原，学医的，刚毕业，在地区医院工作，还是个研究生。学历不错，职业不错，长得也还周正，全家人都很满意。接触了两次，总感觉不来电，聊不到一块儿。可母亲却说，感情是处出来的，多处处就好了！像这么般配的，不好找。苏瑾不好扫家人的兴，便答应先处处。但每次约会，她都千方百计找借口逃掉。她想让男方知难而退。

"这个没收！"苏瑾拿出个大饭盒，把母亲做好的一个菜全部倒入，同时从家里悄悄顺了一瓶香槟装进包里，便大摇大摆离开家。母亲跟在身后说，到了打个电话说一声，苏瑾回头打了个OK的手势，便出了家门。耶！胜利大逃亡！脱逃成功，一关上家门，她就松了口气，给自己打了个胜利的手势，便匆匆下楼。

欣然原打算来个四菜一汤。夏斐赶来时，欣然的土豆烧排骨已经出锅，开始做清蒸鲤鱼。夏斐进来看到她对着视频手忙脚乱的样子，当即笑得要死要活，说你这现学现卖，能不能吃？欣然夹起一块排骨递到她嘴边，说尝尝，看能不能吃？欣然用牙咬住，有点烫，她又用手从牙齿中取出来，边吹边小心品尝。还行！还行！她尝了一口说道，虽然卖相不好看，但味道还不错，看来我们家欣然的确有做贤妻良母的天赋！

欣然的第三道菜——蒜蓉粉丝娃娃菜还没出锅，苏瑾和她母亲的清炒虾仁就到了。四菜齐了，原打算做的西红柿炒鸡蛋省了。汤简单，用罐头烧了个醪糟汤。欣然烧汤的当口，夏斐跑下楼去买蜡烛。她说菜可以凑合，气氛不能凑合。她回来时，四菜一汤齐了。三人拿来各自的椅子，把欣然的书桌抬到阳台上，苏瑾从包里拿出香槟打开，才发觉走得匆忙忘了拿高脚杯。没有了高脚杯，想要高雅的情调自是打了折扣。没办法，谁都懒得再去跑，只好因陋就简，拿来各自的水杯。点亮蜡烛，倒上香槟，浪漫的烛光晚餐正式开始！

端起水杯，三人一起喊："干杯！"三人做豪爽状，但都抿了一小口。夏斐调侃："都很文雅嘛！"苏瑾说："我们是谁，我们可都是淑女，拿水杯喝香槟，已是不堪了，怎么可能大口吃肉大碗喝酒？！"

"是呀！是呀！"欣然和夏斐便笑着附和。三人笑着拿起筷子。苏瑾小心翼翼夹起了块排骨，夏斐挑了块鱼肉，欣然拿着筷子什么也没夹，眼巴巴盯着她俩，等着她俩评头论足，像等待考官宣判的考生。苏瑾吃得比夹得更小心，似乎肉上长了刺似的，咬一点在嘴里慢慢品尝。品尝后朝欣然伸出大拇指说："不错呀！"夏斐也跟着发表意见，"这个鱼做得也不赖！"听她俩这么说，就说明可以放心吃了，三人便开始大快朵颐。

苏瑾率先举杯，说"谢欣然，我敬你，敬你为我们辛苦做饭，敬你又把我们叫在一起，敬你……"她还想说什么，又打住了，改口道，"不说了，一切尽在不言中！"夏斐跟着也举起杯，说"我也敬欣然，谢谢你丰盛的晚餐"。欣然笑着端起杯，说"我也敬你们俩，谢谢苏瑾的香槟、谢谢夏斐的蜡烛，有了香槟和蜡烛，我们的晚餐不一样了"。

"干！干！"三人一仰脖子，一饮而尽，很是豪气，一点也不淑女，一个个完完全全成了女汉子。

欣然一直想有个机会向她们解释那次在茫崖中队演奏二胡的来龙去脉，但这会儿，她突然觉得没必要了，一点也没必要了，所有的解释都是画蛇添足。窗户开着，五月的微风吹进来，窗台上的绿植和插花随风摇曳，笑个不停；随风摇曳的烛光和三个女孩子，同样笑个不停。这是她们住进来第一次开火做饭，往日的厨房，不过是烧个水热个奶什么的。她们没想到，吃自己做的饭，是如此不同！她们边吃边喝，兴奋得像个孩子。三人喝一瓶香槟，无论如何是不会醉的，可她们都有些微醺。

对于致力减肥的她们，这顿饭她们吃得格外多。从茫崖回来，一直疙疙瘩瘩别别扭扭，好久没这么开心这么放纵自己了。今夜，她们不再关心人类，只想尽情享受这难得的快乐时光。吃好喝好了，她们依然不想早早收场。

一轮满月从东方升起，把清辉洒满这座安逸的西部小城，洒满营院，也照进她们这间小小的公寓。五月的夜晚好美，被微风吹拂着轻轻摇曳的绿植和插花好美，随风摇曳的烛光好美，因兴奋而满脸红扑扑的三个女孩好美。夏斐说："如此良辰美景，怎能没有音乐？欣然，给我们演奏一曲！"苏瑾也跟说："这主意不错，欣然来一曲。"没什么可忸怩可推辞的，欣然爽快答应，站起来进屋去拿二胡。

欣然拿来二胡，调整好坐姿，摆好架势，说二位想听什么？她俩再也不想听《赛马》，这辈子都不想听，但又不知欣然还会什么，一时语塞，不知点什么好。欣然说："《今天是个好日子》怎么样？你们俩演唱，我伴奏，如何？"

"就这个！"夏斐说，苏瑾也无异议。前奏结束，歌声响起。纯属自娱自乐，不像舞台演唱那样夸张，声音那么高亢，但婉转悠扬，韵味十足。一曲过后，还不尽兴，她们接连又唱了好几首，方才作罢。

月上中天。夏斐吹灭蜡烛，一股刺鼻的石蜡味随之弥漫开来。月光如水如天。三人坐在清幽的月光下，一言不发。欣然扭头看着天上清亮的满月，莫名有些伤感，这样一个夜晚，一生一世将永不再来。"恨君不似江楼月，南北东西。南北东西。只有相随无别离。"圆月之下，海若在干什么？山河辽阔，人间星河，无一是你，无一不是你。海若现在就这样，不论何时何地，一个招呼不打就会跳到欣然面前。会不会有这样一个夜晚，没有别人，只有他俩，在月光下演奏歌唱、品茗聊天，或者什么也不干，什么也不聊，就这么静静地坐着。

"夏斐，你是不是打算调走？"苏瑾突然问夏斐。夏斐没有直接回答，她说："铁打的营盘流水的兵。我们都会离开，只不过是时间早晚而已。说实话，我不想一辈子待在高原这个偏远的小城市。"她转头问苏瑾，"听说你有对象了，你甘心一辈待在这儿吗？"苏瑾沉默了好一会儿才说，"我不知道，那个还不能叫对象。他是我姨妈介绍的，人你那天碰到过，长得也还行，在地区医院上班，工作也不错，所有的人都觉得很好，可我偏偏没感觉。一点儿感觉都没有。人都说感觉是最不靠谱的，可对我们自身来说，感觉不靠谱，那还有什么是靠谱的？"一句话，让大家又陷入了沉默。

欣然再次觉得她是幸福的，能够和海若相遇。和海若走近，完全是感觉指引。苏瑾说得对，没有感觉，那不过个路人。欣然说："苏瑾，既然没感觉，就索性快刀斩乱麻，这样拖着，于人于己都不好。"苏瑾说："我现在有点乱，所有的人都告诉我，过了这个村就没了这个店，我也不知道，这世上是否真有一个我喜欢又喜欢我的人，我没信心！"

"一定有！一定有！怎么可能没有？就是不要太多噢！"欣然和夏斐抢着说道。看来，骄傲如苏瑾，海若的拒绝给她的挫败感真不小。

熄灯号响了。"时间不早了，我们早点休息，明天还要出操。"欣然说着，她过去打开了灯，突然亮起的灯光，一下刺得人睁不开眼来。明亮的灯光照进现实，浪漫迅速后撤，桌上杯盘狼藉。夏斐和苏瑾要帮着一起收拾，被欣然拦住了："你们快去洗漱吧，我自己来。"她俩还要卸妆，比较费时，不像自己省事。

十三

欣然迷上了做饭。几乎每个周末她都会下厨，看着手机，变着花样学习做菜，做给她们仨；如果苏瑾回家，便做给她和夏斐；夏斐也外出了，在外面吃了或不想吃了，她也会做给自己。冰箱原来除了偶尔放放酸奶，放放苏瑾和夏斐面膜，空空如也，如今被她塞得满满当当。

只有欣然自己知道，她做的每一顿饭不是做给自己的，也不是做给苏瑾和夏斐的，而是做给海若的。海若爱吃什么呢？这个菜海若爱吃吗？每次做菜，她都会纠结一番。隔三岔五和海若打电话发微信，但她从没问过海若喜欢吃什么，有几次话到嘴边又刹住了。她想给他惊喜，她希望那一天海若两眼放光，激动地说："哇，欣欣，你竟然会做饭！"或者说，"欣欣，没想到你做的饭这么好吃！"每次想到这些，她都会不由得笑出声来，越发做得精细认真。

欣然想想有些惭愧，她真是个粗线条的人，按说海若住院有一段时日，除了觉得他喜欢看书外，再没发现他有什么爱好，对于他喜欢吃什么，更是无从察觉。其实想想，这也不能怨她，作为军人，大多在集体管理中，个人的喜好淹没在集体当中，就拿吃饭来说，怎么可能是喜欢什么吃什么，而是食堂做什么吃什么！哪容自己选择？军人的奉献牺牲，并不仅仅是战场上的为国捐躯，而是渗透在生活中的方方面面。所以，凡当过兵的人都有很强的适应能力，绝不会挑三拣四。用一句俗语讲，好养活。

欣然每周给自己改善伙食，人不但没胖，反而瘦了。经常会有人说："谢医生，你怎么瘦了？"也有人说，我们谢医生真是越来越漂亮了！这不是恭维之词，欣然与刚来相比，的确瘦了也漂亮了，连欣然自己看到镜子中的人，都觉得自己比原来更自信了。"转眸流精，光润玉颜"，眼神没了过去怯生生的感觉，有了光彩，整个人变得神采飞扬，就像被春雨滋润过的鲜花，越发的娇艳欲滴。连唐护士长也打趣她："我们的欣然真是越来越漂亮了，快给我说说，有什么秘诀？"

怎么就变漂亮了？连欣然自己也说不清。有人说，爱情是最好的美容师。也许吧。也许是因为跑步，也许是充实而有规律的生活，也许是乐观向上的生活态度……谁说得清呢，但无论如何，听这么多人夸赞，如沐春风，让欣然的心情越发开朗，也越发自信。

随着烹饪技术日臻熟练，欣然想给海若做顿饭的愿望水涨船高，日趋迫切。日日思君不见君。时间一长，异地恋的不便、不好之处便一一浮出水面，露出本来面目。这样的恋人，无异于镜花水月，是指望不上的，累了连个想依靠的肩膀也指不上。因此，欣然私下里把海若称作"影子恋人"。她也慢慢明白了母亲的反对为什么那么强烈。和父亲长年两地分居，她经受了怎样的煎熬，唯有她自己知道。她不希望自己的孩子走她的老路。可怎么办呢？欣然已经陷进去了，无法自拔。"影子恋人"看似什么也指望不上，但欣然自己清楚，没有了这个"影子恋人"，她一定会像失去水分的花，很快枯萎。

"谢医生，你肯定是恋爱了，对不对？"有个周末，欣然和护士长值班，没有病人，两个人闲聊，护士长突然问她。欣然问她"何以见得"？护士长笑了笑说："你以为你藏得很深？恋爱是藏不住的。你想，之前你是个多么单纯的孩子，一张白纸似的。"

"难道我现在不单纯了吗？"欣然问。护士长用食指戳了一下欣然的额头说："你呀，现在可复杂了。"说着，自己"咯咯"地笑开了。其实，欣然心里清楚，现在的自己的确不一样了，有了心事，有了秘密，有了看见或看不见的忧伤。

欣然被护士长笑红了脸，假装生气，不再理她，可护士长哪里肯放过她："老实交代，是不是高海若？"欣然心头一惊，苏瑾不可能，是不是夏斐走漏了风声？按理说不会。她当时对海若的倾慕之心，机关上下人尽皆知，她怎么会自己说出来打脸？难道是海若自己？"我猜得一定没错，肯定是高海若，不可能是别人，对不对？"护士长追问道。欣然没有直接回答，而是问护士长："护士长，有人给你说什么了吗？"

"要别人说吗？你脸上差不多写着四个大字？"

"哪四个大字？"欣然不自觉地用手去摸自己的脸。护士长还没张口，自己先笑开了，边笑边说："你脸上写着'我—恋—爱—了'！"真的这么明显吗？欣然再次不好意思起来。

"那你为什么猜是高海若呢？"护士长笑着说："你这个小丫头，表面上一副无所谓的样子，心其实高着呢。基层中队的干部除了高海若，一时想不起谁还能让你五迷三道。海若住院后期，我就发现他对你有些不一样了，没想到他还真追成功了！"

"护士长，不是您想的那样，我们只是都有好感，高队长从没明确对我说过什么，真的！"

"恋爱不是从有好感开始的吗？他不说肯定是怕你拒绝或吓着你。"欣然一听急了："护士长，你越说越玄了，我几时拒绝过他？"护士长说："我当初给你介绍的就是高海若，你想都没想就拒绝了呀！"欣然此时才知道，护士长当初给自己介绍的人，竟然就是高海若。"你呀，你还是不相信我这个老大姐！不合适的，我能给你介绍吗？"护士长埋怨道。一听护士长这么说，欣然连忙道歉："护士长，你千万别多心，我妈她真的不让我在这里找！"护士长问："那怎么现在就行了呢？""这不是遇到了嘛，我妈她肯定还是会极力反对的，我也不知道该怎么办，我还没告诉过她，也不敢告诉她。"护士长叹了口气说："欣然，我理解你妈妈，也理解你的担心。找了，也许就真的回不去了，就像我一样。"欣然盯着护士长，认真地问："护士长，你后悔吗？"护士长摇了摇头说："后悔倒不后悔，只是对父母有着深深愧疚。他们现在年纪大了，跟前连个陪伴的人都没有。"护士长的话，让欣然陷入沉思。

在欣然和她的"影子恋人"海若电话谈情说爱的时候，苏瑾和夏斐也没闲着。苏瑾虽说对家里介绍的那个男子没感觉，却也一直藕断丝连，继续寻找着感觉，对介绍对象或主动追求的也不排斥，造成一派虚假繁荣。用她自己的话说，她这是骑驴找马。欣然怕她挑花眼，却又不好明说，海若成了她们彼此之间的一根刺，她说什么，她可能都不会舒服，也只好什么不说，暗暗祈祷她能尽快找到属于自己的"麦穗"。夏斐呢，心在大城市，说好不会在这个偏远小城安营扎寨，即便如此，但仍有一些追求者执迷不悟，飞蛾扑火似的，不屈不挠，每到周末，送花的，请吃饭的，也是没怎么断过。

日子就这么过着，热闹着、寂寞着，寂寞着、热闹着。军营毕竟是个不一样的地方，有太多的规矩和限制，有太多的迫不得已，在地方稀松平常的一件事，到了部队却是难上加难。就像欣然她们，到了谈婚论嫁的年纪，想好好谈段恋爱都不容易。要么没有目标，机关多是已婚人士，同龄人大多散落在基层中队，很难有见面机会。要么有目标没时间，就像欣然，虽然有了目标，但没了朝夕相处、花前月下、耳鬓厮磨的恋爱，终究像镜中花水中月，让人心里不踏实，总感觉欠缺了什么。像苏瑾，只有周末才能外出，要是轮到值班，见面的时间还会延长，刚擦出点火花或有了点热度，却不能趁热打铁，等再次见面，火花不再，热度冷却。何况，吃一顿饭，喝一次咖啡，这种蜻蜓点水式的相处，很难擦出火花，产生热度。没有深入了解，她也不知道，那些所谓的追求者，是奔着她这身军装和职业来的，还是奔着她这个人来的。有许多人开口第一句话就是，我从小就喜欢当兵的；或者说，女孩子穿上军装，真是太帅气太有感觉了。话虽没错，如果不是相亲对象说的，她会感到开心甚至骄傲，但从相亲对象口里说出来，却让人开心不起来。不知真是自己挑花了眼，还是缘分未到，见了不少人，没有人能真正让她怦然心动，甚至连一丝涟漪也激不起来。时间一长，连自己都迷茫了，不知道自己到底想找个什么样的人。但骄傲如她，绝不能就此败下阵来，让人觉得她是个没有人爱没有人追的女孩。她就是要让有些人知道，追她的人，排着长队。

进入七月，高原的阳光一日比一日灿烂热烈，比阳光更灿烂热烈的，是大家的心情。一项新任务，把三个女孩子很快从平平淡淡的日子、七七八八的心情中打捞上来，让她们不再沉迷于个人的小心思，而是全身心投入。

"八一"前夕，总队举行军事大比武。战地救护比武人员是最先被确定下来的，由卫生队一名医疗骨干带欣然和夏斐参加。为缓解心理压力，提高比武成绩，苏瑾作为心理疏导员也将随队同行。军事比武人员，经个人申请，中队推荐，支队通过比武方式层层选拔。人员确定后，先在支队进行为期一周的强化集训。

海若到机关报到时，欣然他们已经投入训练。人是见到了，但给他做顿饭的愿望却被搁置下来，没能第一时间实现。这时的海若，一副重任在肩的样子，无暇他顾。欣然也一样，顶着高原强烈的紫外线，反复练习战地救护的通气、止血、包扎、骨折固定、搬运、心肺复苏等，尤其练习火线转移伤员，夹着"伤员"侧身匍匐、背驮匍匐，要么让"伤员"躺在雨布上拖运，整天累得腰酸背疼，根本没时间也没精力想别的。海若作为总队十佳训练标兵，本想参加全能比赛，但考虑到他术后时间不长，怕出意外，被领导否决了，只让他参与射击比赛，并负责参赛人员管理。

出发前，支队领导召集参赛人员开了一个简短的动员会，鼓励大家赛出作风、赛出水平，取得优异成绩。会后，由支队一名副支队带队，他们乘大巴前往总队。终于有时间了，欣然很想借机和海若坐在一起，说说话或者什么也不说，让她靠靠也行。心里很想，可上了车却躲得远远的。海若呢，不是找队员谈心了解情况，就是和几个干部商量对策，即使和欣然讲话也是工作，一副公事公办的样子，让欣然多少有些失落。那些因繁忙而远去的小心思，见缝插针、卷土重来。虽然每天都有擦防晒霜，但近两周的室外训练，强烈的紫外线让她不再是那个面若桃花、唇似樱桃、大家夸赞的漂亮女孩，而是直接变成了一个地地道道的黑妹。她这个样子，是不是让海若失望了？海若是这样的人吗？这个念头冒出来后，连她自己也不太相信。海若如果是以貌取人的人，当初怎么会选择自己？不论夏斐还是苏瑾，都要比自己漂亮。她相信海若把心思全部放在了比武这件事上。能看出来，他是个集体荣誉感很强的人。这样想的时候，心情好了很多。

欣然扭头望向窗外，视野开阔，无垠的戈壁，蔚蓝的天空，戴着白帽的远山，以及堆在天边的云朵，都很有气势，有一种震慑人心的力量，呈现出一种大气之美。高原的美的确有别于江南的美。高原的美，是粗犷的、豪放的，是苏轼的"大江东去"；而江南的美，是细腻的、婉约的，是柳永的"烟柳画桥"。欣然希望有一天，能和海若一起以闲适的心情到处走走，看一看营区外的风景。

"看什么呢？"有人小声问，欣然回头，是海若。她亦小声反问："你怎么舍得过来？"

"看来有情绪呀？"海若坐在欣然旁边，同样小声说道。

"谁有情绪？"欣然再次把头扭向窗外，不想理他。这时，海若却把欣然的手牢牢地握在了自己手中。欣然怕被人看见，想拽开，不料被抓得更紧。海若把食指竖在嘴上，示意欣然别叫，他小声在她耳边说，"都睡着了"。欣然抬头一看，果然东倒西歪睡倒一片。

海若看着欣然，不说话，只是一下下捏欣然的手。此时无声胜有声，欣然从中感受到了太多太多的信息。她感受到了他同样刻骨铭心的思念，感受到他对自己的心疼，也感受到他的无可奈何和歉意……她突然释然了，那一点点小情绪转瞬不见了踪影，闭上眼睛，把头幸福地靠在了他的肩头，内心无比踏实，无比满足。

海若把脸贴在欣然头上。一股淡淡的清香钻进他的鼻孔，可能是洗发水的味道，很是好闻。欣然有一头漂亮的短发，像黑色的绸缎，丝润柔滑，闪闪发亮，许多次让他忍不住想伸手去摸一摸。此刻，得偿所愿。两个人第一次这样双手十字交叉贴在一起，肩并肩头靠头粘在一起，一股巨大的幸福让他有些难以承受，心脏在胸腔中"怦怦"有声，要跳出来似的。

"醒醒，到了！"海若耸了耸发麻的右肩，欣然依然没能从沉睡中醒来，他只好用双手捧住她的脑袋，边摇边叫。

"已经到了？"

"到了！"

"我怎么就睡着了呢？"欣然一清醒过来就后悔，这么难得的机会，这样心心念念的机会，竟然睡着了。海若没时间替她解释她为什么就睡着了，他忙着去张罗，把欣然放在一边。这时的海若是工作的，是大家的，唯独不是她谢欣然的。她有些怀疑，之前相互依靠的情景，是幻想还是梦境，她又像脱下水晶鞋的灰姑娘，重新回到了现实。当然，现实也容不得她多想，她既要参加比武，又是随队医生，第一次挑这样重的担子，心里还是沉甸甸的。

已是傍晚，他们报到后回到房间，匆匆洗漱了一下，就去餐厅就餐。新闻联播后，副支队长召集所有人开了个短会，对第二天的比武项目进行了简要部署。接下来的每个晚上，都要开这样一个例会，对当日比赛情况进行小结和复盘，听取大家意见；对第二天的比武项目进行部署。众人散会了，海若他们几个骨干还得留下来，一起分析对手，研究战略战术。欣然一直觉得，军事比武无非是实力的较量，现在看来，也不尽然，有的是拼实力；而有的却是战略的、战术的、心理的、心态的、实力的全方位比拼和较量。海若无疑成了副支队长的军师和小诸葛。"知己知彼，百战不殆"。他通过各种渠道，利用一切人脉，搜集情报，了解对手，研究对手，给副支队出谋划策，及时提供意见建议。海若所在支队是个小支队，又是执勤支队，不在战略战术上动动脑子，不用用"田忌赛马"的招数，面对机动支队和部分驻省城的大支队，是很难有所作为的。

别人散会去休息了，但欣然、夏斐和苏瑾她们三个却没法休息，得去各个队员房间巡诊，有些队员在训练时就受了小伤，但为了支队荣誉，轻伤不下火线，都得她们去处理。苏瑾还得对第二天参加比武的队员进行心理疏导和放松疗法。白天，不比武的时候，她们同样不能闲着，得到现场观摩，为比武人员助威呐喊。

太阳还没露脸，各路人马就齐聚训练场，摩拳擦掌，跃跃欲试，期待着接受检阅、接受挑战。多巴训练基地离省城二十公里。二十公里，足以把城市的喧嚣隔开，自成一体，像个独立王国。不愧是"夏都"，盛夏的早晨，依然凉风习习，很是宜人。当然，十点一过，就不一样了，阳光同样热烈得能把人皮肤灼伤。

八点整，誓师大会正式开始。会议由总队副司令员主持，参谋长宣读比武方案，裁判代表和参赛选手代表分别上台宣誓，政委做动员讲话，最后，总队司令员用中气十足的声音宣布，第五届"卫士杯"军事大比武正式开始。话音刚落，枪炮齐鸣，数十发彩色信号弹腾空而起。如同听到出征的战鼓，参赛选手迅速进入临战状态，严阵以待，如箭在弦。

为营造气氛，由机动支队擒敌术、倒功、刺杀、摩托化方队依次表演，整齐划一、标准规范、高难刺激的动作和气势磅礴、杀气腾腾的呼喊声，让人热血沸腾，不能自己。表演方队退场后，比武正式拉开帷幕。顿时，枪声、喊杀声、助威声、呐喊声响彻一片，整个训练基地像一锅烧开了的水，顿时沸腾起来。

整个比武，紧张、刺激、险象环生，充满悬念。每天都有惊喜，有沮丧；有料想之中，有预料之外。随着在一起并肩战斗，让欣然再次看到海若的另一面，在比武场上，他就是个斗士，充满斗志和自信；排兵布阵中，他无疑是诸葛亮的化身，足智多谋；在激励士气上，他又是"心灵鸡汤"的大师；关心照顾起人来，又好像一位贴心老大妈……她终于明白，许多人喜欢他不是没理由的；她也不得不承认，就像副支队长夸他的，他的的确确有着将帅之才。她有时想，自己何其有幸，遇到这样一个优秀的人；有时她又担心，为什么偏偏让她遇到这样一位近乎完美的人，让她难免患得患失。

海若参加的两项比赛全部获奖，其中手枪速射获得第一名，隐显靶射击获得第三名。这两个项目，都是特战队员的训练科目，像手枪速射，要求在一秒钟内完成拔枪、上膛、瞄准、击发，隐显靶射击，显靶时间按照战斗值设置几乎都是两秒钟，队员在两秒钟内，至少要完成发现、急停、转身、出枪、瞄准、击发等六个动作，难度可想而知，他一个基层中队主官，面对众多特战队员，从容应对，并取得不俗的成绩，不能不让人佩服。

欣然他们的战地救护，为贴近实战，被穿插在红蓝对抗比武中，根据指令迅速进入，你不知道你要救护的人员，是真的受伤了还是假伤，增加了比赛的难度还有不可预知性，而且救护对象全是真人，是一米六七的小个还是一米八九的壮汉，你都无法预猜，有太多的不确定性。欣然一直告诫自己，要保持平常性，但随着比赛一天天深入，她思想负担一天比一天重。高手如云，有总队医院的，有从医多年的，像她和夏斐这样刚走出校门不到一年的，用副支队长的话说"生瓜蛋子"，不指望获得名次，上场恐怕手忙脚乱，贻笑大方。海若看出她和夏斐的顾虑，说你们想知道我的比赛秘诀吗？我的秘诀是，我从来不想比赛结果，我要想，也只想比赛程序和动作。上场时忘记一切，只是按平时怎么训练就怎么做。你只要告诉自己，只要上场了，只要能把动作做完整，任务就完成了。支队领导不是告诉你们了吗，今年，对你们没有成绩要求，只是让你感受一下比赛氛围吗？该吃吃该喝喝该睡睡，别把还没发生的事情提前拿出来吓唬自己。他甚至不顾夏斐在场，摸着欣然的头说："傻丫头，别想太多，天塌不下来！"看他这样，夏斐抗议："你们俩是不是当我不存在，这么明目张胆秀恩爱，太过分了。"其实，她更过分，碰到总队医院一个帅气的年轻医生，一聊还是一个学校的，早一届，便一口一个师哥，两个人见缝插针煲电话，大有一拍即合之意。说话也是张口闭口我师哥，才是真的让人受不了。

还是苏瑾好，不用参加比赛，可她却说："别看我不上场，可看你们比武，比我上场还紧张，你们没发现吗，我嗓子都喊哑了？"也是，矜持如她，可每次有她们支队参与的比武，她也是大声助威，嗓子很快哑了，每天含着金嗓子喉宝。其实，她的心门也被人撞开了，只是她不像夏斐，有什么事藏不住，都会不管不顾说出来，她对没底的事，更愿意闷在心里。那个撞开她心门的人，是四百米障碍的冠军。当他跃深坑、飞矮板、上云梯、登独木桥、钻铁丝网……冲刺的时候像只敏捷的猎豹，还没看清他的模样，就被他一整套行云流水的动作折服了，好像有一扇门被突然撞开，心开始"怦怦"地跳。她突然变得异常灵敏，餐厅、比武场……她总能发现他的身影。除了姓名和单位，她对他的情况一无所知，可还是不能白拔地陷了进去。每个夜晚熄灯后，她都会在暗影中忍不住将他细心打量——黑黑的皮肤，白白的牙齿，顾长而匀称的身材，无不散发着诱人的魅力，让她情不自禁。原来，原来自己喜欢的是这样的人呀。就像拨云见日，曾经的迷茫也随之雾消云散。像这样的人，不可能没有女朋友吧？想到这点，她的心就会无端地疼起来。人生最遗憾和难过的莫过于此，见到了，却不得不擦肩而过。

不得不说，海若的话还是起作用的。听他的话，欣然不再东想西想，有时间就把战地救护流程在脑子中过电影。夏斐平日看上去像个娇小姐，其实关键时候很泼辣，敢于对自己下狠劲；他们组的那个男医生，话虽不多，但业务过硬，性格沉稳，让她们感觉很踏实。比武出乎意料的顺利，他们竟然突出重围，在众多高手中拿到了第三名的好成绩，出乎所有人预料。宣布成绩的时候，欣然几乎不敢相信自己的耳朵，她和夏斐当即激动得哭了，边哭边笑，像两个傻子。海若更是开心，比自己得了第一名还开心，当即跳起来，随即和身边的一个战友拥抱在一起，激动得语无伦次："丫头，了不起，你比我想象得还厉害。"让这名战友一头雾水。

十四

为期一周的军事大比武，在激烈紧张的较量中转眼落下帷幕，他们总成绩排名第六，这是支队首次在全总队军事比武中进入前十。比武情况，副支队长每天电话报告支队领导，打了胜仗，支队领导自然非常高兴，返回途中，副支队传达了支队领导的表扬和祝贺，传达了支队党委要给获奖人员立功受奖的决定。"噢——"听到这一消息，车内顿时欢呼起来。来时人人心情紧张，患得患失，如今凯旋，心情自是不同。虽然经过连续一周的激烈角逐，但大家毫无倦意，每个人热情高涨，跟打了鸡血似的，不知谁带头，竟然高歌起来，副支队长也放下领导架子，竟然站起来打起拍子，当指挥，和大家一道放声歌唱。

这一路，海若同样不是欣然的，但她没有丝毫吃醋，也没有一丝一毫委屈。这一路，她和大家一样，不分彼此，沉浸在欢乐的海洋中，尽情享受胜利的喜悦。在这片海洋中，大家融为一体，不分你我，没有远近亲疏。就这样一路高歌一路笑语，四个多小时的车程，不知不觉到了支队机关。

支队领导带领机关官兵早已等在大门口，列队欢迎他们，欢迎他们凯旋。机关食堂也加了菜，为他们接风。就餐前，支队长、政委分别发表热情洋溢的讲话，祝贺参赛队员不畏强手，敢打敢拼，取得佳绩。鼓励大家把这种"特别能吃苦、特别能战斗、特别能奉献"的精神在今后的工作学习中发扬光大，也号召广大官兵向他们学习，见第一就争，见红旗就扛。领导的关心和鼓励，让每名参赛队员备受感动和鼓励，觉得再苦再累也值了。晚饭后，大家各自散去。基层参赛官兵被安排在支队招待所食宿，第二天返回单位。

从食堂出来，欣然觉得再没什么事了，想和海若一起散散步，走一走，一并把吃饭的事定下来，可海若同样没有给她机会，而是在食堂前整好队伍，带着基层参赛官兵迈着整齐的步伐回招待所去了。欣然就在不远处徘徊，傻子都能看得出来，她在等他，可海若却视而不见，让欣然无比失落。几天来一直高涨的情绪、热气腾腾的心情，就这样被泼了一盆冷水，瞬间熄灭了。前一刻还觉得夜空星星点点，周遭凉风习习，充满诗意，转眼间，让她感觉冷风飕飕，自己像失群的孤雁，倍感凄凉。

希望落空，受到打击的谢欣然不想去办公室，也不回宿舍，像突然失去了方向，一个人在昏黄的路灯下漫无目的地溜达。也许一直以来，都是自己一厢情愿。这次与海若相见，他一直若即若离，她替他开脱，告诉自己，他全身心扑在比武上，无心他顾。如今，比武结束了，这样的行为又该做何解释？她不清楚，脑子一团糨糊。

不知不觉走到了招待所前，许多窗户都亮着灯，有笑声从里面飞出来。那份美好依然在他们心里延续着，多好！不像自己的，戛然而止，冰火两重天，前一刻还幸福满满的她，此刻却是心乱如麻，不知所措。窗口的灯光太过明亮，有些灼眼睛，她不想多待，掉头离开，鼻子有些发酸。

有人迎面跑来，欣然不想见任何人，拐进旁边的小径。"谢欣然！"是海若。欣然装作没听见，继续快步往前走，被海若几步就追上了，大声问她："你一个人瞎溜达什么呀？手机怎么关机了？"比她还理直气壮还委屈。关机了吗？欣然掏出手机一看，果然关机了，看来是没电了。

欣然站定，依然低头不想理海若。海若上来抓住她的肩膀说："给你发微信不回，出了招待所给你打电话，才发现你关机了。"欣然这才解释道，手机没电了。她知道是自己误会海若了，但沉下去的心情，一时半会儿还调适不上来。海若抓住她的手，欣然怕被人看到，四处张望，发现没人，便放心把手交给他，两个人双手十字交叉，肩并肩一起往前走。之前的期盼失而复得，欣然降到冰点的心情迅速升温。不料没走几步海若却说："我不能陪你太久，我还得回去看着那帮兔崽子。你知道，这段日子，大家处得不错，明天就要分开，加之取得了成绩，受到了领导表扬，难免会得意忘形，很可能偷偷溜出去高兴高兴。其实，比武期间不会出什么事，反而是这个时候，更要加强管理。"听海若一说，欣然马上明白，她反过来催海若马上回去。海若说，这个时候他们不会轻举妄动，熄灯后就不好说了。即便如此，欣然还是催他回去，不能大意。海若说，我送你到公寓楼下我再回去。欣然只好同意，两个人便加快速度往回赶。

在路上，欣然问海若，明天几时走？她说"能不能晚一点走，我想给你给你做顿饭"。

"你还会做饭？"海若没有回答欣然的问题，直接惊讶地问她"小看人！"欣然嗔怪道。"我们家的傻丫头还真是无所不能！"海若摸着欣然的头夸赞道，他接着说，"为了这顿饭，你让我什么时候走我什么时候走，只要管饭，不回去也可以。"

"我在跟你商量正事，别油嘴滑舌的。"欣然责怪道。海若接下来的话，让欣然知道他所言非虚。副支队长已特批他两天假。他说"让我好好陪陪你"，海若强调道。

"啊，你都给副支队说了？"

"说了呀！不愿意吗？"

"我还没准备好。"

"准备什么呀？嫁妆吗？不用！有你就够了。"海若又油嘴滑舌，气得欣然给了他当胸一拳。海若双手抓住她的手，站定，注视着她，慎重地、一字一顿地说："我要让所有的人都知道，你，谢欣然，名花有主；你，谢欣然，已是我高海若的人了，谁都别想跟我抢！"

"行了！"被他这么一说，欣然有些害羞，挣脱他的双手，继续往前走，很快到了公寓楼下，欣然问："明天晚上六点来公寓吃饭，怎么样？"

"Yes, sir！"海若两腿一并，学着影视剧中香港警察的样子，"啪"地敬了个潇洒的礼。"真帅！"欣然由衷地表扬道。"还行吧！"海若也不谦虚。"那就说定了。你快回去吧！"欣然催他，海若却坚持让欣然先上楼，欣然只好转身，在海若的注目礼中移步上楼。

进了公寓，欣然跑到阳台上去看海若，却已不见他的身影，真是跑得比兔子还快。欣然先去给手机充电，然后打开手机，有许多短信、微信和未接电话信息涌进来，欣然一看，大多是海若的："吃完饭等我。""吃完饭别乱跑，等我电话，我有话给你说。"好几个短信、微信，还有三个未接来电。看了这些平平常常的短信，欣然既开心，又为自己的小肚鸡肠惭愧。她告诉自己，以后一定要百分之百相信海若，再不能这样以小人之心度君子之腹。

她顾不得想别的，马上开始考虑接下来的事。海若补休两天，其实也就一天半。他明天要把参赛队员一一送走，最晚的要到下午四点。明晚吃完饭，后天说不定还可以真的一起到附近景点走走看看。一想到这些，她幸福得差不多要晕过去。和海若相恋以来，他们还没有过完完全全属于他们自己的时间和空间。现在，最要紧的是明天的晚饭。

给他做什么呢？太高难度的，自己也做不了，勉为其难，反而弄巧成拙，还是做家常菜，把握性大，而且不能做得太多，两个人吃不了，浪费，说不好出力不讨好，让海若觉得她不会过日子，反而失分，就得不偿失了。时间定在晚上，完全是她们那个愉快的晚餐给她的启发，到时也可以点上蜡烛，来一瓶香槟，用夏斐的话说，菜可以凑合，但气氛不能凑合，一定要浪漫要有情调。这是她第一次给他做饭，这也是他们单独第一次共进晚餐，她想给海若留下美好而难忘的记忆。

电话来了，欣然以为是海若的，跑过去一看，是护士长的。护士长在电话里问欣然，微信看到了没有？欣然说没看到，手机没电了，刚充上电。一堆微信，她只顾看了海若的，没看别人的。护士长说："给你打电话，一是公事，一是私事。公事是明天给你们补休一天，私事是高队长来了，我老公想叫他到家里吃顿，他说晚上他有安排，就定在中午了，到时你也来参加。"到时和海若的窗户纸肯定要被捅破，难免尴尬，加之明天有很多事，她以明天中午有事，当即婉言谢绝。

原打算连夜突击搞宿舍卫生的，明天补休，有的是时间。欣然便早早洗漱，上床休息，这些天又累，神经绷得又紧，这一放松下来，感觉无比疲乏，上床不一会儿就睡死过去，连早晨的起床号都没听到，一觉睡到早晨七点。起床后，去食堂吃了早饭，为买到新鲜蔬菜，便早早外出采购。离营区不远有个早市，卖菜的多是郊区的菜农，欣然经常去，菜比较新鲜。买菜回来，已是上午九点。苏瑾回家了，夏斐可能还在睡觉，房门紧闭。想请海若晚上吃饭的事，昨晚告诉她俩了，并邀请一起和海若共进晚餐，被她俩异口同声拒绝了："我们就不当电灯泡了！"欣然也只是客气，她知道她俩是不会参加的。

回来后，欣然没有休息，开始马不停蹄地洗衣服、打扫卫生，一直忙到中午十一点，累得腰酸背疼，懒得去食堂吃饭，随便用白糖拌了个西红柿，喝了杯牛奶，吃了一块面包便上床休息。睡了约半个小时她就醒了，醒来后再也睡不着，又开始忙乎。她先把剁碎的排骨放入清水浸泡，然后淘洗干净，放在砂锅中，加上少许清水、料酒，放上生姜片和葱段，用小火炖。晾在阳台上的衣服干了，在炖排骨的同时，欣然把衣服收进来，叠整齐放进衣柜，把阳台收拾出来。她想和上次一样，把自己的桌子搬到阳台上当餐桌。她去敲夏斐的门，无人回应，推开门一看，屋内空无一人，也不知道她是什么时候离开的。没人帮忙，她自己一个人一点一点把桌子移到了屋外，又从夏斐屋里搬来她的椅子，连同自己的椅子搬到阳台摆放整齐。上次买的那盆绿植依然蓬勃，花束坚持每半个月更换一次。出去了一周多时间，回来时上次更换的花束已经蔫了，早上出去，她又买了一束，顺带还买了个好看的花瓶。买的花束有康乃馨、勿忘我，石竹梅和满天星，是店员向她推荐的，说这个组合叫"完美再现"。店员先给她推荐玫瑰和满天星组合，被欣然否决了，玫瑰谁都知道代表什么，意图太明显，反而不好。一切收拾停当，时间还早，她便坐下来稍事休息。她看着干净整洁的室内，看着放在窗台上的绿植和鲜艳漂亮的花束，心情无比美好！她想着海若来看到这一切，眼睛一定会亮起来。想到他惊喜的表情，她的嘴也不觉咧开了。

排骨炖好了，她用漏勺捞出来，放进盘子。剩下的工序她想放在后面，红烧排骨放凉了口感不是太好。接下来她着手做别的菜。她决定做个凉拌三丝、蒜蓉茄子、清蒸鲈鱼、红烧排骨。两凉两热，除了红烧排骨稍为费点事外，其余的都比较简单。凉菜好了，鲈鱼收拾好，配好作料放进了蒸锅，欣然一看手表才下午四点刚过。海若说下午四点送最后一批站，送完后就没事了。按海若的性格，送完站，他一定会急不可待赶来。鱼蒸了约十分钟后，欣然便关了火。时间还早，她决定先冲个澡，她怀疑自己现在满身油烟味。

冲完澡，吹干头发，穿戴整齐后，她觉得海若差不多快来了，便跑到阳台上观望，五点半、六点、六点十分，直到六点二十还迟迟见不到他的影子。欣然回到卧室，找到手机想给海若打个电话，拿起手机才发现自己在冲澡的时候，海若给自己打过电话，也发了微信。她打开微信一看，一屁股坐在床上，心情再次降到谷底。海若在微信中说："欣欣，实在抱歉，让你失望了，我无法赴约，吃不到你精心准备的大餐，实在太遗憾了！中队打来电话，有紧急情况，我必须赶回去。实在对不起，希望你能谅解！"末尾一个痛哭流涕的表情包。

白白辛苦一场，欣然瘫坐在床上，就像一台加足马力一路冲刺的机车没油了，被迫抛锚。"不必介意，会有机会的。一路平安！"她给海若回了短信后，就傻傻地坐着，失去了动力和方向，脑子一片空白。她一直坐到暮色四合，夜色将室内连同自己完全淹没在黑暗中。欣然知道，海若也很无奈，但她还是很委屈很失望，但又不知该去抱怨谁。身为军人，欣然知道作为军人的迫不得已，也曾不止一次对自己说过，要试着成为一名好军嫂，学会理解和支持，可一旦遭遇现实，理想还是会碎一地。真是说易行难啊！

"不想了。"黑暗中欣然对自己说，然后搓了搓脸，起身走到阳台。一弯新月，繁星点点。月如钩，灯依旧，烟花迷乱使人愁。此情此景，让欣然再次想起宋朝词人吕本中的《采桑子》——"恨君却似江楼月，暂满还亏。暂满还亏。待得团圆是几时。"对军人来说，"亏"是常态，"满"是偶然。"不想了。"她再次对自己说，然后借着屋外的夜光，点燃蜡烛。海若无福消受，她自己独享。

烛光照影，更显得自己形影相吊。那就举杯邀明月吧！把做好的菜端上桌，打开香槟，倒入提前摆好的高脚杯中，自己拿一杯，另一杯放在对面。"海若，很高兴你能来，来到我的世界，来和我一起共进晚餐。"她端起高脚杯说道，"来，我们干杯，为我们的相遇、相知！干！"她碰了一下对面的杯子，然后仰头一饮而尽。对面的海若不言不语，她就自说自话："尝一尝我做的菜，也不知道你喜欢吃什么。一直想给你做一顿饭，今天终于实现了，我很高兴。你高兴吗？高兴！高兴我们再干一个！"说着，她再次给自己倒了半杯香槟，端起碰了对面的杯子，仰头喝干。欣然原本是要提三杯的，可突然卡壳了，不知再说什么。窗外有风吹来，吹拂着窗台上的绿植和瓶中的花束。不料所有的精心准备，末了变成孤芳自赏。

听见开门声，欣然起身走出去，打开卧室门一看，夏斐回来，正蹑手蹑脚往自己卧室走。

"海若呢？"看到欣然，她小声问。

"没来。"

"没来？"

"没来。"

"没来你不打电话告诉我一声！"夏斐嗔怪道，"看你阳台的烛光，怕影响到你们的好事，我在楼底下都转悠了半个小时！"

"能陪我坐会儿吗？"欣然可怜兮兮地求道。

"陪！必须陪！走，姐们陪你！"说着，两个人相拥着来到欣然的阳台。

"看样子，你这还没动筷子呢！"夏斐坐在欣然对面，端起面前的杯子抿了一口说道。

"你吃了吗？"欣然问她。

"你知道我向来很少吃晚饭，这今晚看来又得破戒了，不能让我们欣然小姐的辛苦枉费了。"说着，她主动操起了筷子。两个人还没拉开架势开吃，又听到开门声。"苏瑾来了，让她也来。"说着，夏斐从座位上站起来跑出去。欣然的卧室门开着，苏瑾正边换鞋边往里窥探，看到夏斐说："怎么你在当灯泡？"夏斐说："来，一起照亮。"苏瑾小声说："我才不要。"边说边快步往自己卧室走。看她惊慌失措的样子，夏斐笑着说，"别紧张，高海若不在。"苏瑾停住，问："走了？"欣然在夏斐身后用深闺怨妇的口吻说："人家压根就没来。"

"怎么回事？"她边往阳台走边问。欣然有气无力地说："微信中说有紧急情况。"

有点晚了，谁都不想吃，一起坐下来，一来确是想陪陪欣然，一来是因为好奇。"到底是什么原因？"苏瑾坐下后问。欣然摇了摇头，海若没再打来电话，也没再发微信，具体原因她也不清楚。欣然给苏瑾拿来椅子和高脚杯，三人坐定后，夏斐率先端起杯子对欣然说道："我们也是军人，清楚军人这个职业，尤其是基层中队。你想嫁个军人，这仅仅只是个开始，理解吧！"苏瑾也跟着说："是呀，理解吧！不理解还能怎么着？"欣然说："来，理解万岁，干杯！"

"理解万岁！"三人一起干杯。放下杯子，三人还是不想动筷子，不是因为欣然做得不好吃，而是没有心情。

"大家都把香槟倒上，我来宣布一个好消息。"苏瑾边倒香槟边说。"什么好消息？"两个人急着问道。苏瑾说："我，苏瑾，和原春涛分手了！来，贺一个！""你这是有新目标了？"夏斐问。苏瑾反问她俩："你们还记得那个四百米障碍比武冠军吗？"

"就那头豹子？"夏斐问。"对，就那头豹子！"苏瑾说。

"怎么，你们俩好上了？"欣然和夏斐惊奇地问道。"这哪儿跟哪儿！"苏瑾边摇手边否认。

"那你提他干什么？"夏斐问。苏瑾说："说出来不怕你们笑话，看到他像猎豹一样奔跑的情景，那一刹那我就喜欢上了。是他让我终于明白，自己究竟喜欢什么样的人，绝不是像原春涛那样四平八稳、不苟言笑的人，和他相处，我有种窒息感，想想一辈子那么长，我怎么受得了？所以，今晚，我终于和他说开了，我们和平分手了。"

"好，贺一个！"另外两个人说。放下酒杯，夏斐问苏瑾，你对"豹子"了解吗？知道他是已婚还是未婚？苏瑾老实交代，除了姓名和单位，她对他一无所知。但这不重要，重要的是他让我知道，我喜欢什么样的人！欣然说，可以让海若帮忙问问，他人缘广，一定能够打听到。还没等她说完，就被苏瑾打断了，她说不要，你一定不要把这件事告诉高海若，一丝一毫不能让他知道，不然和你绝交。看她这样，欣然立即打了个"OK"的手势。欣然问夏斐，你和你的那个医生怎么样了？夏斐说，除了打打电话，没什么实质性进展。她说，如果自己不能调到省城，什么都不能确定。没想到看似爱情至上的文艺女青年夏斐，却是最务实的，比苏瑾和欣然考虑的都要实际。

十五

第二天上班，就听说了海若失约的原因——中队看押的一名犯人逃了。据说该犯人就医时利用上厕所之机，将随行的一名管教击晕，换上他的服装后上了送菜车逃了出去。虽然责任不在中队，但中队负责追捕任务，接到电话，海若当即报告支队，根据支队领导指示，参谋长带着他当即赶往茫崖。

第三天，海若打来电话。电话里具体没有详说，只说犯人抓住了，让欣然放心。声音听上去很疲惫，欣然想着他这两天连续作战，一定很辛苦，便没有多聊，让他赶快好好休息休息。海若说还没法休息，还得给支队上报告，等忙完这件事，他就打报告休假，好好休息休息。挂了电话，欣然原本冷了的心又开始热起来，盼望着尽快和海若相见。有了这份期盼，蔫了没两天的她，生活再次充满阳光。

海若休假的事还没动静，又听说他要调动的消息。护士长告诉欣然，机关有位股长调走了，支队党委对几位候选人始终举棋不定。领导比较中意海若，但他刚提正连，任职时间短，现在他比武夺魁，又追捕犯人有功，为他增强了砝码。可能先让他代理，到年底正连满两年后有可能提前晋职。这一消息，无疑比他休假更让欣然开心。海若不仅能提前晋升，他们还能够有更多时间朝夕相处。可护士长却打击她："你也别想得太美，像我老公，在基层中队时，每个月差不多能轮休一两次，可调到机关后，经常加班加点。你记着，你真要嫁给军人，那不是嫁给一个人，而是嫁给了军队、嫁给了国家，要做好奉献和牺牲的准备，尤其是双军人，要更难一些。不是有首歌这样唱'军功章里，有你的一半，也有我的一半'。军嫂也是国家长城的一部分，何况我们是双军人！"欣然问她："护士长，您一开始就有这样的觉悟吗？"护士长苦笑了一下说："怎么可能？也难过，委屈过，慢慢地，时间长了也就想开了，习惯了。"

看欣然忧心忡忡的表情，护士长便安慰道："任何事情都有两面性。军婚虽离多聚少，但据不完全统计，在离婚率居高不下的今天，离婚率最低的恰恰是军婚。"欣然问："为什么？"护士长说："原因可能是多方面的，除了军人素质相对较高外，还有距离的原因。人都说距离产生美，是有道理的。天天处在一起，每天鸡毛蒜皮，难免一地鸡毛。不能在一起，照顾不上，心怀愧疚，回家后自会极力表现，你看到的自然是他的好。"

护士长说老公调进机关，虽近犹远，欣然还是盼着海若能调进机关，毕竟都在机关大院上班，即便再忙，也总能见到，总比这样望穿秋水强。

对护士长的话，欣然虽然没有和海若核实，但她坚信不疑。护士长老公是机关的老股长，也是支队领导比较器重的人，她的话绝非空穴来风。然而，盼来盼去，既没盼来海若的休假，也没盼来他调进机关。调进机关的，却另有其人。难道，护士长的消息不准确，可护士长却说，在征求本人意见时，好像海若婉拒了。

为什么？怎么可能？难道他不盼着提前晋升，不盼着他们相聚？欣然觉得肯定另有原因，她打电话给海若，他却说确有其事。没等海若再解释什么，欣然便挂断了电话，期盼相聚，也许只是她一个人的事情。她越来越有些不懂他了，也越来越看不清他对自己的感情。海若电话打进来，她想没想就摁断了。不一会儿，又有微信进来，她同样没有理会。她不想再这么剃头挑子一头热了，她也想冷一冷，好好考虑考虑这段感情，要不要这样走下去。对一个热恋的人，拒绝这样一个机会，是无论如何也说不通的。

这一天，海若打了好几个电话，欣然都没有接，她也懒得再看他的微信，可晚上躺在床上，还是没能管住自己，点开了海若的微信。海若在第一条微信中说："欣欣，很抱歉，又让你失望了。其实我和你一样，无时无刻不盼着相见，不盼着朝夕相处，可总是事与愿违。原本想休假，可指导员父亲突然得了重病，只能让他先休假了。中队两个主官，不可能同时休假。至于调机关的事，是我主动拒绝的。我今年打算报考研究生，如果调进机关，就被拴住了，这一愿望有可能泡汤。当然，指导员家中这么个情况，我也不放心中队。经过中队官兵这两年共同努力，中队全面建设终于有了起色，这时候换主官，肯定会影响中队全面发展，希望你能理解！"他在第二条微信中说："欣欣，我之所以选择报考研究生，就是想和你精神上更近一些。你是研究生，而我目前只是一个本科生，我知道你不在乎，可我在乎，也许你的父母会在乎。虽然你从未提起过，也不知道你是否向你的父母提及过我们的感情，但我知道，我们要面临的阻力一定不小。我希望尽可能地缩小一些差距，减小一些阻力。"他在第三条微信中说："欣欣，不知你是否认同，我一直觉得，人与人真正走近，不是身体，而是心灵，是心灵的相通。'两情若是久长时，又岂在朝朝暮暮'。最美的爱情，不是时时花前月下朝夕相处，而是情投意合志同道合。若有情，即便隔着天涯，隔着海角，也能息息相通，心灵与共；若无情，哪怕睡在一张床上，也是同床异梦。你说呢？"欣然一条条看下去，越看越觉得无地自容。与海若比起来，她目光太局限太短浅了。

睡不着，欣然又从床上起来，走到阳台。皓月当空，天地澄澈。望着夜空中那轮明亮的满月，此情此景，让她想起苏轼的《水调歌头》，不由在心中默念，到了最后，不觉念出声来——

"但愿人长久，千里共婵娟。"

夜已深，人不寐。不知月下的那个人，是否和自己一样，也在月下徘徊，难以入睡。

镜　子

一

镜中是一张中年男人略带沧桑的脸，上面布满岁月的痕迹。

姚家齐早早来到机场，一直在接机口眼巴巴地等着。喇叭通知飞机降落后，他又急匆匆跑到卫生间，借着洗手，站在镜前细细查看自己的仪容仪表。他怕自己不注意落下什么把柄，被杨眉抓住取笑一番。当年，杨眉没少取笑他——帽子戴歪了、扣子未扣好，甚至头发长了短了，她都要奚落他一番。

看着镜子中这张山河岁月的脸，姚家齐突然想起杜拉斯"与你那时的容貌相比，我更爱你备受摧残的面容"，咧了咧嘴似笑非笑。他确信，不论过去还是现在，除了损他，打死杨眉都不会对他说出这样的话。

杨眉和女儿领取行李，随人流往出走，远远就看到眼巴巴等在接机口的姚家齐。有十年没见了，他还是老样子，时间好像在他这里停住了。

姚家齐最初引起杨眉的注意，不是高大也不是帅气，这些跟他没半毛钱的关系，而是他的"老"。那时的姚家齐，在杨眉看来，老得触目惊心。第一次看到戴着少尉衔的姚家齐，杨眉总怀疑这人是不是戴错衔了。看他的长相，最不济也该是少校。其实，单位有些少校甚至中校看上去都比他年轻。实在太奇怪了，杨眉忍不住想前去问问，但毕竟初来乍到，不好贸然开口，侧面打听得知，姚家齐姚干事的确没有戴错衔，他毕业才一年，确确实实是个少尉，年龄也只比自己大一岁，只是长得太过着急了而已。那时的姚家齐老的不仅仅是容貌，还有身上沉沉的暮气。没想到过了一个十年又一个十年，他还是老样子，连身材也没什么变化，还是当初那个"瘦麻秆"。

姚家齐也看到她们母女了，挥手，咧开嘴，露出一口白牙，连笑容还是当年那副憨憨的模样。一出接机口，他就迎了上来，说了句"来了"，便伸手接杨眉母女的行李箱，甚至连她女儿身上的小包也想抢去，"来，给叔叔背。"女儿生怕被他抢去，吓着了似的双手护着小包边躲闪边说："不用叔叔，不用！"他这才罢手。其实，女儿身上的小包不过是个装饰，就像头上的帽子身上的衣裙，是美的一部分，哪肯舍得给他。

"都正团了，还是这么没眼色。"要是当初，这话杨眉肯定会脱口而出，但毕竟隔了十年的时光，有些话，已不好轻易说出口。

"萌萌累了吧？"姚家齐带她们边往外走，边弯下腰问女儿，还是那种讨好的近乎巴结的口气。看来有些东西是骨子里的，很难更改。这么多年了，姚家齐还记得女儿的小名，这多少让杨眉有些感动。近距离观察，姚家齐似乎比记忆中还年轻了些，至少看上去比实际年龄年轻许多，让杨眉不由有些妒忌。女人在时间面前是最不济的，不论怎样小心翼翼，终究抵不过朝来寒雨晚来风。

"我们去坐地铁吧。"姚家齐说。杨眉说"好"。她们母女便跟在双手拖着行李箱的姚家齐身后，坐电梯、出电梯，往地铁站走。杨眉所在的城市还没开通地铁，自然不曾坐过。女儿会高兴。当然，也看不出她高兴与否。这一路上塞着耳机，盯着手机，除了对着手机悲喜，难得把视线离开。才小学毕业，似乎提前进入青春期，叛逆得厉害。除了要狠斗嘴，便不能好好说话。

为鼓励女儿好好学习，杨眉早早答应她，等考完初中，带她去旅游。去哪里旅游，杨眉第一个想到姚家齐，吃住有人管，自是省钱又省心。打电话和他一说，和想象中的一样，姚家齐很高兴，连着说"欢迎、欢迎"，那兴奋开心的口气，好像不是她们去叨扰他，而是给他去解难帮困。姚家齐是怎样的人，杨眉太清楚了，和他的妻子严小希也熟，所以她一点顾虑也没有。原本说好一考完，等孩子们放暑假就过来，两家的孩子还可以在一起玩玩。不料女儿考得不理想，女儿的爸爸——她的前夫便想办法把女儿送进私立学校。如今的私立学校比公立学校更不好进，学费昂贵不说，成绩还得拔尖。

女儿的成绩不理想，原本是没指望的，但如今的事，哪有什么绝对！只是一拖再拖，拖到了八月下旬，眼看孩子快开学了，她们母女才得以成行。

机场地下一层太宽敞了，像一个巨大的广场，花坛簇拥，灯光明亮，凉爽宜人，透着大都市的气派。杨眉跟着姚家齐边往外走边随口问："小希和你们家女儿呢？"姚家齐回道："她们原本等你，等不着，回老家去了，明天就回来。"姚家齐说的是实情。听说杨眉要来，妻子小希的确等了段日子，可最终没等着，就带着孩子先回去了，只留下姚家齐一个人候着。来这座城市差不多有小十年了，小希依然无法适应这里夏季的燠热，一到暑假就带着孩子急匆匆往老家赶。姚家齐在一所军事院校上班，也是有寒暑假的，但他已连着三年没回老家了。为不影响正常教学，一些营院文化建设项目常常放在假期开工，作为负责人，他没法走开。今年没有建设项目，原本是想回去的，杨眉说要来，只能留下来等她，却没个准信，这一等再等，这个暑假也就这样泡汤了。

到了地铁站，姚家齐放下行李箱，跑去给杨眉母女买票。又没什么着急的事，跑什么跑？看着他一路小跑的背影，杨眉忍不住笑了。都四十多岁、官至正团的人，还和当年小排长时没什么两样，没有什么架子，也不注意什么形象。她虽未问，但确定他至今连辆车都没有。这年头，尤其在大都市，家里没台车的恐怕不多。姚家齐至今还没台车，杨眉一点也不觉得奇怪。他就是个只知低头拉车不知抬头看路逆流而行的人，外界怎么样影响不了他，他只管拉自己的车。看他的那身衣服，从头到脚超不出一百元。当然，超出一百元甚至一千元，穿在他身上也未必看得出来。

当年全机关三十多个干部，现在还留在部队的仅姚家齐一枝独秀。当年谁会想得到，就现在杨眉也有些想不通，他凭什么呀？没什么眼色又不会来事，可以说要什么没什么，而她，作为支队当年唯一的女干部，真正的一枝独秀，每天被一些单身干部众星拱月般围着，也算是春风得意，没想到如今却成了离过两次婚的单身母亲。这一切，就像是生活开了个天大的玩笑。

姚家齐购票回来，领着过安检。进站时，他直接刷完票，等杨眉母女一一过了检票口，才把票交到她俩手上。这一刻，杨眉心头一动。她和女儿对这些操作程序确实不是太懂，姚家齐不动声色，既教了她们，又避免了尴尬。也许，他能走到今天，不仅仅只是运气。

因为是始发站，地铁里空荡荡的，没多少人。这条线路开通没几年，车体、座椅依然崭新，在灯光下反射出洁净的光芒。地铁内冷气很足，萌萌一屁股坐在座位上，说好舒服呀，脸上也露出难得的笑容。毕竟还是个孩子，一点点新鲜新奇都会激起她的满足感。

面对面坐下来，姚家齐满脸堆笑，再次把他乡遇故知的喜悦展露出来。虽然时过境迁，但杨眉对这样的笑脸毫不陌生。从认识起，姚家齐脸上时时就堆着这种近乎讨好的笑容，以致早早就满脸褶子，老气横秋。他笑着说："能再次见到，真的很高兴！你们迟迟不来，生怕泡汤了。"还是很浓重的家乡口音。杨眉也笑着说："说来就一定来，不来，便宜你了！"

孩子继续看她的手机，杨眉和姚家齐对坐着聊起过去的一些人和事。再次谈起那些快要淡忘了的陈年旧事，真有些恍惚。经过两站后，上来的人越来越多，姚家齐主动让了座，扶着把手站在杨眉身边，两个人依然小声怀旧，舍不得从过去的丝丝缕缕中抽出身来。那里，有他们的青春，有他们的眼泪和欢笑。

人越挤越多，他们的谈话难以为继。杨眉突然觉得，人生，就像登上一列不知终点的列车，坐还是站，走还是停，和谁同行，同行多久，有太多的不确定性，当年的他们，何曾想过有一天会在这里，以这种方式见面，以这种方式同行？

回想当初，她虽然比姚家齐晚一年毕业，但和现在依然没什么区别——她，是坐着的；而姚家齐，和现在没两样，只能站着。

杨眉家在省城，军校毕业后原想留在省城，家里人也托了不少关系，但最终未能如愿，只能退而求其次，到了龙城。能分到龙城，同样不易。龙城风景秀丽、气候宜人，有着"金银不换"之誉。没有三头六臂，一般分不到龙城，像姚家齐这样的怎么分来的？这和他的长相一样，很长一段时间让杨眉百思不得其解。不要说杨眉想不通，支队大多数人也想不通。姚家齐当兵在青海，上军校在青海，按照从哪里来到哪里去的分配政策，姚家齐不要说分到龙城，连他们总队也来不了。可现实是他不仅来了，而且分到了龙城，成了家门口干部，到基层当排长没两个月，就调进了机关。为什么？大家觉得用脚趾头都能猜得出来——此人有门子！

姚家齐究竟有多大的门子，也有人旁敲侧击问过，他不置可否。他觉得像他这样的人需要这样一件外衣。他其实没有看上去那么傻，清楚这件外衣的作用。生活如同演戏，基本靠演技。光知道没用，没有演技同样没用。这件皇帝的新装没穿多久就被人识破了，看到了他的一丝不挂。有关系有门子的，谁不是眼高于顶趾高气扬？哪像他这般唯唯诺诺低眉顺眼，一看就没底气。底气这东西是装不出来的。当然，也有人越没底气越看上去有底气，可姚家齐不是，没底气就是没底气，旁人看得一清二楚。

既然没门子，那姚家齐究竟是怎么分到龙城，又顺利进入机关的？后来相熟了，杨眉也曾直截了当地问过，但他含含糊糊讳莫如深。后来，就没人再去探究了，哪个单位没一两个滥竽充数的？这世上侥幸的人还少吗？

杨眉分来的时候，姚家齐当干事快一年了，却依然混得不清不楚。当然，那时候整个机关混清楚的也没一两个人。支队有那么几年风气不好，告状成风，新支队长上任后，采取强硬手段狠抓风气建设，在上级领导和机关的大力支持下，很快扭转了局面。为防止反弹，采取高压政策，加大管理力度，但渐渐地有些矫枉过正了。杨眉到支队后很快发现，支队管理严格看似横平竖直，却像一排排码齐的砖，毫无生机。在这样的环境中，每个人谨小慎微按部就班，没有谁能够真正显山露水。

由于管理严格，鲜有机会外出，单位积压了不少大龄青年，突然分来个女干部，这些单身干部一个个如同饿久了的狼，或单刀直入或迂回曲折伺机向杨眉靠近，唯独姚家齐像个受气包，每天怯怯地躲得远远地不声不响，从不主动靠前一步。如果不是他的老，杨眉还真注意不到他。他真是老得太出人意料了，由不得让她多看两眼。

小支队小机关共四十来个干部，要不注意谁都难，但有些人看到了就看到了，但有些人让人忍不住多看两眼。姚家齐由不得杨眉多看两眼，一眼是因为他的老，一眼却是别的。虽被严格的管理和一身军装拘得紧紧的，不能像社会上的同龄人一样鲜衣怒马，热血飞扬，但大多数年轻干部身上依然充满鲜活和朝气，可姚家齐呢，像被榨干了水分，整日蔫头耷脑的。偶尔见到了，他也不主动打招呼，像做了什么亏心事或欠了你钱，讨好似的笑笑。杨眉觉得他不仅活得蔫，还活得沉重。

到了年底，老支队长转业，新支队长上任。新支队长的管理相对人性化，比较宽松。支队的干部就像被松了绑似的，开始伸胳膊展腿活泛起来。尤其是年轻的单身干部如同逢春的树，抽枝发芽，转眼青翠起来，开始蠢蠢欲动，或投石或问路，想吃吃窝边草。杨眉不可能在龙城安家落户，来龙城不过是个过渡，是个权宜之计。天涯何处无芳草？在她这里碰了钉子，兔子们便不再在窝边逗留。杨眉和离开的兔子们再交往，多多少少有了尴尬。此后，杨眉便有意和姚家齐这个看上去很老的年轻干部走得近了。

姚家齐没有追杨眉，在杨眉看来，这人还是有些自知之明的。但还有人没追，不论什么原因，杨眉在潜意识中似乎还欠缺那么一点。杨眉主动和姚家齐走近，除了不尴尬外，是不是也想探究姚家齐对自己到底有没有点意思，杨眉自己也说不清。

二

还没出地铁口，一股热浪便扑面而来。出了地铁，暴晒在太阳下，杨眉就感觉进了大蒸笼，顷刻间喘不过气来。一路上生出的羡慕瞬间烟消云散，心里甚至生出"这是人待的地方吗"的感慨。姚家齐拉着一大一小两个行李箱，泰然处之，看来他是习惯了。

"这都下午四点了，怎么还这么热？"杨眉问。她虽撑开了伞，但已是热汗淋淋，脸上的妆被冲得七零八落，红一块白一块，甚是不雅。姚家齐说："就是到了夜里，还是这么热。每年七月下旬到八月中旬，最是难熬。前几年，每到暑假，全家人就急急地往老家赶，可这几年，由于工作，难熬也得熬，熬着熬也就熬习惯了。"此时看到杨眉母女的样子，心里生出愧疚。如果自己有车或找辆车，她们母女也会少受点罪，好在已到了门口。

姚家齐没有给杨眉母女订酒店，而是在学院教员接待站托熟人找了间房子。如果在外面找酒店，凭他对杨眉的了解，她不会让他破费。其实，杨眉也不缺钱，但离婚后一个人带个孩子，在他心里就有些孤儿寡母的感觉，觉得能帮她省一点是一点。假期，接待站的房间大多空着，而且和宾馆没多大区别，也有专人每日负责打扫，每天还可去食堂吃饭（虽放假了，但一直开着两个窗口，保障勤务中队官兵和值班、加班人员）。接站之前，姚家齐去房间看了，并开了空调，摆了瓜果和水。

学院放假，人迹寥落，走进院内，有种说不出的荒凉感。接待站也是空无一人，一片死寂。把她们母女安排在这里，姚家齐心里突然有些不落忍。也许是天气太热，也许是空调太老旧了，进了房间也不觉得凉快。

放下行李，杨眉母女接过姚家齐递来的纯净水灌了一气后，姚家齐便说："先去洗洗吧。"萌萌的脸红扑扑的，倒没什么，只是杨眉妆花得有些看不成了。听后，杨眉进卫生间洗漱，萌萌把自己躺平在床上看手机。萌萌大名"周萌"，姚家齐上一次见她才三岁。那时虽小，却是异常顽皮，一不如意就会尖叫，又踢又咬，停都停不下来，一晃都要上初中了。现在的她，似乎一直沉浸在另一个世界里，从见面除了杨眉教着打了声招呼，问了声"叔叔好"外，一直没怎么说话，只对着手机说说笑笑。

杨眉越发胖了。在接机口，当姚家齐第一眼看到她拖着行李箱挪过来时，心里莫名有种酸楚。是的，那一刻，他觉得杨眉不是走过来的，而是挪过来的。她真的胖了很多。最初相见，杨眉也不苗条，那时她就是个丰满的姑娘，珠圆玉润。也许当兵久了，杨眉有些男儿气概，敢爱敢恨。那时支队管理严，每个人谨小慎微，只有她大大咧咧，随性自在，来单位没多长时间，就敢满机关院追着男干部打闹。原来支队有两个女干部，她来之前都调走了，她作为当时支队唯一的女干部，机关上下对她像宝贝一样宠着，都有点要风得风要雨得雨了。

那时，多少年轻干部往她身边凑，她反而躲着；姚家齐躲着，她反而主动和他走近。那时的姚家齐，是没有人愿意和他走近的，连他自己都不愿和自己走近。

不知是性格还是命运，抑或性格本身就是命运，多年之后，姚家齐终于发现，他每新到一个地方，就像一脚踏进巨大的深坑，总会摔得鼻青脸肿，甚至腿伤脚残，需要很长时间才能爬出来。初见杨眉的时候，姚家齐还在坑里，一个他以为此生都爬不出来的深坑中。他最终能够爬出来，除了自己的努力，与杨眉或多或少有些关系，因此，这么多年来，姚家齐对杨眉始终心怀感激。

姚家齐出生于龙城地区一个偏远贫穷的小山村。大哥出生后，母亲接连生了五个女儿，有两个很小就夭折了。为再生一个儿子，生他时，母亲年近四十，父亲年近半百。物质的极度贫乏加上高龄生育，姚家齐出生时，没有母乳，十分羸弱。没什么记忆，大哥就当兵走了，姚家齐是在几个姐姐铁桶一般的包围和保护中长大的。小村的生长环境和同姐姐们的长期厮混，难免性格中有了一些女儿气，懦弱、胆小、怕生，不会主动与人交往。性格，在那时铸成；命运，也许从那时就已注定。

按分配原则，姚家齐确实是分不回家门口的，但临近毕业，他做了一件很冲动的事，正是这件事改变了他的人生轨迹。姚家齐平日里是个非常循规蹈矩、随波逐流的人，但有时候会突然跳出来，不管不顾，干一些令常人匪夷所思的事。姚家齐自己也经常想，他到底是个理性的人还是一个感性的人？从表面看，谁都觉得他应该是个理性的人，至少是偏理性。姚家齐自己的结论是：他不仅是个感性的人，而且是个非常感性的人。只是平日里，感性被自己关在笼子里，刻意压制着，可一旦遇到什么大事，感性就会跳出笼子，做一些冲动甚至出格的事。"表面木讷，内心狂野"。多年之后，在一次饭局上听一个初次见面的人这样评价他，他有种被人剥光了衣服的感觉。他虽然不知道这种评判所为何来，但他知道此言不虚，他就是这样的人。

考上高中的那个暑假，父亲走了。父亲一走，家里的顶梁柱没了，亲戚家人都希望他中断学业，接替父亲早日撑起家，是母亲力排众议，让他继续求学。为了母亲和年幼的弟弟，不得已，在外地安家落户的大哥舍弃自己的事业，调回家乡。高考落榜后，他回到祖祖辈辈耕耘的那片土地上，原想与母亲相依为命，在那片贫瘠的土地上终老，不料不到半年，他又从那片土地上逃离，从军入伍，把风雨飘摇的家留给母亲独自苦苦支撑。军校毕业前夕，母亲的白发总在眼前飘荡，他突然强烈地想回到家乡。他想，即便不能尽孝膝前，起码距离近了，母亲牵肠挂肚的思念自会减少一些。没有门路，他就冒昧地给家乡总队的政委写了一封信。当时，他真的不知道政委姓甚名谁。他在信中如实叙述了自己的境况和他希望回到家乡的种种理由，并随信附上他发表的一些文章。其实，当时他连政委能不能看到这封信都没抱什么希望，他这么做，不过是想让自己的良心能安宁一些。不料，这件事成了，不知是因为他的孝心还是因为他的文章？记得他在总队办理手续时，政委还亲自接见了他，他和干部处长说了同样一句话："我们还担心他们那边不放人。"一句担心，足以说明他们确是把他当人才了。

姚家齐就是这样分到了龙城，能进机关，也是因他发表过文章。他之所以未告知实情，是因为那些问他的人一张口就看得出来，他们确信他不是从前门进来的。既然别人如此确信，也就没解释的必要。何况，解释了也未必会有人相信，索性不做解释。既然认为他有门子，那就有门子好了。有门子有什么不好？

杨眉和女儿洗漱完，差不多五点了，姚家齐对她俩说："我们先去食堂垫巴垫巴，顺道视察视察。"杨眉说好，他们就锁了门，一起顶着依然蒸笼一般的热气往食堂走。路上虽无行人，到了食堂，发现已有好些人。姚家齐让杨眉坐着等，他领着萌萌去打饭。这样的天气，对杨眉来说确是煎熬，没走几步就大汗淋漓，让姚家齐实在不忍心让她再动一动。

姚家齐领着萌萌打饭，主要是让她自个儿挑饮料和自己想吃的菜。姚家齐口里说简单垫一垫，但来来回回跑了好几趟，除了米饭炒菜，又是果汁又是西瓜又是汤，实诚劲一点不输当年。吃过食堂的人都知道，刚开始吃还行，吃的时间稍长就不太愿吃了。学院的食堂饭菜总体上还不错，但吃得多了，就难以引起食欲。可能是杨眉和萌萌饿了，她俩倒吃得很开心。食堂里有人侧过头来看，杨眉淡然处之。姚家齐心里清楚，绝非杨眉的美，而是她的胖。昔日那个张牙舞爪、满机关院子追着打人的女子一去不返了，性格看似依然强势，但棱角实则被磨平了许多，学会了隐忍和淡然。

吃完饭，顶着酷热回到住处，房间依然又闷又热，姚家齐对杨眉说："不住这里了，住家里怎么样？"他想着杨眉会推辞，不料她张口说："可以呀！"于是便一起收拾东西。如果杨眉推辞或觉得住家里不方便，姚家齐决定给她和萌萌在距家较近的如家酒店登记一间房。他决心不让她们母女再住这里，除了空调制冷差外，整个院内没几个人，感觉实在不好。家距单位只有两站，坐地铁相当方便，但姚家齐还是不忍心再让杨眉多走一步路，他便用手机预约了辆车，接到司机电话后，他们才一起往单位门口走。

像是故意给初来乍到的杨眉母女一点颜色瞧瞧，这天气闷热难熬得连姚家齐都有些顶不住，几百米的距离，提着水果，拉着行李，像是逃难似的，等钻进有着空调的车内，竟有种劫后余生的感觉。杨眉忍不住感叹，在这样的天气里生存，真的需要勇气。

三

车开出去，眨眼到了姚家齐所住的小区，在他的指挥下，司机将车开到楼下，并帮着把行李搬到楼上。网约车在这座城市方兴未艾。不仅车新，而且干净，服务态度也非常好。是网约车在自己所在的城市还未兴起，还是自己未曾注意（杨眉自己有车），看如此方便，她心中又生出还是大城市各方面要先进一些的感慨。

姚家齐所住的小区比较老旧，且都是低层，没有电梯。他家在六楼，属顶层，虽然空着手，但一路爬上来，已让杨眉气喘吁吁。外观不怎么样，但打开门，一走进来，还是让杨眉有些意外。姚家齐进门放下行李，第一件事就是打开客厅的立式空调，凉爽的冷风随即吹来。"快坐，快坐，我给咱们切瓜。"姚家齐边招呼边钻进厨房，但杨眉母女没一人听他安排，一个冲到空调前吹风，一个站在客厅环顾屋内的布局。房子宽敞明亮，中式风格，虽谈不上豪华，但有格调有品位，透着一股文化气息和艺术感觉。家具色泽柔和，给人感觉十分舒服。

现在人越来越注重房屋装修，有的光芒四射，有的富丽堂皇，有的别出心裁……走进去猛然一看，很是唬人，但不知为什么，总是给人一种不舒服的感觉。有的像宾馆，不像是一个家；有的像一个穿金戴银的贵妇，给人一种显摆和炫耀的感觉；有的像个土豪，每个地方恨不能写上三个字——"我有钱"……看来，房子不单单是房子，它也是主人的一面镜子。

"快来吃西瓜！"姚家齐把一盘切好了的西瓜放在茶几上招呼道。"不错呀！"杨眉的双眼还在四处溜达。姚家齐知道她在说什么，就说买人家的二手房，自己简单装修了一下，不过我挺满意的。

杨眉和萌萌坐下吃西瓜，为让房间的温度尽快降下来，姚家齐去了卧室，把各个房间的空调全部打开，然后回来陪着一起吃瓜。杨眉说："西瓜还行。"姚家齐说："比我们那里的肯定要差一些。"杨眉说："那是自然，我们的瓜，尤其是黄河米和白兰瓜，可是闻名全国。"

吃完西瓜，室温下降，房内凉爽宜人。杨眉说："走，带我看看房子。"周萌躺在沙发上，枕着靠垫玩手机，姚家齐带着杨眉从厨房到卧室甚至卫生间，一个角落都不放过。虽然女主人不在，但房间依然很整洁，可能很少开火做饭，少那么一点烟火气，有点孤寂清冷。

让杨眉没想到的是，姚家齐的房子还带着阁楼。阁楼上开有数个天窗，依然宽敞亮堂。阁楼的面积也不小，装修设计合理，连一些小拐角都打成了书柜，里面排满了书。姚家齐坦白，房子之所以有这样的效果，是因为原主人基础打得好，他购买后，按自己的喜好略加改造，算是锦上添花。姚家齐陪杨眉边看边介绍房子的来龙去脉，能从声音里听出他的得意。调来半年，妻儿随调后，他就卖掉了原来的房子，打算在此按揭一套。妻子小希刚来，被这座海滨城市的物价吓住了，生怕购房后每月交完按揭入不敷出，反对着急买房，劝姚家齐再等等。姚家齐听了小希的话，本着不能把钱放进一个篮子的原则，把卖房款，除了亲戚朋友借去的，五分之一存入银行，五分之三购买了中长期理财，另外五分之一买了短期理财和保险。不料钱被理财套了进去，迟迟出不来，房价却是日日飞涨。理财完全出来已是五年后的事，理财所赚的那点小钱，与高涨的房价不可同日而语。

理财出来后，姚家齐夫妇做的第一件事自然是买房。五年前，购房款还足以交个首付，可五年后，姚家齐四处一转，傻眼了，这些钱交二手房的首付都难，原本偃旗息鼓不再打算的时候，在一家房产中介无意看到这套房子，标价不高，中介说这是年前的标价，年后每套房涨幅二十万左右，打电话与房主相见，两个人一见很投缘，非但没涨，反而又降了七万。虽然当时觉得有些高，不料购买后一路上涨，不到半年就翻了一番。

这套房子让姚家齐中意的，不仅是价格、面积、户型，还有位置。小区门口就是公交、地铁站，距单位、火车站仅两站路，距机场也就六站，与单位分给他的住房也就隔着一条马路。单位住房紧张，分给他的不足六十平方米。装修后，他就搬了过来，把那套房租了出去。虽说购房欠了债贷了款，但他依然很高兴。

听罢，杨眉再次感叹："傻人有傻福！"

"傻人有傻福。"是杨眉认识姚家齐后挂在嘴上的一句话。在杨眉看来，姚家齐就是个傻子，就是个死脑筋，不会曲意逢迎、不会左右逢源，可就他这样的人，有时候却挺幸运的。许多时候，眼看他无路可走了，可走着走着不但有路了，反而路更宽了；有时候很倒霉，眼看就要掉进谷底万劫不复，却又触底反弹。见得多了，你就不得不承认，有些人就像被幸运之神罩着。

其实，哪有什么永远的幸运？不过是跌倒了爬起来再跌倒再爬起来而已。没伞的孩子，只有奋力向前奔跑罢了。调回家乡，姚家齐原以为从此忠孝两全，花好月圆，不料却是虽近犹远。自从报到，尤其是调进机关后，一入营门深似海，想踏出营门一步都非易事，回家看看年迈的母亲更是妄想。杨眉来支队报到的那会儿，姚家齐差不多快从那个曾以为这辈子都难爬出的深坑里爬出来了。姚家齐其实不是那种意志坚强的人。虽然出生于贫穷的农村，但成长的过程备受父母姐姐呵护，穷家富养造就了受不了气吃不了苦的性格，只是父亲去世后，特别是高考落榜回到土地后吃了几个月的苦，但这些苦，还不足以撑起他的坚强。所以，每次遭遇挫折，他都有种天塌地陷的无助感。

姚家齐的童年虽然贫穷，但也幸福，哥哥当兵后，全家恩宠在一身，然而，还没等他长大，父亲突然走了，天也随之塌了。那时的日子真的太艰难了，小麦成熟了，掏钱都找不到人收割；过年了，喂养了一年的猪找不到人屠宰。没有了父亲，生活突然变得举步维艰，那样的日子，真不知怎么熬过来的，尤其是母亲，不管多么艰难，也不管姚家齐千说万讲，都没有让他退学。然而，姚家齐并未如母所愿，高考落榜后，他回到土地想撑起家，想给年迈的母亲一个幸福的晚年。很快他就明白，只要他待在那片土地，不论他怎么辛勤耕耘，都无法长出母亲想要的幸福。只有跳出农门，不再像父亲一样，终生被拴在土地上，才是母亲最大的幸福。还有，哥哥虽然调回家乡，但一头扎进那家濒临倒闭的工厂，无暇他顾。自他回到家，哥哥姐姐觉得母亲终于有人照料，鲜有登门，他和母亲的日子过得甚是艰辛。他想，自己离开了，他们定不会对母亲这样不管不顾。对于他的离开，母亲自是支持的。母亲最不甘心最怕的，是她心爱的小儿子和他父亲一样，最终累倒在这片土地上。只要走出大山，对她来说都是一种希望。

离家那天，武装部要求凌晨五点到乡政府集合，由于距离较远，加之有冻雨，路面很滑，不到凌晨三点，他们就出门了。大姐夫、二姐和堂哥三人送他，夜很黑，唯有大姐夫身上的包，在暗夜里散发出微微的白光，像极了姚家齐心底渺茫的希望。那是前一天，会裁缝的二姐用装过化肥的锦纶袋改做的，里面装着他所有的高中课本和一些文学期刊。你可以想象，在一群"绿军装"中背这样一个奇葩的包，该有多刺眼？可他当时并未觉得。二姐是个裁缝，经她的巧手改造的包，他真心觉得挺好看的。没想到被乡武装部部长看到后，当着那么多人的面，对姚家齐一通呵斥——"背这么个破包，你丢不丢人？背这么多书干啥，你以为部队招你是让你看书去……"那一天，姚家齐整个人是木的，武装部长骂他的话，就像水溅在石头上，心里并未听进去半句，反而是跟着送他的二姐当场哭了。姚家齐坐运兵车离开后，二姐自己坐车来到县城，花十多块钱又为姚家齐买了个小一点的迷彩包，除了几本文学期刊，课本大多数被精减掉了，同时精减的，似乎还有心底的希望，没想到这份残存的希望，到部队没多久就被击得粉碎。新兵连班长斩钉截铁地告诉他:"考军校，比登天还难！"

一句话，让他的世界瞬间关上了天窗，再次变得天昏地暗。

下连不到两个月，姚家齐被调到机关当打字员，工作间隙，他拿起笔尝试创作，也陆续有作品见诸报刊，其中一篇散文还发在了一家国家级文学期刊，自己先后被评为优秀团员，入了党，日子似乎顺风顺水，但姚家齐心里清楚，这些不过是表面的繁华，他对考学转志愿兵依然不敢心存幻想，他最大的指望，就是退伍时像往届有的退伍老兵一样，能被驻地的化肥厂聘为合同工。哪怕在异乡吃糠咽菜，他也不愿再回到家乡。没想到之前所有的担心都是自己吓唬自己，最终，考学之路顺利得超出他的想象。

军校毕业，跳出"农"门成了干部，又如愿分回到家门口，原想从此肥马轻裘，春风得意，不料蹄还未扬，现实一个绊马索，让他狠狠地摔在了地上。

四

小希不在，家里来个女的，这个女的虽是自己多年的好友，且还有她的女儿，但姚家齐感觉还是有些怪怪的，甚至隐隐有些心虚。在家里待了不长时间，没等太阳落山，燠热散去，他便提议去意式风情街转转。带杨眉母女到这个地方转转看看，是他早就谋划好的。

意式风情街曾是意大利唯一的境外租界，亦是亚洲唯一一处具有意大利风格的大型建筑群。百余栋欧洲建筑，错落有致，层次分明，充满异域风情。白天漫步其中，仿佛置身于异国小镇；晚上，灯光璀璨，人头攒动，听着悠扬的萨克斯或驻唱歌手的歌声，更是别具风情。

他乡来客，有朋友约着去吃了一次晚饭。三四个人，就坐在露天，简简单单几个菜，喝着啤酒，一边闲聊一边听着音乐，太有感觉了，非常契合姚家齐小文人的小资情调，他一下子就喜欢上了这里。当然，这里的菜是贵的，分量也是少得可怜，饮料、啤酒的价格同样不菲。来这里并不是为了吃，而是为了氛围和感觉。这也是他让杨眉母女到食堂先垫巴垫巴的原因。这个地方，最适合情侣或两三个知己来。姚家齐来过一次后一直盘算着再来一次，他一直鼓动小希，希望能领着老婆孩子体验一次，可始终未能成行。小希是那种宁可要菜花也不要玫瑰花的女人，尤其是调到这座城市后，高涨的房价更是让她握紧钱袋子，除了给孩子补课，她是不舍得把钱花在这种四六不挨的地方的。

姚家齐提出去意式风情街，杨眉完全听从，一副你的地盘你做主的样子。女儿周萌也是没什么意见，在家里还是在外面于她没多大区别，她的世界她的喜怒哀乐全在手机里。

意式风情街距姚家齐家也不远，两站多地，姚家齐还叫了辆网约车。他们到达的时候，天光还亮着。姚家齐带着杨眉母女，穿过马可波罗广场，行走在这些原汁原味的地中海建筑群中，看着一个一个极具异国情调的西餐厅、酒吧，如同走进一个完全不同的世界。流连其中，连同杨眉的女儿萌萌，也把目光从手机中拔了出来，脸上露出惊异的表情。

现在的城市建设，就像从复印机复印的一样，大同小异，不外乎高楼林立，特色鲜明的地方少而又少。这个曾经的伤疤，却成了一座城市的独特标志和鲜明印记。历史有时就是这么翻手为云覆手为雨，那些曾经痛彻心扉的地方如今却是笑语欢歌的去处。

三人溜达了没多久，景区的灯光次第点亮，杨眉母女眼中的光更亮了。有了璀璨灯光和闪烁的霓虹，更有了一种别样的风情和罗曼蒂克的味道。他们在一家露天餐馆就座。他们到的时候，这家餐馆上座率已达七成左右。姚家齐开始点菜，杨眉和女儿依然扭头四处观看，满眼的新鲜和愉悦。

没点两个菜，杨眉就开始拦挡，别点太多，刚吃过，吃不了多少。姚家齐笑着说："放心，体验体验就好，这里压根就不是能吃饱的地方。"听姚家齐这么说，杨眉不再说什么，继续放逐自己的目光。简单点了几个菜，姚家齐给他和杨眉一人要了一大杯鲜啤，把菜单交给萌萌，让她自己给自己点了饮料。

人多，菜自然上得不快，啤酒和饮料倒是很快端来了。他们端起啤酒饮料碰了碰，便随意小口呷着。随着新鲜感褪去，萌萌的眼睛又盯在手机上。大概二十分钟的样子，菜上齐了。与价格相比，菜的分量确实有点不成正比。

在这里，吃、喝只是一种装点，大家不过是品尝或体验另一种生活——闲适的、高雅的或故作高雅的生活。这种非常态的生活，就像一直吃中餐偶尔品尝一下西餐，多少有些新鲜感。也许是良好的氛围，也许是慢慢地消除了彼此间的陌生感觉，渐渐地，萌萌也夹进了他们的谈话中间。姚家齐不知是自己老了、过时了，还是什么，他觉得他一点也听不懂萌萌的表达，他们压根就不在一个话语体系。萌萌一口一个"我们家凯凯"，经杨眉解释才知道，萌萌是一个叫王俊凯的明星的铁杆粉丝，她容不得别人说半点她们家"凯凯"的不好。我们甚至什么也没说，她一个人就在那里急赤白脸地争辩："我们家凯凯是靠自己的实力、靠自己奋斗的呀！"我们谁也没有否认"她们家的凯凯"不是靠实力不是靠奋斗，除了杨眉告诉他是个明星，姚家齐甚至对"她们家凯凯"一无所知。不知是周围的音乐太过嘈杂，还是萌萌的表现让姚家齐有些忧心烦躁，姚家齐怎么也找不到第一次来此地的感觉。

　　记得那次来，有驻唱歌手的餐厅也就那么一两家，可如今，家家都有，一个个争着唱比着唱，音乐不成音乐，反倒成了噪声。姚家齐看萌萌，越来越觉得她像个问题少女，他回想自己的女儿，不记得她像萌萌一样过。姚家齐的女儿叫姚瑶，小名瑶瑶，比萌萌大两岁，却是个完全不一样的女孩。一想到近二十天未见的女儿，姚家齐的心像化了的糖似的，不由柔软起来。女儿是他最大的开心和骄傲，也是他最大的软肋。不论日子多艰难，只要一想到女儿，心头就有了克服一切困难的勇气。姚家齐不仅显老，长相也一般，他的妻子小希也是中等姿色，不料这样的两个人，却生了个冰雪聪明、眉清目秀的女儿。用他小侄女的话说，负负得正。说这句话时，小侄女才是个刚上初一的小女生，学了负负得正，就活学活用到他们夫妇身上。她摇头晃脑地说："小叔，你和二娘不好看，生的娃这么好看，负负得正；你和二娘一点也不聪明，娃这么聪明，负负得正。"那时瑶瑶一岁多，有着一双毛茸茸的大眼睛，皮肤雪白透亮，活脱脱一个瓷娃娃，真是人见人爱。转眼女儿上初三了，繁重的学业让她远不及小时候聪慧灵动，但成绩优异、乖巧懂事，依然是他和小希的心头肉。而萌萌，许多时候一脸置身事外的冷漠，即便说话，也是一副怒气冲冲要与人吵架的口气。看着眼前的萌萌，想着即将相见的女儿，姚家齐内心忧喜交织。他一面心怀感恩与欣喜，感恩能有这样的女儿，也从心底感谢小希对女儿的培养；同时又莫名替杨眉担心，不知道她会把这样一个女儿带向何方？透过璀璨的灯光，姚家齐似乎又看到了杨眉当初的模样。

　　那时的杨眉，青春活泼，明艳动人，作为支队唯一的女性，也是女神级的存在。如果那时在单位姚家齐属于人见人欺，那杨眉则属于人见人爱。杨眉和大多数战士考学的女干部一样，毫无一般年轻女性娇滴滴的样子，干练、大胆、泼辣，用现在的话说，属女汉子，甚至有些女侠风范。那时的姚家齐，在许多眼里是有些窝囊和懦弱的，他要么被嫌弃，要么被无视。但杨眉却不同，和他在一起，自觉不自觉地充当起了他的保护伞。

军校毕业，走马上任，还没来得及体验"春风得意马蹄疾"的欢畅，现实却给了姚家齐一个又一个下马威。他不是直接进机关的，而是分到一个基层中队。第一个下马威，就是那个中队的中队长给他的。

前面说过，姚家齐从小体弱，是在几个姐姐团团包围中长大的，多多少少沾染了一些女儿气，羞怯、面皮薄，最怵人前讲话。当兵下连不久，又被调到机关当打字员，上军校后虽然经过专门训练，但并未改进很多，队列指挥依然是他的弱项，好在文化课及其他军事课目较好，便也顺利毕业了，没想到一走上工作岗位，这一弱点很快被放大了。仅一个整队报告，中队长当着全队官兵，几次三番让他重新报告。别人是"新官上任三把火"，他一步入工作岗位，就被拍在了地上。那段日子，他羞愧难当，恨不能找个地缝藏起来，整日言语嗫嚅，目光闪躲。他觉得战士们的目光和中队长没什么两样，一定也写满嘲讽和不屑。晚饭后，他常常一个人爬上楼顶天台，望着满眼的秋色和远山发呆。他觉得自己彻底凉了，比那个寒凉的秋天更凉。

中队长的刁难并没有到此为止，有天早操跑五公里，他骑车带中队绕城长跑，老排长请假了，只有姚家齐和年轻的战士们同场竞技。姚家齐对这个家乡城市并不熟悉，后听老兵说，绕城一圈，至少要十三公里。姚家齐清晰地感觉到，这次绕城跑，并非中队长突发奇想，而是预谋已久，且明显是冲他来的。他大声吆喝，催赶着大家一路狂奔，在最后两公里，就让大家全力冲刺。他可能想姚家齐会早早掉队，最不济在冲刺中会被甩掉。作为一排之长，被部队远远甩在后面，应该比重新报告更让他难堪。让他始料未及的是，文绉绉的姚家齐非但没有掉队，反而在最后冲刺中冲在最前面，远远把部队甩在了后面。其实，姚家齐除了队列指挥弱外，他的军事体能还是不错的。他也拼了命想为自己赢回颜面。

中队长的态度，并未因姚家齐这次长跑夺冠而有所改观，但姚家齐却因这次长跑腿部出现了问题，先是臀部隐隐作痛。这种疼痛很奇怪，既不是肌肉疼也不是骨头疼，后来他才知道，这种疼属于神经性疼痛。姚家齐并未往心里去，也未想着前去医院看看。虽然成了干部，但管理和战士没什么两样，出营门一步，也要向中队长请假。虽是军政主官负责，但中队的权力几乎牢牢抓在中队长一个人手中，指导员的职责差不多就是抓思想政治教育了。姚家齐不想向中队长张口，哪怕请一两个小时去趟医院，病痛就这么拖着，越发心情黯然，顾影自怜。

一天晚饭后，姚家齐再次独自登上楼顶天台遥望远山，有个战士也随后跟了上来。是个南方兵，个头不高，相貌清秀，平日话很少。他告诉姚家齐，读小学四年级时他母亲就去世了，从那时起，他变得不爱说话，后来甚至有了轻微的口吃。入伍后他最怕点名。每次点名，他都早早准备，但每次点到他的名字，却张口结舌怎么也答不出来。后来，他索性不想了，没想到不想了，点到他的时候，他竟然可以答出来了。"所以排长，你别太在乎了，可能会好一点。"姚家齐听出来，他拐弯抹角说这些，就是告诉他，他之所以整队报告不流畅，就是因为太紧张太在乎了。没等他说完，姚家齐的眼泪就流了下来，为他的遭遇，也为了他给予这久违的温暖。

姚家齐原来的部队在一个大草原上，他曾矫情地在给同学的信中写道："牧场的草一望无际，肥了思念，瘦了牧人……"那时，他觉得自己是个异乡客，没想到来到家乡这座城市，他才真正体会到了什么是异乡客，没有一个亲人，没有一个朋友，甚至没有一句问候和安慰。好在，夜色渐暗，战士不曾发现他汹涌的泪水。

不久，又有班长主动找姚家齐，他组织几个战士，利用晚饭后空闲时间，背着队长到营院外帮助姚家齐练队列指挥。他发现确是这样，越不在意效果越好；他也发现，队列指挥并非什么难事。

很快，姚家齐整队报告没什么可以让队长挑剔的了，但队长对他的态度并未改观。虽与队长关系冷淡，但与战士们关系日渐融洽，姚家齐冷了许久的心也渐渐又有温度。只是腿一天比一天疼了，让他的心里始终蒙着一层灰，无法真正快乐起来。

因发表过作品，两个月后，一纸调令姚家齐调进机关，成了一名宣传干事，主要负责新闻报道。然而，他的生活并没有因此拨云见日，峰回路转。跨进一扇新门，踏上一段新路，对大多数人来说都是一个全新的考验，何况他是一瘸一拐走进去的。

机关对单身干部实行全封闭管理，家在驻地的已婚干部，也只能周末回家。管理之严，是姚家齐入伍以来从不曾体验过的。这种严，不仅体现在表面的管理上，甚至渗透到骨头里、灵魂里。每个人像被吓着了似的，连走路都是敛手束脚，悄无声息。而且，人与人之间充满防备。这样的环境，让初来乍到的姚家齐很不适应，心里常常莫名其妙地惶恐不安。腿病一日重似一日，很快连起床都成了问题，每天在同室战友的帮助下，翻滚下床后才能站起。真是寸步难行了，实在拖不下去，他才请假去医院做了检查。检查结果，更是如雷轰顶。姚家齐被查出患隐性脊柱裂，用医生的话说，这种病非但无法治愈，只会随着年龄的增长越来越严重。有一点可以保证，虽无法痊愈但毫不危及生命。这样的结果，比影响生命更让他无法接受。

几乎每个男人都有个侠客梦，别人仗剑走天涯，而姚家齐却希望用一支笔写尽世间不平，铲除世界邪恶。在很小的时候，在还不知作家为何物的时候，他就萌生了以文字为生的梦想。不料梦想与现实渐行渐远却又无法真正放弃。一个实现不了却又舍弃不掉的梦想，一个不影响生命却又无法医治的病痛，犹如两条铁轨，将在今后的岁月中如影随形，这样的生命，是不是太过沉重了？姚家齐想想都觉得绝望。生活就像一下子掉进了冰窟窿，他被一种透彻心肺的寒凉笼罩着，日子过得暗无天日，工作上能有什么起色？被人轻视是正常不过的事。

对面餐馆有女歌手百转千回的声音传来："时光一去永不回，往事只能回味……"那时候，曾经以为走到了尽头，看不到峰回，不敢想路转，然而，生命终究峰回路转，兜兜转转走到了现在。太宰治说："这个世界唯一的真理是，没有过不去的事儿。"最长的路也有尽头，最黑暗的夜也会迎接清晨，看来确是真理了。

在这样近乎嘈杂的环境中，姚家齐和杨眉聊得并不酣畅，属于他们的过去，在这个夜晚，无法言说，只能回味。姚家齐发现，不论吃饭、听歌，杨眉总不能全身心投入，她要分出精力照顾女儿萌萌，包括萌萌的情绪。萌萌的情绪起伏不定，阴晴不定。刚还好好的，等扭头听歌的姚家齐回过头来，发现她莫名哭了起来，杨眉越安慰哭得越凶，边哭边抽抽噎噎地说"他们要和我断交"，听得姚家齐一头雾水。好像是在微信中和她的朋友聊着聊着闹掰了，朋友在微信中说要和她绝交，让她感觉天塌了，哭得不能自己。小小的年纪，究竟走过了什么样的路，让她如此缺乏安全感？杨眉为了这个女儿没少费力气，想尽办法让她上最好的学校。名校并未提高孩子的学习成绩，但父母的名校执念并未止步，中考不理想，他们依然有能力把女儿送进最好的学校。萌萌在学霸如云的学校会过得怎样？杨眉又会把这样的女儿带向何方？

姚家齐莫名有些担心起来。他不知该怎样表达自己的担忧，该怎样开口让杨眉明白，别再让孩子在不属于自己的世界里煎熬。他突然发觉，这个灯火璀璨、五光十色的世界，掩盖着多少无法言说的心碎。

五

"能不能和叔叔说一说你们家的凯凯？"看萌萌哭得停不下来，姚家齐突然灵机一动。听他这么问，萌萌的哭声果然小了。杨眉也借机劝道："快给我们说说，凯凯有什么能耐？"

"不要你叫凯凯。凯凯不是你叫的！"萌萌听杨眉叫"凯凯"一下子急了。杨眉也只好道歉："对不起。对不起。妈妈再不叫了。你告诉叔叔，你们家凯凯怎么样？"

"他是凭实力！他就是凭自己的实力！"萌萌还是这句话，好像有人反对似的。

姚家齐越发觉得孩子可怜，便收起与杨眉追忆往事的心思，和颜悦色和萌萌套近乎。他问："萌萌，你长大了最想干什么？"听姚家齐这么问，她露出难得的羞涩，不好意思直言相告，用手推了推杨眉的胳膊，小声说："妈妈，你说！"看女儿这个样子，杨眉也难得温柔起来，她侧头浅笑着看了一眼女儿，抬头对姚家齐说："我们家萌萌长大要当演员！她以后准备考北京电影学院。"杨眉是个炮筒脾气，她和女儿很少能好好说话，多半是你戗来我戗去，难得如此温柔。

这一回答，让姚家齐心再次咯噔一下，比一心把萌萌送进名校更让他觉得难过。不说别的，单从长相上来说，姚家齐一点也看不出萌萌有当演员的潜质。坦率地讲，萌萌长得既不漂亮也不可爱，表情像总在生气似的，一脸怒容。也许杨眉看出了姚家齐的担心，也许这样的担心一直在她心里，她说，女大十八变，我小时候也不漂亮。杨眉最美的年华姚家齐见过。不可否认，那时的杨眉的确是美的，但仅仅是相对一般女孩。物以稀为贵，人也一样。她当年被一群单身干部追捧，不单单是因为她的长相。即便是当年的容貌，与演员还是有着遥不可及的距离。虽说演员并不等于漂亮，但作为普通人家的孩子，如果没有出众的容貌，想挤进演艺圈，不比登天容易。杨眉对女儿说道，变不漂亮也不要紧，到时妈妈带你去韩国整容，把你整得漂漂亮亮的。她说，那些女明星，哪个脸上没动过刀子？越说越离谱，脸蛋可以整，演技也可以整吗？女儿还小，有个不切实际的梦想无可厚非，可杨眉呢？给女儿灌输这些就有些不应该了。姚家齐想，杨眉一心把女儿送进名校，究竟是为了女儿的前途，还是为了自己的面子？杨眉已不是当年那个自信满满的杨眉了，她极力想借助外力补齐生活的落差，看来她内心的不安全感并不比女儿少。

姚家齐明知道杨眉和女儿构想的一切，不过是一个巨大的肥皂泡，但他不忍心也不敢戳破，他觉得萌萌太敏感也太脆弱了，也觉得杨眉执念太深。他只能借坡下驴引导萌萌，有个明确的理想非常好，你知不知道，北京电影学院非常难考，那可是万里挑一。既然有理想，我们就要早早做准备，第一就是要踏踏实实把文化课成绩提上去。你知道考北京电影学院对文化课的要求也非常高。你现在刚上初中，一切还来得及。只有珍惜每一天，才能一步一步朝梦想靠近，你说是不是？姚家齐灌了一通鸡汤，可萌萌似乎并未听进去，只是情绪比刚才好多了。许多东西，是不知不觉中天长日久一点一滴渗透进你生命中的，没有谁能三言两语改变。"幸福的人用童年治愈一生，不幸的人用一生治愈童年"。那些小时候渗透在我们骨髓和灵魂中的东西，许多时候会如影随形，跟随我们一生。萌萌的未来怎样？姚家齐已经清清楚楚地看到，有些东西已经过早地跟着她了。他突然没了聊天的兴致，内心满是苍凉，为生命中太多的身不由己。

情绪是会相互传染，杨眉也有些意兴阑珊。"今天你们母女俩折腾一天，累了，要不我们先回去休息？"姚家齐提议，三人起身返回，但在结账时，发现杨眉已结过了，两个人争执一番，但杨眉态度坚决。虽然姚家齐的生活看上去不错，但左支右绌，杨眉还是能够感觉到。即便是二手房，也背上了高额的贷款。房屋乍一看装修得不错，实则是在原有基础上修修补补，这些细节明显暴露出他在经济上的捉襟见肘。小希工资不高，姚家齐又是几次三番调动搬家，折腾得没多少积蓄，在这个高消费的城市生活，又买了房，生活的紧巴可想而知。从经济方面，杨眉要远远好过姚家齐，所以她不忍心让他太破费。

走出意式风情街，姚家齐准备打车，杨眉看到路边的小黄车后说，我们骑小黄车回吧，又不远。萌萌一听高兴了，难得积极响应，于是每人扫了辆共享单车,骑着慢慢悠悠往回返。天气似乎不那么燠热了,有轻微的风吹过,骑车行进在夜色中,三人心情又突然变得大好。姚家齐想,人有时长时间被一种坏情绪控制,恰恰是因为处在同一情境中,换个方式,散散步、骑骑车,情绪说不定会为之转换,就像此刻,骑上共享单车的那一刻,郁闷的情绪转瞬就淡了。

姚家齐想,当年心情持续那么糟糕,除了病痛本身外,可能与自己长时间待在那个封闭高压的环境不无关系。作为刚出校门的单身干部,那时候想跨出营门一步似乎都是难事,好不容易到了周末,就会有许多已婚干部找他顶班。周末比上班更为难熬,得一整天待在值班室。

最终能够得以康复,从那样的不良情绪中走出来,得益于当年新任政委。老政委转业,新政委到任,姚家齐寸步难行的样子,很快引起他的注意,问明情况后,他立即让卫生队办理转院手续,打发他去总队医院住院治疗。临行前,他专门给外科主任写了信让姚家齐带着,希望主任能对他的下属予以重点关照。这是姚家齐走进机关营门后受到的实打实的关心关怀,他很感动,办理完手续,出发前他去和政委告别,他说:"政委,我要去住院了,过来和您打声招呼。"政委语重心长地对他说:"姚干事,下级对上级,要说请示或者报告,不能说打招呼。"许多年过去,姚家齐都清晰地记得这一幕。每每想起来,他既感到脸红又感到温暖。那时自己的确像个傻子,姚家齐知道,政委当面指出来,不是他计较什么,而是真诚地帮带他。

没想到这一住院,就是半年多。姚家齐住院后,医生根据他的症状,初步诊断是椎间盘突出,但因当年医院没有CT,迟迟无法确诊。前两个月,姚家齐只是躺在病床上,每天口服一些消炎止痛和活血化瘀的药,间或去理疗室烤烤电。躺了一段时间后,病痛确实缓解了,但他清楚,如果不彻底根治,返回工作岗位后一切照旧。刚走上工作岗位,这样总躺在医院怎么行?姚家齐自费到地方医院拍了CT,查出腰四五椎间盘严重突出,五六椎间盘膨出。主治医生建议保守治疗。他说保守治疗没什么,就是病人要自己注意。这种病就是富贵病,要睡硬板床多休息,不能受凉,不能劳累,不能干重体力活。这不成废人了吗?自己年纪轻轻的,而且又是一名军人,怎么可能过上这样一种养尊处优的生活。姚家齐决定手术,可医生说手术风险太大,有可能落下残疾。姚家齐心意已决,他觉得即便残了,也比这样不死不活要好。医院有台专门治疗椎间盘的髓核切吸仪，可能技术还不完善，仅做了几例，效果均不理想，毕竟是微创手术，风险相对小一些。姚家齐软磨硬泡，并签字承诺，所有风险自己承担后，医院为他做了髓核切吸术。没有陪护，是同室病友帮忙把他推到手术台的，术后也是病友照顾。为减轻风险，只对突出间盘做了切吸，而且未做彻底，效果似乎还不错，术后第二天他就下床了，半个月后出院时，虽然弯腰困难，但腿确实不疼了。出院时，主治医生如实相告，手术不彻底，要注意保养，还是不能受凉、不能劳累、不能干重活。

因做了手术，出院后他直接休假，回到母亲身边休养。这时，母亲已被大哥接到县城和他们住在了一起。在此时，母亲才得知他的病情，泪眼婆娑，很是难过，什么也不让儿子干，自己起早贪黑精心照顾，让姚家齐确实过了一段养尊处优的日子。

回到单位，方知换了政委。原政委与支队长矛盾不可调和，被调去了别的单位。长期个人说了算，让支队长越来越霸道，听不得不同的声音。休假时，大哥找人给姚家齐教了太极拳，他一直坚持练，病情一直控制得不错。转眼到了七月，又分来一批毕业学员，杨眉便是其中之一。这个时候，姚家齐的病情虽然好转，但情伤却是刚刚撕裂。

女主人不在，晚上回到家，姚家齐和杨眉都多多少少感觉到有些不自在，就连萌萌也对杨眉说："阿姨不在，我们住进来是不是不好？"

"你个小屁孩想什么呢，你姚叔叔这儿就像你舅舅一样。"杨眉嘴上虽这么说，但心里还是隐隐有些不妥，觉得自己答应得有些草率了。但已住进来了，不好再提出住外面，只好既来之则安则。

回到家，姚家齐和杨眉母女道过晚安，自己上了阁楼。阁楼上除了面积略小、没有厨房外，和楼下大同小异，三室一厅才带卫生间。他在楼上洗漱休息，楼下便成了杨眉母女的天地。请杨眉母女住家里的事，他已通过微信告知了妻子小希。小希了解并百分百信任他，对他的决定，一般不会有异议。洗漱完上床休息，想和小希聊聊，却发现妻子已经关机了，可能休息了。妻子和女儿已经坐上火车了，明天上午就能到达。其实，有飞机也通了高铁，但妻子为省路费，总是坐火车。她说，买卧铺，睡一晚上就到了，又省钱又不耽误事，何乐而不为？

杨眉照看女儿冲完澡，把她送上床休息后，自己才开始洗漱。洗漱完，她对着镜子吹头。在陌生的环境，看着镜中卸妆后素面的女子，连自己都有些陌生。"最是人间留不住，朱颜辞镜花辞树"。作为女人，确实应该感谢世上还有化妆品这样神奇的东西，而且越来越高级，能够帮忙遮挡岁月的痕迹，为女人挽回颜面，要不，过了四十岁的女人情何以堪？

　　杜拉斯说："也许经过岁月磨砺的女性不会幼稚到回头去寻觅那个岁月深处的身影，但她无法抑制住如云雾般在内心飘浮的激情和渴望。"时间一去不复返，带走了青春、容颜、健康……却往往把悲苦留在了人的心里。杨眉问镜中的自己，如果人生能够重来，自己会选姚家齐这样的人作为终身伴侣吗？时至今日，她还是不能确定。

　　有段日子，她确实和姚家齐走得很近，甚至引起机关许多人误解，有好几个人还好心提醒她。提醒的方式不同，有的拐弯抹角，有的单刀直入，但言外之意，无非是劝她别一朵鲜花插在牛粪上。走近发现，姚家齐根本不似别人眼中口中那样不堪，甚至比许多自以为是的人要强出不少，但如果说她因此会和他发生点什么，那真是瞎了眼，她甚至觉得这是对她智商情商的侮辱。如果说自己有点小心思，暗暗盼着姚家齐也能像那些兔子们一样对她吐露心声。想都不要想，只要姚家齐一张口，她也一定会毫不含糊张口拒绝。拒绝是一回事，但等姚家齐对自己吐露心迹是另一回事。如果他也表白了，那她魅力便是百分百，连同她自己也会是百分百女孩。只要姚家齐不表白，如同缺了一块，不算圆满。她不知道，姚家齐究竟爱没爱上过自己，但她坚信他一定爱上自己，甚至比那些兔子们爱得更深。他之所以没表白，她认定姚家齐清楚他们之间的悬殊。但就这点，她对姚家齐嗤之以鼻，他太懦弱了，连爱都不敢说出口，算什么男人，能成什么事？

　　那时的姚家齐真是太懦弱了，谁都欺侮，一到周末，就有人找他顶班，甚至有些人一而再再而三，他都不懂得拒绝，真是让人哀其不幸怒其不争。未想到就这样一个任谁都看衰的人，有一天竟然会花红柳绿起来。

六

　　姚家齐起床后，怕上下楼梯吵着杨眉母女，依旧待在阁楼上看书。通向

240

阁楼的楼梯是木头的，踩上去咯吱咯吱很响。等听见杨眉母女起床了，他才下了楼，乘她们洗漱的当口，外出买了早点——当地特色——煎饼果子、糖果、老豆腐。他回来时，萌萌已洗漱完，躺在沙发上看手机，杨眉还在卫生间化妆。

　　吃过早点，按既定计划和早已踩好的路线，杨眉带着女儿去欢乐谷，姚家齐去单位加班。他给杨眉一把家里的钥匙和两张地铁卡，一道出门去坐地铁。两站后，姚家齐下车去单位，杨眉母女继续前行。原本姚家齐想陪她们去的，可杨眉要自由行动，姚家齐便没再勉强。分手后在去往单位的路上，姚家齐心里还是有点嘀咕，杨眉母女千里迢迢过来，自己就这样甩手不管，总觉没尽到地主之谊。

　　当年自己能走出低谷，杨眉功不可没，这一点姚家齐永远记在心里。她分来的那段日子，姚家齐的病情虽大为好转，但内心却仍在滴血。出院后，他主动终止了一段长达四年的感情，却为自己留下了久久难以愈合的伤痛。

　　女孩是姚家齐的读者。姚家齐发表的第一篇作品，是在一家中学生刊物上。文章发表后，收到了许多读者来信，女孩便是其中之一。女孩的文笔很好。当时，她还是一个即将面临高考的高三学生，而姚家齐也不过是一个前途未卜的士兵。面对繁重的高考，女孩忙里偷闲，给姚家齐的信每周一封，雷打不动。女孩考上大学的时候，姚家齐也走进了军校，他们之间的通信更勤了。姚家齐用女孩的信调剂军校生活的枯燥和乏味，女孩把姚家齐的信当成瞭望另一个世界的窗口，他们渐渐沉醉其中，爱情的种子也在不知不觉中萌芽。窗户纸是女孩主动戳破的。听了女孩的表白，考虑到现实和自身条件，姚家齐起初也曾退缩过、挣扎过，但最终还是割舍不下，不管不顾一头扎了进去。

　　在姚家齐后来的文学作品中，不止一次写过纸上情缘的故事，故事的蓝本，正是来源于自己的这段感情经历。唯一不同的是，姚家齐作品的女主角，个个身材高挑，美若天仙。实际上女孩长得并不是特别漂亮，身材也不高挑，一米五左右的样子。但女孩对姚家齐是真的好，自己还是个学生，却用家教挣来的钱给姚齐买手表、相机、衣服。大二暑假，还背着家里偷偷跑来看姚家齐。姚家齐的军校属中专，学制两年。女孩来的时候，正值毕业联考。姚家齐分不开身，女孩独自住在外面，只有到了周末，学员队领导才会批假让姚家齐去陪女孩。即便这样，女孩也毫无怨言。

　　那是他们从书信后走出来真正相见。女孩戴着近视镜，剪刚好齐肩的短发。女孩的头发乌黑亮丽，犹如绸缎一般光滑；她的皮肤很白，吹弹可破。虽说不上十分漂亮，但却温顺乖巧，娇小可人，姚家齐一见就有一种揽在怀中好好保护的冲动。女孩初见姚家齐，第一眼无疑是失望的，经过半天相处，很快重燃爱意。也许是神交已久，也许是情人眼里出西施。第一眼过后，再去看的时候，却有了不一样的亲近感。

女孩那么娇小，可过马路的时候，她会紧紧抓着姚家齐的手，把他护在身后，就像个要保护小鸡崽的老母鸡，恨不得张开羽翼把他护在翅下，那种情不自禁流露出的爱意和关切，让姚家齐很感动。在这个世界上，还有谁能把他这样的人像个宝贝一样在意和珍惜？那时年轻，姚家齐觉得自己是个军人，不能太婆婆妈妈，即便不穿军装，也不好在外面太过于卿卿我我，有时在外面走，女孩搂他的腰，他会推开，有意和女孩保持距离，不好贴得太近。分别时，他虽然心里很不舍很难过，让那么娇小的一个人独自回去也很担心，整理行李，在女孩不在时，把头埋在女孩的衣物里泪如泉涌；但在女孩面前，一直表现得很坚强，把女孩送上车后，女孩贴在车窗上看他，可他还没等列车启动便转身离开了。女孩永远也不会知道，他转过身的那一刹那，眼泪就跟着流了下来。他害怕让女孩，也害怕让旁人看到他的依依不舍和失魂落魄。他觉得自己是个军人，不能太过于儿女情长。

一生一世一心人。这次相见，他更铁了心要和女孩在一起。他心里暗暗发誓，只要女孩不离不弃，哪怕有多少艰难险阻他都在所不辞。然而，一走出校门，现实很快一点一点粉碎了他的誓言，眼前的迷茫让他看不见未来，他越来越清醒地认识到，他不能自私到把那么好的女孩和他这个没有未来没有前途的人捆绑在一起，预谋着告别却张不开口，只是把女孩的信原封不动一封又一封退回去。出院休假期间，他专程去了一趟女孩家里，女孩家人的反对和她优渥的家庭条件，让他更铁了分手的心。他对女孩说她不漂亮，他要找一个更漂亮的。对一个女孩子来说，这话多伤人，可他为了让她死心，什么话伤人他就说什么话。当女孩真正答应和他分手后，四年来一直支撑他的东西好像一下子被抽走了，他整个人塌了。南方的天气那么燠热，他不开空调，一个人躺在床上一整天不吃不喝，任泪水和汗水肆意流淌，第二天挣扎着起来离开。他把赶来送他的女孩硬生生推下车，然后决然离开，一路上如同行尸走肉。

对于这样的结果，家人都觉得是预料当中的事，那么远，又是那样结识的，从始至终无一人看好。分手了，他们反而踏实了。原想回到家好好调整调整，不料回来没两天，哥嫂吵了一架，吵得很凶，他觉得待不下去，就提前回到单位。

从此，他和女孩隔山隔水，江湖路远，再无音讯。他没想到，伤痛却因此漫延开来，鲜血淋漓，并没有随着时间的流逝而减弱，反而愈演愈烈，人也日渐变得消沉。

在杨眉看来，那时的姚家齐何止消沉，简直是窝囊，许多时候像个逆来顺受的受气包。单位管理严格，平日难得出门，好不容易到了周末，他不是替这个值班，就是替那个加班。别人让他干什么似乎理所应当，连一句感谢都没有。看一个人窝囊成这样，杨眉心里不由得对他深深同情。有一次，还没到周末，有人用命令式的口吻对姚家齐说："姚干事，周六替我值班！"恰好杨眉在跟前，她一听就火了，没等姚家齐答应，一通连珠炮似的回戗道："总让别人替你值班你好意思呀？就你是人，就你想过周末？"被一个刚出校门的小丫头片子大庭广众教训，面上自然搁不住，气势汹汹地说道："我在和姚干事商量，关你屁事，要你多嘴！"他没想到杨眉根本不吃他这一套，冲过去说："你私自换班你还有理吗？走，我们到支队长跟前说去。"听杨眉这么说，此人一下子怵了，知道碰到硬茬了，不敢恋战，嘴里嘟囔一句"不顶就不顶"，便灰溜溜逃也似的走了。

为防止姚家齐替人顶班，每到周末，只要不值班，杨眉都会约上他和几个年轻干部到附近的景点玩。渐渐地，再也没有人主动找姚家齐顶班了，而且，通过走出去游山玩水，他的心胸次第开阔，长期郁结心头的烦闷也渐渐淡了。

姚家齐中途下地铁后，杨眉和女儿继续前行。要坐到终点站，不必操心中途换乘的事，便安心地坐着，闭上眼睛养神。昨天晚上，她睡得并不踏实，心里总有些怪怪的、慌慌的。自己大大咧咧的性格改不了，干事总是欠考虑。在小希不在家的情况下，自己贸然住进来，不管姚家齐怎么想，小希会怎么想？

她最初和姚家齐走近，原因错综复杂，有同情的成分、有试探的成分、也有拿他当灯泡或挡箭牌的成分。这一切，除了自己，别人不可能一清二楚，包括姚家齐。交往久了，她发现，姚家齐并非像表面上看上去那么一无是处。他善良、温和、谦卑、嘴严，凡事能替他人着想，相处起来让人很放心、很踏实、很安全，也很舒服，不用有任何戒备之心。随着不断了解，杨眉忍不住时不时替姚家齐鸣不平，谁谁谁能力比你差远了，他不过是会来事而已；你看谁谁谁，他干得并不比你多，可人家会干，干一份能让领导知道两份，你呢，干三份领导一份也不知道，全是替人作嫁衣？可这个不知好歹的家伙听后不但丝毫不领情，还大言不惭地说："这有什么好奇怪的？甘地夫人说，'世上有两种人，一种人做事，另一种人邀功。我要试着做第一种人，因为这类人比较没有竞争对手。'"杨眉听后冷笑着讥讽道："是的，你是没有竞争对手，一个也没有，谁会把你当竞争对手？"他听后依旧说道："我和谁不比，我和谁也比不了，我只和自己比。"真是可怜之人必有可恨之处，听他这么说，杨眉懒得再理他，连个白眼也没舍得给。

　　跨过岁月的长河，历经风雨的洗礼，回头再看来时路，杨眉不得不承认，姚家齐的话是对的，他当初对自己的定位也是准确的，不像自己，年轻气盛，时时处处争强好胜，不甘人后，结果什么也没争到，反而弄得自己伤痕累累，身心疲惫。

　　杨眉当初找对象，不要说姚家齐入不了她的眼，许多人都入不了她的眼。地域上，不是省城的概不考虑；外貌上，不高大不英俊低于一米八的概不考虑；物质上，工作一般经济基础差的概不考虑。这样的人不多，可以说凤毛麟角，还好，真有这样的人被她碰着了。然而，这样的人，你喜欢，别人也喜欢。很快，打了结婚证，怀着无限喜悦和憧憬准备走向婚姻殿堂时，有个挺着大肚子的女子找到了她。原来，那个令她心倾神迷的男子，一边和她说着甜言蜜语，一边又和别的女人瓜田李下卿卿我我。骄傲如她，这事让她像吃了个绿头苍蝇，恶心至极，哪有什么回旋余地？快刀斩乱麻，即便发觉自己怀孕了，也没有犹豫，走下手术台就去民政局办理离婚手续，还没步入婚姻就把自己变成了个二婚女人。

　　那时，她只埋怨时运不济，命运不佳，包括后来的许多事，却从来没想过，究竟是谁造就了这样的命运？

七

　　晚上，姚家齐一家三口点好菜，在饭店里等了许久，杨眉母女才姗姗来迟。小希母女回来了，按姚家齐的话说，今晚，算是正式给杨眉母女接风。

其实，杨眉是完全有时间按时或更早赶到，她其实是有意磨蹭。她心里有些怵，怕严小希心里有想法，不知如何面对她。然后，等真正一见面，一看到小希那张坦荡平和、毫无芥蒂的脸，觉得自己的担心纯属杞人忧天，才有所释然。

小希是那种永远心平气和，云淡风轻的女子，从杨眉第一眼看到她就喜欢上了她。杨眉经常说姚家齐傻人傻福，其傻福中有很大一部分指的是他找了个好老婆。小希不仅性格好，还勤快能干，总是把家里打理得井井有条。姚家齐的傻福里，自然少不了他的女儿。瑶瑶小时候就是个异常俊秀的孩子，如今出落得越发标致，而且文文雅雅，礼貌周到。把女儿培养得这么优秀，小希功不可没。

一整天起起落落的心情，坐到饭桌上后很快烟消云散。和这样平和的一家人坐在一起，就像到了自己家里，让人很放松很释然。从姚家齐点的菜看，也没有把她当外人，数量不多，但很用心，没有一点花里胡哨故意炫耀的成分，虽有螃蟹鱼虾，但一点也不张扬，就像他的为人，实在。杨眉也去过别的地方，也有昔日的同学朋友或转业的战友接待过，他们大多对杨眉很重视，好车接送，饭店豪华，菜品高档，陪客众多，轮番敬酒，言辞热烈。不知为什么，这样的饭和待遇总让她很有负担也很有距离。那样热烈的言辞也只是听听，却无法进入心里。而坐在这样的桌上，她丝毫没有负担，也没有距离。菜的味道出奇地好，她和女儿吃得都很开心，是一种在那样的场合中永远也吃不出来的味道。几个人谈的，也不过是家长里短，虽不热烈却句句入心。瑶瑶也像个小大人，领着萌萌挑她们自己喜欢的小吃、饮料，萌萌也很快没了最初的羞涩、畏怯，两个人聊得热火朝天。姚家齐没想到，自己眼中的乖乖女聊起王俊凯来，也是一套一套的。

姚家齐忙前忙后，像个店小二，帮她们端茶倒水、夹菜盛汤，满脸幸福，不亦乐乎。望着他们一家其乐融融的情景，杨眉第一次打心眼生出羡慕，甚至心头闪过一个念头：如果不是自己心太高，这样的幸福，曾对她来说也是触手可及。她也有些羡慕小希，这样的女子，低调内敛，斯斯文文，不争不斗，反而过得很平静很幸福，不像自己，总喜欢跟人比跟人争跟人斗，到头来除了满心伤痛，什么也没有得到。对小希生出羡慕之情，这在过去几乎是不可能的。杨眉曾经是军官，转业后在省检察院，不论过去还是现在，从事的都是别人羡慕的职业，她不可能羡慕像小希这样的小护士，可这个夜晚，她却无端地生出羡慕和感伤，是自己真的老了吗？

饭店距姚家齐家不远，中间隔着个小公园。吃完饭，他们穿过公园步行回家。地灯、射灯打在花草树木上，越发显得苍翠欲滴、娇艳动人。公园里走步的、跳广场舞的、遛狗的、坐在一起聊天的……好不热闹。杨眉和小希肩并肩、瑶瑶和萌萌手挽手，一对老姐妹一对小姐妹边走边聊，只有姚家齐一个人走在后面，充当护花使者。

回到家，两个小孩把自个儿关到屋内，私自活动。现在的独生子女平日太孤独、太可怜了，家里来个同龄人，自是高兴异常。他们三人又继续聊天，过去的，未来的，漫无目的，不知不觉聊到很晚。临睡前，杨眉才告诉他们明天就要离开，带着孩子去北京逛一天，后天就赶回去，因为萌萌马上开学了。姚家齐没想到杨眉这么快就走，有点措手不及，连个土特产也未买，便抱怨她怎么不早说，小希也是极力挽留，希望能多玩两天，但杨眉说没办法，孩子马上开学了，带孩子去北京电影学院看看，是早就答应好的。她还想带孩子去看看天安门，看升国旗，这也是她一直以来的心愿。第二天小希要上班，女儿要返校，无法陪杨眉母女一道去，姚家齐抱怨杨眉，大热的天，这样急匆匆地，还不如不出来。杨眉解释道，原本不是出来玩的，只不过是了女儿一个心愿。没办法，大家只好相互安慰，相约来年一道出游。

临睡前，小希不顾他们夫妻久别重逢，做主让瑶瑶和萌萌睡，她和杨眉睡，把姚家齐再次赶上阁楼。

躺在床上，姚家齐想到杨眉此次前来，他都没有好好陪她们母女好好转转，心里又遗憾又抱歉。当年，没有杨眉，自己不可能那么快就走出低谷。他发过一些文学作品，原想写新闻报道并非什么难事，可负责新闻报道工作后，陆陆续续写了一些，投稿后均泥牛入海。其实，他心里清楚，除了现实遭遇摧毁了他的工作热情外，对新闻写作，自己是个十足的门外汉，连起码的新闻 ABC 都不懂。后来，他索性搁笔，不再瞎写，除了报新闻写作函授班外，每天坚持看报，抄写新闻好标题。两个月后，渐渐摸清一些门道。打字员小朱被支队评为学雷锋标兵，他去打字室打材料，从小朱口中无意得知，他父亲也被省军区表彰为先进个人。他觉得有意思，详细询问后，他很快写了一篇反映"父不用己权为儿铺路，儿不用父权为己搭桥"——《父是先进儿是标兵——朱学斌父子同登光荣榜》的消息，用钢笔誊写后，用邮件寄给军报政工编辑室，没想到一周竟然见报了。这不仅是他个人新闻报道零的突破，也是支队省部级以上报刊新闻报道零的突破。已连续多年，支队新闻报道在省级以上报刊刊稿为零，在总队新闻报道评比中常年垫底。一篇新闻稿，终于让人对他另眼相看。

年底，老支队长转业，新支队长到任后，实行人性化、人文化管理，支队也像迎来春天，冰融雪消，万物复苏，那些长期被管理的四方四正、失去个性与活力的干部，也开始抽枝绽叶，有了新的气象。姚家齐更是如鱼得水，一发不可收拾，新闻稿件隔三岔五见诸报端。一年下来，仅中央级报刊刊稿30余篇，年终新闻评比支队从过去全总队垫底蹿到榜首。随着作品频频见诸报刊，他在支队的地位也随之水涨船高，年中的优秀党员、岁尾的先进个人、三等功也非他莫属。他这个无名小卒让有的人开始刮目相看了，连他本人都在想，自己的人生是不是真的从此峰回路转、苦尽甘来、顺风顺水？

然而，生活哪有什么顺风顺水，不给你九九八十一难那还叫生活？

小希说好陪杨眉好好聊天的，也许是坐车困乏了，头搁到枕头没多久，就响起了轻轻的鼾声，让杨眉好生羡慕。曾几何时，她的睡眠越来越差，她甚至有点害怕夜晚的到来。

在姚家齐日渐春风得意的时候，杨眉也是好事连连，先是碰到让自己怦然心动的人，心心念念调到省城的事也随之实现，在送别杨眉时，姚家齐和杨眉的心情都是欢畅的，都对接下来的日子充满期待和幻想，都觉得似锦的前程在不远处闪闪发光，等着自己走近，等着自己实现。杨眉还郑重向姚家齐和其他战友发出邀请，希望都能参加她的婚礼。几乎每一个人都相信，杨眉的婚礼一定会非常盛大，也都希望看一看杨眉穿上婚纱的样子，便齐声应诺："我们就是你亲亲的娘家人，怎能缺席？去，一定得去！"

分别后，姚家齐一直等杨眉结婚的请帖，他也相信，那么仗义的杨眉，一定会有个幸福美满的婚姻，然而，杨眉的喜事没等到，却等到了自己的悲事——爱他如命、他还没来得及报答的母亲突然撒手走了。这对他来说，无疑是晴天霹雳。父母养家糊口的艰辛让他刻骨铭心，很小他就期望长大能出人头地，能够早日回报二老，让他们过上幸福的日子。然而，没等他长大，父亲就早早地走了。当兵后，每每看到战友探亲休假给自己的父亲备茶买酒，子欲养而亲不待的遗憾都会让他痛彻心扉。他在心里暗暗发誓，以后一定要好好孝敬母亲，要把对父亲的遗憾在母亲身上补上，然而，上苍终究还是没有给他这个机会。母亲走后，他整个人就像被抽空了一般，找不到前行的动力，内心充满绝望和灰暗，很长一段时间，他看什么都是灰的。

在姚家齐痛苦不堪的时候，杨眉的日子也并不好过，那个她原以为可以托付终身的人，却是个不折不扣的渣男，像幸福曾经接二连三而来一样，痛苦也排着队上门，很短时间内，她失去了婚姻、爱情，还有那个不曾成形、不知是男是女的孩子。刚查出怀孕，那种未曾准备的慌乱和一种油然而生的母性，真的很奇怪，那是生命中不曾有过的体验。然而，一切的一切，戛然而止。

那么深的伤害，却不是最后一次。想到这里，杨眉不由轻轻叹了口气。黑暗中，她的叹息声很轻，比小希鼾声还要轻微，轻得几乎听不出来，但却又是那么响亮、那么刺耳、那么经久不绝，回响在她一个又一个难以入眠的夜里。

八

睡到半夜，姚家齐醒了。姚家齐做了个梦，梦见自己想和小希亲热，小希不让，还用力推他，一推，把他推醒了。

躺在黑暗中，想着小希梦里的样子，姚家齐无声地笑了。别看小希平日不显山不露水，其实头脑清醒，心思透亮。杨眉虽一再反对，她还是坚持自己的安排。嘴上说想和杨眉再聊聊，实际上姚家齐清楚。久别重逢，睡在一屋，她管得了自己，也担心管不住姚家齐动手动脚。她不想给杨眉一丁点的刺激或难堪。

姚家齐和纸上结识的那个女孩彼此深爱，分手后痛过但从未后悔过。尤其后来日子过得举步维艰的时候，他更感庆幸，现实一定会把他们纸上的浪漫一点一点撕碎。分手了，那些美好还在记忆里，如果真走在一起，也许连那些记忆都会尸骨无存。

自从姚家齐和女孩明确分手后，家里人着手给他张罗对象，姚家齐也不拒绝，他也找不到拒绝的理由。有段时间，每到周末，他不是相亲，就在相亲的路上，高矮胖瘦见了不少，愣是没一个对上眼的。直到母亲走了，他突然间有了前所未有的孤独，天大地大，母亲不在了，他也没了一个叫家的地方。他去哥哥家，去姐姐家，突然间有了不一样的感觉，这个感觉在母亲生前从未有过，可母亲走后，变得无比强烈。这个感觉就是，这里不是自己的家。

我自己的家在哪里？到了冬季，寒风渐紧，看着天地间飘飞的落叶，姚家齐想成家的愿望变得越发强烈。这时又有人给他介绍对象，是驻地卫校门诊的一名护士，有天晚上她值班，姚家齐随介绍人直接去了女孩上班的门诊。女孩穿着白大褂，扎着长长的马尾巴，在灯光下显得肤色很白，个子高高的，话不多，显得朴实稳重。姚家齐自己也不清楚，究竟是喜欢还是不喜欢，他只在心里想，这样的女孩，母亲一定会喜欢的。

介绍人是支队一个干部的家属，能说会道，多半是她在说，气氛也还算融洽。到了夜里九点，女孩下班，姚家齐提议，他们又去烧烤摊吃了烧烤，九点半左右护士说太晚了，她该回家了，不然家里人不放心。姚家齐便打车和介绍人把护士送回家，然后再送介绍人。送完介绍人独自回家的路上，他在心里对自己说，就她吧！说不上欣喜也说不上悲伤。

这个护士就是严小希。小希给姚家齐的第一印象并不深，甚至没太看清她长什么样。介绍人很快有了回音，说女方愿意交往。既然女方愿意，姚家齐也不反对，两个人开始交往。单位对大龄单身干部开绿灯，每天下午下班后都可以出去，只要晚上十点熄灯前归队就行。因此，只要轮到小希值夜班，姚家齐就去陪她，等她下了班，两个人就沿着滨河路来来回回走两趟，便把小希送回家，自己在十点前赶回单位。

半个月后，见了也就四五次面，姚家齐便向小希提出结婚的想法。每次送小希回家后，姚家齐独自赶回单位，吹着寒风，心里都会有种说不出的凄凉，想要有个家的愿望就愈加强烈。原本就是奔着结婚去的，姚家齐不想一拖再拖。姚家齐提出结婚，严小希似乎被吓着了，当即愣在街头，不知如何回答是好。犹豫半天才问，为什么这么快？在她看来的确太快了，两个人连足够的了解还没有。姚家齐没有回答小希的问话，而是说，如果愿意，我们就结；如果不愿意，我们就没必要耗费时间。说罢，把严小希丢在街头，掉头离开。

最终，小希妥协了，他们连个订婚仪式也没举行，便开始张罗婚礼。两个月后，新年元旦，举行了结婚仪式，姚家齐终于有了一个可以遮风挡雨的家。用今天的话说，他们是典型的裸婚。那时的姚家齐，可以说一无所有。小希的父母看重他的老实，也心疼他这个无父无母的孩子，啥都没计较，一分钱的彩礼也没要，还陪嫁了不少，就连他们的婚房也是小希父母帮忙租的，房子的收拾布置，包括锅碗瓢盆，也是他们包办的。

姚家齐和小希算是先结婚后恋爱。那时的姚家齐对爱情再无奢求，只是为了结婚而结婚。通过婚后相处，小希的勤劳贤惠、温润细腻日渐温暖了他那颗冷却了的心。他不得不承认，自己误打误撞捡到宝了；也不得不承认，小希才是真正适合他的女子。两个人关系一日胜似一日亲近，母亲走后挥之不去的孤寂也日渐烟消云散。婚姻的幸福，也给工作注入强大的动力，这年底，因工作成绩突出，支队给他报请二等功，总队虽未批准，但来年五月，在女儿出生的当天，他接到调令，被调到总队新闻站，成了一名专职新闻干事。女儿满月，他便告别小希母女到新单位报到。两地分居实为不便，后来小希索性辞掉工作，跟他到了省城，稳定下来没几年，又随他来到这座陌生的城市。为了分担姚家齐的经济压力，近十年没有工作的她又硬着头皮走出家门应聘。好在她有护士执业证，很快在家附近的一家社区医院干起了自己的老本行。家齐心里清楚，没有小希一路无怨无悔的支持，他不可能走到现在。对小希，他总有一种深深的愧疚埋在心里。她跟着他一路奔波一路动荡，几乎没过什么安稳日子。

天光通过天窗泄下来，照得屋子半明半暗。姚家齐睁着眼睛向上看，深蓝的天空就在头顶，上面还缀着几颗星星在眨眼。这套房子，原来阁楼虽然面积不小，但只有两个窗户，给人感觉又暗又闷。装修时，姚家齐一口气开了四个天窗，阁楼一下子变得十分亮堂。天窗虽然都安装了遮光窗帘，但几乎成了摆设，姚家齐即便住在阁楼上，也不喜欢拉上窗帘，他喜欢让月光、星光、天光就这么无遮无拦地照下来。有时下雨，雨珠打在天窗的玻璃上，滴滴答答、噼里啪啦，听着这样的伴奏，他就像个淘气的孩子，内心的快乐就会如花一般绽放。

调到省城，姚家齐虽和杨眉不在一单位，但见面的机会又多起来。之前就听说了杨眉的事情，再次见面，也许昔日的悲伤已经过去，姚家齐在杨眉的脸上并未看出一丝一毫的痛苦和不如意，她依然故我，还是那个骄傲强势的女子，说话办事依然不让人半分。

接小希母女来之前，姚家齐在单位附近租了房，没事的时候，杨眉就跟着忙乎。置办家具时，杨眉不让姚家齐先自行采购，说她那里有现成的，一直没用。杨眉对姚家齐说话，向来说一不二，姚家齐也只好顺她的意，听她安排。周末，姚家齐随杨眉前去，第一次见到她的房子。真的不过是她名下的一套房子，不能算是家。可能杨眉自己很少去那里，房门打开，一种陈腐的气息和呛人的灰尘扑鼻而来。杨眉的悲伤和难过没有写在她的脸上，而是写在这套房子里。这是杨眉准备结婚的婚房，很宽敞装修也很豪华，枣红色的木质地板，米黄色带花纹的壁纸，清一色进口家电。从装修可以看出，主人当初的用心和热气腾腾的心情。美貌还在，旧爱已去。如今成了弃妇，被打入深宫，不闻不问。昔日爱有多切，今日恨有多深。一切，了然若揭。

杨眉搬出还未拆封的灶具、餐具，甚至被褥，说这些原打算处理的，现在正好给你们，看上什么随便拿。杨眉这样说，姚家齐怎么好随便拿。他也知道杨眉是真心的，也知道她不想睹物伤怀，想把这些东西处理得干干净净。但他还是不想拿太多，即便什么也不拿，仅杨眉的这份情意让他都有些担待不起。他挑了几样急用的，推说龙城的有些家具也要搬来，那房子你知道并不大，东西太多没地儿搁。

小希和瑶瑶搬来后，杨眉没事就会来家里给小希帮忙。后来，龙城支队又有两名干部调到省城，都还没成家，他们把姚家齐的家当作据点，常来家里坐。天气好的时候，抱上瑶瑶一起出去玩，日子似乎又回到了过去。

一年后，杨眉再次组建家庭，另两名干部结了婚，他们聚会也就越来越少。

九

等再次睁开眼睛时，天已大亮，阳光透过天窗照进来，灿烂热烈，带着一股盛夏的盛气凌人和不可一世，想必今天的气温也低不了。姚家齐洗漱完下楼，小希已在厨房忙乎。姚家齐说"我来，你先去收拾，别上班迟到了"。小希告诉他，她已和护士长说过了，等送走杨眉和瑶瑶后她再去。姚家齐问："不知有没有商场开门，要不要给萌萌买些土产什么的让她们带上。"小希笑着说"你真是个呆子，她们俩还要去北京玩，带东西多不方便，随后快递过去就行。要不这样，你偷偷在萌萌的行李箱塞上一千块钱，算是我们的一点心意"。姚家齐一听也是，笑着说"还是老婆大人聪明"。

杨眉也起来了，在卫生间洗漱。姚家齐把耳朵贴在两个孩子房间的门上，里面一点动静也没有，一定是看手机看得太晚了。现在的孩子，之间的热乎持续不了多长，只有手机比他（她）亲娘还亲，抱在手中很快物我两忘。他敲门想催瑶瑶起来，被小希劝住了，说别敲了，让再睡一会儿吧。姚家齐说瑶瑶不是今天返校嘛，可别迟到了。小希说，返校时间没有硬性规定，迟去不要紧。这么多年，孩子几乎都是小希操心，姚家齐很少去管，偶尔去开一次家长会，不是忘了孩子的班级就是跑错教室。

小希往桌上端早点，姚家齐前去帮忙。在厨房，小希小声问姚家齐："你今天没什么事吧？"姚家齐说"没什么大事，干什么"？小希说"不行你把杨眉和萌萌送去北京吧，这大热天的，杨眉拖个行李太受罪了"。姚家齐说好。其实，他一直在等小希这句话。他想提出来又怕小希心里不舒服。小希自己提出来和他提出来是不一样的。

小希和瑶瑶昨天回来，姚家齐去接站，娘俩带了不少东西。姚家齐抱怨："大热天的，你俩这是干啥，大包小包的。"小希说："老家人你还不知道，不给你带点东西心里过意不去，你拒绝了谁谁就不高兴，索性就带上了。尤其是几个姐姐，你几年没回去了都挺惦记，什么东西都想给你带着点。"

不是一家人，不进一家门。小希和姚家齐太像了，都是那种把自己放得很低，且能替人着想的人。她带那么多东西没说累，杨眉和孩子各拖一个装几件衣服的行李箱，她就怕她们累。当然，现在的杨眉不要说拖行李，就是空手走着，都让人替她觉得累得慌。

杨眉洗漱完毕，出来对小希说："快别忙乎了，你还要去上班，别迟到了。"小希把对姚家齐说过的话重复了一遍，杨眉笑说："不用，这么舍不得，我明年再来。"小希说"是呀，你就应该多出来走走。明年早点来，别这么急急匆匆跟打仗似的"。杨眉说："好的，下回一定多住一段日子，非把你们两口子住烦不可。"说完，几个人都笑了。话虽这么说，姚家齐知道，下回，也许就没有下回了。有个进入初中孩子，就像是个栓，把你拴得死死的，哪有自己太多的时间和自由。

杨眉看着满桌色香味俱全的早餐，嘴里边"啧啧"边不无羡慕地说道："姚家齐，你们家祖上一定是积阴德了，才能娶到小希这么贤惠能干的老婆，多少年了，我的早餐都是简单应付，要么在小区门口吃个油条豆浆，要么吃点面包喝杯牛奶，甚至许多时候连这都懒得弄，给萌萌钱，让她自己解决，我什么也不吃，还美其名曰'减肥'。人挨饿了，肥也没减下来。哪儿像你，能吃到这么丰盛的早餐。"姚家齐笑着说："这也是沾你的光，你以为我每天能有这么丰盛的早餐？"杨眉批评道："没良心！"小希帮腔："他没说错，平常我们早餐也是相对简单一些。人常说，早餐要吃好。早餐其实很重要的，只有吃好了，一天学习工作才有劲头。萌萌正长身体，你可不能太随意。"杨眉叹口气说："道理我明白，就是没心劲弄，想起来也是三分钟的热情。"小希说："都一样，但为了孩子，该坚持还是要坚持。"

瑶瑶起床自觉有些迟了，探头探脑走出卧室，一看早餐都已上餐，不好意思地吐了吐舌头，溜进卫生间赶紧洗漱。平日小希对瑶瑶要求极为严格，即便节假日也不允许睡懒觉。今日觉得有客人在，也觉得孩子昨天路上坐车乏了，也便法外开恩，没有按时催她起床。看瑶瑶起来了，杨眉也进卧室将萌萌生拉硬扯从床上拽了起来。

自从小希和瑶瑶到家后，萌萌的话也变多了，饭桌上不止一次赞叹小希做的早餐好吃，同时夸张的语气吐槽杨眉不给自己做早餐，做的饭难吃，逗得大家哈哈大笑。

吃完早饭，大家乘天气还不太热，便一起出门，然后分头行动。瑶瑶上学，目送姚家齐和杨眉母女上了出租车，小希才骑上电动车上班。看瑶瑶独自上学，杨眉惊奇地问姚家齐，你不去送？姚家齐说，不用，她自己坐地铁去。其实，从小学二级起，瑶瑶上下学，他们就没有接送过。跟同龄人相比，瑶瑶的自立能力很强。记得有一次下大雨，瑶瑶未带雨伞，姚家齐去接她，还没走下楼就看到女儿进了楼道。人家自己在校门口一块钱买了个塑料雨披，一点也没淋着。

到了火车站，杨眉看姚家齐跟着自己进站，就拦着不让他进去，姚家齐才告诉她："今天他没什么事，就顺便送她们去北京。"杨眉说没必要，可姚家齐说这是小希安排的，我得听老婆的。杨眉再没阻拦，就让姚家齐像个小跟班，双手拉着她们的行李箱，跟着她们母女。因为不是周末，去北京的城际列车差不多十分钟一趟。进站后他们很快就在自动售票机上买上了票，等了不到二十分钟就上了车。

三人的座位在一排，萌萌要坐在窗口位置，杨眉要坐过道，姚家齐只好坐中间。列车启动后，萌萌扭头看了一会儿窗外，便又低头看手机。姚家齐想和杨眉聊聊天，但一看她满脸倦容，就问她："你是不是昨晚没睡好？"杨眉问："是不是还能看到黑眼圈？"姚家齐如实说："黑眼圈倒不明显，但看上去有些疲惫。"杨眉便从随身包里找出镜子，对着镜子细看。镜子里的自己，一脸浮肿，虽抹了遮盖霜，但黑眼圈细看还是若隐若现。

出来一趟，从原来的生活还没逃离出来，马上又得回去，回到日常的轨道，尤其是这次看姚家齐一家和和睦睦的情景，心情甚为沉重和感伤，一时没有了说话的兴致，就对姚家齐说，昨晚确实没太睡踏实。姚家齐说那你乘机眯会儿。杨眉说好。说着，就把座椅向后放了放，调整坐姿，闭目养神。

杨眉的第二任老公也是离过婚的，还有个儿子，但不带在身边，和爷爷奶奶生活在一起。姚家齐和那两个干部，同杨眉和她的这个老公一起坐过两次。杨眉的第二任老公是搞财务的，不知是职业影响还是性格本身，心眼小，特别爱计较，而且嘴碎，感觉和当兵的不是一路人，之后再没一起怎么坐过。姚家齐嘴上没说，心里并不看好杨眉的这段婚姻，同时也有些替她惋惜。和杨眉偶尔也见也坐，但却是少而又少了。在支队，人人都当你是人才；在总队，在这个人人都是人才的地方，他很快泯然众人矣，很长一段时间，日子过得甚为消极，和杨眉的联络也是日渐稀落。有了萌萌后，姚家齐和小希也去杨眉家看过杨眉，但都没有见着她老公。最后一次和杨眉见面，是姚家齐调来这座城市之前，龙城支队调到省城的战友给姚家齐送别，杨眉带着萌萌也来了。这时，杨眉已经转业，进了省检察院工作。那时萌萌才三岁，但脾气很大，喜欢动不动尖叫。调到这座城市大概两年后，有一天姚家齐突然接到杨眉的电话，开口第一句话就是："告诉你，我又离了。"声音里听不出一丝一毫的伤感，反而有种解脱后的自在和轻松。

杨眉虽然双目紧闭，但并未睡着。睡眠，对她来说，越来越奢侈了。第一段婚姻，是她挑人；第二段，是人挑她。一个离过婚的女人，便再也没有挑三拣四的资本。结婚前，第二任老公的为人她看在眼里，但综合考虑，他是当时最好的选择。父母都是好面子的人，有个嫁不出去的女儿，让他们在亲戚朋友中抬不起头来。为了父母，她必须把自己尽快嫁出去。后来有了女儿，为了父母，为了女儿，为了家，她一直委曲求全，忍受他的小心眼。他不喜欢她和她的战友们聚会，她便不聚；他不喜欢她乱花钱，她就跟着他尽量节俭……然而，几年过去，她自我感觉活得忍辱负重、憋憋屈屈，却还是未能磨合好，反而矛盾越积越多，尤其是孩子上学后，两个人对孩子的教育问题分歧越来越大。杨眉觉得，你惜钱如命，让我把日子过得穷兮兮的，我也认了，但你不能让我的女儿也过得穷兮兮的。两个人几乎每天为一些鸡毛蒜皮的事战火不断，最终分道扬镳。

她突然记起，姚家齐曾经说过她，说她可以成为一个好朋友，但不一定能成为一个好妻子。那时，她还骂姚家齐狗眼看人低。她说本姑娘不仅能成为一个好朋友，还能成为一个好妻子。想到这儿，她睁开眼起身，幽幽地说："姚家齐，你当初的话是对的。"听她突然这么一句没头没脑的话，姚家齐不知所云，问她："我什么话是对的。"杨眉说："你当时说我只能成为一个好朋友，当不了一个好妻子，我还不承认，看来你是对的。"姚家齐摇头，死活不承认，说："你少栽赃，我什么时候说过这么混账的话？"杨眉说："你别不承认，我不是要和你翻旧账，我现在真的承认你说的是对的。"姚家齐还是不承认，说："你别一天胡思乱想，你是一个好妻子好母亲，你看你对萌萌多有耐心，你只是没遇对人而已。请相信我，你一定会遇到对的人，那时你会知道，你是不是一个好妻子。"

杨眉懒得和他辩，再次闭上眼睛。她在心里说，遇上对的人，下辈子吧！这辈子，不遇了。

半小时的车程，很快就到站了。酒店杨眉在网上已经订好了，未出车站，他们直接乘坐地铁，中途倒了两次，七拐八拐，等到酒店后，已是中午十一点半。放下行李，他们便到酒店附近找了家餐馆，简单进行午餐。杨眉要了瓶啤酒，她给自己和姚家齐满上后，举起杯说："谢谢你，也谢谢小希，这么多年了，我们的友谊还在。来，为我们的友谊干杯。"姚家齐和杨眉碰杯，也跟着说："为友谊干杯！"同时，和端着的饮料的萌萌也碰了一下说，"我们为萌萌的成长干杯！"

吃完饭，杨眉打算中午先休息，起床后再带孩子出去转。出了饭店，杨眉母女返回酒店，姚家齐前往地铁站，走了几步，回头，看着杨眉在烈日下举着伞缓缓挪去的背影，鼻子不由一酸。一路上，一种说不出的难过和感伤，一直无法释怀，萦绕在心头。

对杨眉的那句评语，他的确说过，也自然记得，只是不好意思承认罢了。那句话里，包含着太多的年少轻狂和不知迂回，也有太多不知轻重和伤人的成分。换作今天，打死他也不会当人面说出那样的话。就像她对杨眉说，她只是没有遇对人。这同样不是他的心里话，但这是一个老成世故的自己会说的话。二十多年前，他也一定不会这么说。那时的自己，一定是怎么想就怎么说。

世界哪有绝对的对错。许多时候，你是什么样的人，一定会遇到什么样的人。凡是你遇到的，一定是"对"的。这个"对"，也许不符合大众审美，但一定从某些层面符合你的追求和价值判断。就像当年的杨眉，她一定会遇到那样的人。当年的她，认知和判断、标准和条件就定在那里。回头想想自己和小希，看似误打误撞，又何尝不是自己的选择。小希的许多方面一定是符合了自己的审美情趣，他才会愿意和她走进婚姻。如果换另一个人，即便想要有个家的愿望如何强烈，他也未必会那样毅然决然。

希望走过曲折、历尽坎坷的杨眉能真正明白，什么才是对的人，不是外表上的高大英俊，也不是物质上的财大气粗，而是能与自己思想和精神契合的人。走进婚姻，许多人才发觉自己走错了，抱怨遇人不淑。其实，许多时候，不是那个人不对，压根是我们的"对"不对，是我们的认知和选择重点出现偏差和偏移。当初认为"对"的事，在现实面前，终会露出本来面目。生活许多时候就是自作自受。身陷迷局，许多时候不自觉罢了。

坐上返回的列车，姚家齐的心还是沉沉的，感慨良多。杨眉的出现，让他再次看见那些消失在时光中的自己，看见了湮灭在岁月中的往事。望着车窗外飞速移动、明亮热烈的景色，想着一路的担忧，不觉哑然失笑。姚家齐想，他现在看杨眉的眼神，是不是像极了二十多年前杨眉看自己的眼神？

收到微信，是小希的。微信说杨眉来短信告诉她，她在枕头下给瑶瑶放了两千块钱。看罢，姚家齐不由苦笑了。他在这里替杨眉担忧，说不准杨眉也在为他日子过得艰难发愁。

他想，他实在没必要为杨眉担什么心。人生际遇难知。谁知道呢，说不准若干年后，杨眉母女一样会让他刮目相看。生活终究不是镜子，谁能把谁看得清清楚楚，谁又能把自己的人生一眼望到头？